suhrkamp taschenbuch 2596

Im literarischen Werk Jürgen Beckers – die Prosa gehört dazu und das Hörspiel – ist die Lyrik inzwischen bestimmend geworden. Dabei hat Becker zu einer poetischen Sprechweise gefunden, die seine Gedichte zu unverwechselbaren Gebilden macht; sie sind beispielhaft für die Präzision des Wahrnehmens und die Intensität des Erinnerns, für eine Technik des Assoziierens, das konkrete Orte und reale Ereignisse mit entrückten Vorgängen und dunklen Imaginationen verschmilzt. Schauplatz seiner Gedichte ist eine Bewußtseins-Landschaft, in die alle Erfahrung wirklicher Landschaft eingegangen ist, mit Orten und Gegenden, die sich wiederfinden auf Feldern einer poetischen Landkarte, in den Entwürfen einer möglichen Topographie. Von Anfang an ist es ein erzählerischer Impuls, der sich durch Jürgen Beckers Gedichte zieht und der viele davon zu einem Journal macht, das vom augenblicklich Erlebten spricht wie vom langen Reisen, vom Suchen nach dem entschwundenen Einst. Das führt – vor allem in den langen Gedichten, mit denen Becker zunehmend seine Eigenart gefunden hat – zu Entdeckungen verschütteter Erinnerungen, zu Wahrnehmungen von Gleichzeitigkeit, in der das Jetzt mit der Vergangenheit unmittelbar korrespondiert. »... das Schreiben dehnt den Augenblick aus und bleibt unterwegs zu diesem Horizont aus Herkunft, Zeit, Gesichtern und Dingen, der nie zu erreichen ist, aber doch in dein Leben tritt mit einer Folge von Wörtern ...«
Jürgen Becker wurde 1932 in Köln geboren; er lebt in Odenthal und Köln. Einzelheiten führt die Zeittafel auf. Dieser Band versammelt die Gedichte, die Jürgen Becker zwischen 1965 und 1993 geschrieben hat. Erschienen sind sie in den Einzelbänden »Schnee« (1971), »Das Ende der Landschaftsmalerei« (1974), »Erzähl mir nichts vom Krieg« (1977), »In der verbleibenden Zeit« (1979), »Die gemachten Geräusche« (1981), »Odenthals Küste« (1986), »Das Gedicht von der wiedervereinigten Landschaft« (1988), »Das englische Fenster« (1990), »Foxtrott im Erfurter Stadion« (1993).

Jürgen Becker
Die Gedichte

Suhrkamp

Umschlagfoto: Boris Becker

suhrkamp taschenbuch 2596
Erste Auflage 1995
Copyrightangaben am Schluß des Bandes
Suhrkamp Taschenbuch Verlag

Druck: Wagner GmbH, Nördlingen
Printed in Germany
Umschlag nach Entwürfen von
Willy Fleckhaus und Rolf Staudt

1 2 3 4 5 6 – 00 99 98 97 96 95

Inhalt

Schnee

Fragment aus Rom

hier,
wo immer das ist: das ist jetzt die Frage
(jetzt immer): was ist und was drankommt,
hier
ist jetzt . . . /
neuerdings wieder nachts,
in diesen Träumen, diesige weiße Pisten
und plötzlich die heiße Last der Luft,
Miami
wirklich, wie
zehn, täglich, Zypressen vor Augen,
Quadrat-Himmel drüber. Luft.
Brauchbarer Blick zum Ausruhn, wie jetzt,
in der heißen Stille
von hier
fortgehen
kommt
der ganze Sommer noch (?)

Kein Sommer gewesen; gesagt vor zehn Jahren
unter einem Teerdach, kalt und naß, mit Löchern
von Krähen . . . (gewesen.
gesagt. geblieben.)
und seither
das Fortgehen aus dem weißen Haus unter den Pappeln
du bist immer fortgegangen
ein Kind
und weiter
fort
flog er zum ersten Mal
und weiter
wechselt die Häuser:
lebt jetzt in anderen Städten

Immer unterwegs so
– *Regionalismus,* den Hut
setz ich mir wieder auf, wenn ich ganz alt bin;

nun fragt eine Rivista an: Roma
ha un ruolo nel suo nuovo libro?
Zunächst Zypressen.
Kiesweg.
Katze kommt vom Dach nicht runter.
Beppino und Poststreik.
Ich will eine Eidechse sein.
Wasserstreik.
Im Winter haben wir ganz schön gefroren.
Krieg der Ateliers.
Quasi Reihenhausidyll.
Frauen. Kinder. Wäscheleinen.
Mauer ums Ganze, den Park.

... *und in dieser Stille* ... kann man (Ehrengast)
nur sagen von einer gewissen Schwerhörigkeit an;
ELEZIONI COMMUNALI:
                                        im Dröhnen, wochenlang,
der Lautsprecherkämpfe schläfts sich schlecht
in unserer Lorbeer-Kolonie;
Hammer & Sichel
sah ich erst wieder, ganz legal,
auf der
          Piazza Bologna
                                        kreisen
mit Horst-Wessel-Lied die Fiats 500 des MSI.

Gestern: ist
eine Verdunklungslandschaft – Ich
halte sie unvollkommen besetzt
mit meinen Thyssenhütten, Fahrrädern;
dem Jahrgang 40 soll ich mal singen
von Zarah Leander
und sagen was *Dienst* war und
Menschenfressen-Spiel
im Grünen Herz meines Landes,
                                                        Gestern:
ist eine Totenkopf-Heimat:
                                             ich verzichte,

hisse Eimer
                    (im lebendigen Kopf
ein Speicher mit all dem Früheren voll).

Das Haus im Forst steht weit entfernt.
Die Fahrräder der Kinder
liegen wahrscheinlich umgefallen auf dem Gartenweg.
Die Gartentür steht wahrscheinlich wieder offen.
Die Terrasse müßte um diese Vormittagszeit
von der Sonne hell beschienen sein.
Möglicherweise alles nicht.
Was passiert denn.
Angst vor dem Möglichen.

VOTA (Sotrop
schreibts in seine Bilder, wenn
er nicht eben einen *lupft* oder *schnackt*
bei Bianchi); wochenlang (wieder; im Dröhnen . . .)
in unserem unpolitischen Herrenpark
pickt Remo (weiße Tauben, blöd und fett, morgens
dazwischen im Mais) nach den votierbaren Programmen
vom Himmel; der Himmel
wird Werbefläche hier, ewig (heißt es, wie alles), und
Remos Kokeleien machen nichts
vom Krankheits-Dunst über Nordrhein-Westfalen;
und was da flattert (friedlich, faul),
sind nicht die Uhus von Gelsenkirchen –
(denk dran [aber Du schreibst ja im Brief]:
an unseren Wahlnachtjammer in St. Pauli.)
's ist im Wind:
ist alles was man hier weiß
Du
weißt noch, September letztes norddeutsches Jahr,
in dieser Schnapsnacht, als unser Berliner Zampano
die letzte SchlechterVerliererSzene schmiß, sodaß
die christlichen Bildschirme grinsten, sodaß
ich nachher ins Kissen biß und
gelähmt lag –
Du

weißt nicht: wie ich mit schrieb, sagte
verändern
(einst)
– gelähmt
weiß ich nicht und mache weiter:
es geht ja weiter
entschieden unentscheidbar,
das weißt Du,
daran halte ich nicht fest
im Zweifel / nur im Zweifel
bin ich nicht und halte doch *still,* nur
den Zweifel, sonst nichts, im Rücken
sage ich weiter verändern, frage ich
wie aber was –
Du weißt nicht,
ich kann es Dir nicht sagen,
Du weißt noch,
September, daß ich gelähmt lag und
still war,
bis jetzt
nicht
in Ruhe gelassen
– hier –
in der Ruhe der Insekten und Statute (denn
weiter die Geräuschanlagen im Kopf): pluralisiere
ich mich weiter.
Stimmen. Wohin
er geflogen ist, und in welchen Städten
wir leben. Mit Statussymbol. Vergammelt. Aus
öffentlicher Hand. Fulltimejob. Che gioia vivere.
Diese Lippen auf Lippen. Alle Augen unterwegs.
Ein Ohr in der Gruga-Halle, eins
in der Brandung vor Big Sur. Sie schliefen
in Zelten und Jugendherbergen. *Im Park*
in meinem Pavillon . . . verträume ich . . .
glückliche Stunden.
Und via Grammatik
verteilt man sich weiter und der Kopf ist
noch immer ein Globus
(Miami

erst *wirklich* zum Beispiel) (Wirklich auch
Mister John Faulks: »Sucht Erdöl in der Nordsee.
Studiert Wahltrends in England. Baut Staudämme
in Malaysia. Ohne London zu verlassen.«).
Ohne
Wirkliches zu verlassen (mit Zucker und Löschpapier
für die *Reise*) entfernen wir uns
in (: ich weiß ich verschleiße) *wirkliche* Luft,
Landkartenträume, neue Gegend –

und wo ist,
was sich Rom Roma Rome Rome nennt:?
»Ich kann also Rom nicht beschreiben«,
schrieb Brandys, kein Alibi, »denn ich habe
Rom zu stark erlebt, mich selbst aber zu wenig
darin –«
der polnische Standpunkt, denn *Sie*
machen doch Ihr Vorhaben wahr und schreiben
ein Buch über . . .
nichts
als dies
von Augenblicken
etwa:
GRÜNES
(Ampel oder Wiese) und
Rosi Berndt in der Hängematte
(Weizen
felder)
– – – Fiumicino, Mole von, 9 Minuten
Sonne sank
/ Fische
springen in den Weg oder
übers Glasdach streicht die graue DC 8.
der seltene Lärm des Regens
morgens
ein älter gewordenes Gesicht
– nach Heu riechts
im Forum . . . der heiße Mittag dauert
so lang wie ein ganzes Jahrhundert und
plötzlich

passiert nichts mehr
/ Tevere: fern
wie ein Ganges und
(Tiber)
der Geruch der lateinischen Klassenzimmer
Dann
lädt Luisa Spagnoli ein vor Mitternacht mit
weißen Mannequins glitzert es Mitternacht Mila
Schön aus Milano
und Donna Rachele erhält
das fehlende, würfelgroße Gehirnstück zurück.
Sonst
ist nichts los heute
setzte einmal die Erinnerung aus
und ich sagte mir eigentlich sind ganz schön
nicht nur diese Bäume

im Park nachts
kämpfen die Katzen, und Himmel und Sterne,
was ist damit.
Der Kiesweg bewegt sich. Das sind die geblähten
Kröten. Es gibt nur noch Tiere, und es ist wie
im Frieden, der bald aufhört.
Es gibt nicht Tiere genug.
Hoffnungen in diesem Dunkel.
Fledermäuse zerschlagen die dunkle Luft.
Die Trümmer dieser Luft.
Das sind die Geräusche der Trümmer im Frieden,
wenn er aufhört.

Donnerstag. Wir fahren fort *in einem Werk,*
das noch nie so ohne Hoffnung schien, Donnerstag
heute und das ist nur ein Beispiel,
Donnerstag, denn
es sind Jahre, Fortsetzungen, Flüge, Brüche, Beispiele
und Donnerstage mit einer Erinnerung
zum Beispiel an gewisse Alsterschwäne und
einen Frankfurter Schlußsatz, mit Sätzen
zurück in Sätze nach vorn in tote Wochentage
mit trostlosen Geräuschen; heute genug; und

das große Verschwinden der Sätze geht weiter wie
das Älterwerden bis zum Abend; so
leben wir noch weiter

und wir liegen im goldenen Sand
bedeckt nur mit den Brillen der Saison
– ach
ich möchte irgendwohin wo es regnet
den ganzen Tag
auf der flimmernden Küstenstraße stieg der Staub
hinter uns auf und wir litten wenn die See
wir nicht mehr sahen dann hüpften wir die Felsen
hinab
es ging dann los mit Verstärkern über
die Brandung dröhnte der Sound weg so hört man
ja die Einschläge nicht der Napalmdinger
unter Palmen
finde ich es herrlich an nichts zu denken
denn
unseren Kater schliefen wir immer am Strand
aus und wenn er pistenhart war fuhren wir
drauf weiter bis zu den nächsten Austern wo war
denn das noch
als Nancy, Nancy
mit ihrer gefräßigen Schlafzimmerstimme zwischen uns
müden Leuten herumfuhr da gab es immer nur
ein Hochkommen wenn zwei Jungens mal verschwanden
in den Büschen
geh –
mach die Musik von damals nach
und überall
tauchten welche mit Transistoren auf am Ohr was
war denn passiert die chinesischen Grenzen sind
doch werweißwo dreht doch mal auf Monte Carlo
und die Paraden der Delphine sahen wir mit
unseren Gläsern weit draußen
so liegen bleiben
bis wir anderswo
wo alles ganz anders ist
glücklicher werden

überall wo man GOOD DAY SUNSHINE singen kann
ohne Kopfschmerzen morgens
fliegend
wo man nicht immer von vorn anfangen will
wo man sagen kann hier habe ich kein Heimweh mehr
mit lauter Regen wenn man laut Regen gesagt hat
unter Leuten die man sich vorher aussuchen kann
ohne gleich husten und niesen zu müssen
jahraus jahrein
unten wie oben
wo genug Parkplätze sind
warum nicht bei Inge
wer will auch bei Wasser und Brot
auf Helgoland nicht
wo man nicht wieder wer ist
wo jeder seinen Transvestiten heiraten kann
allein wenns zuviel wird
wos nicht zuviel wird
auf einem Diwan in Petersburg
bei den Verrückten von Waikiki
wo der IBM-Mann nichts mehr zu regeln hat
am Marterpfahl und Modesty Blaise beißt dich los
nicht erst wenn man tot ist
im großen Goldsalon der Wüste
chez nous
im Mittelmeer wenn die 6. Flotte gut aufpaßt
sonntags immer
montags in grünen Gummistiefeln
dienstags Wilder Westen
mittwochs wieder mit Schnellinger
donnerstags in der Erinnerung
freitags durch die Luft und so weiter
samstags in der Beringstraße
ohne daß man gleich kalte Füße kriegt
und nicht erst wenns wieder zu spät ist.

sicher wächst uns wirklich bald die Gabe zu *die Welt*
zu schaffen in der sich der Leser glücklich fühlt
wo überall wo unsere Maschinen grade niedergehen schon Peter

S. uns erwartet und schon *haben wir schon ein paar Beschwerden bekommen* denn ganz sicher ist uns die vollkommene Fiktion aus den Händen geglitten und wenn wir nicht bald einen Gang höher schalten ganz sicher können wir die *Nr. 1* dann wieder in den Rauch schreiben *wir hoffen wir müssen das nicht noch einmal sagen Ed* und wenn einige Leute denken wir würden klein bei gegeben haben halten wir dem entgegen daß wir weder von unserer elenden Zähigkeit noch von unserem herrlichen Optimismus auch nur soviel aufgegeben haben daß bei irgend jemand auch nur ein leiser Zweifel aufkommen kann undsoweiter *seitdem haben wir Ed Ost nicht aus den Augen gelassen* und wenn wir nicht bald wieder zum Zuge kommen nicht wahr das hört sich schon komisch an dann ist der Zug nämlich abgefahren und darum machen wir weiter und erzählen jetzt die Geschichte von den Eulen in Island erstes Kapitel es gibt keine Eulen in Island

aber

es war immer einunddasselbe Gesicht

NICO

es war immer einunddasselbe Gesicht

NICO

(from Cologne)

es war immer ein Lidschlag

drei Stunden

ein Lidschlag: nach dem andern

und

es war immer

NICO

einunddasselbe Gesicht

bis

drei Stunden

ein Lidschlag: nach dem andern

Andy Warhol

aber

es war immer einunddasselbe Gesicht

dunkel

macht
und noch in der selben Nacht, in der wir,
ich weiß nicht woher, spät und erschossen heimgeschlingert
kamen, ins MARTINIQUE,
begriff ich,
morgens erst so gegen sechs, nachdem ich ein paar Mal
gegen die Wand gedonnert hatte, vergeblich, und
hinübergerannt war und da Ruhe verlangt hatte,
vergeblich,
warum der Beknackte mit seiner Sonnenbrille
nachts in seinem schwarzen Zimmer, dieser Bekokste, das
war er, immer
einunddieselbe
Single laufen ließ:
PERCY SLEDGE –
ohne Stop, bis ich wie gesagt
mit den Nerven an den Rand geriet, immer
dieselbe Scheibe, bis ich, morgens als die Negermädchen
in den Gängen draußen anfingen, endlich selber hinein
geriet und mitdrehte und
begriff –
ich weiß nicht warum;
aber das wars ja immer,
die Art von amerikanischem *Zustand,* in dem ich immer
(einunddasselbe)
begriff und nicht wußte warum
und nur wußte:
ohne Stop, immer höher, weiter,
bis es dunkel oder hell wird.

Aber. Mr. Twombly,
was heißt denn nun
CNIDIAN . . .
das fragten wir uns schon, als das Plakat kam
mit dem verwischten Trapez drauf und
CNIDIAN . . .
jedenfalls fuhren wir abends hin; da standen jedenfalls
schon Berndts grinsend vor der Tartaruga-Galerie, und
als wir fragten, wieso denn . . .? sagten sie, grinsend,
alles voll da oben . . .

jedenfalls stiegen wir
doch hinauf und natürlich war alles leer dort
und wenn einer kam, ging er gleich wieder, und
wir nur standen da und warteten, daß
etwas noch passierte . . .
es passierte aber nichts,
nur diese Trapeze auf den weißverschmierten Flächen
und
CNIDIAN . . . kapierten wir nicht und nichts
passierte weiter als weiter dies Grinsen . . .
ich rief dann
nebenan im Rosati unsere Poetessa an (nein wir kapieren
auch nicht und das hat keinen Zweck nichts los auch
da oben und keiner da) und wir zogen jedenfalls dann los
in die Via Bocca di Leone . . .
wirklich fuhr sie doch
unseren geliebten HARPER auf und wir
erzählten ganz ausführlich was alles nicht passiert war
(und immer noch sagte ich, da haben wir bestimmt was
verpaßt und wollte also gleich noch mal hin . . . aber
wir gingen dann essen und trinken und in der Nacht noch mal
zurück zu HARPER) . . .
und wir besprachen
auch noch die Schrecken der letzten Monate und
die möglichen neuen Querelen; nur kam ich nicht an
mit meiner alten Automaten-Theorie,
mir wars ja selber dann egal, denn wir freuten uns ja,
daß *im nächsten Jahr wir alle reich sein werden,*
und ich fragte auch nicht mehr,
warum
Cy Twombly nicht gekommen war . . .
und (das
fiel mir gestern Abend noch ein, als plötzlich alles
Licht ausging und ich mit Boris seinen roten Kerzen
weitermachte) wir hatten uns noch die feinen
Möglichkeiten alle der neuen IBM erzählen lassen
samt all den bürokratischen Hintergründen des Service-
Systems – ja,
dagegen hatte ich mein Gänsekiel-
System verteidigt,

und ich wollte damit sagen (und
das fiel mir wieder ein, als ich plötzlich in der Finsternis
mich wie einen prähistorischen Poeten sah):
viel weiter
reichen wir ja nicht (und das wieder im Zusammenhang
mit meiner alten Automaten-Theorie) als die Feder reicht,
deren Geräusch nichts stört
in der Welt
– aber es stört, das Summen der Maschine,
unsere elektrischen Poeten,
und auch das stört
nur sie und nichts in der Welt.

Dagegen . . .; nein,
die Fünfzehntausend in Nervis Palasport waren ja
schon ziemlich alle *in delirio,* als
endlich
die STONES in die Arena hüpften –
na schön,
Mick Jagger riß uns ganz schön auf, aber
ich blieb dann doch wieder ganz kalt und sah
dem Rauch in den Scheinwerfern der Kuppel zu (ich
setzte ja noch immer einen mehr auf
John Lennon und die andern)
und natürlich, ja,
kam dann auch das obligate Erinnern an
SPORTPALAST
und sagte nicht auch einer: das
ist ja *faschistoid* . . ?
Jedenfalls, ich sagte:
diese grünen und roten Ragazzen
(5 Carnaby-Shops
in der Via Margutta: das ist die ganze AVANTGARDE
hier)
sind mir jedenfalls noch lieber als alle
Roten Garden;
und wenn
(wer sagte nun das schon
wieder)
beides auf dasselbe hinausläuft

(weil *dieser*
Elan mehr Zukunft hat),
dann, nächstens,
ist eben kein Platz mehr und (*eine sehr langsame*
Eskalation, versteht sich)
wir schießen zurück *(mit*
der Vernunft? machst du da sowieso nichts mehr)
....
....
....

wieder die Tauben ums graue Als ob noch wie
ehdem wie einst eine römische Reste hier unter
dem Römischen Nordthor gefunden ist mein
Gedächtnis der aufgerissenen Straßen verschandelt
verschütt mit der Altstadt ins UBahnProjekt
auf vaterstädtischem Stolze gründet auf Rheinkies
Agrippa bis Grüngürtelphase dauert diese Heimat
deines Ford verliert beim Nähern nichts aus
der Ferne dies graue Als ob
alles, hier,
ferner durch Jahre Entfernung: jüngst also wieder
kam ich –
große Bahnschleife Südstadt Weststadt;
Sonne, Abend, lag zwischen Knapsacks *12 Aposteln*
(AG seit 1907)
und das vaterrheinische Grün von
Max Ernst im Buschland von Brühl, als
vor der Bergischen Regenfront
plötzlich
blinkt auf
das gotische neunzehnte Jahrhundert und ich
kam doch nicht
wieder die Möwen übern grauen
Weißtdunoch krachend im Winter Glanz der Kaufhof
Krippe summt Geläut der Schildergasse bis zum
Januar-Ajuja bimmelt weiter durchs katholische Jahr
gelästert immer im Grielächer-Sinn verstanden aber
nichts und Veränderung nichts da
dagegen
Herdenbriefe; Bekenntnis-Völkerball und heilig
allgemeines Einmaleins
und wo aß
seinen Halven Hahn hier Marx?
BRAUCHTHUM
s-Pflege und Philosophie im Lehrstuhl in der
Bütt; Bützchen für den Schutzmann und *wer*
sich aber den Ordnungsorganen widersetzt,

muß in unserem Rechtsstaat damit rechnen,
daß er entsprechend behandelt wird:
unser OB
sagt es und unser Freund und Helfer macht es
mit Knüppeln Reitern Wasserwerfern
– nichts nichts, nur
Studikerkrawall in Sachen KVB-Tarif; Gewerkschaft, SPD
stimmt zu –
Lokalseite, Lis Böhle verzällt. Wenn
ich so an . . .
(seit 1907:)
singt es mit
Will Ostermann, treibt Tränen an Wolga, Tiber,
Hudson Die Schweiz ist die
Nippeser Schweiz
nicht
vergessen den Namen wird man
sich merken müssen Versprechen aus der Jugendzeit
bleibt haften bis Stockholm im September erinnert
vieles Weißnichtmehr im Hinundher Verlust von
Straßennamen rührt ans Gedächtnis vom Verlassenen
noch heute nicht aufhört
dies Einst
der Treppenhäuser, Ascheneimer, Höfe, Gärten und
kaputtgegangener Jahre
/ weiß ja noch -Nacht
mit Hohenzollernbrücke
(im Bau seit 1907) bis
hinter Mülheim hinter der klirrenden Kurve
plötzlich
verschwindet
grau und gotisch
tauben und möwenumflogen
Ist fort. Land
mit Ginster
im Abflug unter der Flugschleife
Wahn wars im Jahr als nicht blühte am Bahndamm
blinkte es hinter Vorortfenstern ferngesehenes Gesicht
in anderen Städten ältergeworden standen die traurigen
Eltern wie die Zeit vergangen von hier nicht geblieben

ist denn Volksempfängerzeit auf alten Fotos
unwiederholbare Stadt zu Schutt im Kindereimer
später und wieder mit Kinderaugen verändert
mit Hoffnung riecht so noch ich träume der Rhein

Gedicht im Königsforst

dies, wenn ich nicht anfange, jetzt, wird wieder
ein nichtgeschriebener Brief
(wenn alles so bleibt
in diesem Jahr
mehr eingerannte Türen, teils offen, aber
es geht jetzt bald los
in der Gegend hier
gehst du mit deinem alten Hut besser nicht mehr spazieren;
bald, sagen wir, immerhin bald, bald ist,
was,
na, große Erlösung, ganz große: ab dann
hat sich jeder geändert –
altes Geschiebe, nochmals,
und hübsche Küsten, gestern, ein alter Golf
im Bildschirm,
unten, die Erde, was sie noch ist, etwas
zum Freuen, also,
auf was, auf die guten alten Institutionen,
na warte
in deinem revanchistischen Walde, mit etwas Schnee,
verschleiert der Schnee, was,
daswasist –
Königsforst
nennt sich das noch und ich werde morgens da wach
vom privaten Geräusch der reitenden Reiter)
: und ich könnte
Dir nämlich, ich hätte Dir nämlich schreiben können: siehst Du,
dies ist meine neue, waldreiche Umgebung, enorm privilegiert,
privat, ja –
aber
Du weißt es noch nicht?
wir sind ja nun tot, wird erklärt,
tot und wie ein altes Sofa tot – lies
mal den Nachruf. Schön wie ein schöner Nachruf, den schrieb
unser Freund, fast zornig, weil er so lang schon,
und hat's nie gemerkt, ein schönes totes Sofa ist.

Etwas im Januar

Wetter wie man's immer kennt im Rheinland, so
geht dieses Jahr also los, Schneeregen
– eine Nachricht
für die ganze Republik, und jetzt
und wie
geht das nun weiter? Was ist
mit einem Gefühl für, sagen wir,
was ist, zum Beispiel
mit der Eifersucht –
ganz souverän, früher,
mein Schneemann. Im Dritten Programm kann ich
zwar diskutieren, über, ja, und der Gegner war einmal
mein Freund. Mein Onkel war Offizier. Ich lernte
in der Kindheit, wie ich herumkommandiere, Handball,
Ehebruch, Ziehharmonika –
unser einziges Problem
ist der verschwindende Schnee; der Schnee,
als er kam, machte ja, sagen wir,
ruhig, nein, ruhig
sollte es nicht heißen. Gummistiefel
jedenfalls machen dich und mich so gut wie
robust,
was wir brauchen,
sind zwei Sessel, ein Garagentor, und
was noch fehlt, ja –
dies war der Januar, und so
kann man anfangen, wenn noch, nein, weil
noch nichts los ist
im Garten, dort
muß sich was ändern, spätestens, Büsche, ein Baum.

Landschafts-Gedicht

Nutscheid; Name eines Höhenzuges in der Nähe
                                                            hier
kommt bloß wieder Privates zu Wort, also
Wasserscheide, Raketenbasis, Römerstraße; Gehöfte noch
soll es geben ohne Elektrisches aber mit Inzucht
in der Verwandtschaft – nun
                              ist es ein rauchgrauer Nachmittag;
Hügel, Schlucht und Mischwald; absoluter Schnee, Schnee.
Beobachten können wir
                              nichts
                                    ist im Augenblick wichtig;
es gibt nur den Winter. Dieses leerstehende Bauernhaus
da, was ist denn damit? nichts für die neue Geschichte;
hier geht es nicht los, weißbleibende Welt. Nicht mal
Rheinland im Matsch, Nutscheid im Wörterbuch
der Familie –
                    nun hängt unser Exportmodell fest; ich
hab's ja gesagt; jetzt müssen wir bleiben bis März, bis
alles ganz anders
                        im Wald kommt da ein Mann und kommt
ein Hund. Das gibt es also, Mann und Hund
und eine Gewißheit: sie zerstören den Schnee, aber
der Schnee, den unser Heimatsender meldet, ist schon da.
Schön, gar nicht zu fassen, ganz wie
                                              früher
immer, jeden Winter, Schnee mit Krieg. Wie nun
kriegen wir den Wagen wieder frei; ich schiebe ja
und rutsche aber immer weg. So stirbt es sich also, hoch
zwischen Siegtal und Bröltal, Wahn in der Nähe
                                                          hier
damals hatte Apollinaire zu tun.

Schnee-Gedicht, 1969

nun, da kommt der englische Schnee, so
wird die Wetterkarte wirklich
                                        – sonst wissen wir nichts
Neues aus Frankfurt.
                              Schrieb einst George Brecht:
WINTER EVENT   SNOW   So,
nun passiert es, Sonntag Mittag.
                                        Sehr,
vorm Bildschirm, sagen wir, gefällt uns heute
Barbara Bright. Wo reden wir von: West-
Berlin, oh Märchen, nix, in Westdeutschland, das
sage ich, spinnt die Regierung
                                        – vom Reise-Märchen
reden wir, und draußen, vor dem Studio, ist Schnee und
Stimmung, der Dom. Bis Mittwoch jubeln wir dem Prinzen zu,
bis März, bis was
                         – nun, alte Katholiken fasten dann und
der Große Rheinische Matsch kommt; so
sieht es aus, nach dem großen Schnee und dahin
ist die Chance des großen Vergessens
                                             – bis
zum nächsten Ereignis, bis Schnee fällt, im Fernsehen,
auf die Länder
               da unten, nein, da oben
wären wir nun besser dran,
                                   Länder
auf der Karte und für Nachrichten nichts

Gedicht über Schnee im April

April-Schnee; schnell; noch einmal
ist fünfzehn Minuten
Winter und völliges Verschwinden
der Krokus-Gebiete
                                        und
fünfzehn Minuten, in Zukunft,
sagt Warhol, ist Ruhm. Schnell,
ein Gedicht über Schnee im April,
denn schnell ist weg
Stimmung und Schnee
                                        und plötzlich,
metaphorisch gesagt,
ist Schnee-Herrschaft verschwunden
im Krokusgebiet
und die Regierung des Frühlings regiert.
Nun Frühlings-Gedicht.
Und schnell. Winter ist morgen, wieder,
und neue Herrschaft,
                                        nein,
nicht morgen: in fünfzehn Minuten,
mit Schnee, wie schnelles Leben,
sagt Warhol, metaphorisch gesagt,
wie Schnee, Verschwinden, April.

Zur Sache

Blau wird erst der Abend
wieder,
          blau, atmosphärisch gesagt, denn
dieser Abend ist sonst eine miese,
wortlose Sache, zäh
wie die Lähmung im Kopf,
seit Tagen, weil, und
das ist fast alles an Grund,
kein Wort fällt: zur Sache, zu
dieser Sache zwischen uns; ich
nenne es Sache, diesen wortlosen,
miesen Kampf, seit Wochen; eine Lösung
vielleicht, weil, zwar
wie oben gesagt, aber
wirklich
          der Abend blau wird.

Takes

Ein Gedicht im Fernsehen, Drittes Programm und Zur Nacht,
ist erst einmal ein Studio-Termin,
und wenn's ankommt,
draußen in der Minderheiten-Landschaft, hört und sieht
die Familie zu
/
kühl lagern Schlechtes-Gewissen-Objekte
im Kühlschrank und sauber in der Gesinnung ist einzig, na
ja, der keinen Kühlschrank hat, bloß Möhren im Keller,
einzig;
einst, sagt eine lädierte Generation, hätten
nur Möhren wir gelagert gehabt . . .
/
wichtiger
ist die Farbe der Weiden im Winter als die Farbe
der Weiden im Mai
/
und weiter im Geschäft
der Totsingerei – bloß weil's ein singender Totsänger
sang – verschleiert man sein totes Geschäft, als
wäre ein totes Geschäft wie ein schlechtes Gewissen
nach all diesen lyrischen Genüssen in der Geschichte
des Singsangs, der Vergeblichkeit –
so,
sagt Barrault, es hat sich die Richtung geändert,
geblieben aber sind unsere Träume
/
es ist
ein verändertes Selbstverständnis, daß Jemand
seine Fähigkeit zum Leiden
benutzt
zur Abschaffung des Leidens –
sag aber,
weißt du nichts anderes als deine Wörter für mich,
denn
außerhalb
deiner Wörter

ändert sich nichts

/

schweigend

warten die Freunde auf Neues, und weiter, wenn
Neues gekommen ist, warten die Freunde,
schweigend,
auf Neues (und
dies ist das Problem, auszuhalten, weiter,
das Schweigen)

/

aber was die Stille will

ist,
daß ich weiterrede.
Sagte John Cage.

/

Ein Gedicht im Fernsehen,

Erstes und Zweites, kommt nicht vor, weil
die Mehrheit Gedichte nicht will
– will
denn Gedichte die Minderheit?

/

Schnee ist

ein bleibendes Motiv; auch Fische, Wind und Küsten
kommen weiter vor: – als
schwarzes Ereignis, Gift-Objekt, Abgas-Bewegung, Halde
oder als Erinnerung
an die alten guten Metaphern

/

unvermittelt

erlebe ich
nicht mehr
Arizona
Eishockey
das Geräusch in Hallenbädern
gelbe Mäntel
neue Verkehrsvorschriften
Arbatax
das Meer der Ruhe
; die Neuigkeit aber
steckt in der alten Umgebung

der Kölner Bucht. Dies, was vertraut ist,
ist dies,
was fremd ist und fremd wird; so fährt mich die Tram
in die Fremde
von Merheim nach Ostheim
/
es riecht
in der Heide nach Öl, und
wir riechen es nicht,
weil wir nicht halten im Halteverbot
in der Heide
/
im Schnee, nackt und gefesselt, lag
morgens, erfroren, der Junge; er hatte sich noch
vom Baum befreit, an den er gefesselt war, und
er kam bis zur Straße nach Much, wo
er winkte und schrie:
es hielt keiner –
und wie denn, sagt jetzt einer, der nicht hielt,
hätten Sie's denn gemacht, allein,
in der Kälte,
im Wald,
in der Nacht?
/
die Frage
nach dem System,
die ist leicht, weil
sie die Frage ausschließt, warum,
nirgendwo,
das Messer in der Küche und der Haß im Museum
bleibt
/
nun wieder frisch
der Frost. Unnachgiebig der Schneerest. Der Himmel
ein blaues Gesetz. Dennoch verhandeln wir
und bereiten uns vor auf einen Betrug
im Frühling,
und, nicht wieder,
werden wir überrascht sein,
wie früher, wenn

wir glaubten, Anlaß zu haben
zu einer Hoffnung
/
im Fernsehen
macht der Bild-Regisseur aus einem Gedicht
eine Folge von Bild-Einstellungen,
die den Zuschauer
ablenken
von den Wörtern und Gedanken
des Gedichts;
begreifst du;
ein Gedicht im Fernsehen
hat ein Bilder-Ereignis zu sein
und hat nichts zu tun
mit bebilderten Wörtern
– und die Kamera schreibt nicht
Gedichte
und die Frage ist, ob die Motive für Wörter
Motive für die Kamera sind
– der Impuls aber,
ein Gedicht zu schreiben, kann der Impuls sein,
etwas zu sehen und sichtbar zu machen etwas
auf dem Bildschirm
/
Südluft. Geräusche
aus südlicher Richtung –
die B 55
und die Marschroute Napoleons in den russischen Winter,
Geräusche also aus der Geschichte in der Südluft
am verkaufsoffenen Samstag
– Stücke freien Himmels
abends; darunter liegt die Erinnerung
an Gartenhäuser und Gärten, samstags
mit Südluft und Rauschen in den Pappeln;
Bierflaschen klirrten. Die Schallmauer brach. Sommer,
kein Sommer gewesen
/
so blieb nicht lange
unabhängig unsere Biographie
von der Biographie der Gesetze, Umstände, Massen

und Bewegungen
und auch im Gedicht
bleibt die Vereinzelung
nicht Sache des einzelnen Sprechers
– die Sprache
der Umgebung dringt weiter und sickert
in jedes Gedächtnis,
und so entsteht
ein Programm der Gefühle und Gedanken,
sodaß auch Stille
das Zitat
eines Zustandes namens Stille wird
/
und heute
kommt jeder mit einem Termin, der schon
ein Termin ist. Ein freier Tag
bereitet Angst und Entsetzen. Ein Arbeiter
im Urlaub kommt und sucht im Urlaub
Arbeit; fragt, was er sonst nämlich soll
– täglich
vergesse ich etwas von meinen Pflichten, weil
ich täglich vergesse, was Pflichten sind
/
Sonne
bricht in die Zimmer und deutlich wird
die Ordnung des Staubs. Der Staubsauger
wird etwas ändern
und weiter atmen wir
Staub
/
Glanz,
was ist das, plötzlich, ein Glanz
auf den Straßen aus Blei
und hörbar ist
ein Vogel
geworden
– das ist einmal heute
die Minute der Überraschung
gewesen, und
ich weiß nicht, ob du sie wahrgenommen hast

– und alle,
wir alle sind weitergefahren
/
ja,
manchmal ist etwas zu sehen, was wir früher
Die Wolken
nannten;
manchmal ist das Wiedererkennen eines Gesichts
wie ein Erschrecken vor der weitergegangenen Zeit;
manchmal ist es ganz leicht,
einen Schnaps
ohne Zögern stehen zu lassen; manchmal
hilft nur die vollkommene Gleichgültigkeit;
ich weiß, ja,
manchmal, immer
dieses Wort
/
unten
ist
etwas,
das langsam verschwindet
– kannst du aber erst sagen,
wenn du glücklich erst fliegst,
fort
fliegst
und die Türme der Luft werden schön
als die neuen Gestalten der Illusion sein.
Bilder
sind es, Bilder der Luft, also
siehst du
sie nicht, denn nichts ist für dich
in der Luft
und etwas, das unten
verschwindet,
ist kein Bild und kein Turm der Luft
/
Dichter
im Fernsehen diskutieren ihr
Neues Selbstverständnis,
das heißt,

die Große Irritation,
verbal sehr geläufig,
oder es heißt, das obsolete Produzieren schöner Wörter,
oder
Der Klassenstandpunkt
: auf den kommt es an;
Schwenk, der Autor in der Arbeitswelt –
und da rauscht
auch schon der Strabag-Beton aus der Röhre
– warum aber
durfte Peter Huchel nicht raus nach Italien, und
ist das eine Frage,
die uns Dichter im Fernsehen
interessiert
– Der Klassenstandpunkt
schweigt sich aus, es gibt nur die Klassenfrage, sagt
der Standpunkt, und die Große Irritation
ist keine Frage der Reisegenehmigung
– Enten
flattern über den Englischen Garten. In dieser Gegend
erinnerte sich Gombrowicz an das verlorene Polen.
Was macht man den ganzen Tag,
wenn man nichts anderes kann
als gelegentlich etwas wie ein Gedicht
/
ein Gedicht
im Fernsehen ist Arbeitgeber
für eine Menge Leute im Studio, die mit und von
Gedichten nicht leben. Mein Tisch
ist das Werk eines freien Schreiners. Es gibt
keine freien Schreiner. Mein Schreiner
schickt mir Neujahrs-Grüße: »Ihr Schreiner«,
schreibt er; ich warte
auf meinen Schreiner und meine geleimten alten
Stühle
/
und die Luft ums Haus
ist braun wie Öl, und ich vergesse
einen Brief nach dem anderen, und
die Wahl des Intendanten ward eine Farce, und

ich rauche zuviel

/

dunkel, es bleibt
dunkel heute, sage ich mitten im Hellen,
heute, hat mit Stimmung was zu tun, und
deine und meine Stimmung läßt sich
vergleichen.
Aber du sagst nicht, es bleibt
heute dunkel, und du hast recht, denn
dunkel bleibt es, heute bleibt es nicht dunkel

....
....
....
....

Das Ende der Landschaftsmalerei

I

Berliner Programm-Gedicht; 1971

Enten fliegen über den Englischen Garten – dies
ist eine tägliche Wahrnehmung
jetzt
wieder knallt es,
und es sind keine Schüsse. Es sind im Wind
die knallenden Flaggen auf dem Brandeburger Tor;
so fängt hier der Mai an
mit Panzern und Protest
– sieh mal, Lebewesen
gibt es, nämlich ahistorische Sperlinge
hin und her zwischen, sagen wir,
deutschem und deutschem
Denkmal.
Sagen wir. Also bestimmte Wörter kann ich
nicht sagen.
Sag doch mal: Reichstag – da wartet
die Stille
auf ein komplettes Parlament,
und draußen
bewegen Bagger das Nichts der Umgebung;
einen Flintenschuß
weiter würde Heissenbüttel sagen: Bewacher bewachen Bewacher –
Die S-Bahn fährt nach Osten.
Die S-Bahn fährt nach Westen.
Ich nehme wahr
das Geräusch der Brücke, den Bahnhof Bellevue,
das Alter der Straßenbeleuchtung, Johannes Brahms
und die Erinnerung an Die Vierte Sinfonie und
die Momente neuer Verschwiegenheit –
keine Briefe mehr,
die Unmöglichkeit eines Briefes. Soll ich denn sagen,
daß ich anfange
alles zu vergessen – naja,

das glauben wir ja nicht
                                        – ein Wechsel des Ortes:
und die Wirkungen eines Wechsels –
                                                  aber in dieser Umgebung
überlebt die Architektur der Erinnerung.
Nachmittage im Neunzehnten Jahrhundert.
Bendler-Block: Plötzensee.
Das Dasein der Rentner, der Bomben der Anarchisten.
Die nach dem Frieden von 1871 so genannte Au.
Roon und ähnliche Sockel im Tiergarten.
                                                            Und
die goldne Madame Victoire betritt allabendlich
meine Heure-Bleue-Szene in den Augenblicken
dahinfließender Stimmung
                                          – Ostwind als Stimmung,
Steppenluft, der Verlust der Ostsee und im Traum
ersteht wieder der Anhalter Bahnhof
                                                    – aber jetzt zeigt
die Aktuelle Kamera die Gesichter des Führungswechsels
und zufällig erfahren wir vom Meteorologischen Institut
die Weiteren Aussichten: wenig Änderung
                                                            – Grün
wird im großen Bildschirm des Fensters der Park,
täglich. Ein Außenseiter von Baum wird nicht grün.
Der Wohnsitz des Präsidenten im grünen Park.
Der Präsident ist nie da, und wenn er da ist,
ist der Protest da.
                              Nun laufen Wachen
durch den Park vor meinem Fenster,
                                                    und ich sage
das Kleine Abendessen im Schlosse ab.
                                                      Nachts, jede Nacht,
machen Vögel Lärm im Park; wenn ich angeschickert
komme heim, höre ich
                                    Vögel lärmen
                                                    im Park, aber
es ist Nacht. Und der Apfelsinen-Mond
erinnert an rheinische Vorort-Nächte mit einem Mond,
der die Farbe einer Apfelsine hat.
                                                Nachts im Mai einst,

hat angefangen ein Gedicht im Birnbaum; deswegen
ist nicht anders geworden die ganze Gesellschaft, aber
anders geworden ist
der Fortgang einer Biographie. Ein Gedicht
verändert die Person, die es macht;
im Gedicht verschwindet eine Person und entsteht
die Wahrnehmung einer Person
und ihrer Umgebung
– Angler am Ufer der Spree;
auf der anderen Seite die schweigende Beobachtung;
nichts ist schweigsamer hier als das System
einer Friedens-Bewachung
zum Beispiel gegen
ein verirrtes Paddelboot auf dem Teltow-Kanal:
gleich Schüsse und ein totes Ehepaar –
Vorgedrungen
ist in Begleitung von Wolkenfeldern gestern ein
Tiefausläufer aus Westdeutschland. Wir loben
die Wetterberichts-Prosa, täglich, im *Tagesspiegel.*
Das bestimmende Hoch heißt Aljoscha. Kräftig
über der Biscaya das Hoch Clifton. Westliche
Ausläufer des Tiefs Euterpe. Beobachtungen
um 14 Uhr, Vorhersage und Weitere Aussichten,
Reisewetter in Europa.
Ein rollendes Altersheim
ist heute der Interzonen-Zug, und auf dem Bahnsteig
Bahnhof Zoo findet Wiedersehen statt
von Blinden und Totgeglaubten; »Erkennen
Sie diese Dame?«
»Nein, diese Dame erkenne ich
nicht, und diese Dame suche ich auch nicht.«
Gesamtdeutscher Jammer im Rauch der alten Lokomotive,
und es regnet in der Republik,
die im verregneten Fenster aussieht wie ein altes Land
der Auen, Flußufer, offenen Mieten, ungepflasterten Wege,
Holzzäune, Bollerwagen, Backsteinschuppen und denkbar
für ruhige Beschreibung –
Unruhe in den Pappeln;
Pappeln lang im Anfang der *Chronik der laufenden Ereignisse*
von Handke; Pappeln in den Fernen

der Köllnischen Heide und vor den Ruinen
der roten Gasanstalt in Neu-Kölln; Pappeln im Gartengelände
am Bahndamm und in der Erinnerung
an Gartengelände am Bahndamm; Pappeln
im Kriegstagebuch von Hartlaub und es raschelt
in der ganzen Nacht wie grünes Blech
und dies bleibt das Geräusch aller Jahre
bis zum Verschwinden –
                                        es glitzert der See,
der glitzernde Große Wannsee
mit Geschwadern von Schwänen
auf den glitzernden Straßen des Öls:
                                                        so bleibt
die verdorbene Wirklichkeit
                                            schön
fürs Wochenende
und Wochenend-Sternfahrt
in den sterbenden Buchten der Havel. Hier
bleiben, bis es vorbei ist,
das Dahinsterben der Sonderrechte und Systeme,
der Ufer-Villen und Gedächtnis-Erklärungen,
der Fische, der Bahnhöfe, der Ideen, Bäume
und Verständigungs-Illusionen –
                                                  hör mal, nun
schreien auf der Pfauen-Insel die Pfauen, aber,
                                                                  hör mal,
kein Pfau schreit glücklich. Ich sage, das sind keine
Pfauen, sondern verwünschte, ins Verwünschte
geflohene Fürsten, und diese Insel
ist ein Exil   – nun
wird geschrieen im Exil. Und es gibt
einen gotischen Pferdestall. Eine Russische Rutschbahn.
Die Ruine der Meierei ward erbaut als Ruine.
Der Große Kurfürst und sein heimliches Labor.
Im Winter Winterhaus für fremde Vögel.
Ein Haus für Kavaliere.
Ah diese eiserne Kandelaber-Fontäne.
Im Winter übers Eis mit Hunden und abends
Ritte einsam über die Insel –
                                            nun

treten wir heraus
aus einem Böcklin-Bild
und rudern zurück in ein Bild
der sogenannten
politischen
selbständigen
Einheit –
Im *San Marino* am Savigny-Platz
sind diese sagenhaften Florentiner Steaks für ganze acht Mark
und dazu diese Erinnerungen: alte ruhmvolle Gegend
der alten ruhmvollen Zeiten,
zum Beispiel
S-Bahn-Quelle und *Franz Diener,* als
die Sache mit der Literatur
noch eine Sache von Lokalrunden war und
Höllerers Lachen hallte überall;
jetzt
gar nichts mehr; muffige Wortlosigkeit sitzt herum
und wählt samt Schießbefehl
Sozialistische Einheit; oder verbale Leichenschinderei
und vergnügt wird gepfiffen
auf letzten Löchern, und weiter wird bloß geschwiegen
zwischen diesen alten Mafia-Freunden
– aber
was sich geändert hat, ist nicht Sache allein
von kaputten Freunden und Freundschaftlichkeiten,
sondern alte Kämpfe kommen wieder
im Sinne alter Utopie
– Trauer jetzt schon,
und zwar im Sinne einer lähmenden Vergeblichkeit,
die wiedergekommen ist wie eine heimliche Krankheit,
ohne Rechtfertigung, ohne Leichtsinn
oder die Hoffnung.
Aber so geht es, und
wir entfernen uns und ziehen uns zurück, so
heißt es, bis der Wind sich gelegt hat, so
sieht es aus, und das sind doch falsche Vergleiche,
denn es gibt nicht
den Rückzug, den Wind –
Wind, das

ist ja See-Wind jetzt; in dieser Stadt ist
plötzlich
der Geruch der See und wir sagen:
diese Stadt
ist eine See-Stadt
und
wir fahren jetzt
an die See. Wo
ist die See?
Stettiner Bahnhof.
Straßenschilder nach Stettin, Stralsund.
Es war einmal eine Reise nach Rügen.
Nach Mecklenburg; da sind,
im Dunst, Figuren, von Uwe Johnson,
mit Cordhosen, auf Sandwegen.
Wo
ist die See – nun
fotografieren wir die zweiunddreißig Seen
von West-Berlin, und das heißt,
ich beschäftige mich mit Wasser-Strukturen.
Und noch zu notieren bleibt dies:
ein See,
der umkippt, ist hin und verloren
für mindestens fünfzig Jahre; das Beispiel
Tegeler See
mit einer Verölung von zweitausend Booten,
sechshundert wäre das Limit –
»wenn's
am Bodensee so stünde, hätte Baden-Württemberg
nichts zu lachen mehr«
– und gelb
ist heute die Luft, und niemand
verantwortet die Luft, wie sie ist
und morgen wird, und wir sind beteiligt
und sagen nicht viel, und wir fliehen
in den Grunewald und versauen nun
den Grunewald –
dann kommt es
zu sogenannten Vereinzelten Zwischenfällen, indem
sich sogenannte Oppositionelle Jugendliche

nicht abfinden
mit, z.B., den Panzern der Queens Dragoon Guards
auf der Parade-Straße bis zum 17. Juni
und weiter, so weiter
(»oh, it's Allied Forces Day«)
– ja,
»aber vergessen Sie mal nicht, was hier
seit der Luftbrücke da oben nämlich
nicht
vergessen wird«,
und ich lasse mir auch erzählen
von den Selbstmorden und den Vergewaltigungen
und den Schreien im Keller, und ich vergleiche das
mit der ganzen Angst in Thüringen, als
die kurze Chesterfield-Epoche aufhörte und
die Panje-Wägelchen kamen
– die rechten Worte
zur Entspannung,
und schon geht der Krach wieder los
mit den stalinistischen Freunden, denn
auch der Einwand mit der Gegenwart
bestimmter Erinnerungen zählt sowenig
wie das Argument mit der historischen Erfahrung;
rede mal
mit der Orthodoxie –
das Gedächtnis
ist eine Sache von Generationen; schnell, schnelles
Vergessen, und weiter
wächst viel Gras, Botschafter
verhandeln –
aber wir stritten dann weiter
bei *Cony*, als (staunten wir) auch noch der IBM-Mann
mit den Vorzügen des Sozialistischen Realismus
gleich das ganze System pries – nein,
wir stritten dann nicht weiter, sondern
wurden still, in der Nacht
– es war aber nicht Ruhe,
bloß Egon sagte nichts mehr und Marion
hatte rote Flecken im Gesicht,
und draußen

mischten sich die Bilder ein aus den Nächten
vor drei Jahren, als auf der Kantstraße
Mannschaftswagen patrouillierten
und wir ohnmächtig anbrüllten gegen
die Staffeln der Berittenen Ordnung;
später,
an den Seen draußen, war auch die Ruhe wieder da,
dieser scheinhafte Zustand von Friedlichkeit
mit diesen abgekehrten Gesichtern,
die nichts von den brennenden Autos,
den Wasserwerfern, den Steinen und Knüppeln
wahrnahmen
drinnen in der Stadt
mit einem Geruch,
und Gefühl, mehr nicht,
von Revolution –
Die ganze Umgebung
wird überschaubar in Friedenau
auf den Meßtischblättern von Johnson.
»Kommt jemand / dichten Sie sagt er /
sehen Sie mich an /
ein Context / Erfahrungen montiert /
na gut«;
und ich betrachte die Gegend,
zusammenmontiert, an der Wand,
und lasse mir zeigen die Nähe
von Peter Huchel
– wie er da saß, suchte
Johnson genau auf der Karte die Gegend zusammen
aus seinen Erzählungen,
verwischtes Erinnern –
und heute lag die Einflugschneise
einmal nicht über Friedenau, das
wußte ich in meiner Akademie
ebensogenau;
dann wieder, während der mecklenburgischen Mahlzeit,
sah ich vor mir Enten flattern – »da
hat er geatmet, gehört, gerochen, gefühlt,
gelacht wie ein Mensch« – und
– »sincerely yours« – Mr. Johnson

dichtete weiter:
»Tauben im Gras
PanAmerican über der Akademie
die Stadtbahn im Traum
Düttmann im Schlaf« –
grün
wie der Badische Wein
glitzert jetzt im Mond
diese Spree.
Es sind nicht Maschinengewehre, die knattern,
sondern Flaggen wieder im Wind,
und wir sagen: das wäre nun gar kein
Vergleich,
zu sagen: wie
ein Maschinengewehr
knattert
eine Flagge
hinter der Mauer.
Aber so hört es sich an, sagten wir, dennoch, bloß
hat verdorben die Sprache
sogenannter Frontstadt-Mentalität
die Möglichkeit eines Vergleichs; noch
im Tiergarten knatterte es weiter, bis in den Sound
der Rush-Hour hinein.
Da
stehen Beauties
»langbeinig, hoher Wasserfall«;
Sommer kommt mit trommelnden Gewittern.
Nachtigallen. Nachtigallen.
Blue Moon
im Transistor.
Wolken morgens wie in Schweden;
es ist eine Reise zum Wannsee in der Stadtbahn
an der Avus lang; Birken wachsen
zwischen den Schienen im Grunewald; der Grunewald
hört nicht auf;
am Bahnhof Wannsee
hört alles auf –
im kühlen Literarischen Salon
der Kaiserzeit-Villa am Wannsee

sitzen Maier/Bisinger; drüber zwischen Filmrollen
hockt Ramsbott auf seinem grünen Sessel,
träumt Filme,
                    und es ist still; nur
Ulla Ludwig telefoniert jederzeit und im Treppenhaus
steht ein Kater, alt –
                              alte Zeiten, als es anfing,
Cuba-Krise und die Stille in der Luft
machte uns alle nervös;
                                was passiert denn,
wenn was passiert,
                          »in dieser windstillen Mitte« –
Übungsflüge. Übungsschüsse.
                                        Aber
wir warteten ja noch auf Augstein, und
während wir warteten, tat sich
                                        »der Abgrund«
auf. Augstein verhaftet. Die Gruppe schreibt
ein solidarisches Papier, und
                                      »nun werden wir alle
verhaftet«
                nach den plötzlichen Hamburger Gerüchten,
also was ist –
                    die Betten krachten in der *Alten Post*
und von den Freundschaften war noch keine kaputt;
in Zehlendorf bei Härtlings die halbe Familie; das
war noch ein Herbst.
                              Später in der Gegend
machte ein Hildegard-Knef-Walzer alles klar,
das heißt, klar war nichts, bloß
war die Situation da, in der sich ein Schlager
dann anhört
                   wie eine letzte Erkenntnis.
Zum Beispiel in der Zeit im Steinplatz-Hotel, als
ich nur zum Schlafen kam nach
einem gewissen Quantum Guiness-Bier unten
bei Freund Karlchen; dann
klopfte noch aber Bächler wegen wieder neuer Probleme
und Nonnenmann geisterte fliehend durchs Haus.
Dreimal Schätzchen in der Nähe. Schonauer

ohne Führerschein. Tiergarten Natascha. Da
flattert ohne Knöpfe Raddatz über den Ku-Damm.
Bald hängt ja die ganze westdeutsche Provinz
hier herum in den Kneipen
                                        und schließlich
schwebt der Artmann noch aus Malmö herein –
Katalog im In-Group-Verfahren;
                                                Höllerers Zirkus
hieß es dann noch
                              bis zur Hochzeit
mit kaschubischer Mahlzeit und der Freundlichkeit
zweier Polizisten beim Reinschieben der Juke-Box
von der Terrasse; *Ticket to ride* mit Erdbeeren
und Baumgart in der Dämmerung
hing dann im Baum –
                                  besuchen wir Richters
und altern an der Bar; Fortsetzungen
im Fernsehen, Drittes Programm, Die Krise
des Romans –
                        Nun sind plötzlich verschwunden
die Kulissen des alten Kontrollpunkts Dreilinden,
bloß liegt voll Reifen und Autoschrott
die Piste
              – ich wollte noch Aufnahmen machen
und das Verschwinden dokumentieren; da
soll jetzt ein froher Camping-Platz hin mit
brutzelnden Pommes Frites
                                          im Niemandsland –
was ist denn los, nachts, an der Glienicker Brücke?
denn immerzu fährt noch ein Wagen
über die König-Straße zum Jungfern-See, bleibt
stehen eine Minute lang vorm Schlagbaum
der *Brücke der Einheit*
                                  und wendet wieder,
zögernd, als ob das unbegreifliche bliebe,
dieser ewig verhinderte Auslauf
nach Potsdam –
                          am Wochenende geht das
konvoi-weise, wie eine Gewohnheit
                                                    mit der Hoffnung,

daß plötzlich der Schlagbaum hochgeht
– kalt,
kann man sagen,
glitzern Lichter im Wasser, und nur
der Wind
vermittelt neutral von Babelsberg herüber
das Kurvengeräusch der Straßenbahn
– Trost
in der Nähe ein Kornfeld
für den Abend.
Ich schneide Zeitungsartikel aus;
Löcher im Gedächtnis,
aber es wird kein Archiv draus,
kein Vertrauen
zu Fakten
– was heißt hier Fakten
angesichts der Formulierungen im Geist
dieser verlegerischen und redaktionellen Interessen;
diese Wörter
kosten und machen nur Geld
– ein Gedicht
dagegen, wochenlang konzipiert,
ruiniert
seinen Mann und richtet sich gegen die Interessen
der Familie
: ein völlig asoziales Produkt;
dazu noch, in Sachen Kommunikation, nicht mal
ein Medium für Minderheit
wie noch das bankrotte Westdeutsche Fernsehen –
na siehst du: nun
sei mal gesellschaftsbezogen und laß die Finger
von der Poesie für Niemand und Nichts
– fein,
ein wirkliches Rezept, jetzt werden wir richtig
glücklich
und mit uns
die ganze unglückliche Gesellschaft
– Ton läuft;
kein Schweigen, aus dem nicht ein Statement
zu machen wäre

– Aus-Taste;
weiter, denn
weiter lebt das Repertoire der Erfahrung,
und siehst du,
du kannst sie vergleichen,
deine Erfahrung,
mit Wörtern und Sätzen.
Da liegen die Boote; sonntags, im Morgengrauen,
sitzen die Angler in ihren Booten
und manchmal hallt ein Wort über den See.
Die Angler sitzen allein;
sie warten
und sind verschwunden, ehe es losgeht
mit Ausflug und Wassersport,
und verschwunden
ist das Bild einer Leere, ein graues Bild.
Wo bleiben? An den Rändern der Stadt
altert die Geographie.
Der Inhalt alter Schullandkarten
mit den gelben und grünen Flächen
der Norddeutschen Tiefebene; die Traum-Wörter
der Erdkunde; manchmal
sind Traum-Wörter
wirkliche Dinge
im Rest dieser Landschaft; der Sandweg,
die Kiefern, das Schilf
– das Land
ist nicht Eigentum der Phantasie, aber
es verändert sich:
eine Projektion der Erinnerung,
der Ideen, der Einbildung und der Schmerzen.
Und es bleibt
ein Produkt der Geschichte, und
es verschwindet in einer Zukunft –
erzählbar
ist, was ist erzählbar: ja, Tom Stoppard,
im Studio auf der Leinwand, erzählt die Story
von einem Mann und seinem Pfau,
das heißt,
es ist nicht die Story von einem Mann, der

während des Rasierens seinen Pfau hinaus
auf die Straße laufen sieht und nun
aufgeregt und halbrasiert seinem Pfau
auf die Straße hinaus nachläuft,
sondern
es ist, wenn es eine Story ist, die Story
von den Leuten in einem Auto, das gerade
auf der Straße vorbeikommt, als ein Pfau
und ein Mann, halbrasiert, über die Straße
rennen –
und, sagt Tom Stoppard, da
sehen nun plötzlich Leute einen Pfau und
einen halbrasierten Mann,
und warum, was
soll das, fragen die Leute und verstehen nicht
das Ereignis,
das doch erklärbar ist
(ja, wenn, zuvor,
man die Story kennt von einem Mann
und seinem Pfau)
– noch weniger
ist zu sehen als jedes sichtbare Phänomen,
und was ich höre, ist
spätestens beim Wiedererkennen,
ein vermitteltes Geräusch,
und was ich fühle,
ist die Kruste der Gewohnheiten
– aber, sag,
es gibt doch die unbenennbaren Erfahrungen,
ja,
die riesigen Räume ohne Wörter
– da draußen alles
ist ein tägliches Gedicht,
ein täglicher Widerspruch
der Systeme, der Fiktion der Begriffe.
Mehr passiert
in der Umgebung der Wörter
– aber da sind
die Wörter wieder:
die Wörter für das, was

wir Enten nennen, die Seen und Spree
und den Grunewald, die Mauer, die Stadtbahn,
die Akademie, die Glienicker Brücke, Paris Bar,
Rieselfelder und Siemensstadt, Kornfeld,
einen alten Mercedes und ein brauchbares Studio,
Segler und Angler, Schüsse, Schnäpse, Wind
und die ferne Ostsee
                                        – da sehe ich etwas
unter den Wolken, was ich sage
                                                        (etwas)
mit den Wörtern
                                  – aber ich sehe nicht Wörter,
fliegend und still; es gibt kein Gedicht
hier in der Luft oder unten im Wald.

II

Einst, im Februar

See-Wetter; aber die See nicht.
Diese Erinnerung an Küsten; Küsten
des Exils, die ich so nannte,
einst, als ich hierblieb.

Im schönen Wetter

Wirklichkeit heute: die Wetterkarte
von gestern abend
                              – so, siehst du,
leben wir heute, heute
                                   nichts
passiert mehr. Sage ich mittags.
Nun geht der Nachmittag
nicht mehr zu Ende
                                – plötzlich,
nein, plötzlich nichts. Etwas,
das mich verrückt macht,
                                      nein,
auch nicht verrückt. Siehst du,
ich täusche mich, ständig, während
die Wetterkarte,
                         ganz überraschend,
heute, im Recht bleibt.

dieser Regen hört nicht auf; ungestört (schimpfe
ich) schießt der Rasen
                                                – nein, der Rasen
schießt nicht.
                              Dementi. Unwiderlegbar:
Motorsägen, Pipeline,
                                              gleich um die Ecke
im Wald.
                        Regen. Rasen. Wald.
                                                            Schöne
Wörter
                    für Schöne Aussicht   – nein,
widerlegbar.
                            Aber (lese ich)
der Grundwasserpegel: die Notwendigkeit
von zwei verregneten Sommern
                                                                – aber,
was wird aus Rasen und Wald?
                                                                 Winter
dazwischen. Stornierte Projekte; Streiks.
Und weiter Sägen, Erdgas und die Luftbilder
für neue Karten, mit Resten
von Feldern, Gewässern und Wald.

Im Frühling

Grünes, verschwindend; und mehr
verschwindet: Fachwerk, Gewißheit, Stille
in Seitenstraßen
                    – was, wieder, belebt
die Wüste im Kopf
                         – Kein Fragezeichen;
oder ein Fragezeichen
                            auf leerem Papier.
Die Ratlosigkeit, auf wenigen Gesichtern,
nein,
    ich nehme wahr
wenige Gesichter. Und ich nehme,
verschwindend,
                  weniger wahr; weniger
gibt es, Grünes, Gewißheit,
                                und
es ist kein Beweis, die Nachricht
von Gestern, Krise, Hoffnungen heute.

Am Mauspfad; Autobahnbau

Der Zaun: steht geschrieben auf den Brettern
des Bauzauns um die Baustelle herum,
und vorbeigehend täglich glaube ich
weniger, daß es ein Zaun ist.

Natur-Gedicht

in der Nähe des Hauses,
der Kahlschlag, Kieshügel, Krater
erinnern mich daran –
nichts Neues; kaputte Natur,
aber ich vergesse das gern,
solange ein Strauch steht.

In der Stille

der Kran, heute, ohne Bewegung,
und ich sehe nichts, heute,
im Ausschnitt des Fensters,
was sich bewegt

Zwischen Kindern und Tauben

Tauben, ein Taubenschwarm über dem Domplatz,
knatternd wie
                    Tauben; Bomben, Drohung
mit Bomben im Funkhaus,
                                        und Sonne,
die Nachmittagssonne auf den Gesichtern.
(»Das sind nicht Linke, das sind
die Faschisten.«
                         Ach wirklich –? »Ich
wollte bloß einmal testen, wie Sie
darüber denken.«)
                              (Ich denke: das hat
so seine Geschichte –)
                                   (Und Schweigen, da
schweigen die theoretischen Freunde)
Jetzt
      klatscht ein Kind in die Hände,
zwischen sitzenden Tauben,
                                        und hoch schreckend
schwärmt ein Taubenschwarm ab.
                                                Domplatz,
damals im Bildschirm-Format, als
der Bankräuber-Film
                                   Wirkliches war –
aber nun nichts,
                         noch nichts, knatternd
wie Tauben
                  die Tauben und Sonne
auf den verdächtigen Gesichtern
                                               (denn
»Schweigen ist solidarisch«, sagen
die solidarischen Freunde). Zögernd
zum Parkplatz; der Parkplatz,
                                           plötzlich,
ist leer –
            bald, wir nähern uns
der Tagesschau; im Vorort, knatternd,

Rasenmäher
und Rauch mit Tauben
sitzend im Baum,
schweigend im Baum;
ich denke an Schweigen; ich sage: Baum.

Zehnter Juli

Ginster; mit einer Ansichtskarte
von der Insel Elba kommt Ginster ins
Haus; Proust hat Geburtstag; und
es kommt die Erinnerung an Ginster
in den Jahren, als am Bahndamm
nicht blühte der Ginster.

Mittags-Geräusch

Riesig die Fliegen; eine Art Offensive
im Sommer
                    (einmal,
Stille und Hitze,
im Gasthof im Dorf im August,
erinnerte mich
das schwere Gesumm an das schwere Gesumm
in einer Küche im Dorf im August,
und es war,
in der Stille und Hitze,
                                        aufeinmal,
das Summen der Bomber
aus dem Raum Hannover–Braunschweig)
und ich lobe
                    jetzt
den Panzer des Kühlschranks.

Geräusch-Moment

Ebene; mit Weizenfeldern, in Bewegung. Ich liege
und rühre mich nicht; mein Kamera-Blick.
Näher kommt ein Geräusch. Was ist das;
was war das. Die Unruhe, in den vergangenen Jahren,
hörte nicht auf. Oft dachte ich
zu verschwinden, hinter den Baumgruppen, westlich;
Nähe der Küsten. Nun sehe ich, wie der Sommer,
sonst nichts, an Schrecken verliert.

III

Nach einer langen Zeit

Verwüstung, ein Zimmer.
                                                  Wo
sich nichts ändert. Irgendetwas
verschwunden; der langsame
Fortschritt
                  des Verschwindens.
Jetzt; etwas
                    nicht
wahrhaben wollen. Der Beweis
der Verwüstung. Genug.
                                                Und
fortgesetzt; wieder.
                                   Langsam
und wieder, ein Leben.

aufwachend willigte ich ein, nicht mehr
zu rauchen,
                    aber es war nur im Traum
eine Verhör-Situation, ohne Folgen
für die Gesundheit, die Geschichte, den Überbau
– an diesem März-Nachmittag
                                        änderte sich
nichts, aber ich wachte auf und ging
auf die Straße, und in den Gärten
der März-Geruch und hinter den Fenstern
das Flimmern des Nachmittag-Programms
– weiterlebend, ich weiß nicht,
                                        welche Momente
wiederkommen, im Traum, im Gedächtnis;
folgenloser Tag, und die Gewißheit
der Täuschung, der Neuigkeiten,
der Unruhe und Suche nach Zigaretten.

Im Jahr vor seinem Tod
(New York, März 1972)

Edward Steichen, Jahrgang 79,
Museum of Modern Art,
nun, in seinem Haus, einzig
beschäftigt zu fotografieren
vor seinem Fenster den Baum.

In der Nähe von Andy Warhol

als er dann wankte und umfiel,
der Schwarze auf dem Union Square,
hob ich ans Auge die Kamera
und sah im Sucher, daß
er liegen blieb
zwischen den gehenden Leuten.

Coney Island

– also, dann essen; zum Essen, unten
im Haus, ruft meine Frau, und
ich will
(warum? wir sehen noch)
auf meine aufgewärmten Spaghetti
Tomaten-Ketchup
: aber von »Heinz«.
Mittag. Und müde. Und Unterbrechung,
denn ich saß ja
(Impuls der Erinnerung)
gerade an einem Gedicht.
Nun weiter.
Aber ich weiß nicht.
Aber ich weiß, ich
wollte Ketchup von »Heinz«: Erinnerung
an Coney Island, wo
(unterbrochenes
Gedicht) die alten, sehr alten Leute
sitzen, im eisigen Märzwind, mit
Sonnenbrillen und in den Hüllen
der New York Times
– so ungefähr,
und dann noch einige Zeilen über
die Sehnsucht, über den eisigen, sonnigen
Nachmittag mit Blicken
(aus dem Exil)
über die Krümmung des Meers,
weil
(Erzähltes) dahinten,
hinter
der Krümmung,
Erinnerung und Europa
– Zeilen
über Erinnerung;
und über die Emigration?

Nachmittag. Ich weiß nicht. Geschmack
von Ketchup, »Heinz«.
                                        – also, essen;
kein Gedicht über Coney Island, später, im Mai.

Wechselnder Wind

Paestum. Oder war Birra Peroni gemeint . . . Keiner wußte
was, auf der Goulasch/Matratzen-Party; wer war
Raymond Roussel –
Schatten seltener Wörter
(un-
bemerkt)
wandern ab. Zugestempeltes Gedächtnis.
Wer fuhr den blauen Volkswagen, am Ende
welcher
Kurzgeschichte? im Regen . . .
Aber die günstige Zeit
für Schellack-Platten; die Neuigkeit des alten Geräuschs;
und die Straßen werden nicht
leer und dunkel
sein –
Wechselnder Wind, zum Vergleich; Wind
im Wechsel der Metaphern
(das Ende der Metaphern, oder:
Ziele im Neuen Deutschunterricht).
Die Meisten merken
nichts
(etwas bereitet sich vor); einige sind schon
von selber gegangen; andere still und zögernd.

Fernsehen, 1972

Draußen, dies ist Sommer, und drinnen,
ein Film, dies ist ein Film
über den Sommer von Thomas Wolfe
in Berlin, vor sechsunddreißig Jahren,

als unser Garten voll weißer Gartenmöbel
stand und alle die Fotos entstanden
der Unwissenheit, auf denen ich wiedererkenne
diesen Sommer, der jetzt im Fernsehen lief.

Vormittag, Zusammenhang

sieh mal, der gute Kater liegt jetzt
in der Sonne,
                    schlafend, unweit
des Vogels, den er heut morgen
erschlug,
               und deine Bluse
hat jetzt einen Riß

Freischaffender

Stiller Tag, und das stimmt nicht;
die Beitragserhöhung der Krankenkasse,
wir schimpfen und nun weiß ich, daß
ich gesund bleiben und mehr wieder
tun muß
          – stiller Tag, und summend
meine Schreibmaschine ernährt die Familie
des Stromablesers mit; nun weißt du,
welchen Nutzen meine Wörter haben und
warum ich in mein Zimmer gegangen bin.

und dies ist Dezember; in diesem Jahr
ein Monat mit Streik, Krieg, etcetera,
und wieder
ist diese Sache, die wir
Christnacht, Weihnachten
nannten,
einst, als eine Sache wie
Ökonomie
noch wie ein Märchen war.
Nun, frage ich,
ist dies das älteste Beispiel für
Täuschungen
in der Kindheit (»Engel-Haar« auf den Teppichen,
und als das Fenster klappte, sieh mal, »war
das Christkind fortgeflogen«), und,
frage ich,
glaubten wir denn
gar nichts mehr, seitdem –
Immerhin, keine Sirenen am Heiligen Abend,
und so war Stille
(»Kriegs-Weihnacht«) einmal
kein Märchen;
konkret, wie diese Erinnerung.
Aber, wo
ist der Schnee jetzt: die alten Bilder
sind Bilder mit Schnee
(das Beispiel
Erinnerung Landschaftsmalerei), oder
das Rot auch der Abendhimmel
(»Christkind
bäckt Kuchen«) –
dieses braune Geniesel,
nun, in der Ölluft,
dies ist Dezember.
Feuilletons wider die Heuchelei, fromm
wird die Hamburger Presse am Sonntag;
Advent.

Dies ist Saison, und am Heiligen Abend
sehen wir Beckett, wieder, Drittes Programm.
Weihnachten, also,
ist eine Sache der Medien,
und der Hessische Rundfunk plant
eine Sendung
mit Lyrik
für diesen Termin, und ich schreibe
Lyrik
für diesen Termin;
bloß, wie
erkläre ich dir, was einmal war,
zum Beispiel
»Hohe Nacht der klaren Sterne«
oder die Sache mit
Krippe, Esel und Ochs –
Wörter, hörst du, die Wörter.
Die Wörter
für Bäume, Sterne, Schnee, den Umsatz und
das Evangelium, das Erinnerte, die Zeit
vor zweitausend Jahren
und diese Saison.
Rückenschmerzen; schwieriger Etat. Aber
wir singen,
nein, deine krächzende Stimme –
also, dann still,
und vielleicht
noch (Bilder, Dezember)
der Schnee.

wenn überhaupt, die Tröstungen später, und
für was dann, das kriegen wir
nicht mehr zusammen
– aus dem Haus gehen,
keine Verwendung für Verkehrsmittel;
in der Nähe ein Bachlauf mit Erlen und
der rostfarbene Glanz der Sonne
auf den harten, rissigen Wiesen
– Jahresende,
und es ist ein Krachen in der Luft, sonst
nichts mehr zu hören; Neues
am Rande
– nimm's mir nicht übel,
gleichgültig weiter zu leben, denn es stimmt
ja auch nicht; jeden, nein, fast jeden Tag
von etwas getroffen
– Fröste; blockierende
Vorkommnisse, und der Bach kämpft
ganz selbstverständlich; ein Rest Gemäuer,
da, bröckelt immer weiter weg

IV

Mielenforster Wiesen

Spaziergänge, mit Krähen allein, und
alte Schatten gehen mit, Etat-Probleme, die Nachrichten
von Luftschießerei
                    – dies am Samstag-Vormittag;
der Vorort bei der Wagenwäsche, Zeitungsgeld
und Bierlieferung, kein Rasenmäher
im Dezember
                – »Wunschzettelzeit«; die Zeit
der ganzseitigen Inserate
                        (»ich aber wünsche nichts;
das heißt nicht, daß ich wunschlos bin«).
                                        Im Wald,
ein Nieselregen kommt und weicht
die Wochenend-Ausgaben auf,
                                – Krähen,
dies ist sicher, krächzen, sozusagen, jetzt; der Anblick
eines leer gelassenen Felds,
                            und das Wiederfinden
des leer geräumten Schrott-Modells: so, ungefähr,
die Neunundfünfziger Saison
                            – (»und gehen Sie
viel spazieren?«) Auf Seitenwegen plötzlich
Nachbarn, und wie erklärt man sich: »nur
einfach so, mal frische Luft . . .« / Verlegenheiten
im Niesel
            – Verschwinden wird schwierig;
dies, zwischen Dellbrück und Brück, sind nicht
kanadische Distrikte
                    (»Gleich hinter Vancouver
beginnt der Wald, beginnt nichts . . .«); Schneisen,
neue Schneisen der Pipeline wechseln über
in Trimm-dich-Pfade; Tagträume
verändern den Tag

– Bachufer und Bäume,
zum Wiedererkennen, weil sie beschrieben und fotografiert
sind, und das Wiedererkennen ist eines
von Bildern und Wörtern,
mit einer Wirkung,
die nun die ganze Gegend
verändert (wie aber,
wenn niemand sonst eine Wirkung
von Wörtern und Bildern
wahrnimmt)
– Problem
in der Landschaft. Landschafts-Probleme;
Immobilien-Inserate unterm Arm; dieser Weg
führt in Schluchten
(»die Flüge über die Canyons«).
Die Schlucht des Autobahnbaus. Und der Abbau
einer noch herrschenden Ruhe; zwischen den Kiefern
Magirus-Deutz.
Ausgewechselt werden die Kiefern
gegen Laub und Büsche, Mischwald; so plant
die Wald-Verwaltung; kein Grunewald hier, wo
rheinische Boden-Bedingungen herrschen
(und ich
sagte immer, auf Fahrten in die Flughafen-Heide, hier
fängt ja schon der Grunewald an)
– Motive
und Spuren. Wo Erich Schuchardt die Wiesen
malte, die Wege nach Refrath, die Wege
in die Ukraine;
vermißtes Gesicht, und das Ende
lokaler Landschafts-Malerei.
Alte Schatten
gehen mit; zugewachsen die Bombentrichter, sanft
die Mulden erinnern die reitenden Kinder
an nichts
– gut so; der Lärm in der Luft
bedeutet, für irgendwen immer, Profit, und
die Kühlschrank-Ruine im Unterholz hat für sich
die Zukunft der Archäologie, und
Friedliches

auf der Landkarte
erhofft der Leitartikel
unterm Arm. Schüsse, weil
Jagd-Saison ist; am nächsten Wegkreuz lagern
die Bierkästen der Jäger; Nachbarschaft
mit Gewehren
– und Schrifttafeln, Zäune
ums Wasserschutzgebiet, das aussieht wie
Niemandsland,
Grenze und Zone,
aber ein Beispiel ist
für falsche Vergleiche; für eine Gegend, die
eine Vorstellung erzeugt, die mit der Gegend
nichts zu tun hat
– so bleibt der Bachlauf
ein Bachlauf, und hinter dem Stacheldraht
steht nichts
(stehen im Frühling die Kühe),
Hochstände modern im Unterholz. Zärtliches,
einst, im Unterholz.
Alte Schatten gehen mit;
die Nähe des Gesagten und Erzählten,
und jetzt
die Bilderstreifen der Jahre im Kopf,
so sehe ich
nichts mehr
– Dunst nimmt zu; Niesel
erklärt die Gegend und macht sie nutzlos
für Prospekte. Reise-Ziele unterm Arm, aber
näher die Krähen
(»die Adler versprachen
ein Leben ohne Behörden«)
und
Gänge weiter in den Trümmern des Walds.

Kölner Fernseh-Gedicht
Geschrieben zum 10. Dezember 1972, im Auftrag des Westdeutschen Rundfunks, für die Fernseh-Sendung »Heinrich Böll – Der Schriftsteller und die Öffentlichkeit«

Westdeutscher Rundfunk; Kamera-Auge; atlantischer Wind
über der Kölner Bucht
– nun denke ich, sage ich:
10. Dezember. Wo ist Stockholm; hier ist
die Lufthansa, Leverkusen und Knapsack; umflattert
von Möwen und Tauben, das sogenannte lyrische Ich
auf dem Funkhaus-Dach
– nun, großer Rundschwenk;
der Wind drückt die Kamera weg
und der Kamera-Mann ist schwindelfrei nicht.
Unten die Stadtautobahn; Nord-Süd-Fahrt;
das Geräusch der Zerstörung des Altstadt-Systems,
aber
(wir sind ja geboren, hier, mit, sagt man,
einem historischen Instinkt)
die alten Wege nach Rom,
das Alter der Namen, Steine, Ruinen, Gerüche, Gebeine;
den Bau unserer U-Bahn betreibt
die Archäologie.
Was wird man, wenn jetzt,
jetzt alles
verschwindet, finden von uns:
die Heinrich-Böll-Straße
nicht;
immerhin, wir kennen nun endlich die Gegend
des Hauses von Stefan Lochner, Reste
am Quatermarkt, 1444 –
Trost der Zukunft;
und wie es vor 100 Jahren war, erzählt schon
gesammelte Photographie,
Bildbände der Erinnerung:
sieh mal, als unsere Stadt noch eine Festungsstadt
und zwischen den Ufern statt der Hohenzollernbrücke
eine Mausefalle war;

da stand die Kaserne
der Deutzer Kürassiere;
300 Pferde und das Ende
des Zeitalters der Pferdebahn;
so sahen
die Poller Milchmädchen, so die Kaiserliche Majestät
vor den stummen rheinischen Zylindern, und so
die Herren Hindenburg und Adenauer
zwischen den Spalieren des Stahlhelms aus;
Vorfrühling
DADA und im Brauhaus Winter verprügelte Mutter Maria
Sohn Jesus;
Tanks am Dom und Frau Flöck
die sitzt im Kinema, im Café Monopol
die Progressiven
(heute Funkhaus mit der Fiktion
eines gewissen Doktor Murke darin) –
kein Elternhaus
ohne die Souvenirs; die städtische Seele
im Stadt-Archiv.
Stadt-Anekdoten; und so bleibt,
sagt unser stadtältester Dichter, eben »die Pein,
in diesem Gefälle zwischen Proust und Ostermann
aufrecht zu stehen und gelegentlich zu rutschen«;
aber,
lasse ich mir sagen, unten
bei Will Ostermann würde mir eher ein Brunnen
geweiht,
auf meinen Namen,
mit Sang und mit Klang
– wir
singen nun nicht, heiser in den Kneipen, hustend
im Dunst der Chemie;
auch dies wird kein
Stockholmer Preislied, sondern ein Auftrags-Gedicht
mit Terminzwang –
Tiefdruck-Systeme
beherrschen das Wetter der Bucht –
Notiertes Böll-Zitat:
»Die Geschichte des Ortes, an dem einer wohnt, ist

gegeben, die Geschichte der Person ergibt sich aus
unzähligen Einzelheiten und Erlebnissen,
die unbeschreiblich und unwiederbringlich sind«:
hörst du, so
wissen wir nichts
von den Namen im Telefonbuch, vom Inhalt
des Einwohnermeldeamtes, vom einzelnen Leben
der Zuschauerzahl,
aber die Mehrheit, das Öffentliche
ist etwas, das uns sprechen und stumm zugleich
macht, das uns hindert und stößt,
glücklich, kaputt macht
– Träume beschreiben:
Beschreibung von Zwang und von Flucht.
Wörter
dagegen für die Veränderung, anderswo und im Land,
rhetorisches Format, Sporthallen-Umgebung
– fragen wir
nicht, wie das ankommt und wirkt: Wörter
nämlich mit allen Rechten
der unnahbaren Utopie.
Wörter aber,
was ist mit den Wörtern im Gedicht,
im Fernseh-Gedicht,
oder im Heimat-Gedicht
unsres weltmeisterschaftlichen Heimat-Dichters,
ich lese mal vor:
»Wer an Kanälen lauscht /
kann sie hören / in Labyrinthen / unter der Stadt /
über Geröll, Scherben, Gebein / stolpert die Madonna /
hinter Venus her / sie zu bekehren / vergebens /
vergebens ihr Sohn hinter Dionys / vergebens
Gereon hinter Caesar / Hohnlachen / wer an Kanälen
lauscht / kann es hören
Der dunklen Mutter / durch Geschichte / nicht gebessert /
steht Schmutz / gut zu Gesicht / in Labyrinthen /
unter der Stadt / verkuppelt sie die Madonna /
an Dionys / versöhnt den Sohn mit Venus / zwingt
Gereon und Caesar / zur Großen Koalition / sich selbst
verkuppelt sie / an alle die guter Münze sind«

– Wörter also
aus der Region, der Geschichte, dem sogenannten
Leben des Geistes;
Anarchie unter Pflaster, abendländischer
Klüngel, Unzucht der Religionen,
Puffmutter Stadt
– nichts für Lesebücher
Nordrhein-Westfalens;
im Selbstgespräch kämpft
das Gedicht
gegen die Stummheit der Einzelnen und
das Vergessen der Mehrheit
– Straßennamen,
auf rechtsrheinischen Äckern zwischen Merheim und Brück,
sanieren die Namen der Poesie: Bennstraße,
Bergengruenstraße, Bindingstraße, Claudelweg –
Straßen
machen selber ihre Poesie
– STRASSEN WIE DIESE:
»durch Straßen wie diese führte mein Schulweg . . .«
»vielleicht wird nur in Straßen wie diesen gelebt . . .«
»Straßen wie diese bilden sich nicht mehr neu . . .«:
das Beispiel *Unter Krahnenbäumen*
(Fotos
von Chargesheimer; Gott hab ihn selig. Nachwort
von Böll)
im Eigelstein-Viertel, so
wie es war, und bleibt es?
(ich weiß und saniere es nicht)
mit Knollennasen und schielenden Augen, den
schärfsten Busen der Altstadt, Eros-Zentren
im Gebüsch der letzten Ruinen und
flatternden Nonnen im Dunst der Reibekuchen und Fritten;
die Welt unserer Wirte; das Pflasterrasseln
überm römischen Gebein; die schwarzen Kolonnen
des Regens; Schlaflosigkeit und die Amsel,
morgens um fünf,
in unserer Machabäerstraße –
Lokal-Zeit; lokales Geschehen mit dicken Leuten, die
um die Ecke herum schon keiner mehr kennt, und weiter

leben allein noch im Gedächtnis
von Wörtern und Bildern;
den Rest erledigt die Stadt-Autobahn.
Und so
geht das weiter, denn was die befreienden Amis
nicht schafften bis 45 im März, das schafft
die Sanierung; die Wut
der Stadtplanung auf Stadt,
die unausrottbar
geblieben ist
und grau verschwindet
zwischen Kredit und Profit: das Bau-System
der neuen Zerstörung.
Nun Zukunft: der nächste Krieg,
Chemie, der Wind –
Objekt zum Beispiel
in der Dom-Umgebung, die vollgekotzt ist
mit Beton; ein Platz für die Platzangst,
ein Terror der Öde, des windigen Nichts;
kein Schäufelchen, kein Museum: die nächsten Archäologen
brauchen da nur Dynamit
– an dieser Stadt
ist nichts mehr zu beschreiben, nur
abhauen hier –
so wären wir fertig und könnten nun gehen,
aber
wir sind es nicht
und gehen auch nicht, stur
loben wir weiter Vaters und Mutters schmutzige Stadt,
wo die Seele haust der höflichen Anarchie,
die grinsende Demut, der heulende Frohsinn,
besoffen und fromm der Bruder Unbekannt –
wie
kann man hier leben, fragen die nordpreußischen Freunde,
und das Problem ist, daß hier auf alle Fälle
erst einmal gelebt wird,
im Schatten
romanischer Hügel und des neogotischen Gebirges,
des Heiligen WDR, der heidnischen Skyline –
»Heimat

und keine«; »halbwegs zu Hause«: liest du
im *Buch der Zeit der Ruinen;*
nun häng
nicht so herum –
ja; und »hier
fängt der Schnapstrinkerrhein an«, sagt und weiß
der linksrheinische Kollege,
sein »Winterrhein«,
sein »Rhein der Krähen«, sein »Breughel-Rhein«
– ich
sage,
herunter vom Funkhaus-Dach, umgeben
von der Kölner Bucht, den Bergischen und Vorgebirgs-Hügeln,
unter großem Flugschneisen-Himmel, in der Nähe von Wahn
und nächster Welt, am Ort
des Wörter- und Bilder-Programms,
ich sage: Heinrich-Böll-Rhein –
und nichts sonst
unten im Dunst, im Husten und Dröhnen,
in dem wir verschwinden;
und verschwunden sind
Namen, Gesichter, die man
nicht sieht,
die ich nicht nenne
– so keine Öffentlichkeit
für das, was ein Schmerz ist, ein Dunkel
der Kinderzeit, das Kontinuum meiner Trauer,
ein Riß
– Abwinken schließlich, und
an den Trost denken
der alten Gräber unten, unter der Stadt –

V

Eine Zeit in Berlin

Zwischen den Autobussen
(aber
es ist ein Foto von drei Autobussen,
eine Haltestelle der BVG)
steht
ein Mädchen
(und
es ist das Foto von einem Mädchen,
das zwischen den Autobussen steht
an einer Haltestelle der BVG),
und
es ist ein grobkörniger Tag
(ein
graues Foto)
in den sechziger Jahren,
über die wir jetzt sprechen, über
etwas
(du sprachst von der Resignation;
ich sprach von der Neuen Einsicht)
auf
einem Foto,
das in der Zukunft
zwischen den Fotos
aus anderen Zeiten
an meiner Wand hängt.

Nichts wegwerfen

Stadtbahn-Tickets, alte, in der Hosentasche,
dazu noch Rabatt-Marken von Bolle
und ein leeres Streichholz-Heft aus Toronto,
das half ja schon weiter, heute, als
die Erinnerung an Beweisen was wollte.

Bezirk Tiergarten

Der Wind hat aufgehört; aufgehört hat
das Geräusch der Maschinenpistole; ruhig
steht wieder der Park; ruhig wieder
liegt das Wasser im Kanal.

You are leaving the American sector
(In memoriam Wolfgang Maier)

Zwei Männer auf einem Waldweg; nun
steigen sie über den Zaun
ins Niemandsland, und hier
ist es mucksmäuschenstill, denn
man hört auch das Gras nicht,
das sich aufrichtet, nachdem
die Streife vorbeigefahren ist.

Selbstgespräch

Spree-Brücke, Kinder; Drachen
über der Spree, und
es dämmert; die Abendflüge
nach Westen; näher
der Herbst, so klirren
die Pappeln. Am Ufer,
ein Mann, im Selbstgespräch
hin und her, so
wird es nicht still.

Generations-Gedicht

Horoskop und Kalender; noch weiß ich nichts
von der kommenden Woche
– aber, Krisenhaftes
ist angesagt; die Steuer für das Dritte Quartal;
Vergrößerung meiner Foto-Szenen, und weiter,
nach Halbzeit, die Medaillen-Hoffnungen
unseres westlichen Landes
– heute in der Horizontale:
die Wirkung von Weißherbst und Armagnac. Als
die Sonne aufging über den Pappeln im Grunewald,
setzten wir, schief, unsere Hüte auf,
und Stille, bis
auf das Klicken der Kleinbild-Kameras, nein, noch
ein alter Miles Davis (und in der Erinnerung
an den großen Sommer von 59) noch einmal
die Summertime-Nummer; wogend, das Echo
der französischen Hörner –
und weiter, am Telefon,
heute, über die rasende Zeit und die kommende Woche
mit alten Wochenschau-Kopien für die Akademie;
das Zeichensystem der Geschichte
– im Fernsehen, nun,
New Orleans, und noch einmal, frisch aus
New York, New York,
vom Schaubuden-Namensvetter
(mit ae, versteht sich)
noch einmal
die Fünfziger, Sechziger Jahre: Summertime,
Pat Boone und Tennessee Williams (»ja, wenn
er nett ist, ist er riesig nett, und wenn
er gar nicht nett ist, ist er schrecklich«)
– wirklich:
die Straßenbahn mit dem Namen Sehnsucht, und
»es geht aufwärts«; wir sahen: sehr, sehr nett
war Tennessee Williams
(»jeder von uns hat
seinen Platz, man sollte uns nicht vergleichen«);

so, dieser Sonntag
(3. September. Im Krieg
mit England und Frankreich vor 33 Jahren) –
und
daß ich älter bin, das sagtet ihr, als
ich erzählte, vom Krieg undsofort, letzte Nacht.

Berlin–London

Irrtum ziemlich viel; die Jahreszeiten
stimmen noch. Laub. Also
November. November
zwischen Tiergarten und Kensington Gardens;
nutzloser Sommer. Nun auch schon
Schnee, der erste verschwindende Schnee, und
ich bleibe nicht, wo ich bin. Möwen
wieder, bleiben den Winter,
Unruhe über der ruhigen Spree. Wer
sprang zuletzt, Sog der Verzweiflung,
nein, Sonne wieder im Gesicht, und
Zärtliches, der Nachmittag. Vergleiche
der Stimmung. Wind. Stundenweise
wechselt der Anteil der Schatten, da,
wechselnde Landschaft, im Kopf und dahinten,
Räumung des Himmels. Jenseits,
ein Wort für etwas, was ich nicht weiß,
wenn ich sage, jenseits
des Irrtums, des Schattens, des Winds.
Noch im November. Es stimmt,
was man sieht, es stimmt nicht,
zum Nutzen der Hoffnung, und
man sieht nicht die Hoffnung,
den Schwindel, aber den Schnee
nun, da unten, verschwindend.

Shakespeare's Land

Landschaft zum Spielen; aber
wir spielen nicht; was ist,
fragen wir, mit der Belletristik.
Schafe auf den Hügeln, und Bagger
bewegen die Hügel; es ist
der Gemeinsame Markt. Später
die Ruhe des fließenden Mondes, und
wie der Luftkrieg anfing, denke ich,
Coventry nachts in der Nähe.

Dublin in Bloomtime

Diese wilden Gesichter
über dem still liegenden Fluß.
Nun verschwindet die Meute
mit dem geklauten Hut.
Dümpelnd zum Meer
bewegen sich grüne Flaschen hin.
Nachts mit gelb gewordenen Photos
kommt die Zeit mit Bloom.

Gedicht für einen Satz im Konjunktiv

Flugzeug-Hangars, ein Zimmer in Chelsea,
Zeichnungen von Malcolm Morley;
an diesem Montagmorgen
Dinge in der Phantasie;
Zwiebelmuster-Tassen
in der schrägen Sonne, der Tisch;
Verben wie:
vermuten, tasten, entdecken, verlieren;
das Ereignis der Zeitung,
die Kammermusik;
die Suche nach einem Roman-Titel
von Sinclair Lewis (»Babbit«);
verleugnen, die verleugnete Anwesenheit
zugunsten der Ausführung einer Idee,
Neubesetzungen an der Spitze
der Herrschaft der Wünsche;
schön könnte nun dieser Tag sein,
ohne Drohungen in Glückes Namen,
blitzend die Zweige

– im Hansa-Viertel zuletzt; Tage in der Akademie; Spree-Enten
noch über dem Englischen Garten.
Vor diesem Abflug,
dem Abschied,
zwischen Eigelb und gelber Frühstücksmarmelade
schnell sprechend
(». . . nutzlos Gedichte . . . wozu und frage nicht mehr
danach . . . Sie denken ja doch anders . . .«)
am Tisch (: am Ort, zuvor,
von Samuel Beckett: täglich, vor den Proben; einmal zusammengefaltet
die Zeitung: »Die üblichen Katastrophen.«),
und im summenden Ha
eine Stimme, die zur Reise nach Tempelhof rief
– immer
erst später die Bestimmbarkeit der Momente; Zusammenhänge, und
was sie bedeuten.
Was bedeutete denn ein Gespräch
über Lederjacken, in der Pulvermühle im Herbst 67, als
der fränkische Wein die Erinnerung produzierte an den Herbst 63,
den Auftritt mit Lederjacke, die Lesungen in der Klettenbergstraße
in Frankfurt
(Die Sätze verschmolzen die Jahre in einem Haus
unter dem Rauschen wirklicher Pappeln / wo einmal rauschte
im Radio das Radio-Geräusch einer Brandung / und hier
das neue Verlassensein jetzt)
– in einem Regen
(in einem Wörter-Bild des Regens)
erheben sich
die alten Metaphern, die Nachrichten des Bewußtseins,
(aber
»in der Sprache, von welcher ich glaubte,
niemand kenne sie außer mir –«)
– soviel, sowenig
zum Gedächtnis. Und das Wirkliche kommt wieder, beweist sich:
in der Leopoldstraße zuletzt
(»An verschiedenen Tagen gesehen,
die Pappeln der Leopoldstraße«),

Tage in München, keine Enten
dort über dem Englischen Garten, aber Geräusche noch
aus den Pappeln
bis zu den Pappeln der rheinischen Bucht –

VI

Gegend mit Stadtautobahn

damals, die Amsel in der Machabäerstraße
morgens um fünf, und
die lebendigen Ruinen der Altstadt,
ein Regen, grau wie der Mai jetzt

Bildbeschreibung

Das Bild einer Bucht, und die Bucht
ist gewesen, leer, und sanft,
an den Rändern. Der Name sagt
nichts mehr; es gibt keinen Namen,
und das Bild ist erfunden,
unbeschreibbar, wie all das hier herum.

Anfang Mai

jetzt, was ich fühle, vergleiche ich mit den Gefühlen
der Leute in meiner Straße, aber ich weiß
nichts davon
                    – so, wiederum, eine Fiktion.
Nun willst du nach Rhodos. Ich will nicht, will
was –
        die Vororte hier
haben mich zum Regionalisten gemacht. Die Leute
stehen in ihren Gärten; Gesetzlicher Feiertag. Wind
in den Blüten. Mit Kleinkalibern übt
man in der Nachbarschaft
                                    – ich arbeite. Warum nicht
Hongkong? Sieh mal; mehr Möglichkeiten
in meinem weißen Landkarten-Zimmer, und jetzt,
im Fenster, Einflugschneise –
                                        was ich fühle, was
die Gefühle der Leute sind, frag doch
                                                  im Reisebüro,
und abends, der Bildschirm. Bilder in meinem Kopf,
Vergleiche –
                    vergleiche nicht; du hast nichts davon.

Zukunft

– weniger Kirschen: soviel, bislang, wissen wir
über den kommenden Sommer, und weil
eine Reise nicht stattfinden wird,
ein Film-Projekt scheitert, kommt zur Ungewißheit
die Gewißheit hinzu, daß es nicht
unsre Bedingungen sind, nach denen
dieser Sommer beschreibbar wird; so greifen wir
auf Konserven zurück, betrachten wir
Karten und legen alte Photos frei; nichts
wird man wissen, wie wir jetzt lebten –

Gedicht, sehr früh

In der Frühe um fünf weckt mich
das Geräusch eines einzelnen, kreisenden Flugzeugs;
ich kämpfe noch, an den Rändern
des Schlafs, um den Rest eines Traums;
kreischend die Vögel, ehe zu dröhnen
beginnt mein vollbeschäftigtes Land;
fürchterlich wird der Sommer, glücklich die Nachbarn
auf Grundstücken in der Nähe der Autobahn;
resigniert haben einige, vorbei sei
die schönste Zeit, und das zählt nicht;
gestern abend hörte ich sprechen Leute
in Gärten, Geräusche des Alterns;
vor vielen Jahren erfand ich nach jeder Täuschung
die nächste, dann wußte ich mehr;
so fängt der Tag an, die Volkswagen schnarren,
Wirkliches mit der Zeitung, anderswo noch Schnee.

Provinz

Flüge und Flugnummern
                                    – nein, Wörter
fallen mir ein: Braniff zum Beispiel,
Delta, Western, United
                                    – es sind aber
nur Geräusche, im Wind
                                    (plötzlich,
im wechselnden Wind), und plötzlich
Pisten im Mittleren Westen
                                    – nein,
Ansichtskarten an der Wand, und
im Wind Geräusche
                                    (Flughafen Wahn),
krachende Äste im Rasenmäher,
Gerumpel auf der B 55; es raschelt
zwischen Stangenbohnen und Rhabarber.

Nachmittag im August

Schwieriger Wohnen; Absatzsorgen; Geruch
der Krise im Haus
                                        – in der Verzweiflung
ein Gedicht; danach,
danach sind auch die Wörter weg;
                                                                  Stimmen,
da sind aber Stimmen
                                              – Nachmittagsprogramm.
Ein Fahrrad, das älteste Fahrrad
hilft weiter;
ein Maisfeld ist in der Nähe,
in der Nähe ist eine Kindheit in Gärten,
das mögliche Grab.
                                         Gurken, Hölzer:
Geruch von etwas Verlorenem;
                                                              August 46,
Lausitz und Grab.

Neue Sachlichkeit

Bahnübergang; es ist der Moment,
in dem sich die Bahnschranke schließt,
ein Lastwagen und drei Leute –
                                        es ist
1926;
      Bahnwärter, Bahnwärterhäuschen.
Königsberg kenne ich nicht; es ist,
was ist
      Königsberg –
                        zwei Häuserfronten,
Straße, zwei Pappeln. Die Vergangenheit
eines Bildes,
                  nein, nicht eines Bildes.
Der Maler lebt nicht mehr (der Maler
Bernhard Klein).
                        Was ist
mit den Leuten (mit Leuten,
die ich nicht kenne)
                        – nein, dies ist
das Bild,
            und es gibt nicht die Schranke,
Königsberg, Straße, Pappeln und Leute.

Wörter im Sommer

Super-Sommer; hoffnungslos
ist das Wetter jedenfalls nicht mehr, und
immer frischer Glanz,
                                        jedenfalls (und Pappeln
rascheln im See-Wind, denn dieser Wind jetzt
ist immer,
                    nein, nicht immer, jetzt aber,
See-Wind) auf den Pappeln, den Reihen
am Horizont in der Kölner Bucht.
                                                            Früher
sagten wir: Sommerfrische –
                                                  und die Endlosigkeit
war ein Zustand im August: Große
Ferien; im Meer der Weizenfelder. Nun
muß ich sagen, was Garben sind; die ganz Neue
Generation kennt nicht mehr (es gibt
nicht mehr) Garben; minutenlang dauert
der Dreizehnte August.
                                        Berittene plötzlich
(Kornspringer, Reiterverein e.V.) im Staub
und Galopp über ein gelbes und leeres,
rechtsrheinisches Feld, und diese Wahrnehmung,
sonntags,
                    verändert den Sonntag. Schatten
der wirklichen Wolken wandern über das Feld,
nein, über die Einflugschneise, und
                                                            Ibiza
ist in der Nähe, ist in der Nähe
von Wahn. Ein Zeppelin, Zeppelin war
ein Wort
                    aus den Dreißiger Jahren, und
Feldflughafen war das Feld.
                                                  Nun wieder,
(weiter im Sommer)
                                    Berlin, die Bundesliga,
der Giftmüll, die Giftmüll-Lawine,
das Mofa für die Untersekunda

– bald,
nein, bald ist nichts. Endlosigkeit
und Minuten
(bald ist verschwunden
die Ortschaft Knapsack),
ältere Wörter
für etwas im Sommer; gestern war Sommer.

Gedicht mit Fragen

Wespen herrschen; Katzenfutter und Marmelade,
Pflaumenkuchen, die Haut, Gartenleben und
Strand
        – völlig vereinnahmt; dies ist
ein Sommer der Wespen.
                Und nichts
wird erklärt; da will nur einer (indem
er sagt, so war es immer)
                mich trösten, fein
(ein Beispiel, die Wenigen, die wirklich, »so
war's immer«, die Entscheidenden sind)
                        – wo
kommen jetzt die Wespen her? und plötzlich
die Schmerzen im Rücken?
                Alles heute ist
Einflugschneise; der Vorort läßt
die Läden runter; nein, die Mittagshitze; das
pumpende Herz; die Wespen dröhnen.
                        Kommt
jetzt (»denn Wirtschaft ist unser Schicksal«)
ein konventioneller Krieg?
                Einst ein Wort
im August, das Wort
            Mobilmachung; und
ich erkläre dir (tröstend) Geschichte; der Trost
der unwiederholbaren Geschichte.
                    Aber,
wir zweifeln, endgültig, am Gold; was soll
(verzweifelt) uns Gold –
                Sieh mal, dies
ist ein Gartenbild; und dies die weißen
Gartenmöbel im Stil der Dreißiger Jahre; so
sah ein Opel P4 aus; und dieser
Bauherr wußte von nichts –
                Regen? abends,
heute, ein Regen? (»es sind zu Wenige,
die entscheiden«)

Der Nachmittag dehnt sich;
mehr Wespen (tröstend, es ist eine Krise
des Systems,
oder, beweisend, der Beweis
einer Theorie); und endlich, wir leben
gefährlich
(erklärbar, in diesem Sommer)
mit Pflaumenkuchen, in alten Gärten.

Gedicht im Wind

Jahre; das sind die faulenden Mauern
im Fachwerk
– aber, das ist Fachwerk; das Dorf,
die Dörfer sind weg; Leverkusen
auf allen Hügeln; auf allen Hügeln
Los Angeles –
im Wind. Es sind die Geräusche
der Produktion
(»Die Pappeln am Bauernhof
werden nicht still«, im Kriegstagebuch 39 von
Hartlaub. September)
im Wind. Birnen
rasseln; das harte, das alte Gras, unten,
macht keinen Unterschied; die Birnen,
die faulenden Birnen sind weg
– und
keinen Unterschied macht jetzt der Nebel,
(»was heißt hier
Nebel«) unten. Wir
husten. Alle in der Bucht. Bucht
im Wind
der Chemie; hier,
auf den Hügeln,
sage ich, hier auf den Hügeln,
Beverly Hills –
Jahre; das sind
die alten Sprachen im Kopf; im Koffer, noch,
die alten Karten
(California); die Karten da
an der Wand
– und da die Dörfer sind weg.
Dörfer auf Karten. Leverkusen
(Carl Leverkus) seit 1930.
Chemie. Der
Nebel. Älter ist dies Fachwerk
(Fäulnis,
Chemie); alternd, im Wind.

VII

»Tage auf dem Land«

– zerrieben, noch nicht, ist das Gedächtnis. Ich habe mich
aufs Land fahren lassen. Sehr spät, auf dem Land, trifft
die Post ein; so passierte am Vormittag nichts; nichts
half mir weiter.
Ein Hügel (vorgestern Wald / die rasende Zeit)
voll von . . . was wir einst »Trümmerblumen« nannten (du
weißt, die zertrümmerte Stadt, und ich habe den wirklichen
Namen vergessen, aber du weißt, dieser Trotz der Natur, sehr
lila, schießend über Ruinen, im frühen Sommer),
ah, ein
Gesumm, auf diesem runden Busen von Feld, also Bienen,
so etwas wie Bienen
(und lächerlich, in diesem Moment saust
ein Starfighter tief über den, über die Hügel), Massen
Gesumm, oder, nein, unten im Tal die Bundesstraße,
nein, es ist eine Widerstreit der Geräusche; ich weiß nicht,
ob ich hier leben kann / erinnere dich: es fing an,
dieses Problem, genau vor zehn Jahren, als damals das Heu
roch, der Wald stand. Nun kaufe ich, spät am Nachmittag,
die Zeitung vom vergangenen Tag; und so verging
der erste Tag –

Nachts; eine Landstraße noch mit Apfelbäumen gesäumt, das
schwere überbordende Gras; hinter der Biegung, hinter dem Hügel
ragt der Schornstein der alten Apfelkraut-Fabrik –
und keine
alte Erinnerung beschreibe ich (weil bestimmte Dinge und Menschen
wie »der letzte Leuchtturmwärter« verschwunden sind); unten,
in der rheinischen Bucht, glitzert die Chemie. Und gelb,
wenn er Farbe hätte, wäre wieder der Wind . . .
wie er festhängt,
hinter der nächsten Biegung, in der rauschenden Baumgruppe
(ob es,

fragt Wittgenstein nun, einen Sinn hat, auf eine Baumgruppe
zu zeigen und zu fragen:
»Verstehst du, was diese Baumgruppe sagt?«
Und weiter:
diese Anordnung von Bäumen, könnte man nicht
einen Sinn
damit ausdrücken; könnte das nicht
eine Geheimsprache
sein?) –
ja, das Gespräch der Bäume, das uns ausschließt,
dem ich nachgegangen bin seit der ersten Nacht
der Wörter
im Birnbaum, als ich saß im System einer Verständigung,
die mir das Bewußtsein öffnete
und
mich Dingen, Vorgängen, Gedanken wieder näherte. Aber
die Menschen in der Umgebung, für eine Zeit lang, wurden
langsam fremder, bis ich, älter werdend, langsam
wieder verstand und ihnen ähnlicher wurde.
(Kann man
Sätze die Baumgruppen nennen, »die man versteht, aber
auch andere, die man nicht versteht, wenn man annimmt,
daß der Pflanzer sie verstanden habe«?)

Zwei Meter spuckte er weit. Es gelang ihm, so oft er versuchte,
etwas loszuwerden, ohne die zerkauten Wörter zu benutzen.
Der Mann wankte irgendwie heimwärts, unter dem Summen
der Telegraphenmasten her
– und am anderen Morgen
dröhnte mein Kopf; was war denn gewesen (das Suchen
in der Nacht) –
: denn unfähig war ich gewesen,
zu sitzen und sitzen zu bleiben, die lautlosen Kämpfe
zu betrachten auf dem Bildschirm im Kopf; dann
suchte ich einen abgerissenen Faden und fand
das Bild einer Spinne, die ihr Werk fortsetzt, zum Nutzen
ihres veränderbaren Systems.
Jetzt, in der Mittagshitze,
könnten wir vielleicht schlafen . . .

Hier stehen die Türen offen, tagsüber und abends;
vorbeigehend sehe ich das Einerlei, die Vielfalt
der Flure und Küchen; Frauen mit Lockenwicklern und Schürzen;
es fehlte noch, daß sie singen; dagegen hilft
der Kassetten-Recorder. Später in zerbeulten Limousinen
kehren die Männer heim; Bierkästen klirren, und
die Hunde beruhigen sich.
                                        Einige dieser Leute
sind Nachkommen derer, die mit ihrem Vieh in die Wälder
liefen, wenn plündernd Freiheitsheere nahten; einige
plünderten selber, machten mit Geiseln kurzen Prozeß.
Selten schreien jetzt Frauen; sie haben gelernt,
zurückzuschlagen, oder sie schlagen zuerst; verständnisvoll
warten die Kinder den wiederkehrenden Frieden ab; Holunder
im Vorgarten, den wir sammelten im Krieg; Huflattich,
Heilkraut, Besuche im Lazarett an schulfreien Tagen –

Die dehnende Kraft der Hitze; die statischen Formen des Nachmittags;
zusehends verliert der Wind seine Macht.
                                                            Abgefunden, nicht
abgefunden haben wir uns mit der Seltenheit des Sommers;
es gilt nicht, daß der Import von ganzjährigem Glück
das Bedürfnis aufhebt nach dem kurzen Erleben
der fliegenden Gräser, der blinkenden Erscheinungen, der plötzlichen
Stille im heißen Feld
                                  – die Furcht im Gewitter
                                                                  war nicht vergleichbar
mit der Furcht im fernen Trommelfeuer (ich liebte und brauchte
Gewitter),
              und selten kamen Hitze-Verbrechen vor.
                                                                          So siehst du:
gegen den Sommer spricht nicht, daß die Bilder der Ähre,
der Sichel, verdorben sind; und kein Einwand
gegen die Hitze ist die Bedrohung des Wassers
                                                                    – Zwänge,
Zement und Profit: wir vergehen eher daran
als an der Vermehrung der Heuschrecken, Käfer und Vipern,
den alten idyllischen Feinden
                                            (und ich weiß kein Gedicht
mit zeichenzerstörendem Inhalt,

das einen chemischen Vorgang mit Folgen verhindert) (von der Wirku
in Köpfen weiß ich nicht mehr, aber
Wirkungen gibt es, zwangsläufig, ohne Freiheit noch lange
zu kennen, etwas zu wählen . . .) –

Melonen, Brot, Käse, Kartoffeln, was ich kaufte, liegt
nun verschimmelt; ich packe das Zeug weg
und denke,
die Strafe wird kommen
(so, in der Kindheit, lebten wir
in der *Sünde,* wenn eine Schnitte Brot verdarb,
und aus den Zusammenhängen der *Schuld*
kamst du nicht mehr heraus. Daß wir nun anders
leben: der Fortschritt des Vergessens)
– einen Tag lang
bummelte ich herum. Die Angst, zu verhungern,
ist geblieben.

Plastisches in der Abendsonne; abends diese Sonne
setzt Kanten, bildet die Buchten heraus; es gibt wieder
Unterschiede / komm doch
und zähle die Möglichkeiten des Grüns; was ist
mit deinen schwierigen Augen . . .
Mit diesem Licht
leben.
(Arbeiten mit diesem Licht,
sagte Renate, die Fotografin)
– Der Wald, gegenüber,
der Wald bildet jetzt eine Küste; mit einem anderen Land
in der Nähe werden die Flucht-Gedanken erträglich; aber
es ist ja sehr ruhig heute,
so kann man atmen,
das müßtest du (anderswo) spüren –

Sagt Majakowskij: »Zur Herstellung
eines poetischen Erzeugnisses
ist Veränderung
des Ortes oder der Zeit
erforderlich.«
– Die junge Frau

im Haus nebenan steht morgens um vier auf. Irgendwen
findet sie auf der Straße, der sie zur Arbeit mitnimmt;
Großdruckerei; acht Mark die Stunde. Der Tag ist ein Tag
an der Maschine

(»heute habe ich fast geschrieen, wie einer
mit dem Ärmel zwischen den Walzen hing«). Die Hitze;
die Klimaanlage geht nicht. Abends läuft sie barfuß
herum, trinkt Wein

und schreibt Geschichten
für ihren Sohn, zeichnet Äpfel und Gräser

(»aber ich kann
mich nicht zwingen, nichts fällt mir ein, ich muß was
erleben, oder ich denke mir alles aus, wenn's klappt, mach'
ich vielleicht was anderes mal«).

Geschichten
von Peter auf dem Lande; in einem Schulheft, und
die letzte Geschichte hört mittendrin auf,
nichts mehr seit Wochen

(»ich muß mal wieder
woanders hin«) –

Meerschweinchen pfeifen: so verschwinden die Ratten, weil
dieses Pfeifen ihrem Todesschrei gleicht

– nachahmenswert
sind Geräusche, aus denen der Feind sein Ende
heraushört

– wir hätten vor unseren Kämpfen nicht rüsten,
sondern die Stimmbänder trainieren sollen, Geräte erfinden,
die den Schlachtenlärm simulieren?

Warum, überhaupt,
gibt es Feinde; kann ich der Feind sein –

Ich kann es.
Ich werde dazu gemacht.

(Und folgenlos bleibt es, daß ich
mein Feind bin und kämpfe gegen meine Wut, meine Angst,
mein Mißtrauen, meine Eifersucht . . . etc.)
Etwas geschieht jetzt, in der Nähe wahrscheinlich; ich weiß
nichts davon . . .

Gestern, nachmittags, las ich im Garten;
den Hubschrauber sah ich . . .

ein Hubschrauber, dachte ich
und sonst nichts . . .

Heute lese ich in der Zeitung:
Schwerer Unfall, Hubschrauber rettet Verletzte . . .

Alles passiert
gleich hinter den Wäldern; pausenlos Düsenjäger heute . . .

– »was machst du denn, Tage auf dem Land« – wir standen
zwischen den dampfenden Leuten auf dem Empfang, den deine Galeri
im Namen Goethes gab, und meine Verwirrung fiel weiter nicht au
alle waren mit der Hitze beschäftigt und stöhnten über die Stadt,
uns ging es nicht anders

– aber ich dachte noch an die Enttäuschung
im neuen italienischen Restaurant,
in der plötzlichen Fremde unserer touristisch eingerichteten Altstadt
wir wunderten uns, verlegen

. . . die Via Catania, Campo Fiori, Fer-
nando
und die Abende mit Ingeborg fielen uns ein

(ich würde nie mehr
zuende schreiben mein

Fragment aus Rom);

auch der hübsche Kellne
entschuldigte sich: Spaghetti, »aldente«, würden hier zurückgewiesen
als »rohe«; der Koch, aus Neapel, sei schon ganz verzweifelt, nichts
verstünde man hier von Spaghetti; Trost mit Sambucca,
»con les mosce«

– »wie ging's denn beim Rotterdam-Festival, nein,
Amsterdam, oder nein doch, in Rotterdam« –

einzeln schob uns
mit Namen Hein Stünke, vor, und der lokale Reigen schien schon ge-
laufen
als Rune und endlich Wibke erschienen / noch immer (später
sagtest du, wie es dir aufgefallen war) spürte ich auch
die Unsicherheit am Steuer; ich steuerte wie ein Bauer draußen, de
sonntags sich mal in die Stadt traut.

Fremd meine Stadt;
mir fiel auch nichts ein zur Erklärung, was den Herrschaften zwische
Kalkutta und Glasgow hätte erinnerlich bleiben können (bloß
immer der alte Witz in der Hitze:

Rom
fängt schon immer hier an
am Rhein . . .)   – vielleicht
hätte es lustig sein können wie sonst in der Ehrenstraße
»beim Spatz und der Katze«, aber wir spürten etwas
von Ringas einsamen Schmerzen
                                   – »und was machst du nun,
Tage auf dem Land« –
                         (und Fabri, zum Abschied:
wo alle schreiben . . . was werde denn *wirklich* geschrieben?).
»Bißchen viel Menschen hier.«
                                   Und ich hatte mich nicht betrunken,
um *etwas anderes* zu empfinden
                                   – schon lange lebte ich
entfernter, und ich wollte nichts mehr –

Mischungen: Gespräche, Erinnerungen, Rhythmen, Bilder, Laute;
am Horizont eine Vorstellung; die Fehlbarkeiten
der Theorie.
               »Bilde dir nichts ein, sondern äußere dich.«
Die Seltenheit seltener Wörter.
Eine Anhäufung schlechten Gewissens.
Schweigen ein Privileg.
                         Wenn ich ein Baum bin,
warte ich auf den Wind, der erst zum Reden mich bringt.
Atmen –
Husten –
Der Vorgang des Ausgrabens in der Biographie.
                                                  »Aber
wem erzählst du das alles?«
                              »Muß ich das wissen
im voraus?«
               »Im voraus oder nicht, du bist eben kein
Baum, kein Feuerschiff, kein treibender Ballon.«

»Wir müssen Spiegel sein . . .«, sagte Flaubert.
»Wir müssen nicht nur Spiegel sein . . .«, sagte Brecht.

Die Hasen rennen nicht weg, wenn ich komme. Die Herren
waren sauer und zahlten, als sie merkten, daß

der plötzliche Schnaps ihrer schönen Frauen wegen
gekommen war. Ja, meinte der Nachbar am Tresen, wie
macht man sich denn noch verständlich –
da hockte ich,
tagelang stumm, an der Juke-Box, und das Problem
mit dem Schnaps war nun das Problem
der Verständigung
–»wenn ich was trinke, kann ich auch
was sagen« –
weiter am Tresen: da habe sein Freund
einsam Urlaub machen wollen, irgendwo in, vergessen,
kanadischer Wald, Blockhaus, und er habe da nicht reden
können, stumme Leute, nur mit dem Hund, nie mehr, niemals
einsam Urlaub –
»he, nun erzählen Sie auch mal was,
Sie wollen wohl immer nur was hören«
– später, alle
brüllten die Marschlieder mit aus der Juke-Box. Auch
die Großväter hätten hier schon gesungen; nur
die Großmütter hätten zu Hause gehockt; und die Kinder
zu Hause beim Sonnenuntergang, ganz wie die Vögel . . .

Nachts, krachend diese Insekten, ans Fenster
und in der Lampe, fallend auf mein Schreibpapier –
ich habe auf der Langen Welle einen Geheimnis-Sender
entdeckt: die Stimme einer Frau, leblos, ortlos
wie ein Satellit, endlos Zahlenreihen produzierend,
sinnlose Kombinationen
– aber einen Ort, einen Sinn
muß es geben; die Sprecherin lebt, irgendwann
geht sie schlafen, und Jemand
wird das Geheimnis wissen und wieder vermitteln;
Nächte
mit Zeichen; und die Reaktionen der Insekten,
die mir einfach erscheinen, weil ich nicht nachdenke
über den Fall.

Ansichtskarten kommen jetzt. Der Zwang, in die Ferien zu fahren
entvölkert die Ballungs-Räume
(»leicht hast du reden, du

gehst, wann du willst, aufs Land.«
                                        »Sie arbeiten, wie, wir denken,
Sie machen Urlaub hier oben.«)
                                        – aber die Ruhe täuscht; nun
nahen Wohnwagen-Konvois mit Autonummern der EWG.
So sieht man neue Gesichter; die Wagen-Modelle
bleiben die gleichen –
                            und ganz nach Programm
werde ich reagieren: regelrecht neidisch,
vor soviel Bräune und hell gewordenen Haaren –

See-Bilder als Erinnerung,
                                Ersatz-Bilder einst, als
die Motive der Flucht entstanden, Fiktionen des Exils
im Hinblick auf Küsten
                             (»Die Küsten des Exils«).
Liegengelassenes Manuskript / ein unbewußtes Kontinuum.
Damals war es aber ein Juni, in dem die Schrebergärten
in den Farben der Tiefsee versanken;
                                             so jedenfalls erschien mir
eine Umgebung, die ihre Unwirklichkeiten
                                                     verkleidet
hielt, hinter den Schirmen der Pappeln, im Geräuschraum
des grünen Regens
                          – geblieben ist, verlassen, verändert
diese Umgebung
                      des Schmerzes; der Trost
der Entfernung: keine Rede davon –

Die neuen Krankheiten der Bäume; Ratlosigkeit
nicht lange:
                Streusalz, Benzin, Gift in den Laugen;
die Bürger, denen die Gärten genommen sind
                                                       (Ortsdurchfahrt
und Freizeit-Zentren), kommen mit Gießkannen, Hacken,
die Arbeit sieht aus wie Arbeit an Gräbern
                                                   (und der Verlust
ihrer winzigen Paradiese läßt sie nicht resignieren, wo
sie Denkmäler gießen, die braune Färbung des Sterbens
nichts mindert)

– die Ampeln grüßen
mit ihrem wiederkehrenden Grün.

– nun schaut sie noch einmal an: die Mühle; Modell
des Familienbesitzes
(mein Vater, mein Sohn entdeckten sie
im Schalterraum der Kreissparkasse / im Dorf der Familie
fanden wir die neuesten Trümmer, Planierungen, Bauvorhaben,
unter denen unkenntlich geworden ist
eine Zuflucht seit Jahrhunderten; und was wir erklärten,
meinem Sohn, waren lauter verschwundene Gegenstände
der Projektion, des Erzählens . . .);
ich kannte mich nicht mehr aus:
Mahlräume, Steine, das oberschlächtige Wasserrad; das Ganze
im reproduzierten Fachwerk
– Objekt für die Heimatkunde
vor Ort mit gähnenden Aufbau-Klassen / ich fragte
nach der Beschaffenheit, der Zukunft des Originals
im Wirkungsbereich der neuen Kläranlage
(im Schatten
der stillen Leimfabrik mit ihren Veränderungen seit 1898,
in der wir, die ganze Verwandtschaft, den Umgang lernten
mit Knochen, Klauen und Haut
und rochen
den Sommer-Geruch
von Leimfleisch, Kalk, Hühnerfutter und sumpfnassem Heu,
und schmeckten
den süßen Geschmack
des Hautleims, der hartgetrockneten, braunen, scharfen, schimmernden
Tafeln,
in der ich
den ersten Stundenlohn holte nach zerklopften Kohlen,
gewaschenen Häuten, den Nächten der Kesselwache
und Tage im Windkanal
– Familien-Arbeit; eine Klasse
für sich; die Abhängigkeit von den Fähigkeiten
der eigenen Hände, von Starrsinn und Stolz, von Wunschlosigkeit
und vertrauenden Worten; Verzicht –
Struktur-Veränderungen
in der Branche: still ruht nun der Betrieb und verfällt

als ein Beispiel der Dorffamilien-Industrie, die nichts
produzierte als die Dauer ihrer Armut und die Gewißheit
ihres Verschwindens)
– also Relikte, von denen die Gegend ziemlich
voll ist, teils Denkmal-Schutz, teils umfunktioniert
als Möbellager und Einkaufs-Zentrum
(»was war das:
eine Loh-Gerberei?«),
und Fremdheit umgab uns
zwischen veränderten Gesichtern und Gewohnheiten,
den ausgebauten Beweisen der Kaufkraft und
in der Neuigkeit des Lärms –

». . . wie nach dem Krieg.«
(Becketts Vergleich
betraf einen alten Mantel und Hut)
– die alten Sachen
in Mode; die alten Fotos reizen mit der Creation
des Mangels; es waren Röcke
aus Hakenkreuz-Fahnen.
Einmachgläser.
Rübenkraut und Pflaumenmus.
Verzweifelt
wird ein Kübelwagen-Original gesucht.
»Geboren wann?«
»Jahrgang 45.«
Ein Mann zerhämmerte
im Keller die Orden und Ehrenzeichen; sein Enkel
wirft ihm das heute vor
– die Bauern häuften
edles Geschirr und gaben Fallobst dafür; es roch
in den Ställen nach Chesterfield
– wieder traf ich
Leute, mit langen Haaren, jünger um eine Epoche, Leere
und Sehnsucht in den Augen –

Glasfarben die Luft. Fluggeräusche.
Durchsichtigkeit; Verbindungen mit einem Nichts.
Täuschungen, fortwährend; denn
es gibt – –
Herstellbare Klarheiten, in der Prosa der Wünsche.

Und nichts mehr innen gesehen,
nach innen gesprochen.
Diese Zukunft für Steine.

Hühner, im Staub, in der Hitze: kein Bild
für die Produktion; und ohne Nutzen sind
die Kinder im Kirschbaum
                    – die Land-Industrie
braucht das Öl; das Öl
mit der Basis des Waffengeschäfts.
                        Glückliche Kühe
ins Pentagon;
        Pfeil und Bogen
wiederentdeckt von den Kindern.
                        Kein Bild paßt
zum anderen; dagegen vermittelt ein Foto-Band
die Komposition der Idylle,
                    und die Ruhe
ist die augenblickliche Ruhe im Wahlkreis; angelnd
sitzt der Minister –

Wo glauben wir das Mißtrauen nicht zu finden, den Krach,
die schlechte Laune, den üblen Mundgeruch, den Profit
und die Parteidisziplin, die Zwänge, Patrouillen,
Fettaugen und die Aktentasche
                        – wohin,
in welche Umgebung denn willst du?
                        Heute bin ich
ganz einverstanden; die rissigen Tomaten
aus unseren Gärten verströmen seit einigen Tagen
ihren Schattengeruch; der Wind
bringt die Aufregungen des Meers mit; abends
leuchten die Hügel.
                Und ich irre mich nicht,
jedenfalls nicht in diesem Moment, der ein Moment
ohne Widerwillen und Schmerz ist,
                        und ich weiß
auch, daß meine friedlichen Fähigkeiten begrenzt sind,
solange,
        bis wir einander stören
und die Freundlichkeit aus dem Gesicht fällt.

Erzähl mir nichts vom Krieg

Zuvor die Jahre

Grübelnd über der Zeitung. Gestern
passierte mir nichts; was passierte denn gestern.
Es regnete hier. Die Schattenbewegung der Blätter
veränderte das Büro. Hier fingen neue
Zahnschmerzen an, und ich entdeckte
sie wieder, die Schönheit der Illusion.
Nichts war genau. Plötzlich dröhnte es
abends, aber kein Lärm in der Nähe.
Warm war das Bier, dann zu kalt, so
verging Zeit. Lieber war ich allein, bis ich
den Hut kniff und ausging. Ruhiger
alter Cool Jazz. Ruhig die Luft. Dann
wollte ich Freunde haben, das waren Namen,
Kontakte, Adressen. Wörter entstanden,
die warfen wir ein und hörten sie ab,
und alte Wörter, das, was wir kannten und
sagten, die Sinnlichkeit. Selten, seltener
Höhepunkt; ich verletzte mich, wenn nachts
sie galten, an den Gesetzen. So schöne
schwedische Gläser für Schnaps. Berühre mich,
wie der Ansager sagte, zärtlich; ich lag, bereit,
daß die Bremse versagte, auf einer Straße.
Ich sah dir nach, beugte mich aus dem Fenster
und erwartete jedes Unglück. Lügen entstanden,
weil die Eifersucht mitkam ins Bett; Flaschen,
Ginflaschen rollten. Bald nutzten sich ab
die ganz neuen Sätze. Schöne Freunde, lovers,
machten sich häßlicher, täglich; ich suchte
nach Pappeln den abendlichen Horizont ab.
Erzähl mir nichts vom Krieg, hörte
ich jemanden sagen, und was er meinte,
war Ruhe, die wollte er haben. Gut so; nicht
gut, du redest zu viel und bist stumm;
ich sage, ich höre das Rauchen auf. Schwül
ist es heute, öde die nächste Frage nach meiner
Klasse. Schlag doch. Ich weiß es jetzt nicht,
dies oder das tun, Radio, Rosen, Sätze

von Mae und Nathanael West; die Fetzen und Flirts
der angelernten Sprachen. Länder an den Wänden,
Tickets in den Jackentaschen, und ich kam, ich
komme zurück. Länder mit Tannen, mit gelb
gebrannten Wiesen, mit gleißenden Wassern,
dort fuhr ich umher und brachte mit
die neue Gewißtheit des möglichen alten
Lebens. Du glaubst nicht; ich glaube nicht
mehr. Und das besagt gar nichts, denn in dieser
dröhnenden Leere, wir leben nicht weiter, nicht
besser, wir leben. Klavierspiel und Gärten. Jahre
mit der Innigkeit der Ruinen. So ausgelaugt wie
jetzt warst du nie; und freundlich geblieben
immer zu allen, fast allen Leuten. Wen
sahst du, wen sehe ich wieder, im Schreck
des Wiedererkennens, noch einmal Leidenschaft,
und plötzlich das Neue: erinnert. Mach und gib
weiter. Verrückt war der Mond, der grüne, du
nicht. Entwürfe vor diesem Jahrzehnt, denn
wir lernten zu fühlen, zu denken, zu machen
wenig, dann nichts. Grübelnd über
verschiedenen Sätzen; das Jahr ging verloren,
ging nicht. Verneine nicht immer, du
weißt doch, die Schönheit, das Wirkliche
behält wieder recht. Wie war das Wetter,
als wir uns umbringen wollten. Selten zuletzt
das Meer in der Nähe, oder ein Kornfeld,
die Kirschen aus unseren Gärten. Gestern
war ein Jahrzehnt, Tage wie nie gewesen.

....

....

So ging es weiter. Ein vergessenes Tonband
mit einer Stimme
vom Michigan-See. Dort
war es der Winter; im Süden kamen die Mädchen
in Shorts. Damals unterwegs. Nun höre ich,
was du sagtest, und ich sehe einen Zweig,
der vereist war. Ich schlug den Kühlschrank vor;
wir aßen griechisch und suchten vergebens

nach Tommy Dorsey. Nachts dröhnte die Brandung
am weißen Ufer; vor dem Hotel ein Gespräch,
das wir fortsetzen sollten, wenn wir uns sehen.
Wir sahen uns;
                    ich schwieg. Aus dieser Zeit
die Spulen mit nichtentwickelten Filmen.

Auf der Straße nach Kansas

Wir sehen sechs Menschen, Rückenansichten:
Agy Ubac
Irène Hamoir
Louis Scutenaire
Jacqueline Delcourt
Georgette und René Magritte.
Bruxelles, 1942.
Es ist richtig; man bewegt sich fort. Durch
die Beine von Louis sehe ich den Horizont;
Madame Delcourt trägt einen Hut.

Am Strand von Rodenkirchen

Rundfunk-Redakteure, gehend. Der Wind, der
nicht an den Sommer erinnert.
Und mit diesen Steinen willst du ein Haus
vorbereiten, mit diesem Taschentuch
voll Kies?
Soll dieser Zweig
                    der Anfang des eigenen Waldes
sein? Dann gib nicht auf.
                    Diese alten Ufer-Villen
erzählen uns noch einen historischen Roman. Hier

saßen wir zum Frühstück, einmal,
als die Sonne über die Hügel sprang.

Ich zwinge mich zur Ruhe

Als ich in der vergangenen Woche nach Hamburg
fuhr, nachdenkend
über ein Interview mit dem masurischen Freund,
rauchte ich pausenlos Zigaretten, das war nicht gut,
ich würde heiserer sein als sonst.
Es war eine Luft, die Schnee versprach,
weiß gereift die Flächen von Westfalen,
Gegenden, die ich wiedererkannte; oft war ich hin und her
gefahren auf dieser Strecke, das waren Jahre
der Trennung, entschlossen war ich zum Glück.
Ich rauchte und rauchte und grübelte, wie das
mit dem Älterwerden geht: so wollte ich
fragen, den Freund, in der Erwartung
seines fünfzigsten Geburtstags.
Tiefebene. Der Zug fuhr schneller. Ich erschrak, als
ich an seine wasserhellen Augen dachte; gestern,
vor zehn Jahren, tanzte er im Roxy
mit meiner neuen Frau. Ich probierte
das Tonbandgerät; ich dachte: unsere Stimmen
in hundert Jahren. Als der Zug
die Elbe-Brücken passierte, wußte ich nicht,
ob ich ruhig sprechen und fragen kann.

Theo Champion, Straße in der Morgensonne

Im Jahre 1934 sah man einen Doppeldecker
am Himmel. Bilder entstanden,
die nicht mehr erzählen als das, was
man sieht. Ruhige Straßen, Schatten
der Häuser. Wahrscheinlich
wenig Geräusche. Beim Malen hört man nichts.
Zehn Menschen waren unterwegs, darunter
vier Kinder, bürgerliche Kleider. Baumreihen,
dahinter der Rhein. Der Ruhm
der Düsseldorfer Akademie. Bilder entstanden
mit sachlich angeordneten Gegenständen;
Häuser, Bäume, Personen. Im Jahre 1934
ein Doppeldecker am Himmel, und wolkenlos.

Abends, gegen achtzehn Uhr

Die Sonne geht unter, sagen wir, und
es stimmt nicht.
Daß ich anfange jetzt, mit meinem Kopf
nach unten in den Weltenraum zu ragen,
ich spüre es nicht.
                                Plötzlich –
nein, wir spüren es nicht.
Daß es mir vor den Augen schwimmt, daß
unter, nein, über mir die Decke verrutscht,
daß der Rand der Eifel plötzlich
hinter der Brüstung des Balkons verschwindet,
es hat wohl einen anderen Grund.

Träume wiederholen sich

Aufrecht sitze ich im Bett. Nichts ist
zum Festhalten da. Wieder
haben die Bremsen eines Autos versagt,
das nicht mir gehört. Wenn ich jetzt
aufstehe, werde ich im Dunkeln versuchen,
keinen Gegenstand zu berühren. Meine Stadt
liegt wieder in Trümmern. Es ist wieder
Krieg. Ich stehe auf
und suche in der Küche die Milch.

Krapp

So geht es bald. Auf Tonbändern höre ich,
was ich sagte, damals in den Studios.
Einmal war die Rede auf das Geräusch
des krachenden Apfels gekommen, und ich hatte
in einer Halle gestanden, mit Blick
auf das Meer. Ich höre mich davon sprechen,
und ich weiß nicht mehr, wie
ich darauf gekommen bin,
auf Apfel, Halle und Meer. Wiederholt
läuft das Band; jetzt wird alles noch
fremder, obschon ich mir vorstellen kann,
was ich meinte. Ich wollte
eine Fiktion beschreiben, eine Art des Fliehens,
die nicht gelungen ist. Aber
das hilft nichts: die Stimme gehört
mir nicht mehr. Und
es hilft nichts, jetzt einen Apfel zu essen.

Der März in der Luft des Hochhauses

Von oben gesehen, der Stand der gelben Ereignisse,
Forsythien in den Gärten. Jetzt sind es
die Geräusche der Kinder; zwischen den Wohnblocks,
auf den Flächen der Tiefgarage, so etwas wie
Leben; das ist jetzt neu. Und es ist hell;
wir kommen aus den Büros und sehen
die Sonne noch über den Hügeln, dem Rauch,
den Raffinerien. Glitzernd der Berufsverkehr
auf der Ebene zwischen den Dörfern; kurz rauscht,
wie eine eingeblendete Brandung,
die Köln-Bonner-Eisenbahn auf; ich dachte,
dieser Winter geht weiter; nasse Halden,
Nebel-Plantagen. Der Krieg zwischen uns. Aber
mit den Amseln ist jetzt zu rechnen, und
wie die Äcker grün werden, das ist, mit dem
Wiederentdecken der Farbe, über Reste ein Blick.

Notiert, der weißen Wand gegenüber

Hier werden Landkarten hängen.
Die Wahner Heide.
Liebour, 1914.
Kalscheuren.
Das Siebengebirge.
Genügt doch ein Blick
aus den Fenstern hinab von unseren Balkonen
im achtzehnten Stock.
Ja. Das genügt. Und das genügt nicht.
Diese Nähe, wie nahe denn im Detail.
Schloß Gymnich. Regierung. Ägypten.
Ein archäologischer Ausflug: Schachteln
mit Gestein aus drei Millionen Jahren Rheinland.
(Tröstend die kaputte Kollegin:

sind wir so wichtig
mit so viel Historie unter dem Hintern –)
Aber die leere weiße Wand.
Fläche der Phantasie.
Erschrick nicht.
Wir sehen was. Was sehen wir.
Gib es doch her, das farblose Glas.
Nichts, Generalstab.
Die preußische Landesaufnahme.
Zumindest soviel kann ich dir zeigen.
Eine Eifel zum Träumen.
Sozialistische Zäune in Rolandseck.
Schrecklich und neu, gegenüber, die Wand.

Ein ganzer Freitag

Feriengeschrei der Kinder. Fahrräder glitzern
in der Sonne; in den Vorgärten hustend die Männer,
Rentenalter, mit klirrenden Hacken; Staubsauger
aus den offenen Fenstern.
                    Ich ging weiter
durch den Vorort zum Fluß; in Ruhe sitzen
weit entfernt –
            das Geschiebe auf den Brücken;
Kräne und die neuen Funkhaus-Türme; es regnete
lange nicht und das Strandzeug liegt wie ein Haufen
Skelett.
        Immer leichter und völlig unmöglich
zu lernen das programmierte Sprechen; einige Leute
gehen geduckt.
            Ich schaute den Lastschiffen nach,
und ich weiß nicht, warum es mich traf, als
ich auf einem Ruhrort-Kahn eine Frau die Wäsche
abhängen sah. Mehr Zeit Richtung Basel. Kam
ein Angler dann.
                Draußen auf der Mole sitzend

sehnte ich mich weiter hinaus. Vor Jahren schrieb
ich über dieses Ufer wie von einem alten Bild,
ahnungslos, was kommen sollte. Der Angler
jede Woche hier, seit zweiundfünfzig Jahren; gibt es
denn noch einen Fisch?
                                    Hubschrauber flatterten
zwischen den zugeschobenen Brücken; Geräusche
einer möglichen Katastrophe, der Einsatz einer plötzlichen
Massenflucht ins westliche Land, und die Grenzen
wären zu. Und der Angler würde sagen: das
gibt es doch gar nicht –
                                    nein, denn im Sommer
badet er noch jeden Tag in diesem Chemie-Fluß,
und mittags Rotauge oder Forelle. Was Ihr da
immer erzählt, sagte der Angler, was Ihr da schreibt
vom kaputten Wasser –
                                    ich betrachtete lange
das Wasser, und meine Geduld veränderte es nicht.
Ohne Nachricht leben, ohne Kommentar; das Leben
des Anglers. Es wurde wärmer, und der Südwind
kam über die Raffinerien von Wesseling; rauchend
ging ich weiter.

Zwischenbericht

Langsam weiter. Mit einem Tagebuch
versuchen, die vergangenen Tage zu finden,
zu ordnen. Hin und her
zwischen Vorgängen, Gesichtern, Studios, Blüten,
Tränen, Tiefgarage und vergessenen Namen.
Niemanden gesehen, der ganz frei
dich anschaut und dann etwas sagen kann,
das jede Interessenverbindung ausschließt.
Jeden Morgen noch das Glück über den Zusammenhang
von Blicken aus dem Autofenster und
Forsythien zum Beispiel. Wichtiges Wetter. Müdigkeit

und Neurosen. Spätere Zeiten nicht jetzt
dementieren. Zeitungsartikel sammeln, wenn
man nichts wahrnehmen wird. Kontoauszüge,
an- und abschwellende Gefühle, niedriger Pegelstand,
Anpassungen, Zigarettenverbrauch, Juckreiz, Streit,
Unterschriftsmappen, neue Wälder, bleibende Schäden.

April is the cruellest month

Ostern vorüber (und ich hatte jahrelang geglaubt,
in der Karwoche fliegen
die Kirchenglocken wirklich nach Rom).
Jetzt fiebernd, heiser und ängstlich verfolgend
den Fortschritt der Diphtherie in der Stadt.
In diesem Jahr kein Gregorianischer Gesang;
statt dessen ein Bild
mit schwarzgefärbten Eiern (»aber es gibt
die schwarzen Eierfarben nicht«). Laßt einen gehen,
wenn er alles vergißt; er wird stolpern
und fallen und aufstehn –
Warme rheinische Luft; in Brandenburg Schnee.
Beckett im Programm; das siebzigste Jahr; noch einmal
dieser Dreizehnte mit deinen Tränen, Damals
That Time.
Hättest du und wäre ich; weiter so
im Konjunktiv; nun erst mal volles Grün
in die Gärten (denken wir an den Ginster: einmal
fehlte er ein ganzes Jahr; und mit diesem Vakuum
sind wir beschäftigt geblieben). Wie geht es,
fragen wir, den Freunden ohne unseren Krieg?
Tag und Nacht ein summendes Hochhaus
mit Namen Augustus, im Land zwischen
Eifel und Bergischen Hügeln; was ist; ich weiß nicht,
von den Leuten im Aufzug zu lernen?
Die eine, die andere Frage; später vielleicht, »Am Ende
unbestimmter Tage«; ich sagte, ich werde nicht

alt wie ein Baum –
Im Garten meines Vaters sah ich plötzlich wieder
den alten Haselnußstrauch. Schon immer
mit seinen roten Blättern. Jetzt
hat er grüne Blätter, an diesem neuen Zweig.

Sag mir, wie es dir geht

Oft müde. Die wirkliche Anstrengung besteht darin,
immer anwesend zu sein und Anwesenheit
zu beweisen. Je besser der Beweis gelingt, desto
ferner rückt der Horizont der Ruhe. Abends
schweigen die Erscheinungen, die Vorgänge nicht.
Bald ist es ein Privileg, die Fenster öffnen
zu können. Handlungen ohne Gefühle, und
das macht Vorteil. Eine zunehmende Starre
in den Augen. Hören worauf es ankommt.
Manchmal die Nähe von Wasser zu riechen
oder den grünen Himmel zu sehen, das sind jetzt
Wörter; Dinge und Erfahrungen nicht.

Die Trockenheit dieses Frühlings

Die Straßen sind naß, seit heute morgen.
Seit heute morgen geht mir Paris durch den Kopf,
ich weiß nicht warum, die Schwärze des Regens,
ein Urlaubstag, die Photos von Eugène Atget.
Die Nähe belgischer Sender, Tauben vor den Fenstern.

Auf der Landkarte suchend, die neue Wohnung, die alte;
ich könnte, plötzlich, das Land verlassen, die
frühen Küsten des Exils noch einmal suchen;
dann wäre ich stumm.

Aber nun sitze ich auf einem weißen Stuhl
am Fenster; die Briefe auf dem Tisch beweisen,
daß es die andere Adresse gibt. Und
ich sagte am Telefon, daß ich komme, als
Hans vom Westdeutschen Fernsehen anrief
wegen des neuen Radax-Films, zwei Folgen
über Ludwig Wittgenstein.

Ich schaue ins Zimmer. In den Spiegeln
der schwarzen Schranktüren finde ich die Landschaft
wieder, die Hügel des Vorgebirges, Braunkohle-Abbau,
Masten und Pappeln, Elektrizität, Kühlwasser-Rauch,
die Wohnparks, Wolken über der Autobahn.
Manchmal fliege ich über die Gegend, im Traum
oder wirklich, Einflug nach Wahn, Departure
to Overseas –

Ein sonderbarer Tag, ein Tag im Urlaub; ich sehe,
was plötzlich zu sehen ist; wochenlang
sehen wir nichts.
Dies klarmachen, und dies ist schwierig zu erklären,
daß mein Herumsitzen mehr bedeutet als
eine Gleichgültigkeit, daß in diesem Zustand
von Abwesenheit etwas frei wird, offen
für ein Weiterkommen, für eine richtige Bewegung.

Wenn das klar wird, aber es entsteht nur ein Mißverständnis,
kann ich gehen, setze ich mich an den Fluß.

. . .

Es regnet nicht mehr. Am Sonntagnachmittag
spazierten wir im Wahnbach-Tal; nach Stunden
auf dem harten, rissigen Boden schmerzten die Füße.
Der Staub auf den Wiesen. Der niedrige Pegel
der Talsperre. Einmal hörten wir den Kuckuck;
einmal machten wir ihn nach. Was wird im Sommer.

. . .

Als die Freunde abends, nach der Film-Abnahme,
das Vierscheiben-Haus verließen, standen sie plötzlich
unter der Wildnis des Himmels. Sie hörten auf
zu reden über den mißlungenen Film; der Wind
riß die Möglichkeiten der Kamera weg; grüne, lila
Güsse des Lichts über Fenster, Fassaden hinab
in die Straßen; die Häuser funkelten zwischen der Schwärze
der Kirchen. Dann kam die graue Ruhe im Leeren,
im Parkhaus, und wir fuhren nicht ans Meer.

Seit heute morgen mehrmals ein anderer Mensch.

Das Fenster am Ende der Korridors

Der Himmel, die Landschaft, der Fluß:
das Bild am Ende des Korridors.
Links und rechts die Appartements;
die Feuerlösch-Anlage. Das Summen des Aufzugs.
Die Zeit nach Büroschluß. Abweisende Gesichter,
kein Wort und keine Zärtlichkeit.
Jemand wird den Anfang machen
und an seiner Tür vorbeigehen
und weitergehen durch das Bild
hinaus in den Raum zum Fliegen.

Radio-Skala, abends

»Ich erlebe vor allem Flaschen, und abends
etwas Funk«, Gottfried Benn, 1953
– Fading der Stimmen,
das Rauschen auf der Mittelwelle. Im Januar 1945
Radio Luxemburg nachts: die amerikanischen Truppen

stehen acht Kilometer vor Köln
(und heimlich
hörte ich weiter Rag Time und Glenn Miller; nichts
wußte der Fähnleinführer).
Im dunklen Zimmer
Arabien, Kalundborg, die Côte d'Azur; so
mischte ich mich unter die Stimmen, erfand
die unbekannten Städte und den Bilderrausch –

Am Telefon ganz ruhig

Ein Erdbeben soll gewesen sein, spürbar in den
Hochhäusern der Stadt. Unruhig gehe ich
durch die Wohnung, suche nach Rissen
die Decke, die Wände ab. Regale und Schränke,
kein Buch ist umgefallen; kein Glas, keine Vase
hat sich verrückt. Warum hast du angerufen; wolltest
du sagen, daß es noch mehr Probleme gibt?

Sitzend und wartend

Seit wann hat diese blaue Hose grüne Flecken?

Wie kommen Muscheln auf die Fensterbank?

Der Vogel vor dem Fenster: jetzt steigt er, oder
jetzt fällt er?

Hinter meinem Rücken sitzt hinter der Wand der Nachbar?

Wenn jemand grußlos vorbeigeht, kann das bedeuten,
daß er ein fremdes Verständigungssystem benutzt?

Wenn etwas auffällt, das es schon lange gibt oder das man
schon oft wahrgenommen hat, warum
fällt es erst jetzt auf?

Wann haben Sie zum ersten Mal an Ihren Tod gedacht?

Waren wir glücklich?

Und wenn nicht, gab es nicht wenigstens einige Ansätze,
an die es lohnt sich zu erinnern?

Wir haben uns weh getan. Warum tun wir
uns immer noch weh?

Alte Klänge wieder hörend. Das Repertoire der Vergangenheit
nimmt ständig zu. In welchem Maß bestimme ich
die Vergangenheit anderer Menschen?

Warum kein Hunger heute, nicht einmal Durst,
überhaupt kein Bedürfnis, keine Selbstgewißheit, kein
Gefühl für die Notwendigkeit, etwas für den Bestand
der Person zu tun?

Gestern war ich in einer Situation, in der ich sagte,
das Selbstverständliche sei eben nicht selbstverständlich.
Ich stotterte fast, so kam ich mir vor, aber
hast du gemerkt, was ich meinte und worauf
sich alles bezog und daß es mir viel lieber gewesen wäre,
wenn ich in dieser Situation nicht recht behalten hätte?

Plötzlich kann es zu spät sein – was? Irgend etwas,
der Aufschub von Entscheidungen passiert ja fast täglich,
also, plötzlich ist etwas zu spät, und wir wissen
das auch und wir rühren uns nicht von der Stelle;
könnten wir uns denn nicht helfen, mit einer Geste,
einem Schlag, einem Wort gegen die Lähmung?

Immer noch Angst vor dem Schrillen eines Telefons?

Welches Hemd heute morgen?

Kannst du bald für die Klarheiten sorgen, die wir
für die Fortsetzung unseres Lebens brauchen?

Eine Nachricht am Sonntag aus Stuttgart

Stündlich höre ich Nachrichten, seit eine Frau
nicht mehr lebt, die ich einmal
sehr mochte. Ich habe sie jahrelang nicht
gesehen; zuletzt, in einer Menge von Leuten,
war sie auf mich zugekommen und hatte mir
die Hand gegeben; wir freuten uns beide,
wir hatten uns wenig zu sagen. Kurz danach
fing sie an, ihre und unsere Probleme
durch eine Art Kriegserklärung zu lösen;
sie hat diesen Krieg, vielleicht auch gegen mich,
geführt und jetzt verloren. In der Zeit nach uns
wird sie vielleicht als Heilige gelten, aber
ich weiß nicht, ob das eine Zeit wird, in der sie
selber hätte leben können, mit dem gedachten Glück.

Vier Zeilen

Unter Pappeln sitzend, und wieder die Stimme
im Selbstgespräch, das nicht aufhört, bis
alles zermürbt ist; der Wind erleichtert nichts,
der einfach durch die Blätter geht.

Ich beneide jeden, der Zeit hat, etwas wie ein Buch fertig zu machen, sagte André Breton

Ich sehe dir an, du hast Probleme, die haben mit deiner Arbeit
nichts zu tun.
Fast zugewachsen ist dein Gesicht.
Ich habe gehört, du bist in ein englisches Hotel gegangen,
um endlich mal außer Reichweite zu sein.
Es sind Wassergläser, aus denen du laufend Cognac trinkst.
Ich höre, daß du nicht mehr weißt, wo du eigentlich
zu Hause bist.
Du läßt dir Zeit beim Schreiben, aber das heißt, daß du
die Zeit erst mal finden mußt, und das heißt,
du mußt dich heraushalten, alles absagen, dich zurückziehen,
verschwinden; du mußt gegen deine Faulheit angehen und
deine Probleme vergessen; irgendwann
kommt es auf jeden Augenblick an.
Du sagst, unser Beruf macht uns so egozentrisch, daß
er im Grunde jede menschliche Bindung ausschließt.
Hau doch ab, wenn du kannst, hast du einmal
in einem Gedicht über die Ehe geschrieben.
Immer noch drehst du eine Zigarette nach der anderen.
In einer Nacht vor vielen Jahren hast du kein Verständnis
gehabt, als ich dir erzählte, daß ich meine Frau
verlassen habe.
Man kommt nie von jemand richtig los.
Wir waren uns einig, daß man eine Menge dieser Probleme
beim Schreiben verarbeiten kann, aber irgendwann
hört das mal auf.
Es sind die Wenigsten von uns, die in unkomplizierten,
dauerhaften, ungestörten Verhältnissen leben.
Wir sollten nur warnen vor uns.
Wird man deinem Buch die Schwierigkeiten anmerken,
die mit deinem Buch nichts zu tun haben, aber
in denen du jetzt lebst?

Was kaufen wir: ein Boot, ein Zelt?

Wir trafen uns in der Stadt, mein Sohn und ich;
so oft sehen wir uns nicht. Welche Interessen
hat er jetzt? Der Auftritt der Rolling Stones, und
ich war so blöd zu sagen, die sah ich
vor zehn Jahren, die sind doch lange passé.
Werkzeug brauchte er, den Werkzeugkasten; mit
seinem Kompagnon nimmt er jetzt schwierige Mofas
auseinander. Älter werdend, er hat schon seine
Erinnerungen: wollte ich damals ein Boot, ein Zelt?
Dann suchten wir Knöpfe, originale Knöpfe
für den amerikanischen Mantel von 1962, den
hatte er in der Manöver-Heide gefunden
und gleich am Abend selber gewaschen. Nun
hing er in dem grünen Coat, ohne jeden Knopf,
und wir kriegten auch keinen lausigen Button
in dieser ganzen Geschäftswelt. Tags darauf
sah mein Vater meinen Sohn, wie er
durch die Vorstadt fuhr, den Wind im Mantel,
daß er aussah wie ein grüner Vogel, flatternd
auf dem alten Fahrrad. Du warst ja nie da,
sagte seine Mutter, als ich fünfzehn Jahre durchging,
gestern, an seinem Geburtstag.

Ist das alles so wichtig

Fortgesetztes Dilemma: Seite für Seite
ein perfektes Gedicht, oder die Notiz des Erlebten.
Gestern abend, unter Studenten, versuchte ich
zu erklären, daß beim Schreiben alles geschieht
nach Maßgabe der Erfahrungen und Einfälle,
der sprachlichen Möglichkeiten und wahrgenommenen Motive.
Aber sind Sie, wurde gefragt, denn immer so
sensibel, wenn Sie sagen, wie sehr es darauf ankommt?

Nein, und ich kann sie nicht einmal zählen,
die leeren Stunden und stumpfen Tage,
die Momente gleichgültig und kaputt.

Einmal, als ich vergeblich anrief

Das kann passieren. Du willst die Sonne küssen
und fällst vom Balkon. Kinder rollen dich im Sand,
bis du eine Mumie bist. Die schreienden Mütter;
schnell stehst du auf, klopfst den Sand
von der Hose und haust ab. Im Aufzug
kennt dich keiner wieder, dann findest du
die Wohnung nicht mehr. Übernachtung im Hotel.
Die Fenster lassen sich nicht öffnen. Irgendwo
brennt es im Haus, ein Glück, kein Geld
für die Rechnung. Irrend durch die Nacht; ein Haus,
da leben deine Leute. Du hast sie verlassen;
das ist passiert; was will dieser Fremde.

Eintrübungen in der Nacht

Graue Schuppen, der Himmel im Ausschnitt des Fensters.
Lange lag ich schon wach, ehe ich begriff, daß
ich wach lag und zum Fenster starrte,
morgens gegen vier, die Nacht zum Sonntag.

War ein Geräusch; hatte jemand gesagt: es kommen
Eintrübungen? Der letzte Traum: ein Haus,
in dem es von Stockwerk zu Stockwerk tropft, und
ich renne von einem Stockwerk zum andern, in jedem
treffe ich Freunde, Bekannte, die alle nicht
merken, daß es durch die Decken tropft. Ich

rufe, gestikuliere, zeige nach oben, renne weiter,
der Nässe, den Tropfen nach, bis unters Dach,
das voller Löcher ist, durch die man die Schuppen
des Himmels sieht. Unten, vor dem Haus,
steht abfahrbereit ein Zug, mit dem ich
angekommen bin, mit dem ich weiter muß.

Wach liegend; ich frage mich, warum hat keiner
auf die Tropfen reagiert, und was ist
mit dem Zug, den ich wie immer im Traum nicht
erreichte, in dem ich plötzlich doch saß?

Es müßte jetzt regnen; im Rauschen des Regens
könnte ich wieder schlafen, oder im Heulen
eines Sturms, im Rollen einer Brandung.

Um diese Uhrzeit wird gestorben, starb
meine Großmutter, vergangenes Jahr. Um diese Zeit
stand sie auf, schlaflos und im Selbstgespräch,
ging in die Küche und trank Milch.

Alte Ängste kommen wieder. Unerreichbarkeiten.
Rasselnder Atem; Nase zugewachsen.
Die kalte Hand, die auf dem Herz liegt.
Keine Geräusche, und niemand, außer mir selber,
hatte gestöhnt, gesprochen, gerufen.
Es wurde heller, und die Schuldgefühle ließen nach.

Zum Fenster starrend, sah ich die Bewegung von Punkten;
langsam bewegten sich Punkte aufeinander zu,
verschwanden in einem Punkt, der sich entfernte,
kleiner wurde und verschwand.

Jemand sagte: ich weiß nicht mehr, was los ist

Es ist so; es fehlt
die Möglichkeit der ruhigen Bewegung; es gibt
keine Pausen im Programm
                              – mach wenigstens leiser,
wenn du nicht abschalten kannst, und
mach einmal die Augen zu.
                              Auch diese Angst,
dieses vorsichtig gewordene Sprechen, dieses
schnelle Abwinken; das Achselzucken
so fürchterlich müde –
                        was ist so. Was
macht dich so nutzlos; was macht dich
abends schrill und morgens schlapp; was ist so
undeutlich und schattenhaft –
                              damals, als
es einfacher war, die Hoffnung zu benennen und
einen Baum mitzunehmen, wenn
man ihn brauchte –

Jemand sagte: mir geht es ja gut, aber im Grunde bin ich kaputt

Ganz ruhig geworden, als das verdorbene Essen wieder
aus dem Magen heraus war. Ich lag ganz ruhig und
war einverstanden zu leben.
Als ich am Telefon sagte, ich bin krank und muß jetzt
ins Bett, sagte sie, dann könnte ich ja glücklich
und zufrieden sein.

»Der Schorf auf Ihren Knien, der erinnert mich an meine
Kindheit, als es schön war, langsam den Schorf von den Knien
zu kratzen, bis wieder Blut kam.«

Ein leichtes Schwindelgefühl am Morgen, nur ein leichtes Schwindelgefühl.

Vor dem Schlafengehen nachts, taumelnd in das Badezimmer.

Lächelnd, er blickte lächelnd zur Seite, ehe er plötzlich zusammensackte, mittags im Kasino am Tisch.

Halte mich fest, halte mich fest, ich schwebe sonst davon, ich schwebe sonst davon.

Ein Brief mit einer Handschrift, die zunächst zu erklären versucht, warum sie so unleserlich sei, nämlich weil ein Beil die schreibende Hand verletzte.

Sie sagt: ich trinke ja nur, weil ich dann die Schmerzen nicht mehr spüre.

Er sagt: sobald ich denken will, sobald ich lesen oder schreiben will, flimmert es mir vor den Augen.

Diese Niesanfälle, kein Schnupfen, keine Erkältung, ganz plötzlich diese Niesanfälle, abends vor dem Fernseher, zu Besuch bei Freunden, im Restaurant, regelrechte Explosionen, pausenlos, aufstehen und das Zimmer verlassen, irgendwo verstecken, das Haus verlassen, zurückkommen, peinlich, Entschuldigung, Erklärung.

Von einer Dienstreise zurückkommen mit geschwollenen Lippen, blau geschlagenen Augen.

Was mit mir los sei, wird gefragt, warum ich immer ins Leere starre, kein Wort sage, auf wenig, jedenfalls kein Wort, keine Berührung, reagiere?

Was soll ich beim Arzt, sagte sie, es sind nur die Probleme, die ich mit dir habe.

Weniges zur Entspannung

Hinsetzen zum Schreiben, aber es ist
keine Lust da zum Suchen nach Wörtern;
der heutige Einheitshimmel hat sich abends
aufgelöst in Möglichkeiten der Unruhe;
das Land vor dem Fenster
glänzt noch einmal im verschwindenden Licht;
das Summen im Hochhaus nimmt ab,
und die Stimmen im Kopf hören den Streit auf.

Vielleicht können wir später reden

Wie lebten Sie, fragte gestern ein Mädchen in Frankfurt,
welche Inhalte und welche Motive, sind Sie
in diesen Jahren schlauer geworden –
                                                            zunächst
war ich sprachlos; es war Nacht, ich wollte
gerade zu meinem Auto; stotternd lenkte ich
von meiner Biographie ab; ich sagte bloß, im
vergangenen halben Jahr hat sich wieder
alles verändert –
                              und Schweigen. Wir saßen
an diesem Frühsommerabend im heißen Westend
draußen auf dem alten Balkon, umgeben
von Brüchigkeiten, den Hinterhäusern, Gärten und Höfen
im Zustand unserer Wehmütigkeit;
                                                            »seht doch,
diese kleinen Gartenmauern hatten noch
ein menschliches Maß«;
                                          Robinien rauschten; in der Luft
die Tangos aus dem Palmengarten –
                                                            ich dachte
an eine Zeit in der Stadt, als ich hier lebte,
zerrieben und isoliert, funktionierend; aber schönes

Erinnern.
Nordendstraße. Holzhausenpark.
Was bleibt aber
sagbar von einer biographischen Phase –
schlauer geworden?
Ja sicher, die Zunahme von Empfindlichkeit.
Ein dickeres Fell.
Mehr Routine, im Sinne von Know How.
Weniger Kompromisse. Dagegen mehr Einsicht.
Midlife, Brüche.
Eingrenzungen –
mußte das sein?
In der Nacht
gingen plötzlich die Lichter in den Schlafzimmern an;
Menschen atmeten Rauch aus, alleine stehend
in den hellen Fenstern –
wie kommt es,
fragte gestern das Mädchen, daß immer weniger
Kommunikation? . Die Freunde
sagten nichts; einer schlief schon, einer trank weiter,
einer suchte noch Bedeutung, einer fischte
in den Erdbeeren –

Früher oder später

Rosen, Getreide, Holunder; in diesem Juni
alles weit weg, da unten. Gefühle
mehr und mehr auf Distanz; wir werden
auf diesem Meer nicht weit kommen.
Auf unseren Bildern sehen wir, wie
es war, aber nicht, was dann kam.

Möglichkeiten für Bilder

Dunkler Baum vor einem hellen Haus.
Wunschkörper.
Die traurigen Augen beim Schließen der Türe.
Holz und Milch; eine Lampe.
Der Wind, der die Hand ausstreckt (im Zitat).
Bälle, aus dem Mund tropfend.
Frieden im Tal.
Geduld der Minen.
Nun wächst die Wiese durchs Haus.
Springend, über den Strich in der Luft.
Die Küsten des Exils (seit 1957).
Winteräste im Sommer.
Sieg des Wartens.
Fallende Birnen. Liegende Birnen.
Fahrrad am Horizont.
Soldaten und ein Fahrrad.
Nacht des 7. November.
Das Elend der Befreiten.
Glas, zwischen Figuren.
Menschengruppen vor dem Horizont.
Nebel; die Versteinerung des Nebels.

Was denn, der 17. Juni

Damals warst du zu jung; es war ein Tag
der Live-Reportagen, wie ein Tag im Krieg, mit Schüssen
im alten Radio –
                    als ich heute Frühstück machte,
Summertime im Transistor. Dann hörte ich
Lieder, Glocken, Posaunen der Prozession, unten
im Vorort. Fronleichnam. Altärchen
vor den Bungalows. Kennst du wenigstens das Foto:
Männer, steinewerfend, Panzer –
                                    glitzernd

die Straßen ins Vorgebirge. Dementi
des miesen Wetterberichts. Fahrzeugstau an den Grenzen;
du willst zum Tennis, schwimmen
wäre mir lieber –
immerhin, seufzend,
ein freier Tag in der Woche. Sag mal, du
rheinischer Einzelgänger, empfindest du nicht mehr
die Ostsee, den Thüringer Wald? Täglich,
der Presse-Verteiler, vor mir auf dem Tisch
»Neues Deutschland«–
jetzt aber 'raus, im Aufzug
hinab ins Grüne; Spaziergang, den ich dir
versprach. Zwischen den Wohnblocks liegt schon
die Hitze; knisternd der braune Rasen
auf der Tiefgarage; auf den Balkonen, unter
umgeknickten Sonnenschirmen, klirrendes
Geschirr –
damals wartend, daß etwas geschah.
Standen denn die Fahrräder bereit, wie damals
im Juni, als die ersten Jeeps nach Westen
verschwanden –
natürlich, wie immer,
müßte ich arbeiten. Das Nachwort für E. B.;
Konzepte fürs Programm; die Wochenblätter,
Briefe. Ein Mensch sein wie der Meßtechniker,
mit Hund und Grill; sitzend
in der Sonne; Vati, komm –
Huflattich, Holunder,
mit Körben zog die Klasse los. Damit du
ein Wort lernst: Heilkräuter-Sammlung; was
krähtest du, Baby, in Bromberg? Wir
gingen in Deckung, Kondensstreifen-Himmel;
ich sehe nicht, aber ich höre, hinter den Büschen:
das ist nur ein Sportflugzeug –
freundliche Leute
mit Klatschmohn; Fahnen damals verbrannt.
Du siehst es, im Vorgarten die Fähnchen,
katholisch und demokratisch, Heiligenbildchen
und noch der kleine Schnee der Kleider
nach der Kommunion. Die Hecken duften;

Gartentore voller Rosen –
die Einheit; nach Bonn
in zwanzig Minuten, der Bahndamm; Teergeruch
der alten Schwellen. Reichsbahn, war ein Wort
und ist noch eins; frag deine Eltern, wie
es war, ein See nach dem andern, dort
in Mecklenburg –
frag nicht, sinnlos vielleicht;
die neuen Studenten hängen aus ihren Appartements
frisch gewaschen die Jeans; Enten und Käfer
mit Autonummern aus Benelux. Aus Sachsen
schreibt mir ein Kollege, was kann ich
hier für Sie tun –
zu jung. Nicht alt, nicht lange
genug, um etwas nicht zu wissen. Das alte Radio
ist hin; die nächsten Tage Fernsehen, wie
wählen die Italiener, was röchelt
am Grenzzaun, wer
holt in Europa den Cup –

Die tausend und erste Straße

Paul Nougé steht verdeckt von Georgette Magritte,
zwischen zwei Bäumen. Daneben,
Standbein und Spielbein, die Fäuste in den Hüften,
steht René Magritte.
Neben Paul Magritte steht Martha Nougé
mit dem Rücken zu mir und
blickt in den Wald. La Foret de Soignes.
Bruxelles, 1939.

Auf dem Bett liegend, nachmittags

Das Vermissen von Bäumen.
Eine Küste bietet die Landkarte an,
eine Farbe der See;
einen Zusammenhang von Reißzwecken,
Wand und Papier
kann man wieder verändern.
Eine Zeit für das Inhaltsverzeichnis
der Wünsche.
Bald, alles beziehbar auf bald.
Weiterhin, wenn der Wind fehlt,
einatmen,
ausatmen, mit der Kraft des Riesen.
Reichweite; oder der Versuch, etwas zu bestimmen,
was sich außerhalb dieses Körpers bewegt.
So entsteht kein Gespräch,
keine konkrete Begegnung; aber
darum geht es auch nicht.
Stören, diese Augenblicke, kann alles, was
auch dazugehört, ganz zu verschweigen,
was im Kopf hin und her rollt.

Hitzeverbrechen, las man in einem Gedicht

Liegend im Schatten; eine blaue Hollywood-Schaukel;
wie hast du diesen Tag überstanden. Tage
im Kollektiv, das die Hitze erzeugt: »Wir
dösen alle still vor uns hin –«
Gespräche auf der Terrasse, die ich nicht mehr
begreife; es ist keine Luft mehr, sondern
ein unbeschreibliches, lastendes Etwas, das
zwischen uns liegt. Die Bäume rühren sich nicht;
es wäre eine Erlösung, aber der Abend
macht uns wild, wir könnten uns töten.

Eine Amerikanerin war in Berlin

Café Schilling; du rauchst immer noch
vor dem Frühstück.
                    Wie lange lebtest du hier?
Als ich dich wiedersah, plötzlich in einem blauen VW,
steuertest du mit einem Gipsarm.
                                        Dein Mann
war einmal mein Freund.
                              Euer verlassenes Haus
fand ich im Schnee in Williamsburg.
»Luck be a lady«; einmal wolltest du die Platte
los sein, mir schenken; vergaß ich zu fragen
nach deiner Erinnerung.
                              Es war
eine Baracke in Zehlendorf, eine Obstwiese
im Frühling, ein Abend
zwischen brennenden Autos; und nur einmal »sehen«
wollte deine kleine Tochter mein Zimmer.
                                                  Briefe,
und ich schrieb nicht. Jetzt werden es Jahre.
Du weißt, ich erzählte von Denver
                                        (bloß, weil Kerouac
seine Verrücktheit beschrieb),
die langweiligste von euren Städten (wir flogen
am selben Tag weiter).
Im Wohnwagen fängst du dort wieder an; du bringst
alles fertig. Selbst dein schrottreifer Käfer
schafft noch die Stadtautobahn.
                                        Noch einmal
kamst du zurück, nach dem Abschied, am Flugplatz.
In deiner Sprache,
                    die du jetzt wieder lernst,
sagtest du mir etwas ins Ohr.

Plötzlich, in den ruhigen Dünen, sehe ich, hoch,
den Kondensstreifen nach; Starts
in Düsseldorf, Frankfurt; der hohe, ruhige Kurs
über den alten Atlantik.
                                        Es war, erzähle ich, immer
wie ein Abschied von der Erde Europa, wenn
wir hochzogen, in einer glitzernden Boeing, hinabblickend
auf die Landmuster der Niederlande, auf
Gischt, Dünen, die weißen Ränder, wo wir
in Mengen jetzt liegen.

·

Lichter abends draußen auf See.
Heiserer Sprecher, französischer Sender.
Helle Kleider; klirrende Terrassen.
Sperrgebiete und wartende Marine.
Unterwegs, als das Kühlwasser kochte, dachte ich
an die Kübelwagen des Afrika-Korps.
                                                        Im Sommer
brachen die Kriege aus. Wie war das
in eurer Kindheit, frage ich die Studenten
in ihren alten Jeeps
                                  – in den Ferien
suchten wir den Horizont nach grauen Schiffen ab,
nach Minen die See
und den Wald nach Fallschirmseide, Splittern.

·

Doch, das Meer atmet unaufhörlich. Ruhiger,
ich werde wieder nicht ruhig, jetzt
nicht.
        Jeder Möwenschrei. Jedes kreisende Gras.
Erzählungen in einem bleibenden Geräusch, das
hinter der Bauzone aufhört.

•

An mein Alter denkend
– Abend-Restaurant, unter
Pensionären sitzend, ledern braunen Gespenstern,
die das Meer am Nachmittag
am Swimming-Pool erleben; Paare, verwachsen,
verstummt und böse, wenn einer, laut,
den anderen was fragen muß –
immerhin
ganz komfortabel, Rover und abends Chablis,
Trost oder Schrecken –
morgens schlaflos, so
fängt es an; leichte, ungenaue Schmerzen;
Ironie vor Spiegeln und Warten
auf Gewißheit; mehr, sagt der Oberst a. D.,
erleben Sie jetzt nicht –

•

Dies sind Fotografien der Küste, so sahen
Bunker aus. Frag deinen alten Vater, den Architekten,
was der Atlantikwall war –
»Pendant ma jeunesse,
le littoral européen était interdit au public
pour cause de travaux; on y bâtissait un mur
et je ne découvris l'Océan
qu'au cours de l'été 45«: Paul Virilio,
Jahrgang 1932 –
liegend am Strand, radelnd
in den Dünen; Wehrbezirk Niederlande,
15. Festungspionierstab. Die Arbeit
von Wind und Sand am Vergessen; wie ein Kopf
ragt dieser Kommandoturm –
viel Zeit
für Archäologie, und eine Ausstellung im Museum
der dekorativen Künste, Paris; Zitate im Katalog
von Hölderlin, Rilke, Ernst Jünger.
Eingegraben
im Sand, mein Kopf der Bewußtseinsturm;

grabt ihn aus,
Spuren zum *Zeitgeist*; später
Entzücken, Entsetzen –
dies sind Fotos:
See und Sand kommen zurück. Kinder, neu
und blond, rennen und bauen im Schlamm.

•

Dinner; der Herr am Nebentisch macht heute
abend immerzu Notizen; das
beunruhigt mich, vor allem auch, daß er
nicht mal ein Bier trinkt
– so muß man
leben, nicht wahr, Dr. Benn.
Dann las ich,
wer eine Woche trocken nicht schafft,
sollte zum Arzt gehn –
und schließlich,
seufzend, Hermann Schreiber: »unsere Generation,
mit ihren Krisen, Brüchen, Trennungen« –
Schnitt jetzt, Musik
– grau, zum Frösteln
der Abend. Gäste reisen noch ab.

•

In diesem Sommer passiert viel, aber das
wissen wir nur, weil ich das Radio mitgenommen
habe, morgens Zeitungen hole. Was wichtig ist
und was ich denken soll, nur langsam
schwindet die Sucht, mit Neuigkeiten
zu leben. Ich schlafe jetzt länger; mehr
Zeit für das Land in den Träumen.

•

Meine Großeltern fuhren niemals
in die Ferien; einmal
Thüringen, dann Coburg, aber

das war schon die Evakuierung, weder
Sommerfrische noch Fitness.

Immer der Garten; die Einmach-Zeit.
Beerenobst, Frühkartoffeln, das Mistbeet;
vierzig Obstbäume für die vier Kinder;
Rosensträucher, Unkraut nach dem Regen.

Das Haus roch noch im Winter
nach Boskop und Lauch, und
die Hitze stand lange im Stall.

Zuletzt, als keiner mehr lebte, fand ich
die Rechnungen für Samen, Haushaltshefte,
ausgeschnittene Gartenartikel und
einige Bücher, Wanderungen
durch die Eifel, Ville und Kottenforst.

•

Ansichtskarten; mir geht es ganz gut; was
kann ich dir sagen; Familien auf Fahrrädern
zum Picknick unter Kiefern; Drachen, Papiervögel
und die Kreise der Reklame-Flieger; Paare
im Sonnenuntergang
                    und was mehr noch
plötzlich traurig macht –
                         im Rücken die Küste,
vor Augen die Dünung, so könnte ich
vergessen und weitergehen, hinab in den Horizont.

Man wundert sich über die wenigen Veränderungen

Ein Brief ist verschwunden, eine Karte
nicht angekommen; das irritiert mich, weil ich
an bestimmten Ordnungen und Gewohnheiten nicht
zweifle; die Wiesen sind versteppt,
und die Birkenblätter hängen vergilbt wie sonst nie;
meine Reise-Erzählungen haben gar nichts
mit einer Reise zu tun, sondern mit einem Aufenthalt
während einer langen Flucht; Aufgeschobenes
ist weiter aufgeschoben worden und die Gespräche
über Krise fangen mit dem Alphabet an.

Nachmittag mit Wolken

Der Wind ist sichtbar
                    und die Fluß-Möwen
blitzen vor den Fenstern auf
                        – biegen sich
ganze Reihen von Pappeln.
                        Mögliche Bilder,
die ich dir vorschlage, aber du mußt
etwas sehen –
            hier,
ich bleibe nicht. Bist du nicht.
                        Schatten
wandern über die Felder
                    – in der Nähe
des Rauchs, ruhig vor dem Horizont,
rasche Wechsel
                – Wind, mit seinen Geräuschen.

Briefentwurf

. . . schon lange will ich Ihnen schreiben.
Aber immer, wenn ich mich hinsetze, um endlich –
Sie kennen das vielleicht.
Jetzt ist es nicht anders. Hinzu kommt,
daß mich die tägliche Arbeit so ablenkt, daß
ich nicht einmal mehr meine Probleme bemerke,
und das macht es so schwierig, ein Empfinden
für Ihre Probleme zu haben. Man sagt mir,
ich werde gleichgültig, ich nehme nur meine Funktionen
noch wahr, Aber das stimmt nicht, obschon ich weiß –
Sie verstehen das vielleicht.
Ich träumte jetzt einmal, daß in meinem Kopf
eine Landschaft von einer Düne langsam
zugeweht wird. Was soll man tun? Sicher,
man müßte ganz anders leben, aber wie,
das wollten Sie ja von mir wissen.
Sie meinen, daß einer, der schreibt, seine Probleme
dann los wird; versuchen Sie es, Sie werden bald
wissen, welche Probleme dann erst entstehen,
und wie sie zunimmt, Ihre Isolation. Aber
ich will Sie nicht warnen; um so besser, wenn Sie meinen,
daß Ihre Wörter Sie mit den Leuten verbinden –

Zweihundert Jahre amerikanische Malerei

Hinter Godorf, hinter den Raffinerien, kam der Regen
auf die Autobahn. Es war Sonntag, der letzte Tag
der Ausstellung; der Eintritt
ins Rheinische Landesmuseum war frei. Andrew Wyeth,
geboren 1917 im Staate Pennsylvania, lebt
in einer alten Mühle und malt seine Nachbarn,
seine Familie und das Land um ihn herum.

Lift

Als ich den Lift im achtzehnten, im letzten Stockwerk
verließ, sah ich draußen vor dem Fenster am Ende
des Korridors einen gelben Hubschrauber
in der Regenluft hängen.
Im Kellergeschoß steht der Flaschen-Container; im Haus
wird ganz schön gesoffen. Benutzer der Tiefgarage; das Büro
des Hausmeisters; das Geritze an den Wänden.
Erdgeschoß. Paare mit Plastiktaschen. Kleine Mädchen
fangen zu kichern an.
Wenn der Lift schon im ersten Stock hält, werden
wir wütend. Faules Volk.
Im zweiten Stock kommt es vor, daß ich mich frage,
wieso man in den zweiten Stock eines Hochhauses
ziehen kann. Oder
haben Sie kein Gespür für die Massen über Ihrem Kopf?
Das dritte Stockwerk. Dicke, behinderte Hausbewohner;
Kindergeräusche; erste Gerüche und alles andere
als freundliche Empfindungen.
So roch es früher in alten Treppenhäusern, nach Suppen
und Kohl; nein, es riecht nur so ähnlich;
summende Appartements im vierten Stock.
Im fünften Stock haut jemand draußen gegen die Eisentür.
Im sechsten Stock steht der Korridor voller Kisten und
Kartons. Wieder ein Umzug im Haus, fast jede Woche.
Déjà vu, denke ich im siebten, achten oder neunten Stock,
aber das passiert oft in solchen Gebäuden, daß man
ein Gesicht wahrnimmt, monatelang nicht sieht,
vergißt, und beim Wiedersehen weiß man nicht,
ob es ein Wiedersehen ist.
Plötzlich, vielleicht im zehnten Stock, die Vorstellung
von Alarm und Aufruf zum sofortigen Verlassen
der Wohnungen, vom Kampf vor den Lift-Türen
und dem Gedränge in dieser 12-Personen-Zelle;
Leute gibt es in San Franzisco, die in Erwartung
des großen Erdbebens seit Jahren keinen Lift benutzen.
Zwischen dem elften und dem zwölften Stock
die Sehnsucht zurück nach flachen Landhäusern,

Terrassen, Gärten, Gebüsch und Bäumen vor den Fenstern.
Jemand steigt im dreizehnten Stock ein,
im vierzehnten Stock steigt er wieder aus.
Viele der teuren Wohnungen stehen leer; es soll
Bewohner geben, die sich im Haus hin und her bewegen,
in der Hoffnung, jemandem zu begegnen und guten Tag
zu sagen, wie früher, zu Hause, in den Dörfern.
»In der sanftfüßigen Stunde der Nacht, wenn der Lift
Blondinen zu Junggesellen-Wohnungen fährt . . .«;
es ist aber einer der vielen schlaff machenden Nachmittage
mit älter werdenden Angestellten, und
ich frage mich, etwa im fünfzehnten Stock, nach
der Realität einer Gedichtzeile von Auden.
Im sechzehnten Stock vermute ich den Mann,
der mit seinem Schlagbohrer für eins der Geräusche
sorgt, die man in diesem Haus fortwährend hört
und die um so unerträglicher sind, je weniger
man weiß, was diese Geräusche bedeuten, wie sie entstehen.
Der Lift hält im siebzehnten Stock. Die Türe
geht auf, niemand steigt ein, niemand
steigt aus, ein leerer Korridor.
Als ich den Lift im achtzehnten, im letzten Stockwerk
verließ, kam mir die Katze entgegen, die
seit kurzem im Gang des Korridors lebt.

Mitte August

Über eine Wiese gehen, umgeben von Gebüsch
und Bäumen eines alten Parks: einen Augenblick
stehenbleiben und sich vergewissern,
daß man lebt, in der Mittagspause jetzt.

Tage später und kein Wind

Als ich nach Mitternacht ins Schlafzimmer ging,
mußte ich es gleich wieder verlassen.
Das Fenster stand offen, und mit dem Nebel
war der Geruch der nahen Petrochemie
ins Zimmer geweht. Von draußen hörte ich Grillen,
und Flaschen klirrten noch auf einem Balkon.

Wie so oft

In der Frühe, Kollegen mit dem Morgenmagazin
beschäftigt. Zwei Hemden waschen; Brot
und belgische Tomaten. Ich sehe den Stau
auf der Autobahnbrücke. In Herznähe
die beginnende Unruhe, Zeitansage und Zigarette.

September 39; Felix Hartlaub schreibt die ersten Zeilen in sein Kriegstagebuch

In diesem Jahr sehr früh das Fallobst
auf den Wiesen
                    – ich gehe langsam an Gärten
vorbei; Samstagmittag, Anfang September; es ist
ziemlich still.
                Windvögel hängen in der Luft.
Um diese Zeit
                immer die Erinnerung, wie
es anfing, Lautsprecher in den Bäumen,
leichte MGs auf Dächern, auf Hügeln.
                                        Diese Kinder,

diese jungen Väter tragen Plastiktüten
zum Parkplatz; der selbstverständliche Supermarkt.
Seitenstraßen; Vogelbeeren leuchten, die wir damals
verschossen im Blasrohr
– es riecht
nach Pflaumenkuchen. Die Pappeln rasseln.
In diesem Sommer, viele der jungen Bäume
sind auf den Uferwiesen verdorrt; Niedrig-Wasser,
weißes Geröll.
Einzelne Leute, einige
mit Hunden; die Paare und ganze Familien
kommen erst später.

Sonntagvormittag

Manöver im Münsterland, heißt es im Verkehrshinweis
am Sonntagmorgen. Von Johann Sebastian Bach
die sechste Orgel-Sonate. Ich wachte in einem Wald
auf, es war aber ein grünes Zimmer. Verlängerung
der Träume in den Tag. Nebel hängt zwischen
Alleen und Wiesenstücken. Tassen mit dünnem Tee.
Ein Kind beginnt zu pfeifen; es ist immer derselbe
Ton, bis es plötzlich still ist. Notizen schreibend
für ein Programm, nehme ich weiter nichts wahr.

Im Alter

Spät, als mein Vater anrief, erschrak ich
zunächst. Er wollte aber nur erzählen.
Gestern, auf dem Land, hatte er ein kleines,
leerstehendes Fachwerkhaus entdeckt. Du willst
doch aufs Land, sagte er, ich komme vom Land.

Stunden abends

Diese Gruppen von Zugvögeln; wir
konnten uns nicht
verständigen.
Wieder pfeift es, als wäre es
das Kind, als wäre
Sonntagvormittag. Nichts ist zu hören.
Dämmerung. Die Farben der Furcht;
ein Zittern beginnt im Körper. Wenn
es nicht Wolken sind, sind es Gesichter,
Seehunde, Schluchten. Was wäre »das Innere«
in dieser Luft. Bald entsteht jetzt
eine Nacht, eine weitere Entfernung kommt hinzu;
nur das Licht draußen bewegt sich.

Das Thema der Vergänglichkeit

Ein Kretin im Westerwald, Hut im Nacken,
zwischen den Holmen einer Wagendeichsel,
hält eine Zigarette in der Hand.
Ein Streichholzverkäufer in Köln, Krüppelarm,
Nagelschuhe und Schirmmütze, sitzt im Schatten
einer Kirchennische auf einer Wolldecke,
vier Streichholzschachteln zwischen den Beinen.
Ein Invalide in Köln, ohne Beine
und mit rechter Armprothese, sitzt
in einem Karren mit Holzrädern
vor einer geöffneten Zigarrenkiste.
Zwei Insassen eines Blindenheims in Düren,
auf einer Bank vor einem Drahtzaun;
der eine hält eine Brille zwischen den Händen,
die Hände des anderen liegen auf der Bank.
Zwei Kinder, Blindenheim in Düren,
halten sich an den Händen.

Das Mädchen hält den linken Arm hoch,
der Junge hört zu.
Ein gebrechlicher Alter im Westerwald,
gestützt auf zwei Stöcke, wendet sich um,
auf einem Weg zu einem Fachwerkhaus.
Zwischen 1926 und 1930,
sechs Fotos von August Sander.

Programmvorschau

Feelings. Milt Jackson and Strings.
Den ganzen Nachmittag die Schallplatten; das wird
eine Sendung.
                Aber »Gefühle«. Wer will denn
leben mit Komplikationen. Oder ziehen Sie sich
immer
        so glanzvoll aus den Affären –
Telefon nachts.
                »Ich brauch dich«
Die Nachtvorstellung der Gefühle. Streichergruppen
im Hintergrund.
                Härter im Nehmen, und
trotzdem ganz wund, und kein Wort –
Laß mich,
            für immer? Es gibt noch
den Sommer; dieser der letzte. Viele
gehen jetzt weg, versuchen zu bleiben, sind
schon verschwunden . . .
                        Feelings.
Andere Platte. Jetzt Percy Faith.

Wetterbericht

gut, gar nichts ist gut; zwei Mal
in den vergangenen Tagen bin ich vorbeigefahren
an einem Friedhof,
                                        und dieser Abdruck
der gelben Blätter auf dem Asphalt
kam mir vor wie eine zeitlich
unbeschränkte Prägung.
                                                Was sind das
für Zusammenhänge, erst später ersichtlich,
kaum klarer, aber durch ein zufällig
gleichzeitiges Beobachten, oder gar nicht so
genau, durch ein unbewußtes Wahrnehmen,
doch vorhanden –
                                        Friedhof, Blätter;
überreizt sind meine stumpfen Sinne;
die Wärme Ende September und
Kreislauf, Brüche, ringsherum
                                                            – nein,
nicht nur Wetter. Wir kommen nicht zurecht
mit der Jagd, der Konkurrenz, dem Blackout
einiger Empfindungen, die alles zerstören,
was sie aufgerissen haben,
gestern und vorgestern, also vor Ewigkeiten,
vor Augenblicken, die noch gar nicht gewesen sind.

Spät, eine Platte mit Peggy Lee

Dies war ein Telefongespräch
in der Nacht.
Eine alte Freundin angerufen,
aber es war keine alte Freundin,
sondern eine heisere Stimme,
die ganz neu war in diesem Moment.

Daß sie schon schlief.
aber sagte,
bin jetzt ganz glücklich,
und sagte,
auf dem Bauch liege ich
quer übers Bett –
ja, dies und mehr
sagte sie, vertraut
mit meinen Problemen, die ich
noch gar nicht verraten hatte,
während sie schon verriet
die neue Farbe ihrer Augen,
alle die anderen Veränderungen
bis bald,
bis zu den kommenden Schrecken.

Andere Musik

diese Nebel-Musik, nein, diese Musik
im Nebel, was nun
                    – gestern wollte ich sagen:
was für ein blauer Wind
                    (als ich, gegen acht,
zum Postscheckamt fuhr, im glitzernden Konvoi
auf der Rheinuferstraße; als ich
in der Innenstadt den Glanz
auf den Flächen der Domplatte sah,
die Tauben in den Fensternischen
und manchmal etwas wie Zuversicht und
gute Laune in den huschenden Gesichtern
unter den Ampeln; als ich unter
der schwarzen Glaswand eines neuen Bankgebäudes
stehenbleibend mich fragte, warum
sehe ich jetzt niemanden, der wie ich
diese plötzlichen Schönheiten in dieser Frühe
wahrnimmt,

und als ich sofort weiter
fragte: habe ich überhaupt ein Recht,
so viel zu erwarten, vorauszusetzen
und zu sagen: . . . der wie ich . . .)
– Versäumtes
also von Gestern, aber es gibt ja
Zusammenhänge, trotz aller Unterbrechungen,
weshalb der Nebel
und diese Vivaldi-Musik im Oktober
aus einem alten Cocteau-Film
den laufenden Augenblick jetzt umgibt
ebenso wie das Notizen-Feld
des gelben Papiers auf einem Glastisch,
dazu am Telefon-Hörer
die freie Hand, sonst weil es zu spät ist –

Wälder

Heute lief ich in den Wäldern unten
am Fluß, und ich war glücklich über die Ruhe,
die Herbstsonne, die sanften Brennesseln und
die Kraft im alten Moos. Ich dachte
an den Abend gestern in André's Restaurant;
Hasenrücken und Rotwein; Gespräche über
Stadtwohnung und Landsitz. Der gute Kollege,
der beides besitzt und den Feudalbegriff nicht mag,
lehnte auch die Wälder ab, Spaziergänge, vor allem
Niedersachsen; er sprach von Politik. So meinte
er das aber nicht, sagte später das Mädchen
in seiner Nähe; blutig riß ich mich an Dornen.

Zum Beispiel die vergangene Woche

Was ist gewesen. Mitten im Oktober, die Blätter
hörten auf zu fallen; warme und grüne
Tage –
»ich hatte einmal den Wunsch,
einige Tage in Boppard zu leben«
– in dieser Woche,
im Rhein-Tal unterwegs, schrieb ich einen Satz, für
eine ganze, ungelebte Erzählung. Dann
brach alles ab; die Herren eilten zur Tagung;
nichts zu erzählen –
was ist gewesen. Es wird früh
dunkel; Lichter in den Büros; die Bräune
noch auf der Haut.
Abends, der Schnaps brennt.
Ein Kollege beschreibt einen Selbstmord; er schreibt,
er selber wird das nicht tun.
Nun gut. Wie weiter.
Eine Herbstfeier für die Tomaten, das Maisfeld, die Astern
und den Endivien-Salat;
der Blick hinab
auf gelbe Gärten; zurück zwanzig Jahre, als
wir lebten unter den Pappeln am Bahndamm,
und die Panzer in Ungarn –
Sonntagfrüh,
im Dritten Programm die Prager Sinfonie; Blitze
zogen über die Netzhaut, kurz
vor den Kämpfen des Aufwachens, im Traum.
Was läßt sich vergessen; hinter der Stirn
eine Bühne, ein Bildschirm voller Gesichter
in alter, bekannter Gegend –
»erzähl mir,
was alles gewesen ist«
– Stücke, zerstückelte Woche;
wer spricht mit wem. Die Blätter
fallen wieder, und es bleibt zu warm
für die Jahreszeit, hörte ich noch in der Nacht.

Zeit verging am Sonntagnachmittag

Dies waren die Wiesen am Fluß.
So verlief der Weg über das Feld.
In der Ferne glitzernd die Raffinerie.
Hier stand die Bank.
Es waren zwei Frauen, zwei Kinder,
vorübergehend im Gespräch.
Mehr war und geschah nicht.
Damals, vor einer Stunde.

Draußen, Stadtgrenze

Die fallenden Blätter; es ist das Geräusch
am Tage Allerheiligen. Letzte Bewegung
des Sommers, mit dem Geruch
der Chrysanthemen. Wir müssen, komm,
über die Friedhöfe gehen; die Erde
ist feucht, vorüber der Krieg.

Skizzenblock

Morgens in der Westluft, klar und blau,
der Geruch der Rheinischen Olefin; ich betrachte
das farbige Land hinter verschlossenen Fenstern.
Die Garagen öffnen sich; Mittelklassen unterwegs.
Kräne, hinter den Wäldern, blitzen auf; die Konvois
auf den Zubringern stehen. Wintersaat, einzelne Traktoren;
einzelne kreisende Vögel, zwischen den Reihen
der Hochspannungsmasten. In einer Seitenstraße, schwankend,
eine alte Frau, mit Plastiktüten am Fahrrad.

Angestellte, abends

Gleich ein paar Ecken weiter
soll es einen Griechen geben, ein Lokal so
mit Ouzo, Oliven, Käse und Retsina. Ich denke,
Mittelmeer in der Nähe, gehe mal hin, abends
mit einem sensiblen Mädchen.
Der Laden ziemlich voll. Theken und Nischen
mit Weinlaub; Flipper und Billard; ich suche
den Griechen, kein Grieche; vielleicht einige Jusos
oder Bund in Zivil, Paare im Freizeit-Look,
an der Juke-Box Leder und Jeans;
Jugendschutz, Cola mit Rum.
Wir machen gleich kehrt. Das Mädchen
sagt, sowieso, ich habe weder Hunger
noch Durst, und morgen der schwierige Frühdienst.
Na gut. Ich dröhne, Auspuff kaputt,
um die Ecke, von Ampel zu Ampel,
die Straßen sind leer,
heim in die Unterwelt der Garage.

Beim Betrachten eines Bildes das Betreten eines Hauses

Treppenhaus, 1935. Eine Ecke Holzgeländer mit Türe
zum Klo. Wir blicken in den Hof
auf Hinterhaus-Fassaden; es ist eine Zeichnung
von Werner Heldt. Wir hören nichts
als unsere Schritte, Schritte über Scherben, Schutt.
Dann kommen Stimmen aus der Mansarde, Stimmen
aus der Türkei. Ein grünes Sofa, ein Tisch.
Eingebrochene Wände; dies war eine Küche,
hier im Dunkeln geschlafen; baumelnde Kabel.
Wir blicken in den Hof, die Trümmer, und
steigen wieder hinab. Besichtigung unverbindlich.
Kohlezeichnung; Katalognummer 310.

Worauf wartest du denn

Im Regen; Endstation Linie 16. Müde
lungern Schüler am Kiosk; süßes, langes Zeug
in den Tüten; bald Mittag, und
die Bahn kommt. Die Fahrerin, kauend,
bleibt sitzen; die Schüler, drängelnd und stolpernd,
besetzen den halben Wagen. Am Kiosk, alleine
lehnt noch, in Stiefeln und Felljacke,
ein Mädchen, raucht rasch und schnipst
nach jedem Zug die Asche weg. Männer, langsam,
klettern in die Bahn und wischen gleich
mit den Ärmeln die beschlagenen Scheiben.
Nächste, nächste Zigarette. Der Mann im Kiosk
gibt Feuer. Das Mädchen dehnt sich lang
zurück und blickt hinauf, hinab
die Straße; zwei alte Frauen keuchen, kommen;
nichts. Die Männer hinter den Scheiben;
lutschend, blasend die Schüler. Plötzlich drückt
die Fahrerin den Türknopf; die Bahn quietscht
langsam um die Kurve. Regen noch am Nachmittag;
im Kiosk geht das Licht an.

Anderer Sonntagnachmittag

Schön im Licht des Nachmittages die Landschaft
hinter den Fenstern,
                                        übersichtlich und greifbar,
ein Spielzeug-Land. Menschen
sind jetzt keine zu sehen; so könnte es sein,
wenn wir uns alle erledigt haben, endlich
nach aller Liebe –
                                        Selbstgespräche. Geräusche.
Als ich zuletzt die Wohnung betrat, versteckte
ich das Telefon; wenn ich sie wieder verlasse, kommt

es zurück an seinen Platz; mein Name
steht nicht an der Tür.
                    Die Tage dieser Jahreszeit
sind neu, und etwas zwingt mich zu denken
an Mühlen, an Weiden
                    und Tage vor Jahresfrist.
Nicht lange her, da war es ein Stück Himmel, und
ich sagte: über den Kiefern preußischer Himmel;
was falsch war, im Regen, im Rheinland –
                                        Möglichkeiten,
vielleicht, einer Phantasie, die nicht ablenkt wie
das meiste Geschehen,
                    oder die Bilder sind falsch, und
man sieht nur, was man sich ausgedacht hat.
Aber das Licht dieses Nachmittages, die Bewegungen
eines wirklichen Himmels
                    – meine Augen filmen
für die Zeit, wenn sie alt sind.

Abends; der Blick hinab auf die unregelmäßig beleuchteten Vierecke der Fenster

Die Kante eines leeren Küchentisches.
Eine Hand läßt eine Zeitung fallen.
Der Schatten eines stehenden Mannes.
Hinter dem Rücken einer gebückten Frau erscheint der Rücken
eines Mannes.
Rote Vorhänge. Rote Vorhänge.
Die Füße eines Kindes vor einem Kühlschrank.
Fahrendes Auto. Schnitt. Gesicht hinter den Scheibenwischern
der Windschutzscheibe.
Der Fuß eines Mannes drückt auf einen Knopf
auf einem Teppich; dunkles Fenster.
Der Schatten eines fliegenden Gegenstandes.
Ein Hund hebt den Kopf.
Das Halbrund eines Beistell-Tisches mit einer Flasche darauf.

Eine Hand nimmt die Flasche weg.
Bewegung von Licht, Taschenlampen-Licht, hinter einem Vorhang
Eine Hand stellt die Flasche wieder auf den Tisch.
Eine Lampe geht an, ein Vorhang wird zugezogen.
Auto hält vor einem Haus. Schnitt. Gesicht eines Mannes,
der durch die Windschutzscheibe nach oben späht. Schnitt.
Hausfassade, ein schwach beleuchtetes Fenster.
Kühlschrank. Die Hand eines Mannes öffnet den Kühlschrank,
greift eine Flasche heraus und schließt den Kühlschrank wieder.
Eine Hand greift nach einer auf dem Teppich liegenden
Zeitung.
Ein Kopf mit langen Haaren beugt sich über ein
Waschbecken.
Der Schatten einer hin und her gehenden Person.
Eine Frau steht vor einem Telefon.
Kleidungsstücke fallen auf einen Stuhl.
Ein Daumen drückt auf einen Fahrstuhlknopf. Schnitt.
Ein Mann verläßt einen Fahrstuhl und geht rasch durch
einen langen Korridor.
Ein unbeleuchtetes Fenster wird geöffnet.
Ein Kater springt auf die Fensterbank und bleibt dort liegen.
Mehrere Personen verlassen ein Zimmer.
Eine Türe wird spaltbreit geöffnet. Ein Frauengesicht
erscheint im Spalt. Schnitt. Umriß eines Männerkopfes.
Schnitt. Das Frauengesicht mit dem Ausdruck eines langsam
entstehenden Schreckens.
Mehrere beleuchtete Fenster ohne Bewegungen
hinter den Vorhängen.

Gegend mit einem Feldweg, der in einem Aquarell vorkommt

Erkläre mir das Kraut, den Pilzgeruch, die Farbe der Algen
an den Ästen, dort, am Saum der Eichen. Hier
in den Fichten weiß ich Bescheid, nach dem Wiedererkennen
der Zweige, zum Schnitzen eines Quirls –
Rufe; die Reiter

klirren im Nebel. »Sind Sie alleine?« »Ich bin
alleine, ausnahmsweise.« Es sind keine Zeiten
des Kampfes. Winkend vorüber. Es waren
Reihen-Abwürfe, man sieht das, im Dickicht,
an der Reihenfolge der Trichter –
nun dieser Weg
ins leere Feld, in die Fläche eines Aquarells, das
in der Küche hing, ausgestorbenes Haus –
siehst du,
die Häuser am Ende des Feldwegs, zwischen
den Wiesen
(wo aber nun fehlen
die beiden Frauen, gehend und schleifend
die langen Kleider im Staub);
so sieht es,
sah es aus: es war
ein Mittag oder Nachmittag, sicher
spät in Sommerzeit, sicher ganz still,
unser Jahrhundert –
worüber wir sprechen, gehend; näher
das Rauschen des Klärwerks; du meintest, das Meer.

Eine der vielen Geräusch-Erzählungen

Es war ein ruhiger Nachmittag.
Draußen, auf dem Korridor, hörte ich
eine Türe zuschlagen
und das Weinen einer Frau, das sich
langsam entfernte. Dann hörte ich die Türe
noch einmal, aber es blieb still.

Regen. In der Küche stehend, mit einem Leberwurst-Brötchen

Auf dem Hügel stand das Maschinengewehr.
Daneben, in grünbrauner Tarnung, das Zelt.
Seit Tagen regnete es; es war
ein tiefer, leerer Himmel.
Der Junge kam zurück mit nassen Tüten,
Brötchen und Leberwurst.
Klirren im Zelt, das Stroh war naß,
ruhig die essenden Soldaten.
Einer winkte den Jungen ins Zelt,
schmierte ein knisterndes Brötchen für ihn,
sagte, keine Bomber im Regen.

Dieser oder ein anderer Abend

Kälte der Abende. Der Student
am Ende des Korridors hat eine laute Clique
hinter der Tür. Hinter den Schleiern
den Mond zu zeigen, suche dir
romantische Mädchen. Muscheln,
der halbe Balkon liegt noch immer voll Muscheln,
und über den Westwind Luft aus den Dünen.
Summt jetzt der Lift; kommende, gehende
Beziehungen. Die draußen bleibende Kälte.

Anfang im Dezember

Wieder früh dunkel, und ich weiß nicht,
ob es der Regen oder der Schnee ist,
knisternd in den Gärten.

Schneereste, heute morgen, in grauen Gärten.

Wiedergefundenes. Die getrockneten Blumen.

Verweht. Schicksalssprache.

Die Möglichkeiten dieses Abends, nur Wörter;
hier herein und dort hinaus.

Falsch lebend; mehr Ruhe in dieser Jahreszeit;
Titel wie Abgelegene Gehöfte.

Stürmisches, Anpassung und Widerstand der Baumkronen.

Wiedergefundene Fotografien. Und nun das Ufer
eines Kanals; das Profil eines Mädchen vor dem Himmel
mit Wolken; das eingestürzte Dach einer Fabrik.

Der Wind riß die Äste auseinander. Das Geheul
der hohlen Luft. Überschwemmungen. Entfernt,
hinter den Wäldern, die dunklen Personenzüge.

Es ist vielleicht sechzehn Uhr. In der Dämmerung
trinken wir Kakao.

Wiederholung von Sätzen mit dem Inhalt
ganzer Erzählungen.

Rauhe Schreie der Krähen. Dann kreisen sie ruhig,
beobachtend die Felder.

Einzelne Häuser. Einzeln beleuchtete Fenster.

Schneereste. Wirsing. Feldsalat. Stroh.

Und was wir Chausseen nannten, Fuhrwerke, Holzfuder;
in einem Bilderbuchland.

Taumel

René Magritte
Paul Nougé
Jean Grimau
Marcel Marien
Sechs Personen stehen am Rand des Kais.
René Magritte und Paul Nougé drehen sich um
und sehen mich an.
Jean Grimau und Marcel Marien wenden sich ab
und blicken aufs Wasser.
Jean Grimau steht auf dem Kopfsteinpflaster.
Marcel Marien trägt keinen Hut.
Antwerpen, 1938.

Die Polizei tappt offensichtlich im Dunkel

Fernsehen, Entführung, und was
der Sprecher sagt. Beschäftigt bin ich
mit der Möglichkeit, daß du kommst,
mich zu töten. Hörergrüße, von Mir zu Dir.
Und noch ein Foto, auf dem
zwei Personen verschwunden sind. Schnee,
gute Zeit ohne Spuren mit Schweigen;
ach, diese Chöre, die Kinder.

Die wunderbaren Jahre

Wie sie der junge Truman Capote erlebt hat.
Wie sie die Tochter von Reiner Kunze erlebt hat.

Die Jahre unserer Kinder, von denen wir
nichts wissen.

Als wir miteinander lebten. Ich wollte dir
meine Geheimnisse zeigen.
Von deinen Schrecken kannte ich zu wenig.

Nicht mehr, später wieder, davon sprechend.

Vorstadt

In den leeren Straßen. Ich frage mich,
was Architektur ist, was Blumenkübel sind, was
ist ein Parkplatz. Es ist kalt, und
es ist kalter Abend. Menschen keine; Stille
ist nicht zu erfinden. Vor einem Schaufenster
stehend zähle ich 47 brennende Lampen.

Gib acht und komm gut heim

Es regnet jetzt, und die Straßen vereisen.
Wir warten, versuchen weiterzukommen,
bis wir in den Häusern verschwunden sind,
ein Nachmittag gemeinsamer Probleme.

Stadtgespräch

Das Mädchen las mir Gedichte vor, durchs Telefon,
ein bißchen betrunken, und ich verstand
anfangs wenig. Mit Landschaften
hatten die Wörter zu tun, mit Fotos
und leeren Himmeln, und ich merkte,
die Gedichte waren von mir.
Was sollte ich sagen, ziemlich müde,
einige Schnäpse zuviel, war das nun
kommunizierbar? Vielleicht hätten wir uns
treffen sollen, zusammen essen, spazierengehn,
die Wörter schafften es nicht.
Nächtliche Monologe, ich hörte noch zu,
falsche Betonung, nein, unbestimmter Artikel,
nur gut, daß nicht London oder Berlin.

Zur Erinnerung an die Bestellung eines Kataloges in der Buchhandlung König

Andrew Wyeth lebt auf dem Land
und malt seine Nachbarn,
Leute mit Geduld,
im Jahr drei Bilder, Tempera.

Jemand, Kollegin, ist plötzlich gestorben;
was war denn; wir wissen es auch nicht,
gestern noch am Telefon,
Rückfrage, dringend, Termin.
Die Büros werden leer.

Im Lift die Leute, Plastiktüten,
schweigend und gesenkt der Blick.
Die leere Tiefe des Korridors,
Lautsprecher dröhnen hinter den Türen.

Der Blick über das dunkle Land,
die Raffinerie, die glitzernde Autobahn.
Die seltenen Farben Tempera, Geduld und
das schwierige Handwerk des Vaters, der Söhne,
und das Gerücht der Einfachheit.

Keine Laune für Mitteilungen

Was wollten Sie wissen? Im Augenblick interessiert mich
der Rauhreif, das kahle Geäst; hier könnte ich,
ganz ohne Stottern, einmal von Strukturen
sprechen –
                    nein, abends der Kopf ist zu voll
zum Denken; die Dunkelheit zieht mich an,
schwarzes Gewässer; und ich horche nach draußen,
das Fauchen der Küsten –
                                        buchstabieren Sie nicht.
Nie half ein Begriff. Erzählen Sie etwas von
Leiterwagen, Bohnenstangen und Lauch,
für Ihre soziologischen Kinder –
                                                nachts, wenn
Tiere mich bissen, wild auch mein Körper,
und die Nerven schlugen zurück. Wollten Sie
weiter fragen –
                          ich sagte, im Augenblick, und was
mich beschäftigt, etwas Natur, mit den Gewichten
der Müdigkeit. Verstehen Sie, ich will atmen –

Vor Weihnachten

Das Land, nicht lange, lag verschneit. Tage
des Zweifels, bis die Schwärze wiederkam,
häßlich und normal.
Die kurzen Möglichkeiten des Vergessens,
Stunden ohne Spuren; die Krähen saßen
ganz ruhig. Wörter: Wolle und Holz.

Anderes Jahr, andere Jahre

Eines Tages, wir werden an uns denken, vielleicht auch
das große Rendezvous, und wir werden
erzählen:
                  als wir etwas anfingen,
nicht weiter kamen, verirrt; die Zeit der Kriege,
wir verletzten uns, wir flohen;
                                        Städte, Wohnungen
wechselnd, suchten wir das Heimathaus und
hinter den Hügeln die Ruhe; weiter, enger und
schwieriger übersehbar wurde die Umgebung, bis sie,
mit Luft und mit Wald, kaputt ging;
                                              die Nachmittage
zerschnitten von Sägen, im Westen durchzogen
von hellen Streifen; die Nachmittage in einer Ebene
mit Schlaf, der in grünen Bildern zerging, oder
zurück in die Muscheln floß;
                                      Tränen und Steine,
umsonst, ich versuchte sie aufzuwiegen, versprach
zu versöhnen, log und log nicht;
                                          Jahreszeiten
in Gärten, im Hochhaus, am Bahndamm, als
wir tranken in der untergehenden Sonne, bis
in den Abend klirrten die Gläser, nachts
blitzten die Scherben;

im Sand, im Schnee
versinkend und weiter;
aufwachend, im Spiegel
entdecken wir die Jahre in unseren Gesichtern,
langsam, dann plötzlich die Neuigkeiten
des Alters;
Blätter fielen vor unseren Fenstern;
was pflanzten wir, was gruben wir aus;
die Bäume, mit denen wir lebten,
überlebten uns;
Zärtlichkeiten, der Haß;
Schaum der Treue, die dicke Luft der Solidarität,
und wir suchten neue Wörter wieder,
andere Stimmen, bis wieder die Türen schlugen
und einer ging;
was lernten wir, was
ist zu sagen, denn zum großen Rendezvous
werden wir nicht kommen, herumzustehen und weiter
zu schweigen;
erzählen, es gibt doch, gab doch
das Wetter, den Morgen, den Fluß; wir sahen
Sonne und Downtown, Sterbebetten, Märsche
und Tempel; zum Riechen gab es Algemarin,
Baccara, Teer und Mundgeruch; wir schmeckten
Muscheln und Kirschen, Lebertran, die Blutwurst;
das Husten des Nachbarn, wir hörten, kühle Musik,
den summenden Lift, rauschende Züge, Regen
und den Schritt des Postens, wir lauschten; nachts,
wir tasteten uns vor und zurück, wenn die Angst
kam, wir hielten uns fest, der Sturm
schlug aufs Haus;
fließend, wann oder bald
eines Tages, fließend ein Film
aus unseren Köpfen, zurück, nach vorn, Delta
der Bilder, im Augenblick des Verschwindens.

Nachmittag, bald Feierabend

Was noch zu tun? Im Türrahmen lehnt
die Sekretärin; wir rauchen und schauen
hinaus in den dunklen, nassen Nachmittag.
Im Sauerland schneit es weiter; Jamaica,
erzählt sie von der Kollegin, Jamaica; fahren Sie
Karneval weg? Da wären noch Briefe, morgen,
ich stelle das Diktiergerät ab, nein, der Kaffee
war nicht zu stark. Nebel, gefrierende Nässe, Sorgen
mit der Batterie; der Kollege gestern hat immer
gehustet. Noch was zu tun? Wir schauen hoch
zur Uhr. Am Sonntag, erzählt sie, klaute mir
doch einer die Bretter; vielleicht, sage ich, vertauscht,
rufen Sie mal im Hotel an. Vier Wochen, da ist,
Jamaica, schon der ganze Urlaub futsch; Karstadt,
neunzehn Mark nur, fährt uns hoch mit Bus
auf den Kahlen Asten. Lifte? Lifte. Nachkriegswinter,
fange ich an, im Thüringer Wald Bäumchen, Brennholz
auf Skiern geholt, und den Stemmbogen fuhren wir
so. Wie so? Na eben so. Wir rauchen weiter
und schauen hinaus; nasse Straßen; neuer Mantel?
Sie rauchen zuviel. Sie aber auch. Vielleicht mal
Vancouver, ich sage, warum nicht, natürlich Vancouver.

Barometer

aufwachend, zuerst sah ich gar nichts,
an diesem Industrie-Morgen nichts. Trotzdem ganz heiter,
kleine Aspirin-Hilfen, und außerdem kam
aus Hilversum *Cherokee,* alte Nummer,
alter Rhythmus wie 45 im Sommer, Rudi Jauernigg,
Fliegerstiefel, Wurlitzer Orgel.
                                        That Summer,
ich lernte die ersten englischen Wörter. Aber

daran dachte ich nicht, jetzt nicht; ich war,
sagen wir irgendwie, eher glücklich
über Hollands Nähe. Kleines Land, so viele Sender,
und viele Wörter zu verstehen. Und hier, mit See-Luft,
der Himmel flach wie dort.
In meinem Studio dann
hörte ich Dialoge »aus dem tiefsten Mecklenburg«.
Der Junge redete wirr, ganz privat. Die Dame, einsam,
eine Platte mit Chopin. Der Junge wollte nur
Enten zählen. Nanu, kein Aufbau, Fortschritt? Nichts,
nur Inneres,
und dort wie hier der Trend? Ich telefonierte
mit Frankfurt, Verleger, was gibt es, gibt es Stücke
von Thomas Brasch; las ein Stück Vita, Jahrgang 45, Vater
Mitglied des ZK, Sohn Exil, West-Berlin;
ich stelle mir vor,
Köln-Ehrenfeld Exil; die Altstadt, Heumarkt
hinter der Mauer –
plötzlich schlechte Laune; Bundestag
auf allen Wellen, bedenkenswert das englische Beispiel,
kein TV im Unterhaus, common sense, man muß ja
verlieren die Lust an der Demokratie, das da, so was
zu sehen, zu hören!
Nachmittag, der große Schnee.
Der Schnee kam langsam nachmittags und deckte
den Lärmpegel Straße zu. Ich sagte: werden wir
glücklich und ruhig –
aber unten, unsere Autos,
also, was willst du haben: den Schnee
oder Tempo 160 –
ich sitze abends
am Glastisch und weiß es nicht, was wäre jetzt eine
Entscheidung, Deutlichkeit unter den ziehenden Nebeln,
sage mir einer, da weiß ich mehr –

Januar, Bergisches Land

Da blitzte die Ebene auf, als der Wind
den Himmel einmal aufriß. Die Augen taten mir
weh, und die Glocken dröhnten hinaus
über den Hügel. Ich trat in die leere Konditorei
ein, Flaschen funkelten. Der Spiegel zitterte.
Mit den Schneeflocken kamen in dunklen Mänteln
die Kirchgänger, und sie gingen schnell
über die Treppen, in die Seitenstraßen. Schloß
und Berg verschwanden im Dunkel des Mittags.

In Erwartung des Hochwassers

Palanter Straße, Straße in besserer Gegend, also,
sagte der Taxifahrer, wir sagen
Palanter Street. Verstanden? Yes,
sagte der Kellner und schob die leeren Gläser zusammen,
vier Mann an der Theke, Anni dahinter,
der Sturm, und stündlich stieg der Fluß.

Wie schnell wir sprechen und leben

es war Abend, und ich wußte
noch nichts, als ich es wiederfand in der Zeitung,
das Gedicht vom *Nachträglichen Abschied.*
Nun blieb ich sitzen, horchte
auch und fragte zurück, was war denn,
was ist vergangen –
(»wir sehen uns bald,
wir werden reden«)

nun gut; weiter in der Zeit
des Konjunktives, bis wir, genauer,
wissen
(und haben viel zu tun). Und
dann der Tag: ich fand den Zettel
im Büro; das Telefon ist schnell,
und schnell die Fragen, Daten, Wünsche
zwischen unseren Terminen
(zwischen
unseren Gespenstern) –
getrennte Leitung;
nächste Verbindung und bitte sofort; im Ohr
noch letztes Wort, ungefähr wie
Doppelleben –
Orte, Häuser, Tische im Wechsel; Probleme
des Abschieds, der Wörter in diese und jene
Richtung,
so haben wir gelernt,
gelernte Balance und selten einmal ganz still.

Freizeitwert im Januar

Samstagmorgen. Nun hetze doch nicht so. Ich
bleibe länger in der Badewanne liegen,
hätte zum Friseur gemußt, Glühbirnen
und Reinigung, Lüttich wäre nahe,
Flohmarkt; Hügel hinter den Fenstern.
Langsam, ruhig Frühstück. Die Augenlider
zittern; zu lang am Tresen in der Nacht.
Der Traum von Wiesen und Klavieren.
Car-wash. Stüssgen oder Kaiser's, Sog
ins Sonderangebot; was brauchst du denn
nun wirklich. Eigentlich wollte ich atmen
und gehen, der Wald, der Wintertag, und
nun, der Rauch der Woche, ich muß husten.

In der Dämmerung

Größeres Waldstück. Eine Schneise mit Hochstand
und Zäunen; in der Erwartung,
daß ein Posten jetzt ruft, gehe ich ruhig
weiter. Warum, in meinem Land, erwarte ich den Schlag,
den Scheinwerfer, Kontrolle, Reitende
Mädchen und Männer ziehen auf ihren Wegen
zum Club, zu den Ställen. Hunde,
in den Kojen, heulen im Waldtierheim.
Dämmerung. Zwischen den Bäumen blinken
Peitschenleuchten auf, es ist die schmale Straße
zum Pumpwerk. Ein Wagen nähert sich,
verschwindet und wird still. Stolpern,
Maulwurfshügel; zwei Lodenmäntel warten
am Rand des Wildackers und flüstern,
wir stehen und flüstern. Ich habe Vertrauen
zum Geräusch des Flughafens, der Autobahn.

Die Rückkehr des Schnees

– noch so ein Satz: »die Landschaft
liegt im Nebel«;
                    und ich habe ein Papier
auf dem Tisch, das alles weiterhin regelt. Nun
könnte ich auf und fliegen . . .
                                        liegenbleibender Satz;
der Titel DIARY von Ralph Towner.
                                                Das Jahr bewegt sich
noch ohne Spuren, bislang. Nachts, Sturm und warum,
schwirrendes Licht, fragen.
                                    »Dark Spirits«
Sollen keine Gedichte sein, in der Nachtversorgung
des Rundfunks.
                    Meine Schallplatten sprechen

mich an. Minuten-Ereignisse, lange Erregungen
und stilles Telefon.
Warte nur,
Interview. Nein, ich frage nicht.
Oder doch.
Die Leute schießen wieder. Einige zögern. Jetzt
mußt
du was sagen, jetzt du was. Als
wir in weißen Mänteln ausgingen, flogen
wir fast; half kein Wind, atmen,
dann husten –
fünfzehnhundert Meter hoch
der Schnee, der dann langsam herabkam.

Am 21. Oktober 1944

Gestern abend ging es nach Aachen.
Wir sprachen dort über Probleme.
Ich erzählte, ich wäre gern
gleich weiter gefahren ans Meer, nach Ostende.
Wir wollten noch essen gehen, Muscheln,
täglich Küste, kutterfrisch.
Aber wir sprachen über Probleme.
Frage: was schreiben Sie immer
über Pappeln und Ihre Umgebung.
Und, warum lassen Sie mir nicht
meine Erfahrung.
Was trennt Sie, Ihr Alter, von uns.
Wir sprachen vom Jahrgang, der Stunde,
Proust und das Horoskop.
Nachts, ein Mädchen mit am Bahnhof,
und ich vergaß zu erzählen
von einem Foto, Aachen
existiert nicht mehr, alleine
ein Soldat, hier
in den Trümmern von Bahnsteig Drei.

Nebenan

Du blickst aus dem Fenster,
Nachmittage, du rauchst, im Radio,
immer zu laut, Klavier-Programm,
trotzdem, manchmal höre ich, du singst.

Du sagst, ich bin nicht da,
wenn draußen das Telefon geht,
und ich glaube es dir wirklich,
nur kenne ich dein Versteck nicht.

Im Februar, etwas mehr Licht

Müde gingen wir aus den Büros
und fuhren in den Supermarkt.
Alte Leute kamen vom Fluß,
erzählten, wie
das Wasser, langsam, fällt.

Einen friedlichen Tag wünscht der Redakteur am Mikrofon

Sag was. Erkläre mir wie. Zeig eine Richtung
und gib uns eine Chance. Morgenröte fließt aus
den Nebeln über die Industrie. Die Ungewißheit
des vergangenen Abends dauert an; Nachrichten
treffen ins leere Zimmer. Wie war die Nacht;
schneiten die Zweifel im Traum zu? Fange etwas
ohne zu fragen an. Überall in der Stadt gehen
jetzt die Garagen automatisch auf. Mein Land
ist offen; die Schutzräume reichen

für drei Prozent Bevölkerung. Frühmusik, wir könnten
tanzen. Oben der Wind, für eine Weile noch,
fängt die nahende Wetterfront ab. Kein Tagebuch,
geh nicht vor den Spiegel. Small talk; Gedanken
auf der Flucht nicht erschießen; sie kommen zurück.

Die Hölle, sagte Sartre, das sind die Anderen

L'heure bleu, könnte sein, aber es ist
der Heimwerker, der nach seinem und meinem Feierabend
die Stimmung macht. Machtlos dieses ganze Haus,
siebtes, elftes, vierzehntes Stockwerk; der Mann
bohrt in den Wänden, und man sieht
ihn nicht. Falls ich ihn sehe, werde ich,
werde ich nichts. Wie immer, Beschwerde geht
ins Gedicht, das großen bleibenden Lärm macht.

In einer Nacht

Am Himmel bewegt sich ein Licht, das kein Stern
ist, ein Flugkörper, glitzernd, verschwindend
und wieder näher, ich weiß nicht; Sätze,
blättend in einer alten Zeitschrift, Sätze
gefunden aus besseren, schlechteren Zeiten, vergessen
und vertraut; es wird nun ganz dunkel und
die Stimmen dieser Jahre sind gelöscht.

Andrew Wyeth malt ein Geräusch

Wintermorgen, Pennsylvania.
Zwischen den braunen Hügeln,
die Scheune von Kuerner's Farm; die Nähe von Quelle
und Bach.
Dies ist das Bild:
die Milchkammer,
zwischen den Wänden die steinerne Wanne,
in der Wand unter dem Fenster ein Hahn,
aus dem das Quellwasser fließt,
das Wasser fließt über den Rand der Wanne,
über der Wanne ein Brett,
ein Topf auf dem Brett,
rechts an der Wand eine Stange,
an der ein Eimer, ein Haken hängt,
hinter dem Fenster ein Raum mit zwei Fenstern,
durch die man Kühe, Zäune, Zweige,
Schneereste, Schatten und einen Hügel sieht
– es ist nicht
ein bukolisches Bild, sagte der Maler. Seine Aufenthalte
auf Kuerner's Farm haben ihn hellhörig gemacht
für die Verschiedenheit der Geräusche.
Eines Tages
wurde mir bewußt, daß hier immer Wasser läuft.
Ich ging in die Milchkammer, und hier war
das Rinnsal, das aus der Quelle
quer über den Hügeln herabkommt und
über den Rand der Wanne läuft.
Still an der Wand
der Eimer, hing wie ein Helm.
In meinen Studien,
sagte der Maler, tauchte für eine Weile
Mrs. Kuerner auf, aber sie wurde überflüssig und
verschwand aus dem Bild.
Was wichtiger war, ein Gefühl
für draußen, die Winterhügel und das endlos
von den Hügeln rinnende Wasser –
ich hörte,

wie es rann und rann. Und dann
der Weg der langen Schatten draußen im Gelände,
im Korral das Scharren der Hufe des Viehs und
der hohle Klang des Metalls, der Eimer.
Dies der Grund,
es zu tun. Jedes Ding ein Geräusch,
das er malte
(ich war erregt, ich konnte hören), alles
im Bild mit Eimer, Kühen, Schatten und Wasser.

Undsoweiter, Stimmung dieser Tage

Wolken kommen von Westen; wir gingen zur Küste
vergangenes Jahr.
Wärmere Tage?
Heute; Tankstelle, Banken und Redaktionen
geschlossen, im Rheinland Karneval, und
ohne Benzin ich komme nicht weg.
Ich rufe
Freunde an: Jutta ist weg nach Paris.
Viele blieben weg.
Kältere Tage
kommen zurück ins Frühjahr; am Fenster
stehend denke ich an Frühjahr, Fensterputz,
Paris, und sehe Muscheln, Steine liegen
auf der Fensterbank.
Bleibst du allein?
Telefon; ich wollte euch sehen. Ich hatte
einige Fragen. Ihr kennt
doch einige Probleme. Kennst du Paris? (Du weißt,
die Photos von Atget)
– hinter
dem Rand dieser Wolken.
Ich komme
nicht weg; heute geschlossen; Freunde, Jutta,
viele sind weg.

Du hattest Probleme? Am Fenster
stehend, sehe ich Wolken kommen,
andere Tage,
sehe ich nichts; die Fenster werde ich putzen.

Wiedersehen nach längerer Zeit

In diesem Dorf, diesem Vorort geht es
gut weiter. Die zweite Anbindung an die Autobahn
hat die Hauptstraße entlastet; Platz für
die Mofas der Kinder. Der letzte Bauer
verkauft nacheinander seine Parzellen;
über den Quadratmeterpreis wird nur gemunkelt;
auf der Bachaue jetzt ein Sportpark
mit Kegelbahn, Tennishalle und Discothek.
Der Pfarrer kämpft gegen den Unternehmer,
der sein Mietshaus genau auf die Grenze
zum Kirchgarten gesetzt hat; wie es passieren
konnte, versteht keiner, der nicht
die Beziehungen des Unternehmers kennt.
Einige leerstehende Häuschen, vorgesehen
zum Abbruch, mit den verwilderten Gärten
drumherum das Gelände für den dritten
Selbstbedienungsmarkt. In der Luft immer
das Geräusch der Autobahn; mit ihrer
haushohen Trasse umgibt sie den Ort
wie ein Wall, wie ein Damm
gegen Feinde und Katastrophen.
Immer noch, von morgens bis abends, sitzen
hinter der großen Frontscheibe des Altenheims
alte Frauen. Einige schlafen; eine schüttelt
den Kopf; einige warten auf Sonntag und Besuch;
eine winkt, auch wenn niemand vorbeikommt.

Über der Stadt

Geschiebe des Himmels, und plötzlich
sehe ich eine silberne Stadt.
Die alten Maler kannten die Engel,
die sie hier malten,
den fröhlichen Flug über den Ebenen
der Dunkelheit. Masken tanzen
unter den Dächern hervor,
den Winter zu schrecken, zu treiben.
Der Wind treibt weiter die Luft,
die unsichtbaren Fahnen des Öls.

Im Schatten der Hochhäuser

Die Leute unten haben schlechteren
Fernseh-Empfang. Ihre Kinder, die kleinen,
schießen den ganzen Tag; die größeren
schaffen mehr noch mit ihren Mofas.

Die Leute unten leben in der Nähe
der Wiesen, die mit leeren
Fläschchen und Päckchen, Kippen
und Hundekacke bestreut sind.

Die Leute unten haben weniger Himmel
und zahlen weniger Miete; sie sparen
für Fertighäuser auf dem Land, wo
die Autobahn nahe,
das Kraft- und das Klärwerk im Bau
und der Fernseh-Empfang klar ist.

Angestellter, nachmittags

Der Nachmittag bietet an: du kannst jetzt
spazierengehen. Die Sonne versucht es
nochmal. Die Schneeglöckchen klingeln,
frisch riecht die Erde. Hunde laufen
an der Leine. Die Gastronomie ist bereit.
Warum gehst du nicht spazieren?
Den ganzen Tag ohne Bewegung; man sieht es
dir an. Pfade gibt es im Wald: hier
bücken, da strecken, dann hangeln,
jetzt hüpfen. Laut und frei
kann man husten. Überall Bänke,
Abfalleimer und Häuschen für Picknick.
Geh doch spazieren. Spann aus und schnall ab.
Alle sind schon beim Tennis, reiten und schwimmen
in den Hallen. Du wirst morgen fit sein,
baust mittags nicht schon ab, schlummerst
tiefer in die Nacht. Also was ist?
Der Nachmittag bietet an, und du hängst
schlaff am Fenster und schläfst auch schon ein.

Aschermittwoch

Büchsen, Becher rollt über den Domplatz
der Wind. Meine Schulkameraden
kamen mit Kreuzchen auf der Stirn.
Was ist nachzuholen mit einer Kerze
für die Madonna in den Trümmern.
Eine dunkle Wolke von Tauben wendet
zwischen den Türmen und wird weiß.

Wasserstandsmeldung

In der Dämmerung noch einmal draußen. Wir bleiben
ein Regengebiet. In einigen hohen Fenstern die Röte
des westlichen Himmels. Viel Verkehr unterwegs
auf den Straßen zum Fluß. Ich trug
eine leichte Jacke und ging ohne Geld.

Mein Kopf war nicht klar. Ich fragte, warum
es nicht ohne Zwänge oder Kompromisse geht.
Ich weiß, ich lebe zu teuer.

Mit dem Regen war wieder die Flut gekommen,
die Furcht der Leute in den Ufervillen; damals,
als das schwarze Wasser in die Küchen kam.

Dies sind einige Urlaubstage, und heute
war ich beim Friseur. Die Bank, auf der ich
gestern saß, ist im Fluß verschwunden.
Stumm mit den Anderen stand ich am Wasser.

Wir standen und sahen nichts. Versäumnisse
fielen mir ein, die nicht gutzumachen waren.
Ich zögerte, weiter ins Dunkle zu gehen.
Die Leute sagen, wo das Wasser einmal war,
kommt es auch wieder hin.

Vor den neuen Unruhen

– einschlafend, aufwachend. Es waren
Jahre oder Minuten. Momente eines Films, Trümmer
einer alten Fabrik.
Ging das Telefon?
Ich sitze und rauche. Über Vieles wäre zu sprechen;

die Verwirrung ist groß, bei mir, bei dir,
bei anderen Leuten, im Parlament.
                                        Kann dir nicht schreiben.
Die einfachsten Dinge, was ist damit.
                                        Ein Streit,
vergessen wir Streit; wichtiger wären Argumente
gegen die Kernenergie, und ich sage dir, ich gebe
der Wut der Bürger recht.
                                Warum, erkläre es mir,
warum immer Träume von Trümmern? Aber
das sind Gefühle, und du weißt (du kennst
unseren Streit), so lernen wir nichts.
                                        Schlimm ist,
daß keiner Bescheid weiß. Ich kann dir nichts sagen;
ich sitze und rauche.
                        Ging das Telefon?
                                        Und
habe Angst. Das Für, das Wider; die Steinzeit
gestern oder morgen; ich werde mal fragen
am Tresen –
                was willst du, was sind unsere
Wünsche, wer weiß Bescheid?
                                Oft kann ich nicht
schlafen, der Schrecken vor und nach den Träumen,
und ich schlafe ein –
                        ging das Telefon?
Wenn du es warst, den Streit kannst du
vergessen
            (du kennst die einfachsten Dinge,
ich kann sie nicht sagen)
                            – du weißt,
so lernen und machen wir nichts.

Moratorium

Es gibt neue Nachricht; man will
verhandeln. So wäre zunächst
kein Krieg. Das Frühjahr kann kommen.
Iris und Krokus
besetzen das leere Gelände. Wie
sieht es aus im Sommer; bis dahin
sind Zäune vom Efeu getarnt
und wächst die Abschreckung der Rosen.

Stadtautobahn

Im Rückspiegel die Stadt,
im gelben Glanz der niedrigen, sinkenden Sonne.
Dichte Kolonne, absolutes Halteverbot,
und ich konnte nicht stoppen,
in Ruhe zu betrachten das unbekannte, plötzliche Bild.
Jetzt gibt es in meinem Leben
diesen Samstagnachmittag,
an dem ich einmal ganz anders, unwiederholbar,
hätte sehen können
die alte Umgebung, den gewöhnlichen Himmel.

Kneipe, zweiter Abend

Sehr gut, diese schielende Kellnerin, sie
kannte mich wieder, so
lud ich sie ein, sie sagte, später.
Später blieb sie hinter dem Tresen,
trank andere Schnäpse
und würfelte immer mit Wilfried.

Wieder im März

Länger war Ruhe, insofern, wir schossen nicht
hin und zurück.
                    Ihr anderen, ihr könnt jetzt
aus den Wohnungen gehen und
den Märzregen riechen.
                            Warum ich noch
da bin, vielleicht das Opfer von Jemand,
der zögert –
                jedenfalls glücklich,
als ich heute hervorkroch
und den ersten grünen Strauch wiedersah.

Konferenzen, etc.

Zuviel geredet, nun sitzt du
mit leerem, verrauchtem Kopf; Zeiten gab es,
in denen alle dreißig Minuten ein Wort
tropfte und die Welt traf
                              (und klar, alles
würde dann anders) –
                          Pläne, Projekte;
die Meldungen gehen noch nicht hinaus;
du weißt, daß du mehr weißt
                                  (mit leerem
Kopf) –
          Zeiten kommen, dann ist
jeder mit jedem verkabelt, und ich höre
dein Herz und du siehst, wie ich schwebe,
verschwinde im Äther –
                              Tage gab es,
in den Wäldern, daß wir stehenblieben
und schwiegen
                  unter dem trommelnden Specht.

Wir in unserem Hochhaus

Plötzlich abends eine Sirene,
und weil vor ein paar Nächten
wieder die Sirenen gingen
in einem wüsten Traum, dachte ich,
na du träumst –
(und ich dachte auch,
so geht das ja nun nicht, daß ich
schon nicht mehr weiß, ob Traum
oder nicht)
aber nein, war kein Traum.
Ein paar Leute sah ich
an die Fenster kommen, und ich sah
meinen Nachbarn auf dem Balkon,
meinen Nachbarn
– nanu, den kenne ich doch?
Ich kenne, jeder kennt sie, einige Zeitgenossen:
den spanischen König, den bayrischen Nationaltorwart,
Herrn Honecker und Mister Carter,
die Korrespondenten der ARD –
den Mann nebenan
kenne ich nicht. Aber
es gibt ja Sirenen und sicher einmal,
daß etwas passiert. Dann stelle ich mich vor,
beim Sprung, im Schutt, auf der Flucht.

Am Stadtrand, Militärringstraße

Diese Männer abends auf den Wiesen,
vorbeifahrend sehe ich
den Ernst und die Wut beim Ballspiel,
sie könnten gut kämpfen,
und sie kämpfen ja auch
bis zum Dunkelwerden
vor der brennenden Front der Forsythien.

Am Tag, als das Auto kaputt war

Gras und Gesichter sah ich, Fetzen des Schlamms
im Ufergesträuch, am frühen Abend, als ich
müde ging
– weil Risse im Zylinderkopf,
nahm ich den Weg durch Grünanlagen, Gelände
der 70er Forts, zum Ufer hinab –
was alles
machten, sagten und dachten wir heute? Rauschend
der Berufsverkehr auf den zitternden Brücken, nun
in die Routine des Abends –
aber frisches, neues
Gras in den Ritzen des Gemäuers; ungewohntes Gehen
auf glänzendem Pflaster, blank
nach den Fluten der Schmelze, und ich spürte,
die Möglichkeiten der Sinne gibt es –
Gesichter
wie meins, wenn ich sage: es läuft so
und läuft; Gesichter schaute ich an
in der Luft, die etwas versprach wie Blütengeruch,
und einige bewegten sich wirklich –

Wiedersehen mit einem Feld

Manchmal, in der Dämmerung, brachen wir
ein paar Maiskolben ab, und wir erinnerten uns
an die gelben Reklame-Gemälde
auf der hölzernen Promenade von Coney Island.
Im letzten Herbst
räumten noch einmal die Krähen ab,
dann kamen die Bagger.
Reste einer Pappelreihe, fanden wir noch
hinter den Halden aus Sand und Kies;
am Rand der Schlucht, der Gruben,
blicken wir auf den Grund des Meers.

Unvorbereitet, wie wir sind

Sieben Grad minus; in einer Märznacht
kommt Etwas
wie Vergessenes wieder, weiß und unerwartet;
wir hatten schon angefangen
zu leben
wie einmal im Sommer, als
der Frieden warm und gewiß war; nun,
in den Gärten, fangen wir zu räumen an
die plötzlichen Trümmer der Magnolien.

Wartezeiten

Im Bunker übt die Regierung; es wurde noch
kälter am Nachmittag; meine Frau näht
an die Ärmel des alten Pullovers
Herzen aus Leder; spazierengehend kam ich
vorbei an der Sprengkammer unter der Brücke.

Zum Programmschluß die Nationalhymne

Ausgedachtes Leben; Modelle zum Spinnen,
nachts, nach einem weiteren Chivas, denn
wozu sonst der ganze Run, täglich,
nach Dienstweg und Programmschwerpunkt,
sind wir dabei und da drin?
Gelassen, Kollegen, blicken wir hinaus
in den Park, bewahrend die Ausgewogenheit;
wie fanden Sie gestern Lothar Loewe?
Gestern, also vor zwanzig Jahren, fang nicht

wieder an von Cordhosen und Fahrrad,
dein britisches Hardtop steht dir ganz gut
und du weißt es. Erzähltest du nicht
deinen alten Freunden vom Widerstand, vom Willen
zu Allem ganz Anders? So ging es weiter;
andere Sprache, alternd die Sprecher. Grau,
mit den Ausreden der Krise beschäftigt, blieben,
nicht alle, die Sprecher, einige abgewandert
ins Off; wir gewöhnten uns mehr
an die Meldungen aus der schalltoten Kabine.
Und standen auf der Wiese; mißlungen,
der Rasen, aber Birken überm Haar,
beim Nachbarn glühte der Grill. Kam einer,
brachte *Interview,* Out, still Out,
with Bob Colacello; ach, andere Frage,
warum nicht die Farben der Republik
am Parka? Dann lenkten wir ab, der Talk,
der Tratsch; ich dein und du mein Medium;
wer blieb unerwähnt, so rasch schon vergessen.
Aber, soviel telefonierten wir nie; später,
kein Briefwechsel zum Sammeln, und leider,
auch Sie hörte man nicht ab, wenn nicht,
Sie hoffen noch auf Verfolgung? Vorerst
Affären; wir wanderten ab in versteckte Hotels;
knallende Türen, gesprengte Ehen;
nachts Tränen ins Kissen, tags künstliche Wimpern;
Gewisper auf den Korridoren und geben wir uns,
was eine Chance ist, sagen wir, bis nach dem
Urlaub im Sommer. So fauchten die Feuer,
dann quietschten die Reifen, dann Abflug und
Breakdown; wir alle hatten Sie ja gewarnt.
Genügend Notizen, gelungene Statements, Diktat
und Protokoll? Türen zu bitte, laßt mich
jetzt mal allein, runter mit den Rouleaus;
mit dem Rest in der Flasche gewinnen wir wieder
Durchblick; schön flimmert es in den Abend.

Zeig mir die Saison

Mehr Kälte im neuen April, so preise
dieses kalifornische Rot; ich meine
die abgepackten Radieschen. Radio
wie im Sommer, bei offenen Fenstern,
wenn es so wäre, so war es, und
der Sturm schob ins Zimmer den Schnee.

Wie wird die Saison

Die letzten Wochen rutschten so weg,
Konferenzen, Premieren, die üblichen
Dienstleistungen, etwas Gartenleben
abends und Grill; über Schwäche,
Schmerzen, nicht reden –

In jedem Fall läuft Programm.
Daran ändert nichts
ein Knacken in der Leitung,
der Einspruch und Widerspruch, Kompromiß
oder schlechtes Gewissen,
Übereinstimmung im plötzlichen Schweigen –

Plötzlich. Nein nichts.
Der Hase auf der Autobahn
kam durch; den Rauchmelder
irritierte nur die Havanna.
Kein Problem mit Personen,
die von sich aus nichts sagen –

Ansonsten, der Trouble dauert an.
Mehr Planungen, Stauungen,
Umleitungen an die nahende Front.
Wie die Saison wird, fragen Sie?
Langzeit Ruhe, dauert nicht an –

Langsam, ein Sonntag

Im hellen Dunst des Mittags. Über den Vorort
zieht der Geruch von Braten und Mokka.
Die Augenblicke möglicher Versöhnung. Immer noch
sind die Straßen leerer als sonst. Und
die Mehrheit der Bäume atmet.

Kontaktabzüge

Kiesgrube, Kaninchen.

Der Himmel mit mehreren Wetterfronten,
die näherkommen gleichzeitig,
Sonnenstrahlen, Schneefahnen und Blitze.

Wasserlachen und flackernde Neonröhren in der Tiefgarage.
Die Wiese, und ich stehe auf der Wiese,
die Wiese betrachtend.

Die nassen Straßen vor dem Regen.

Der kleine Bildschirm mit sechzigtausend Köpfen
von Menschen.

Schrotthügel glitzernd in der Morgensonne.

Ein Mann steht auf einem Balkon und trinkt
eine Bierflasche leer; er blickt in den Himmel
über dem Hochhaus und schließt die Augen.

Verkohlte Druckknöpfe im Aufzug.

Ungekämmte Männer, hin und her gehend
im Schlafanzug.

Ein langer Güterzug, vor dem Horizont der Ebene,
hinter der Reihe der Telegrafenmasten.

Goldener Zweig auf dem Tisch.

Eine Reihe verstopfter Briefkästen.

Erfrorene, faulende Blüten.

Gelände mit Sträuchern und Birken, die zwischen
den Schienen und Bahnsteigen wachsen.

Die Brandung auf siebzehn Fernsehbildern
in einem Schaufenster.

Liegendes Fahrrad.

Abends die Reihen der Kähne am Ufer.

Frauen mit Kopftüchern vor einer Gefängnismauer.

Männer auf der Bank. Einer liest Zeitung.
Einer liegt. Einer betrachtet den Betrachter.

Die Schatten der Zweige auf der Hauswand;
die verschwundenen Schatten; Risse in der Hauswand.

Sechs Fabrikschornsteine über den Gärten der Siedlung.

Erdmuster.

Nach dem Wind; die Zeichung des Regens
auf den Fenstern.

Phase

Natürlich, wenn ich sitze weitab, fehlt mir
das Ziegengemecker, der Kaffeegeruch, das Ruruh der Tauben
und das Gekratze an den Türen, alles
an atmosphärischer Störung, wie ich behaupte und
weiterhin Egoismus beweisend
– ich schaue hinaus
in die sinkende Sonne, die ich hier länger
betrachten kann als unten auf den Wiesen,
und ich sage dir auch, wenn früher
vom Meer die Wetterfront kommt und ich schon
ganz naß bin
– dazwischen der Fluß, und Tage
gibt es, dann sind die Brücken wenig befahren;
deutlich kann ich die Hügel erkennen, die Wälder,
unsere Häuser; vor der Dämmerung werde ich kommen.

Die Vergessens-Verkäuferin

Georgette Magritte
liegt,
unter einer Pfeife, neben einer Kette,
mit geschlossenen Augen
im Sand.
Belgische Küste, 1936

Blick nach Belgien

Es war schon ganz dunkel unten im Land,
als die Wolken noch einmal begannen zu brennen.

....

René Magritte zeigt mir *Die truglosen Bilder,*
eine längere Zeit; ich versuchte zu sagen,
ganz einfache Bilder, und was ich sah.

....

In deinem Bett, krank sagtest du mir: da,
im kalten Fernsehschirm, sehe ich das Fenster,
sehe ich den Abend und Himmel hinter mir.

Zukunft für Bilder

Am Morgen schon die Pathétique; wie lebst du
weiter bis in den Abend, an einem
Friedhofs-Tag im Fühling, wenn aus der Erde
Trauer bricht. Du stehst
in der Sonne auf einem Asphalt-Weg
und siehst Kinder aus der Schule kommen,
und sie wissen noch nichts. Noch nichts
von den späten Erinnerungen
an ihren Heimweg an Häusern vorbei,
die bald nicht mehr da sind. Es gibt
die Dauer eines Schmerzes, den wir
nicht mehr spüren, der sich hinzieht im Schatten
glücklicher Jahre, im Echo einer alten Musik,
zwischen Bissen und Schlägen.
Weitergegangen. Du gehst wieder weiter
und nimmst noch einige Bilder mit;
wenn niemand mehr, die Bilder werden erzählen.

A Foreign Affair

Die Schreibmaschine ging kaputt, ich sehe
Übersee-Flüge starten und höre das Schnarren
der ersten Rasenmäher; ein Nachkriegs-Film
und ich denke, wie ging,
wie geht es mir gut. In meiner Stille
passiert nichts? Anderswo
und ich schieße zurück. Nachmittags
in der Landschaft betrachtete ich die Folgen
dieses Frühlings; Gras wuchs schon
über die Flächen, die letztes Jahr brannten.

Notizen am Fluß

Man weiß nicht mehr viel, in den Dörfern,
oder es gibt keine Dörfer. Ich suchte
einen Angler, der im vergangenen März
am Ufer saß. Wir lebten hier, ohne
die Geschichte der Gegend zu kennen, dann
fuhren wir weiter, jeder für sich. Die Brücken
stehen fest und schwanken; die Schiffe
rauchen nicht mehr. Nachts sah ich
die Straßen des Himmels; hinter den Fenstern
hörte ich die Stimmen der Kämpfer.
Man weiß, was man braucht, und man braucht
nicht den Fluß, so stirbt man ab.

Übergang

Jetzt, in der späteren Zeit, weiß ich mehr,
es reicht ja ein Blick rundum,
wahrzunehmen die Veränderungen, zum Beispiel
in der Anordnung der Bilder,
die nun erzählen, was ich nicht sah.

Ich sah nicht die Pferde draußen bei Nacht,
die langen Schluchten der Hoffnung, des Himmels,
die Gesichter der Ebene, das Regengeröll,
die Gegenstände der Requiem-Landschaft.

Jetzt ist noch Zeit, fürs Wiedergewinnen,
für eine Empfindung in leeren Räumen,
wenn die letzten Eulen verschwinden,
vollkommen, bleibt es dunkel.

....

Grübelnd an verschiedenen Tischen, die Fotos
des Jahres betrachtend, keine Korrekturen.
Am Horizont rauchend die tägliche Industrie,
da warten, unter Dampf, meine Schiffe im Hafen,
sagte ich einmal, vieles erfindend und vieles
bemerkte ich nicht. Im Garten die Schäden
des letzten Sommers, die Birke hat es erwischt,
zwischen den Ästen trotzdem einiges Grün,
langsamer bewegen wir uns, länger noch,
und verborgen, du weißt es und du
sagst es nicht, das Geschiebe der Scherben in uns.
Nichts für die Ruhe. Kein Grund zur Panik.
Einige Falten, morgens im Spiegel, mehr und weniger,
abends am Glase, Statements zur Illusion.
Eins weiter gerückt, zwei Schritte zur Seite,
wieder zurück und nun warte doch mal,
im Zeichen des Krebses geboren und lebend,
ich taste, ich schmecke, ich rieche. Gut so,
vielleicht, etwas getan für das Weiterleben

der alten Sinne, du weißt, wir lassen nach
und nicht gut so, ein Regenbogen kam und
verschwand, wir sahen, verstanden und verständigten
uns nicht und dann wieder, wie immer auch,
mit wem zu reden, was zu verschweigen,
die laufende Talk-Show, der laufende Innere Monolog,
in unseren Radio-Köpfen, Programmschluß,
weiter, Band läuft, Erkennungsmelodie.

....
....

In der verbleibenden Zeit

Vorbereitungen

Später alles:
die fortschreitende Ausdehnung,
ungestörte Flächen der Zeit;
in der Gewißheit,
daß wir mit Tonbändern weiterleben,
ausgestorbenen Gewohnheiten,
verrotteten Sprachen,
den Geräuschen des Wassers, der Wälder,
daß wir wiederfinden den alten Film,
die Szene erleben mit aufgehender Tür,
und wir treten hinaus
in den Morgen mit Bäumen im Wind.

Sprechend in der grauen Luft,
ein ratloser Mann, der noch nicht weiß,
fliegt er oder fällt er.

. . . . .

Leerer Himmel im Fensterkreuz,
zwischen den entscheidenden Jahreszeiten,
wenn die Reisenden entweder kommen
oder sie entfernen sich.

. . . . .

Heranziehend dunkles Gewölk;
die schon geflohen sind, sagen,
kein Unwetter kommt.

Abends, ich rufe dich an, ich sage, vielleicht
geht es weiter in mir,
vielleicht ein Ballon und ich steige,
oder, es ist eine Täuschung der Luft,
keine Bewegung –

Nichts ist versprochen. Du mußt verstehen,
es ist der nächste, der neue Versuch,
ohne Stützen und Schutz.
Atmend verbrachte ich die Wartezeit;
ich blickte in die Ferne
und suchte den kommenden Punkt.

Du suchst ja mit. Du kennst, was ich meine
mit diesem Toben der Ruhe.
Du hältst mein fürchterliches Warten aus.

. . . . .

Sage am Telefon: ganz gut und macht nichts,
wenig Schmerzen, laufende Projekte,
zuwenig Landschaft, Hochdruck zieht
die Kopfhaut weg, Schnee ist ausgeblieben.

. . . . .

Trotz Kälte, gegen alle Gewohnheit,
abends sprangen die mürben Blumen auf.

. . . . .

Fachwerk, du hast Fachwerk gezeichnet.
Nun zeichne mich, den Schreiner.

. . . . .

Grüner Felsen, im Winter-Prospekt,
wir zögern nicht und schwimmen drauf zu.

. . . . .

Teppich, Brücke, hinüber,
wo du gestern gestanden hast.

. . . . .

In der Erwartung der Schlaflosigkeit,
mit den Gesetzen im Dunkel,
ohne mögliche Beobachtung,
ihr Wachen könnt gehen.

Notiz für später

Sag nichts
der Augenblick ist nicht günstig
Gesichter wenden sich ab
kein nennenswertes Angebot
die Vogelscheuche als Kontaktperson
wieder ist ein Sender ausgefallen
nicht ans Telefon gegangen
der Nebel gibt die Straßen nicht frei
der zugeklebte Briefkasten
stillgelegte Bahnhofswelt
Möglichkeit des unbemerkten Verschwindens

Gelegentlicher Glanz; unerwartete Ansichten
in der stehenden Dämmerung; irgendwo
muß ein Gestirn aufgetaucht sein,
das uns plötzlich erregt.

. . . . .

Eine Zumutung, die man zurückweist,
vergeblich glücklicherweise, denn dieser Sturm
faucht hinein in die Lager der Trägheit;
was da kracht, endlich, ein neues Geräusch.

. . . . .

Ein Kontinuum wiederaufnehmen,
das Grün im Todesstreifen restaurieren,
auf den Fluß unten hören,
anfangen, die Gewohnheit wie ein Abenteuer zu lieben.

Vorbereitungs-Sätze

Der Wind donnert auf die Dächer
und im Sommer alles vergessen.

Männer, ohne Häuser, aus den Wüsten,
reißen Häuser ab.

In den Gärten die Erde betrachten im März.

In den Zimmern, in denen die Telefone stehen,
ist es ganz still.
Die Woche geht zuende und wir sitzen
zwischen unseren Zäunen.

Kein Regen. Es gibt nur Regen im Regen,
und er hat keine Wohnung.

Rauch steigt auf aus einem Baum.

Immer noch Angst bei Beobachtungen.

Es ist Sonntag. Ich lese. Nach vielen Wochen
wird ein Mann von den Entführern freigelassen.
Er setzt sich in die Untergrundbahn
und fährt in die Stadt.

Ein Hund steht vor mir und ich gehe nicht weiter.

Nachts in der stillen betrunkenen Straße.

Nachts immer die Schritte hören, wenn man
niemand gehen oder kommen sieht.

Die Erinnerung an den Weg durch den Spiegel.

Das Alter der Tinte.

Eine frühe Liebe kommt vom Hügel nicht herunter.

In den Tälern ist es nicht besser. Hammerwerke
und Mühlen, kleine Fabriken der Geduld, liegen
ausgehöhlt und verlassen. Aber der Hunger
ist abgeschafft, und die Forellen müssen nicht leben.

In der Angst an den Formen arbeiten.

Damals der Kuckuck folgte uns lange.

Bilder

die Scherben springen weg von den Bäumen
der Himmel versprüht heute neues Metall
in tiefen Mänteln verborgen ruht sich das Kraut
vom Sommer aus
ein glänzender Augenblick
bist du müde schau auf
die Angst hat eine Schelle und läuft
in den Wald
der steht frisch gerüstet
unmöglich unglaublicher Tag
die Straßen öffnen sich alle zum Meer
sanft werden die Männer
das Meer entschließt sich zu neuen Schätzen
selbstverständliche Ökonomie
Bildschirme
zwischen dampfenden Schollen
schildern die Möglichkeiten der Wurzeln
friedliche Kriege
bist du erledigt steh auf
die Wörter des Tuns machen mit
im Himmel singt Hans der geschundene Knecht
gießt Öl ins Getriebe des Monds
die Bauern beginnen zu staunen
schön wird der Rost
Kronen der Einfalt
gutes Feuer
Gerechtes
Aufleuchtendes was du anschaust
Seelen werden an Fallschirmen sichtbar
und das Auge wird freiwillig programmiert
ein Ring den pflücke ich dir
ein Lehnstuhl für Sehnsucht
ein Kuß deiner Stiefel
möglich glaubwürdige Tage
Termine igeln sich ein in den Gärten
ein verschwundener Maler taucht in den Wiesen

die er malte endlich auf
überflüssige Träume
gute Arbeit im Körper
im Rücken der Berge fließt die Trauer weg
entdeckt wird ein Stern für die Unschuld
du wirfst keinen Stein mehr
du brauchst keinen Schutz mehr
dich zwingt niemand und nichts zum Terror
der nächste glänzende Augenblick
das Kraut zieht die Mäntel aus
begrüßt die neue Regierung der Wünsche
jetzt leben wir abends nicht lange

Zwei Collagen von Rango Bohne

1 / Vom Entstehen eines Bildes

Du nimmst diese ganze Reihe
von Bäumen, du nimmst nur die Hälfte,
die grün gebliebenen Fichten (für mich,
irgendwann, bleiben die Pappeln).
Das Haus, das runde Eckhaus,
bleibt in der Mitte; rund um das Haus
ziehst du eine Zeile von grauen Steinen;
das Dach, das Haus hat kein Dach.
In der Ferne, näher rollt der Mond (wenn
Zeit weitergeht, rollt der Mond
über die leere Fläche über dem Haus)
(und ich begreife: Dach kann nicht sein:
die Sichtbarkeit, das seltene Vorhandensein
des bitteren Mondes). Menschen
gibt es, aber die Menschen nimmst du
ganz weg, du bist barmherzig, die Straße
sieht aus wie ein stiller, gewissenloser
Strom. Du bist noch nicht fertig.
Du gehst in den Garten
und bringst den Farn mit, und
ich finde im Bild das lebendige Kraut,
unterwegs, den Farn, auf seinem ruhigen Weg.

die schöne Geschichte meine ich nicht von Djuna Barnes
den herrisch erzählten Schrecken
aber das Haus ist erkennbar amerikanischer Herkunft
eins aus diesen üppigen Magazinen
im Alter noch die grüne Eleganz der Kolonien
während im Schatten schwer beweglicher Bäume
das Moos den Untergrund regiert
Hengste heben die Köpfe
zierlich trippelnd wie herbeigepfiffen
eine dunkle Lache jeder denkt Blut
breitet sich aus unterhalb der Veranda
Türen sind offen
Blick in hölzerne Räume
Licht sinkt herab von einem Himmel
der unten die Nacht verachtet
einige der Statuen
denn plötzlich werden Statuen zurück sein
einige nicken sich zu
nicht auszuschließende Verbrechen
vielleicht mein Körper zwischen den Hufen
falls jemand eine Person sucht
ein gutes Stück Zaun trennt die Szene
vom möglichen Tageslauf draußen

Der Fluß, in diesen hellen Tagen
rollend und schäumend, am Ufer
dies Bild
eines hin und her rollenden, schäumenden Teppichs;
verschwundenes Bild, Nacht ohne Wind.

. . . .

Wach liegend; der Wind steht
an den Fenstern, alles draußen keucht,
unsichtbare Anstrengung,
bald kämpft das blinde Herz mit.

. . . .

Unbestimmte Frühe; die Sonne lief
wie ein Ei aus;
ein Mann in der Küche sah
den Himmel und tat den Morgen nichts mehr.

. . . .

Im Fenster gestanden,
hinüber zur Eifel geschaut,
oder war es ein Bild der portugiesischen Küste,
jedenfalls strich der Regen alles durch.
Die Monate vergingen.
Von damals den jungen Vögeln keine Spur.

Cover design

auf der Wiese liegend wie tot
aber während der eine schläft
schaut nach ihm der andre
dazwischen ein Hemd
und dahinter ein englischer Zaun
könnte sein Pause in einer Liebe
oder in der Nähe das Meer
schiebt sich vor

Alter Film

Der Geruch, der im Haus hängt,
verbrannte Kartoffeln. Als wir auf den Feldern
an den Feuern hockten, hatten wir
den großen Bruder, West oder Ost, der Wind
war immer stark. In dieser Kindheit,
nach jedem Brand, blieben auch
die Sterne klar, und als
die Front vorbei war, raubten wir, es waren
die Wälder der Feinde, unser Holz.

Spuren und weiter

Wir finden Bilder; vielleicht ein Trouble,
zwischen meinem Sohn und mir,
um die Zeichnungen der russischen Landschaft.
Besser, wir betrachten
die Mielenforster Felder, das leere Schloß,
die Grabstätte der Familie Andreae.
Spaziergänge, lokale Geschichte.
Du machst jetzt Filme; ich bin älter;
wir werden uns verständigen.
Wo lag die Mappe? Ich sagte,
seht im Winkel des Speichers nach;
der Staub und die Jahrzehnte.
Der Maler, gestern erzählte ich dir,
blieb verschwunden in seiner Landschaft.

Falsch lebend

Du bringst die schönen Fotos mit
von gestern Nachmittag,
die frische Wiese vor dem Fachwerkhaus,
und ich kann nicht müde werden
hinter der Efeuwand
und weiterschlafen nach der Zerstörung.

Feature

Schritte liegen unter
der Stimme, und wenn die Stimme
weiter erzählt, weiß ich mehr,
etwa, Straßen zur belgischen Küste
im Winter.

So ging ich und blieb
stehen; ein Bild entstand im Gedächtnis;
damals, als ich es zeigte
und mehr zeigte, fast ein Archiv,
blieb der Tag dunkel, oder ihr wolltet
nicht wiedererkennen.

Sprach, begann zu sprechen.
Schnee schob der Himmel heran. Ich meinte
auch diese Bewegung.

»Ein Geräusch blühte auf.«

Und schob die Büsche zurück,
ich meine die Gegenstände, die zuvor,
im Sommer,
in der gefundenen Landschaft,
ich fand.

In der verbleibenden Zeit.
Eine kurze Chance
versprochen: und ich versuchte, ging
und sprach weiter,
sagte: das Pelztier in den Hagebutten,
bald der Frost; und schwieg lang.

Da waren Augenblicke

Zwischen Zuganschlüssen, kalte Apfelsinen.
Film-Bilder vom letzten Oktober;
da waren Augenblicke, wir könnten sie zählen.

Diese merkwürdige Berg-Stadt, umgeben
von plötzlichen Schneeflächen,
und am Ende der Serpetinen
entdeckte ich einige Fenster, es war
der Blick nach Portugal.

Wo wäre nicht schwierig, nicht schmerzlich
eine Verständigung. Man tauscht
Erwartungen, die Fotos aus
und bespricht die Eigenschaften
der beruhigenden Mittel.

Die Abfahrtzeiten stimmen.
Weniger Kälte; auch etwas Sonne, erst
auf den Straßen, dann auf dem Bahnsteig.

Was ich sah

Der Schatten unserer Erde,
als ich sah, er schob sich über
die Fläche des Mondes, ich vermutete
den Umriß meines Körpers, dort
im Gelände einer Photographie,
mit Möglichkeiten einer Verschiebung
aus den Mustern der Trauer,
wenn überhaupt einen Sinn hat
das Verlassen der Geschichte,
hier zwischen den Dörfern.

Anfang Sommer

Schacht der Bilder, verwildert
nach den Durchzügen der Gleichgültigkeit,
weniger sichtbar im Sommer
der verschüttete Einstieg, bis die Nässe
einsteigt und folgen wird, geduldig
bis zur Regierung, das Moos, so
wuchs es schon im toten Gesicht.

Nah und fern

in Gruppen von Blöcken
Erscheinendes spricht so wie bezeichnet oder zu nennen
ansteigend das tiefliegende Panorama
Reihung am Horizont
und das Ausbleiben einer Empfindung heute abend

ein Kamm aus der Tasche gefallen
wie so oft wie verfügbar ich war hemmungslos
dringeblieben im Betrieb

rote Streifen sagen wir Gewölk
später eine Schleife dunkler Frühlingsvögel
die Schwellungen dazu des braunen Bodens
unsichtbar die Buchstaben der Seufzer

weitere beleuchtete Gruppen
Bewegungen in der Ferne vielleicht neue Menschlichkeit
jedenfalls die Ebene neuer Gebetsinhalte
jedenfalls in der Erwartung des Cups

oder was ist Interesse
oder gilt nichts im Geräusch der Menge
sagen wir Formen der Hoffnung
leuchtende Identität
und nicht wie unten das Zucken der Ampeln

Was sagen die Leute

Wochenende

Morgens, die silberne Haut des Nebels, aber
die Frauen in der Tür des Friseurs
sprechen ganz anders, wie von der Gefahr
einer völligen Zerstörung durch Nässe.
Nebenan, die Männer und Kinder
stehen Schlange vor der Bäckerei, und niemand,
der später geboren ist, versteht
mein Erschrecken. Die Brötchen sind gut,
besser als sonstwo; die holen wir
über die Autobahn noch im Nebel.

Nächstes Wochenende

Nebenan, die junge Frau
ist allein. Die Trennung
hat niemand bemerkt.
Sie sagt, das kommt
überall vor. Kommt manchmal
der Mann zu Besuch,
sie sagt, er spielt
mit dem Kind
jetzt länger als früher.

Kontaktperson

In Gedanken (ich könnte es am Telefon sagen,
vielleicht) beschreibe ich einen Weg: fahren Sie
so und dann so
                                        – ich unterbreche
und blicke hoch, wo sind wir denn eigentlich,
was ist das für eine zerfetzte Gegend,
die ich beschreibe wie eine Idylle –
                                                                Arbeitsessen,
wäre ein Anlaß, weil ich Sie anders nicht
kennenlernen kann (und ich wollte wirklich
an Sie ran, rein menschlich); anstrengend,
Small-Talk zu spielen; ich denke, Sie wissen
das auch, aber wir meinten
etwas ganz anderes –
                                                    wie meinten Sie das,
rein menschlich. Ich meine, ich rede dumm
(am Telefon immer die schnellen Wörter), aber
etwas außerhalb unserer Funktionen, ohne
Rücksicht auf die Verwaltung (hören Sie, auch dort
sitzen Menschen), ich meine etwas Gestrüpp
und den Seitenweg, überraschende Schneisen,
eine schweigende Wiese
                                                        – also die Ausfahrt,
aber achten Sie auf Beschilderung, und
ich bereite ein Essen vor, zum Vergessen,
zur Sache unserer Probleme
                                                                – in Gedanken,
noch einmal, weil jetzt ich allein bin,
mit im Zimmer Gespenster, erfundene Gesten,
studierte Repliken, und alles, damit
wir nicht gleich aus der Hüfte –
                                                                      Sie sehen,
ich denke so oder so an Sie, eine Ausfahrt,
ein Abend, kalkulierter Kontakt. Ich kenne Sie
nicht, gleichgültig bin ich Ihnen, vielleicht
wieder später, bis dahin.

Berufsverkehr

Kann alles werden erzählbar, erzählt,
die Kämpfe der Kinder auf dem Rasen der Tiefgarage,
das plötzliche Leuchten des Ginsters im Zimmer,
eine Dienstreise im Schatten des Schwarzwalds,
der aufbrechende Rost unterm Lack.

Ein Mädchen sagte, laß mich,
du machst aus mir noch 'nen Text.

Kann sein; ich fange nicht an
mit Wörtern den Tag; gut wäre Schwimmen,
Golf mit den Chefs; einfädeln, Overdrive,
Profis im Berufsverkehr.

Irgendwann Glanz, herbeigesehnt, schon tanzt
ein Segel zwischen den Brücken; der Rücken
tut wieder weh, es riecht nach Öl, trotzdem,
in der Nähe haben wir Küsten.

Kann schon zum Ende kommen, Nachruf
auf Band, beinahe etwas gelungen, oder geh weg,
fang wieder an, neu in die Straßen gekommen.

Magazin

Später ein Brandy. Ganztags hingen wir
am Telefon der Sagtest-du-damals-Schau
wegen, irgendwer sackte zusammen im Sessel,
wann gehn Sie nun zur Herz-Inspektion,
aber was ist, da verwechselt doch einer
die Bänder, und jemand wollte noch sagen,
in meinem Garten wird der Federmohn nichts,
oder was soll Ihre Bemerkung, daß regelmäßig
Journalisten werden nicht alt, Band läuft wieder,
wie eine Warnung kam die Ruhe ins Studio,
auch klappte die Verbindung nach Kampen, warum
unser Kontakt gerissen, ich weiß nichts von dir,
abends noch einmal dunkles Jackett, Ausweiskontrolle,
im Biergarten fahren die Rover vor, wir treffen
Feinde, die wir, die uns umarmen.

Who is who

Diesen Mann in Ruhe lassen. Am Fenster
nachts in der Küche, sitzt er
auf der Eckbank und tut nichts.
Vor dem Fenster, im Westwind, bewegt
sich der Birnbaum. Nebenan in der Stube
tickt die Wanduhr. Er steht auf,
wenn leer ist das Glas und Zeit ist
für den Blick in den Ofen.
Die Katze im Korb hebt den Kopf,
wenn er vorbeigeht, wieder sich hinsetzt
und atmet. Draußen die Leute fragen,
wie lange und kannst du
in Ruhe leben mit diesem Mann.

Weil Sie mich fragen

ich falle und schlage sanft auf
nachts die Schüsse und am nächsten Morgen
in den Nachrichten nichts
angekommen und keiner ist da
Milch bis es schwarz wird
der alte Mörder erzählt wieder wie es war
ich habe die Wörter vergessen und schreibe
so reich und nichts wächst
Wiesen verschwinden grüner Zement
jetzt ist fast Sommer und Schnee kommt zurück
ich bin ruhig und weiß nicht warum

Junger Mann

jetzt bin ich beschäftigt mit nichts
wer kann das sagen
wer darf sich ernennen zum Nichtsnutz
ein glücklicher Schläfer in der Geschäftszeit
zufrieden mit dem Verfall seiner Leistung
du willst es versuchen
nun gut und mach keinen Fehler
keine Programme zum Nutzen der Schlamperei
sag nichts was erklärt
deine sorglosen Entwürfe im Staub
die Erfindung chaotischer Kringel
du bist sonst bald dran
spinnst mit Gewinn
brauchst Datenbank fürs Durcheinander
Konferenzen mit deinesgleichen
Aufsteiger bist du wirst auch noch was

Jahrhundert

Einige Frauen haben gesprochen
es ging nicht um die Wäscheleine
liegengeblieben sind auch die Möhren und Zwiebeln
zuviel Jahrhundert in den Röcken
zu lange die Reste vom Teller
aber was aus Muttern wird
gibt es denn noch was zu tun
will ja vielleicht bis Mitternacht warten
fragen ob Hunger und Spiegelei
und zuhören wenn du erzählst

History (1)

Da werden noch mehr weiß
die Möwen, wenn sie jetzt
kreisen über der dunklen Bucht
über dem Fluß.
Malverbot, damals, der Maler sah
und machte nichts.
Unsere Gewitter sind harmlos,
sind Gewitter,
das Zittern der Pappeln nicht meins.
Leute fragen
nach dem Unglück, das Unglück
auf dem Zeltplatz, was war,
keine Frage,
mit den erschossenen Matrosen,
vergessen, das Vergessen
wie das Wetter gestern, als Sturm
uns duckte und schob.

Chronik

Der Nachbar fährt Schnee
in den Wald. Die Vorsicht des Mannes;
der Rest der Familie
kann wieder atmen. Nachts wohnt
im Wald eine Frau; sie will nicht mehr
sprechen und kommt nicht weiter
auf ihrer Flucht. Wir erzählen
vom langen Leben zusammen; einer hat alles
vergessen, einer hört nicht mehr zu.

History (2)

Etwas ältere Männer, nachmittags
am Fluß, mit Stöcken
und kleinen Hunden, zu fragen
trau ich mich nicht,
ob einige Erinnerungen ausgesprochen
und die Enkel beruhigt sind.

Reise-Erzählungen

1

nachmittags spät sind wir angekommen
im grauen Gestöber ein warmes brauchbares Zimmer
die Stadtbahn heult herüber zum Gruß
zwischen den Schluchten von rasselnden Brücken
Pendel grüner roter Lichter
es ist wie in anderen Jahren ganz unerwartet
Freunde warten auf Bänken Stühlen und stehend
auch die neuen noch nicht gezählten Gesichter
die Runde Wodka für dich und die andern
mit Fragen wie das ist was ist das
eine vorgeschobene Realität naiv ein Naturbild
vielleicht der Beweis zu leben gern auf dem Land
plötzlich fliegen Flußhühner über den Savigny-Platz
zum Wiedersehen ein Schätzchen mit schwarzem Hut
ganz leer das Lokal der Mittelpunkt der Stadt
ruhig speist noch der Präsident unserer Akademie
dann steigen aus ihren Nestern die nächtlichen Vögel
vor mir sitzt ein Uhu neben mir eine Eule
wir tauschen Krisen-Erinnerungen aus
hell wie der Weizen damals dein Haar
mittendrin in dieser Nacht es wird hell
ein Rudel Taxis kreist steht und verschwindet
grauer Mantel des Morgens
blinzelnd Jalousien
schon dröhnt es in den Schneisen des Himmels
und das ist kein Zweifel weiterlebend
im künstlichen Zustand
leichter in hoher Luft im weiten Raum
versuchen wir etwas wiederzufinden
ich kaufe die neueste Auflage Stadtplan
nichts hat sich geändert
in einem Schweigen enden die alten Straßen
am Rand bewohnter Gebirge bunter Beton

rumpelnd über eine Chaussee
in die Jahrzehnte zwischen den Kriegen
es wäre die Fahrt unter Kiefern weiter
zur See, den Kreidefelsen, der Nehrung
mitten im Dorf gibt es den Anger
klirrend und blitzend unter den Hufen das Pflaster
Schneeflecken auf den Hügeln zwei Bäume
die Stille das ist eine Grenze
die Grenze in der Mitte des Bachs
ein Schrecken ein Staunen
in dieser grauen Stille unter dem Krähenschrei
in der menschenleeren Ebene
zielen uns Ferngläser an
in unserem Land, wir stehen und können nichts sagen
fliegt hinüber herüber ihr wilden geschichtslosen Enten
fast wie ein Trost
hier können wir uns nicht verirren
zuverlässig zurück in die Bezirke der glitzernden Mitte
eintauchend auftauchend Woge der Nächte
in Pelzen Auftritt in hohen alten Wohnungen
Schauspieler kochen für ihre Cliquen
großer Beifall dann sanfte Intrigen
spät beginnen wir Frühstücksgespräche
Rezension dieser Abende
ein großer Mann zählt noch an seinen letzten Drinks
nun pulvert es wieder weiß vom Gesträuch
sofort und verwischt schießen die Bilder hervor
vergiß nicht in Zukunft und jetzt
wir schnallen uns an

2
Kommentar

es war in der Stadt, war ein Verschwinden,
Kriegsende, keine Nachricht, ich finde
Reste von Pisten, Einschläge letzter Granaten,
danach dreißig Jahre, vielleicht noch
entkommen dem Sperrkreis,
historisch ein Obergefreiter, letzte Wörter
wenigstens so ähnlich, Ende Zitat,
immer noch Geruch zerriebener Ziegeln,
und wenn auch friedlich die Luft dröhnt,
Gott mit uns, ein Junge mit Koppelschloß
hörte, erzähl mir, den Gedichten zu,
alte Gesichter, Bellevue, wußten nicht mehr.

3

es regnete morgens, aber wir fuhren
rasch in die Nähe der Grenze
und fanden die zugewachsenen Bunker

fahr besser du, nicht bloß die Serpentinen später
mein Gesicht wandert mit über die Landschaft
in der die Grauwacke wächst
aus der Erde direkt gewachsen die alten Häuser
ein Steinbruch umgekehrt wird daraus
zum Beispiel so die Wollfabrik verschwindet

nicht mal ein Schlagbaum
zwischen zwei Flecken im Hohen Venn
reisen wir über den belgischen Zipfel

und nimmer wandern
Hänsel und Gretel im Hürtgenwald

es nieselte, so konnten Krähen noch kreisen
über der nassen Schieferschwärze des Städtchens
ich fragte den Gastwirt wie es denn war
um 14 Uhr am 14. 9. 44
sind Sie Mr. Floßdorff
Mont Joie, möchten wir bleiben
über dem sauberen kalten Fluß
kaufe ich nächstens das Schieferhaus

kaufe ich Schokolade für Flieger
dazu den Range Rover fürs Hochmoor
erwähnte was war Offensive, sieh mal,
ein Rest von Schnee in den Ardennen

wo hausten denn Drachen
schwarz im Knochengesicht die raunende Waffen SS
bald blühen auch hier Forsythien
wie weiter östlich alles Nibelungen
Kraut und Nasenbluten

aber du wolltest nach Süden, die Maare
auch hier eine Front

ein Dröhnen, ein Picknick
weit weg vom wallonischen Nebel
vier junge Soldaten sprangen weg von der Straße
wir schauten in die plötzlich blaue Luft
mit unseren Abfangjägern

4

Tage im grauen Marais
mit einem Schrecken zwischen den Schluchten
trennten wir uns abends und wortlos
half mir ein guter Dichter beim Warten
bis wir uns fanden und etwas tranken
an Tischen verwitterter Schönheit
zum Vergessen der Kälte
vor einem Weg zurück durch die Luft

Vielleicht Amsterdam, aber der Nebel
ließ nichts zu, keinen Namen
und Ort; das Wasser, die Küsten
verschwunden; wäre tödlich gewesen
eine Bewegung; still saß ich im Bett,
das durch die weißen Räume trieb.

Nacherzählung

einige Sätze, wie sie erzählte,
es war eine rasche Fahrt,
gestern war Vollmond,
Reste von Schnee auf den fränkischen Hügeln,
die Linien komplizierter Verwandtschaft,
es blieb länger hell,
eine Wolke von Krähen,
die Erinnerung an die Bilder van Goghs,
eine Wolke von Krähen erhob sich
über den Winterfeldern
und verdunkelte die Autobahn,
zwei Stunden in einem Hotel, altdeutscher Art,
kein Gefühl mehr für Geschwindigkeit,
im Halbschlaf und wie sie erzählte,
es gab keine Komplikationen,
es war eine kurze Nacht,
der Sonntag, die Reiher standen am Wasser

Landverluste

Erinnerung ans Land

Gelbe Hänge im Herbst noch eine Aussicht
auf die Bestände unserer frischgemachten Hoffnung
denn unsere gefalteten Körper bewegten sich
bäumten sich auf mit den Feuerbohnen
und wir zitierten nicht mehr den Verlust

es gab wieder Arbeit mit Holz
die Hemden flogen auf den Zaun
und der Gruß der schwitzenden Leute
hallte ins Tal zwischen den Eichen
war auf den Kürbissen ein Getrommel

nichts schreckte weder ein Hauch
vom Wintertod noch ein Manöverkampf
selbst die Folter des Traums
ließ zu ein Erwachen mit Gnade
und glitzernd kam auch der nasse Tag

Im Sommer in der Eifel

Rasch kratzen unsere Stifte über die Blätter,
die Scheiben, die Bleche, das Holz.
Wir schreiben und zeichnen, gegen
das Nähern der Dämmerung; der Wind
hat schon aufgebaut die Türme
eines Gewitters; blas nicht mehr
ins Feuer. Rasch sagten wir
für den anderen Tag, wie es heute,
morgens bis abends, war,
als wir abfuhren, wegkurvten
und fanden das Lavagestein,
das brüchige Haus.
Ihr habt gerufen, da sind wir.
Wir fallen in den Hof, laut
und noch schüchtern, mit Flaschen
unterm Arm. So ging es los.
Du schreibst jetzt, ich zeichne,
dann starren wir in den Regen,
der weiter macht, beides für uns
im Schweigen, so hört es sich an.

Vor dem Regen

Keine reifen Kirschen. Ins Haus gezerrt
vor dem Regen die Kissen und Decken, nun
schlag noch einmal ans Glas.
Vielleicht, eine Zukunft für Birnen;
der es noch weiß, bald stirbt der Pfarrer.

Noch einige Gehöfte

Getreide. Der Nachmittagshimmel
ist nicht mehr gut. Die Zeitung
fragt bei den Bauern am Stadtrand.
Es ist wie ein Urteil, der Regen;
schlimm war jedes Jahrhundert.

Augenblick

Einmal Kraniche, still liegend
über ziehender Gegend, wo wir
nicht mehr sind, aber zuvor,
wir kämpfen viel weg.

Odenthal

Summende Nachmittage auf den Leitern
Fachwerk Fensterläden und endlich
die Schattenmorellen
es gäbe auch stille Hänge jenseits der Kurven
der fliegenlernenden Mofas
aber die Mädchen lachen in den Fenstern
die zuckenden Kinder der Bee Gees im Heu
abends warnen die Amseln
alte Tische wandern umher in der Scheune
die Hitze hält nun besetzt
die Zone der Schatten
bald kommen die kleinen Bomben
vom Birnbaum
nachts hustend und fern einige Pferde
keins war im Krieg
im Sofort-Bild erscheint der kleine Traktor
im unteren Blau der Wiesen
du erzählst wo hinter den Feuerbohnen
am Zaun die Gefangenen anmarschierten

Vorläufiger Verlust

Mühlen entfernt auseinander liegend im Traum
die Frage beschäftigt wie atmende Bilder
entstehen und weiterleben einige graue Tage
wie jetzt als wir sprachen
über den vorläufigen Verlust der Eifel
die Quelle und das Wasserrecht
die private Turbine
das eigene Rudel Fisch

auch war es die Zeit für Rückzüge
wenn die Luft fehlte zwischen den Räumen
es gab den Nutzen der Leere
die Lust der Unteilbarkeit war beständig

im Traum die Fortsetzung entscheidet nichts
ein Mann verfügt über Gelände
und arbeitet am Zaun für die Ruhe
baut Gespenster auf
für die Nacht die Nähe der Straße
ein Recht der Vielen und Anderen
allein der Ort für dich

der Ort erreichbar im Konjunktiv
eine Tarnung aus Geflechten des Gerüchts
schon viele Schriften entstanden
als eine Beschreibung der Suche
des aufwachenden Zweifels
der Selbstkritik später

Ungewißheit auch für Eulen
das Beispiel für mögliches Überleben
oder ein Anfang wieder vor der Dämmerung
ach Gegenwart zuviel ist erledigt
und zuwenig getan gegen den Fortschritt der Klage

aufwachend im Knistern der Sonne
Steine rutschen zurück hinter dir in die Tiefe
und der Himmel ist noch grün
noch unsichtbar die neue Front der Kälte
nicht lange warten die Gärten
auf das Verschwinden der Schatten unter den Bäumen
was wert ist für keine Nachricht
ein stilles Entstehen beschäftigt uns weiter

Geräusche

Über den finsteren Hügeln, hoch
nach Milano via Rhein-Main, unten
in meinem Dorf klirrte das Pflaster.
Der Junge schob die Vorhänge weg,
sang schon HJ, sang noch
Kindergottesdienst.
Borddrinks; kreisend im Nebel um
nichts, nimmer weiß ich genau,
wer ich bin. Sitze wo am Fenster
nachts, Falter schlagen, unten Ruhe,
nach der Kontrolle, im Tal.

Wiese hinter dem Haus

Kälte von wo, abends, kriechend
nach unten ins Tal nach oben auf die Hügel,
mit den Schnecken
erreicht die Zukunft auch den Zaun,
dort hat der Posten noch etwas gerufen,
als das nasse Gras,
zwischen zwei Offensiven,
kurz über den Spuren der Reiter stand.

Zwischenzeit

Suchend ein Vergessen Anfang im September
im Schlaf der Arbeitsfilm war weitergegangen
das Morgenlicht wirft lange Schatten
auf die Wiesen den scharfen Tau
mein zweiter Blick die weißen Tennisschuhe
in der Mitte des Zimmers

helles Fichtenholz der neue Tisch
der Fortschritt der Unordnung wird erst beginnen
zunächst erzählt die Maserung
das Erlebnis von Tod und Trockenheit
erzählt nichts mehr
hinzu kommt das Schweigen des Aschenbechers
die kalte Lampe früh

leer zu räumen den Schlaf
eine Vorstellung von der unaufhörlichen Bewegung des Gerölls
die gelben Photos im Heimatmuseum
Forschung aus dem Steinbruch der Familie
irgendwann haben die Männer aufhören müssen

anderes Licht und bessere Frühe
das Tal schickt den Nebel die Hänge hoch
locker hängt dickes Obst
denkbarer Abschied der Information

es sind die Momente des Wiederentdeckens

ein Stück Hohlweg verlängert
in die Ferien des Vaters mit Fliegeralarm mittags
Baumlauben-Ausblicke
Besitz aus Fels bis Trümmer geblieben
Stichworte einer verschwiegenen Geschichte

nachts summte der Kessel
zum Entwurf einer beweglichen Textform
in der Zeit der Wahrnehmung

einer Straßenbahn mitten im Kornfeld
als der Riß auch durch die Buchstaben ging

noch keine Gespräche über das Alter
aber Minuten werden jetzt immer mehr wichtig

Skizzen von Bäumen und Zäunen
im Zustand der Gewöhnung des Gebrauchs
dieses Holz könnte sprechen
hat Blitze überlebt die Bohrung der Würmer
erlernbare Geduld
erkennbarer Nutzen und Haltbarkeit
erwähne den Lehm
die Zuverlässigkeit der Wurzel
der Wind der Chemie meint das anders

atmend in der Langsamkeit des Schreckens

aber die Libellen sind freundlich
und rasch in ihrer plötzlichen Jagd
kurz zerstören die Pferde die Wiese
und brechen wieder davon durch die Schlucht

pflaumenblau am Nachmittag die Luft
Leitern ragen überall hoch
glücklich im Dienst schaukeln Körbe
in den Ästen noch ein Gesang wie verirrt
aus der fernen Frühlingszeit

Stimmen wechseln über die Zäune
ob Haß oder Freundschaft
die Nähe tröstet über den Verlust der Stille
Plünderer bleiben aus
und noch fällt kein Schuß
manchmal ein vergessenes Geräusch
war die alte Sense

Handtücher flattern
und die Zwiebeln trocknen auf der Bank
hier saßen die Kinder

sahen in den Gärten die Helme auftauchen
die Einmachgläser flogen aus dem Keller
unter dem Kirschbaum tickte das Morsegerät
unter den Amseln

Durchzüge vergessener Heere
was wird ein Volkslied vom Autobahn-Zubringer
die Brennesseln weichen vor und zurück

Anfänge versucht mit neuer Wahrnehmung

die Ausbreitung der Feuerbohne
Brombeeren-Wildnis
zerstreute Felle und Skelette
die Sprache der Dachrinnen im Wind

Wind schlägt jetzt quer über Stoppeln
fällt in die vollen Plantagen
stöhnend wehrt sich die Scheune
meine Schlafzeit vom Rauschen umgeben
prasselnd schlagen die kleinen Birnen
durchs Muster der zugewachsenen Jahre
wieder bin ich im mächtigen Herbst
der mich einmal und nochmal
mit seinen Winden über die Felder trieb

suchend im Gras dieses Jahres
als die Wolkenfläche aufriß
die Flecken das Fallobst die Fetzen
und was noch von meiner Stimme
in den Drähten hing

und vergaß die grünen Tennisschuhe nicht
an leer geräumten Tischen
zum Abschied von den Astern und Tomaten
zum Wiedersehen der Ebene
als wieder Zwischenzeit verging

Monate und Gegenden

Ende Februar

Der Himmel fließt ab. Ein Flecken, was
die kalte Sonne war. Zwitschernd fliegt
ein Fenster auf. Stimmen, Flucht hinaus
in den Hof, wo der Holunder überlebt.

Morgens, mittags

Hinter der Kurve, über den Kiefern
die Sonne. Wochenlang keine Sonne;
wir lebten auch so, vor allem
morgens, kamen weiter, unter den Ampeln.

Im Frost noch, fast wie im Frühjahr,
begannen die Amseln; wir lauschten
mitten im Stau, die Täuschung wäre nun
fällig und später, mittags, vergessen.

Heimat

Quer übers Feld diese schwierige Straße,
auf der ein Mann steht und denkt.
Die Baustellen liegen jetzt still.
Etwas im Winter ist nicht gelungen.
Einmal kreisen Möwen über das Feld;
wohin sie gehören,
sie zögern nicht mehr und fliegen zum Fluß.

Zwischen den Städten

Gewohnt vorhanden sind Krähen, aber
die Krähen sind neu, wie ich sie sehe
hinter den schalldichten Scheiben, wartend
auf ihren Flug, der jetzt beginnt,
kreisend über das Feld. Die weißen Stücke
des Feldes, zwischen den weißen Stücken des Waldes.
Einzelne Rauchfahnen stehen senkrecht,
stehen und steigen in der undurchlässigen Kuppel,
der Luft über Vorort und Dorf, über Gegend,
Anlage, Regierungsbezirk; gelbe, graue Fahnen.
Geräumte, graue Rohbauten. Stille Bagger
am Rand der Kiesgruben; die Reihe
leerer Lastwagen; die Reihe der Leitungsmasten.
Ein Mann, ein Hund, auf dem Feld,
unter den Krähen, bewegen sich durch das Land,
zwischen Rohbau und Bagger und verschwinden,
ich hörte nichts, ich sehe nichts mehr,
für immer; der Tag geht noch weiter.

Im April

Gärten, die blühen, erzähle ich, das Staunen
in den Wochen nach dem Krieg. Und als
die Gartenhäuser wieder brannten. Grausam,
wörtlich, war der April. Die erste Biene
trommelt am Fenster. Die Radios krachen
zwischen den Zweigen. Noch lebt, noch
fragen wir, der Entführte; damals,
Befreite begannen das Feuer. Oben
in der Birke vögeln die Tauben; kaputt
geht die Luft und plötzlich ein Knall; du
rückst den Liegestuhl nach in die Sonne.

Kindheit

Einige neue Blicke
auf Zubringer, das Autobahnkreuz, zwischen
Birke und Zwetschgenbaum, die Glocken
räumten auf in der Luft, hinter
den Schneisen des Mähdreschers
im Weizen, kurz vor dem Hochamt,
die letzten Volkswagen suchten noch Parkplatz
an der Mauer des Kirchwegs,
das Fahrrad ließ ich unter der Linde
und vorbei an alten Drehorten
ging ich lange zurück,
das Kind war weg, aufgewachsen
unter den Kanzeln der Flak,
es wollte erst reiten, dann
fliegen auf seinem roten Drachen.

Sommer in den Fünfzigern

Sagten wir damals: war doch
kein Sommer gewesen. Aber als Krähen
das Teerdach zerlöcherten, sahen wir nachts
in den Betten die Sterne, und es blieb warm,
so wollten wir es.

Dampften die Straßen; es war eine Zeit
wie im Dschungel, und wir hatten
im Fieber erzählt, das brachte
den Regen zum Kochen

Lag hinter Hecken, bis die Ameisen
anmarschierten; bis in den Herbst
brannten wir weiter.

Schmolzen die Fenster; hatten wir Reisig
bestellt, kam ein Bündel von Blitzen.

Folgten wir auch noch dem Rauch.

Im vergangenen Sommer

Die Maurer im Garten; es geht
um mehr, die Sicherheit der Erde,
das Fundament für die Ruhe.
Und keine Berührung der Bäume,
kein Aufbau von Schatten,
der Phlox, die Astern sprechen mit.
Das Moos, du siehst, hat Platz
für seine Rückkehr; die Spinnen
warten noch; der Regen weiß selber
wohin. Die Mauer langsam wird hart
und verspricht, sie wird schweigen.

Sommer, siebziger Jahre

Die Pflaumen hängen noch fest,
und die alte Frau geht
ins Haus zurück, wo sie das Bild,
August 44, des Sohnes zurechtrückt.

Erwartungsland

Grünes Wogen der Kiefern; überall
rauscht die Autobahn. An einem Tag
wirst du nicht weit genug gehen können;
wo einst begann das wilde Gelände.
Oben die Wolken, und lesend
sitzen Leute in der Luft; Vancouver
nebenan, nachmittags Antillen. Hier
eine Bitte um den Erhalt des Fachwerks;
die Bäume wehren sich umsonst.

Nach der Baustelle

Ein wiedergefundenes Maisfeld; ohne zu suchen,
es lag plötzlich da, am Ende
der Pappelreihe, am Rand des Kanals.

Es war Anfang September,
und über den nassen Feldweg marschierte
die ungarische Armee.

Die Geschichte der Pappeln geht weiter;
geschrieben wird sie in Tagebüchern,
in kurzen Ferien, kurz vor der Offensive.

Der Mais reifte langsam; zuvor in den Jahren
Rüben, Roggen, Kartoffeln; zeitweise
Brachland, als der Kanal kam.

Innen und außen

Einen Zweig mitgenommen, der blühte,
bis übermorgen ein Versprechen,
wie es dann weitergeht, ging weiter mit Ästen.

Blätternd in einem wiedergefundenen Buch,
und ich sehe, du hast
es gelesen und mit deinem Fingernagel
am Rand Zeilen und Sätze angeritzt,
Sätze wie »Liebe bedeutet,
auf das Schreckliche zugehen« und »Sie waren
Seiten in einem alten Buch, die zusammenkamen,
als man es schloß«.
                    Ich weiß nicht,
du wolltest mir etwas sagen, für später, denn
ich war nicht in deiner Nähe, oder
warst *du* ganz woanders, ich lese ja auch:
»Ich gehe jetzt fort . . . ich habe Sehnsucht.«
Wir könnten jetzt telefonieren, ich könnte dich
fragen, aber, vielleicht, du würdest mich fragen,
welches Buch meinst du?
                    Ich meine, ich meine
jetzt nichts und kein Buch (du weißt doch,
ich würde sonst fragen, hattest du denn
keinen Bleistift?); du hattest ja keinen Bleistift,
und du wolltest, stumm wie du bist, rasch
etwas sagen, oder
(würdest du fragen) hörte ich nichts?

Altes Zimmer

Licht fällt auf den Tisch
und der weiße Strauß
auf dem Tisch wird ganz weiß.

Der Rauch der Zigaretten bleibt;
der aufsteht und geht,
zerteilt mit seinem Gesicht
die helle Wolkendecke zwischen den Lampen.

Gedächtnis, aufgehoben in Porträts,
und sie blicken auf vergessenes Leben.

Wie Nachmittage waren am Klavier,
Gänge zum Schrank, den Gewehren,
Goodbye, die Briefe aus den Kolonien.

Möglichkeit im Garten

Jetzt kannst du hinausgehen,
noch einmal zurückblickend
dir Zeit lassen,
bis die Büsche an dir hochwachsen
und die klirrenden Gelenke
ruhig werden unter der Rinde.

Einmal und immer

Die Schwärze des Fensters. Im Halbschlaf
drangen die Stimmen des Kinos vor. Es roch,
du konntest sehen, im Zimmer nach Kreide
und Apfelsinen. Nie zog die unsichtbare Nachbarin
aus, mit ihr die Angst in der Frühe. Der Schnee
warf seine Bretter vom Dach. Öffnungen, wo
die Hoffnung versagte, und ich hörte auch
wieder die Rückkehr deiner Sprache. Licht
hinter den schwankenden Bäumen; von dort
kam einmal der Tag, immer der Tag.

Weiter in der Nacht

Umgehungsstraße, ein Rauschen noch nachts
unter Lampenschirmen, und die Falter
schlagen ans Glas, bewußtlos
im Sinn meiner Ordnungen, die mich
hindern am Schlag, am Sprung, und
es pocht unter der Haut, wo das Herz
die kleinsten Ströme reguliert, jenseits
der Schleusen, der Angst, und ich wehre mich
gegen den Stau der Dunkelheit unten
am Waldrand, von wo das Geräusch
der Schritte, das Hundegebell kommt.

Bericht

Nichts war in deiner Abwesenheit.
Ich sah den Tulpen zu, den Blättern,
zwei oder drei, stündlich, fielen auf den Tisch.

mein Sender meldet Nebel, und da
ist er auch schon, wie einst (du erlaubst
den Vergleich) in der Waschküche unten,
bei Großmutter, Mutter, Anfang
mit Frauen.
                    Frauen. Ich halte
zum Fenster die Hand hinaus, Feuchtes, ab
winkt die Hand, so winke ich
ab, heute, hau ab.
                              Gestern krachte es
fast in der Nacht, als plötzlich
weiße Schwaden und das Rücklicht rasend
näherkam; weiß ich, Mutters Tod, hast'n
Schutzengel in der Not.
                                    So ruhig geschaut
aus dem Fenster von oben: der Fluß,
Verkehr, die Tiefe schreckt nicht mehr,
und morgen, vielleicht, wir melden morgen
keinen Nebel mehr,
                              meine Mutter
hatte sehr viel, hat nie mehr Sorgen.

Lindenallee

Wildnis, es wäre plötzlich ein Blick
aus einem Fenster, aber zu lange
sind die Überraschungen ausgeblieben,
die vorgesehenen Einblicke, Ausblicke
bewahren zuverlässig die Distanz
zwischen Heizkörper und Rasenstück,
manchmal bewegen sich einzelne Gesichter,
das Versprochene muß noch kommen.

Spielzeit

Im Schattenhof,
wo bescheiden das Licht
weiterlebt.
Nicht erst der Abend
beruhigt das Spiel
zwischen den Fronten des Himmels.

Wunsch zu verschwinden

Spaziergänge; das Freimachen
der Hunde und Empfindungen, nach Tagen
zwischen undeutlichen Fronten, Gewohnheiten
der Ironie. Wenige gehen allein.

Das Licht und die Farben, die Wünsche;
was ist unersetzbar und noch vorhanden.

Seht nicht, wie ich Unsichtbares
niederkämpfe; hört nicht
meinen Husten.

Auch diese geordneten Wege,
harmlos und schrecklich. Sitzgelegenheiten,
bis der Anfall vorüber.

Fallen und liegenbleiben.

Ein Baum, der es hinter sich hat;
der Farn, der bald nachfolgt;
die Beständigkeit des Mooses.

Nicht diese Möglichkeiten des Jahres,
die ewige Bewegung.
Spaziergänger mit Hunden, das ist
das Wochenende mit Sinn, ob es
die innere Unruhe gibt oder regnet.

Im Wechsel

völlig geordnete Verwirrungen
so bewegen wir uns eigentlich mit welchen Interessen
zwischen Korridoren und Gartenwegen
wechselt vielleicht der Geruch falls du riechst
ein Mädchen in der Teeküche
eine Frau am Komposthaufen
einst war die Entscheidung gewiß wie das Amen
ob Lift oder Ampel zwischen uns
halbwegs Durcheinander im System
wenn wir aufhören plötzlich diktierenderweise
und eine Wiese lockt
bin ich Kaninchen du ein Löwenzahn
was für unser Schicksal oder die Hierarchie
nämlich Jacke wie Hose
fragt man wer wen überlebt chancengleich

Fragment einer Geschichte

Die weiße Nachtluft. Das Fenster
schließend höre ich das Telefon,
eine Stimme mit der Erzählung
vom tanzenden Schnee vor dem Fenster.

Winterkämpfe

Früher Schnee, zu früh
erst noch die frisch gesetzten Sträucher
und der Dachdecker hat noch zu tun
was surren da schon die Lifte
nichts von Offensive, nichts zu ersticken
die tote Katze wird von selber kalt

Vor dem weiteren Leben

In Wintermonaten weniger Mofas.
Der Wasserkessel auf der Ofenplatte summt.
Wir kennen die kälteren Zeiten.
Näher zwei Krähen, die plötzlich,
vor dem Fenster, verschwunden sind.
Wir schließen die Läden,
horchen noch
und halten die Uhr an.

Verlassenes Haus

Es dauert lange, bis
die Öfen glühen; in den Zimmern
liegt Schnee. Das Dach
in den Sommerwochen vergessen.
Der Frost hat verschlossen
die Fenster, die Türen.
Was können wir schützen.
Geh du zu den Vögeln hinaus;
ich suche nach Holz, im Eis
einen Weg für das Wasser.

Erwartung

Unruhe auf den Dächern; der Neuschnee
ist schon alt und hart
und hält, nach dem Wechsel von Stimmung
und Wind, keine Position.
Nichts für Nostalgie. Diese Trümmer
fließen in Nichts,
in die Rinnen natürlichen Abschieds;
was war zu erwarten.
Die ganze Nacht, und noch länger,
die Wärme der Anpassung,
Locklied und vorsichtig Widerruf,
bis zum Ende der Ängste; keine Rückkehr,
plötzlich, einmal, der kalten Front.
Was ist zu erwarten.
Es gibt, nach dem Rückblick, keine Geschichte
der Sanftmut; Tauwetter
macht nicht die zarte und gütige Zeit
unter den Dächern, da nistet
weiter der Zweifel
und atmet später die Wut; vielleicht,
vor den Geräuschen der Frühe,
taucht ein Kopf, ein junger Vogel auf.

Samstagmorgen, kurz vor dem Frühstück

Raschelnd kam die Dunkelheit,
Schnee war angesagt, der Kater
rettete noch einen Vogel, trug ihn
zwischen den Zähnen ins Haus.

Als ich krank lag

Draußen noch ein Geräusch,
Besen und Schaufel, du kämpftest
vergebens gegen die rasenden Flocken,
wo bliebst du.
Ich konnte nicht aufstehn und helfen;
in meinem Kopf
das Schaukeln, das Dröhnen der Glocken.
Du hattest noch einmal gerufen:
bleib liegen, ich komme zurück;
dann hörte ich unter dem Fenster
die Krähe, die fortflog.

Ungewisses, Februar

Von irgendwo kommt ein Luftzug; alle
Fenster sind zu. Das Geräusch
einer alten Maschine entfernt sich,
in diesem überraschenden Winter.
Was kommt denn noch?
Ein Kranichschwarm dreht wieder ab;
ein Rinnsal wird still.
Es gibt keine Geschichte des Schnees,
zuviel ist vergessen
in wenigen Wochen; man wird
auch nichts spüren vom Sterben.

Heimfahrt (1)

Im Schnee wühlt der Bus; bald
geht nichts mehr. Glitzernd geht
ein neuer Himmel auf, zwischen
gläsernen Felsen, schwebenden Büros.
Wo ich hin will, andere Straßen
fast schon verschwunden; ein Land
sieht aus wie das nächste. Noch
eine Erinnerung, vor dem Ersticken,
ein Bild des fliegenden Kindes,
hoch über der weißen Nacht.

Heimfahrt (2)

Die roten Künste des Schnees, leuchtend
gegen Siebzehn Uhr, auf den Hügeln krachten
die letzten Rodelschlitten, als wir
hinabstiegen von unseren Hügeln, aus der Legende
von Lehm und Stroh, wo
die kleinen Bauern noch kämpften
und niemand sprach
von Katastrophen; so erinnerten wir
an die Geduld, bis der Wind
aus der Ebene talaufwärts die Häuser
erreichte, ein Moment
der wirklichen Befreiung, und tagelang glücklich
mit dem Geräusch des Wassers in der Rinne.

Vor der Krise

Du zeichnest Hüte und Kannen,
Pfannen, Schirme und Bügel; jetzt
füllen die neuen Dinge das Haus.
Der Winter ist nicht zuende,
die Scheune im Schnee bleibt verschwunden.
Du zeichnest weiter,
so brauchen wir nichts, längere Zeit.

Dämmerung

Erzählung

Am Wochenende gehe ich in den nahen Wäldern.
Vieles verschwindet, Verschwundenes geht mit, aber
die restlichen Bestände bleiben unverwüstlich.
Einige der schwarzen Bäche sind heller geworden,
unleugbar, gute Veränderungen gibt es.
Auf der Brücke der Kindheit stehend
sehe ich wieder
die gelben Dünen des Grundsands,
das Spiegelbild der leeren Winteräste.

Ich erzähle es dir. Du bist seßhaft,
jedenfalls innerhalb unserer Breiten, sonst
unterwegs von Insel zu Insel. Sträucher
hast du ins Zimmer geholt, sie leben
vergoldet weiter zwischen Gläsern und Steinen.

Wir sitzen in der Dämmerung. Wir sprechen
von der Nähe des Meers. Briefe sind gekommen
von Übersee, ich habe einen alten Atlas
auf den Knien und erzähle weiter, gleich
hinterm Haus, von den frischen Bauten der Füchse.

Was werden sollte

Es sollte ein Abend werden
im ruhigen Austausch der Sätze.
Dann mischten sich ein
einige unerwartete Stimmen.
Du meintest, da bin ich und höre zu?

Oft huste ich; es ist nur ein Rückzug.
Wortlos erkläre ich: will nicht,
kann nicht mehr sprechen,
und wandere ab
in die Korridore der Muschel;
du weißt, dort huste ich weiter.

Erinnerung an einen Abend

Stimmen, aus dem Hintergrund
des Zimmers; als wir etwas sagten,
ging es um Wildnis, fauchende Tiere,
den Dschungel auf der Fensterbank.
Schrecken langwieriger Geschichten;
später, festlich, zischende Lichter,
nebenan Gäste betrachten die Gärten.
Still blieben wir. Wind schlug die Birke,
draußen, flackernd der Himmel,
oder der Bildschirm hinter dem Fenster,
etwas geschah, ohne uns
überall, mit oder ohne Geräusch.

Andere Abende

Abends trinken wir. Manchmal
leuchtet noch einmal der Himmel, oder
der Nebel streift über die Wiesen,
manchmal richtig still und Schritte,
Stimmen, auf der Straße.

Du siehst nicht jünger aus, nicht älter.

Der Tisch, es gibt viele Tische; grübelnd
im Wechsel der Häuser; es bleibt, wo
ist der bleibende Ort, die Nähe
der vollkommenen Gewohnheit.

Endlich, fiel ein Blatt; Zeiten
waren durchs Zimmer gegangen, bis
man sich trennte.

Gesichter steigen auf und sinken,
zurück bleibt der Rauch,
der Geruch des Rauches, die Farbe
der verglimmten Geschichten,
hinaus bis in den Korridor.

Draußen, du weißt, der Korridor
ist offen und hört dann nicht auf;
damals, als die Türkette riß.

Frühe Warnung

eine Ebene die weiß war dann grün
jetzt ist es dunkel
und unentschieden die Jahreszeit
wie der Zwist der schweifenden Seelen
wenn sie unerlöst sind
raunte mein Pfarrer

Sonst niemand

halb fünf im grünen Licht
hinter den Stadtwäldern
rollt das erste Gewitter im Jahr weg
eine Reise nach Zürich hat sich entfernt
Mäntel schaukeln in der Garderobe
weiter kreischende Vögel
der Regen kommt noch einmal vorbei

Gegen Ende

dies war ein möglicher Schritt, jetzt
ist es die schmutzig ausradierte Fläche,
auf der ein Weiterkommen
ein mühsamer Rutsch durch die Dämmerung
wird, denn lang genug war gleißend
und vielversprechend der Tag,
mit tüchtigen Hantierungen, bis
zum Sinkenlassen, Hinfallen
trainierter Körper,
gedopt sind wir trotz aller Dementis,
wir schlingern, verräterisch weit die Pupillen,
sage, wohin soll die Reise und was
wartet hinter dem Ziel,
im Nachhall der Schüsse und Rufe

Legenden

Im Nebel die Nebellampen, und wenn
übern Asphalt kein Reh rennt,
passiert nichts die Nacht,
oder, du steigst noch einmal aus
und siehst über den Wiesen
etwas davongehen
hinab in den weißen Grund
zum Fluß, und du gehst,
im rauschenden dunklen Gras, hinterher.

In der Nähe

Der gelbe Nachmittag fließt hinter der Baumreihe,
hinter den Anordnungen der Natur,
weiter ins andere Land.

Rampe des Erdteils, bis wohin
man die Karte, Erfahrungen kennt.

Wollte ich einmal los, dorthin, der Finger
fuhr den Routen nach. Kähne schaukelten,
das Geschiebe der Wolken,
Licht fleckte die Blätter, die Dächer;
Punkte der Beobachtung.

Später ein Zustand mit Zäunen, ein Bericht
über die Verwendung des Holzes, auch
das Beispiel der alten Eisenbahnschwellen,
dazwischen nickend die Sonnenblumen,
vor der bitteren Dämmerung.

Unterbrechung

in grünen Zimmern steht die Zeit, wenn
wir wollen, ruhiger atmen
nachmittags nach der Autobahn. Nichts
will ich anders; andere Tage
wechseln uns aus, und wie sie kommen

Die gemachten Geräusche

Gedichte, die in keiner
Sammlung enthalten,
unveröffentlicht oder neu sind,
entstanden 1974–1980.

Swingtime 74

Harry James; ja, noch eine Lüge, und wir
verstanden uns wieder. Lichter
in diesen Jahren, die wir haben
ausgedacht und erfunden. Wie
nanntest du dich – Gib
mir zurück, nein, du kannst nicht;
schwarz weiße Filme, wie wollten wir
leben. Jetzt ja, aber jetzt nicht, denn
ich verwechsele dich, und das macht nichts,
würde ich sagen, und ich würde verstehen,
wenn du sagtest, verstehe ich nicht.

Altenbeken

Irgendwo verläuft hier die Grenze,
Truppen werden verladen, Tiefflieger,
aber es gibt
keine Tiefflieger, Truppen, Grenze,
nur Reisende, Anschlüsse
nach Braunschweig, Köln, Walkenried,
schwarze Bahnsteige
in der Hitze und Leere des Samstags,
eine Reihe von Pappeln
über diesem alten Bahngelände,
das ich erwähnen werde, wenn
ich dir wieder erzähle vom Krieg.

Wochenende, 1974

Faul, in der Sonne. Dieses Wochenende
mit Freunden, Familie. Keinerlei Streit,
so geht es auch; soviel Zeit
bleibt uns nicht. Unruhen
jenseits des Zauns; vergiß das mal
nicht. Glücklich sitzt hier euer Onkel
aus Kottbus. Wir lachen über Alfred, das Ekel,
und politische Diskussion. Klirrend
kommt der Gin Tonic. Erzähle noch mal,
der Schlafzimmerblick des neuen Verkaufschefs;
vergleichen wir unsere Probleme, heißer
mein Tip. Vielleicht bin ich krank?
Ehe-Krisen werfen mich um, schreibt
aus Rossford / Ohio die Tochter.

Geschichte

In diesem Lokal, Jitterbug damals.
Das Wochenende, der Wald; eingeritzt
in die Rinde der Buchen
Herzen und Namen,
die Jahreszahl, hochgewachsen sieben
Meter, 1947, wie groß, wie alt
warst du? Wir
rauchten belgisch, andere Tänze;
zu zweit auf dem Fahrrad
in der Mitte, der Leere der Straßen.

Seebad im Winter

Parkuhren, in der Brandung,
Wohnungen sind jetzt zu haben;
Geschäftsrückgänge. Ehepaare
ins Binnenland, oder die Balearen.
Die See wieder für sich; das Rauschen
kein Geräusch der Gesellschaft.
Kursaal, Casino; leeres, altes
Hollywood. Letztes Hotel noch; Bar
und nachts ein Aeroplan,
Offiziere aus den vierziger Jahren.

Winter; belgische Küste

Toccata und Tango; der Nachmittag
nicht hell. Ein Hotel
nach dem andern verwittert;
Ansichtskarten der Emigranten.
Türen, Türen
verweht der Sand, verschwinden
hinter dem Sand. Ruhe der Angler.
Unsichtbares England; Nachrichten
der englischen Sender, im Krieg.
Kinder rennen
mit Bällen, Rädern, Propellern;
Fallschirmjäger da.

Hotel Belgica

Die Chefin löst Kreuzworträtsel.
Würde gern helfen, Blondine,
spreche kein Flämisch.
Gut der weiße Kabeljau.
Ihre Mädchen rauchen zuviel.
Ein Bier noch, noch eins.
Die Nacht wird sehr stürmisch,
wie die letzte; jetzt das Lexikon.
Kommt denn noch wer,
Matrose, Hotelgast, Gespenst.
Noch sind Sie schön; alternd
die Holzwände, Bänke und Spiegel.
Ausbeuterin, warum lächeln Sie nie?
Vorgestern auch schon mal hier,
ein Bier noch, am selben Tisch.
Hören Sie, ganz gewaltig, draußen,
die Brandung; oder was ist.
Buchstaben, Wörter; kein Flämisch
und lerne es nicht, ein Bier noch,
in dieser wortlosen Nacht.

25. 11. 74

Die Angeln auswerfend,
wartend und rauchend Kinder
mit gelben Haaren.
Im Hafen nicht viel los.
Sätze denkend,
die nicht geschrieben werden
und Papier für Hefte kaufend,
gelbes, blaues, grünes, kariert.

Reisebericht

Möwen blicken ins Zimmer, böse,
es gibt nichts. Das Fenster schließend;
lauter, nein, leiser das Radio.
Ruf mich nicht an.
Reste von Gästen, Ende November;
flacher, hinter den Dämmen, das Land.
Dämmerung kommt; der Scheinwerfer
kreist. Marineflieger und Mädchen;
einst Frieden, einst Krieg
an den Küsten. Das Radio knistert;
zitterndes Fenster. Krächzend,
bald nichts, meine Stimme.
Ruf mich doch an.

Erzählung

Der helle Abend im Rückspiegel, die Nähe
der belgischen Landflächen, Atlantik,
Autobahnstau. Wir rauchen
und haben Zeit für Blicke, Baggerlöcher,
die Pappeln. Gestern, vorgestern, Tempo 160,
sahen wir nichts. Jetzt die Ambulanzen
und Kinder auf Feldern mit Drachen,
Fliegen auf den Hügeln der toten Kaninchen;
die Krisen, später, daheim, nichts erzählen.

Ereignis im Juli

Diesen Mann grüße ich; er
pflückt Johannisbeeren in seinem Garten.
Weitergehend bin ich ganz froh,
daß keine Feinde im Land sind;
den Mann, ich kenne ihn nicht.
Ruhig und schwül dieser Tag,
das ist der Sonntag, zum Fürchten. Etwas
ist falsch, was ich sehe und sage;
Sekunden, mit glänzenden Blättern.

Letztes Jahr

Eine von diesen Sinfonien,
nachmittags, über den Gärten,
spät im Sommer, vielleicht
das letzte Glänzen, jetzt,
der Blätter und Blaues,
Pflaumen oder Himmel
und Ebenen, See-Blick
auf den Photographien,
Felder, Feldzüge, Rauch,
Radiostimmen und Jahrzehnte
im Kopf, im Schatten Schlaf,
die leeren, alten Liegestühle.

Frühe Abende

Das Gelbwerden des Himmels,
das ich beobachte, abends, mit
einer Sehnsucht, die weiter reicht
als die Wartezeit auf den Regen,
der es gut machen und wieder
aufhören wird, Grün und Geruch
hinterlassend, nur in der Nähe.

Im Schatten

Gold, dein Urlaubsgesicht, und jetzt
dieses Blatt, das ich dir zeigen wollte,
hier ein Ahorn im Vorort, ohne
das Mittelmeer. Schnell fällt
unsere Sonne, das Leuchten deiner Haut
im vorläufigen Schatten, schön
und verschwiegen werden solche Tage.

Im Sommer

Ein zertrümmertes Haus, draußen vor der Stadt,
im Frieden. Männer stehen im Gemäuer
und sagen nichts, bis der Hund fort will
hinter der Hecke und einer nun pfeift.

Hinter der Schonung glitzern die Wellen
im Klärwerk. Die Straße biegt ab,
wo die alte Karosserie sehr bald verschwindet
im Riesenwuchs der heißen Brennesseln.

Am Rande im Gehölz wispern ganze Sippen
Kaninchen. Der Wind stößt zu,
macht Wogen im Getreide, grün und breit;
darüber baut sich der Nachthimmel auf.

Über dem Roggen sind noch die Köpfe
tennisspielender Menschen. Einst blitzten
Sensen und zogen Heere, im Schwund
der Sonne, weiter durch dieses Land.

Im Park und später

Bitteres, in den Schatten gesprochen,
in den Schatten östlicher Baumgruppen,
niemals: wie ich sie sah. Nun
wehte etwas herüber, etwas
aus einer Kindheit; im nassen Park
rochen wir, was verloren, und hinzu
kam die Neuigkeit eines Abschieds,
nichts, noch nichts war geschehen.

Vom Wandern der Gedanken übers Papier

1
anfangen mit nichts
aber da sind doch, es gibt
die Blitze und Bilder im Kopf
die Erregung in Gedanken
den Ausbruch der Träume
das Land der Schmerzen und der Wut
Häuser voll Trauer und andere
mit Glanz oder eingerichtet im Glück
die Unruhe zwischen uns
Brücken der Zärtlichkeit
Nester des Mißtrauens
da sind, es gibt
die Wörter und Stimmen
anfangen mit etwas

2
eine Fläche, die leer ist
in der Vorstellung etwa ein riesiges Schneefeld
weiß und leer
bis ein Schwarm krächzender Vögel
über dem Feld kreist und niedergeht
und rauschend wieder davonfliegt
bis ein Zug grauer Figuren
von den dunklen Rändern her kommt
und über den Schnee zieht
steht wartet und weiter zieht schweigend
eine Fläche, die leer war
ein Feld voller Spuren
ein System, das von seiner Veränderung erzählt
und die Erinnerung an die Ereignisse vorzeigt
an die Vergänglichkeit der Ruhe
die Möglichkeiten nach einem Frieden

3

erzähl mir, was weißt du
ja ich erzähle so lange ich lebe
aber die Stimme wandert und fliegt nicht
bleibt im Zimmer im Haus
vielleicht hört noch der Nachbar
im offenen Fenster und versteht
eine Geschichte aus der Umgebung
die Stimme wird älter
heiser und leise
stirbt eines Tages
und nichts mehr hörst du
außer den Bäumen über dem Grab
erzähl mir, was bleibt vom Erzählten

4

wohin mit den Wörtern
pausenlos das Gesprochene verschwindet in der Luft
der Wind nimmt Grammatik und Syntax auf
der Zug der Wolken verwischt
zwischen Westen und Osten den Satzbau
im Regen kommt wieder
zurück das Geräusch vieler Sprachen
der Hagel erinnert an die Rede im Zorn
weiterhin bleibt der Schnee was er ist
ein Bote aus den Gebirgen
wohin mit den Wörtern und wo
bleibt die Sammlung der Zeichen
zum Wiederfinden, Wiedererkennen der Sprache
zum Austausch der Sätze
Fische und Vögel
und alle Tiere fragen so nicht

5

weiterlebend
mit den Vorräten der Erfahrung
was dachten und was taten wir
was war geschehen
was gab es zu lernen
nutzlos wäre die Stummheit der Geschichte
ein folgenloses Geschäft
ohne die Weitergabe der Schrift
die Wiedergabe der Berichte
bis jetzt ist lesbar geblieben
die Fortsetzung des Möglichen
des Unglücks und der Versprechungen
des Unerreichten und der Wünsche
so verliert das Vergangene
seine Dunkelheit
den unerklärbaren Schrecken
die Rätsel vom Entstehen der Angst
so leben die Hoffnungen weiter

6

andere Orte, andere Tage
die Entfernungen zwischen dir und mir
zwischen uns
das Fremde und die Freundschaft
das Vergebliche und das Erinnern
ich schreibe dir auf
was mir fehlt, was ich wünsche
du liest
was du kennst und was du nicht hast
und was dich erwartet
unterwegs trägst du mit dir
den Brief, das Gedicht
im Dunkel leuchtet weiß ein Blatt
später ein Licht im Gedächtnis

7

früher die stummen Erzählungen
Abdrücke im Gestein
Zeichnungen an den Wänden
Häufungen von Asche
Anordnungen der Trümmer
Architektur der Spuren und Reste
als Vorarbeiter des Vergessens
kam der Wind
geduldig sprengte der Frost
weg wusch der Regen die Epochen des Staubs
zurück kam die Erde
die Zukunft der Büsche und Bäume
die Jahreszeiten brauchten nichts anderes
ein Blühen ein Welken
ein Zustand ohne die Kämpfe der Sprachen

8

benennbar sind die Zeiten geworden
beschreibbar die Gegenden
dort ein anderes Land
hier eine vertraute Umgebung
im Wechsel von Tälern und Hügeln
zeigen kann ich dir
die Reste von Heimat und Kindheit
den Fortschritt der neuen Zerstörung
die Möglichkeiten des Alterns
lesbar sind alte und neue Namen
die Namen verschwundener Dörfer
ausgestorbener Familien
stillgelegter Fabriken
die Namen der Bäche und der Leute
in alten Mühlen
die Namen versprochener Zukunft

9

Zeilen über einem Wasserzeichen
Wörter und Sätze
Veränderungen auf weißen Flächen
so setzen Gedanken die Wanderung fort
prägen sich weiter Bestimmungen ein
rettet sich das Gedächtnis
treten Bilder hervor aus dem Dunkel
blitzt Widerspruch auf
bleibt erkennbar das Diktat der Träume
das Entstehen der Wünsche
wird die Unruhe weiter beweisbar
verstehst du die Wirkung der Schrift
lebst weiter und läßt hinter dir täglich
die Grenzen des Schweigens

Schon später

Die Nässe des Abends; grün, noch mehr
von den Bäumen geschüttelt, in diesen
Wasserwochen. Kirschen platzten; und als
wir von neuer Einsamkeit sprachen, ging
es um Einmachgläser. Steig du, endlich
ein Mal, in den Keller, wenn der Lehm
wieder atmet, weil etwas wirkt, im
Augenblick, da unten. Kühl bleiben,
blieben auch die Hügel im kurzen
Sonnenrest, für uns nicht mehr sichtbar;
fallend, vernichtet, schon später im Herbst.

Sommerabend

Über uns Blitze; zurückgeben können wir
nichts; die Faust, die am Horizont
hochragt im Abendwind, ist ein Baum.
Schwalben stürzen herab, geübte, schnelle
Flüchtlinge; wir sind nicht so sicher,
so schnell zwischen den Häusern.
Drüben die Waldfront steht, steht
schwärzer als der wie immer unentschiedene
Himmel; es nähert, entfernt sich ein Schimmer,
und wir warten, bis etwas nicht kommt.

Sommergeschichte

Liegend im Gras, hochblickend
zum Giebel der Scheune,
Brandspuren, die Spuren,
»welcher Krieg«, von Befreiung,
aber unser Freizeit-Maurer
hatte den Putz losgeklopft,
nicht weil er sehen wollte,
wie ich, die Politik des Fachwerks.

Welcher Krieg

Ein Feuer auf der Wiese.
Wir haben, bis September,
gewartet auf den flachen Wind;
nun, welcher Krieg kann beginnen.
Trommeln, Birnen und Äpfel.
Ein Rundling anderer Art,
der Mond, hängt weiter
im taghellen Himmel.
Dort waren die Adler;
wir sagen, so war es, und
wir riechen noch, was abends
verschwunden, der Rauch.
Die Wiese liegt schwarz.

Architektur

Rundum verglast. Auf einer Fensterbank
der Korb mit Äpfeln; hinter den Rastern
fließt auseinander die Stadt.
Es riecht im Büro
nach diesen Äpfeln, und wir überleben
den Nachmittag. Die Fenster sind
nicht zu öffnen, sonst
fliegen wir hinab in die Gärten;
was ist, vielleicht ist schon Herbst.

Bewegungen

Die Luft ist gut, nach dem Heu.
Im Pflaumenbaum hängt die Maschine
nach Detroit. Am Zaun eilt vorbei
unser Igel. Die Scheune wird jetzt alt;
wenn's dämmert, sie wandert nicht mehr.
Es dämmert; Licht steigt herab
von den Hügeln; ruhelos, Seelen.
Im Hof knarrt der Rest des Bauern,
nebenan, im Schimmer der Alu-Fenster;
vom Pfarrer kommt nichts vorbei.

Wer hat Angst

Wie immer beim Abschied: rufen Sie doch
mal an. Autobahn-Ausfahrt; fast schon
vergessen; wie hieß dieser schnellsprechende Mann?
Der kurze Kiefernwald; jetzt dehnt sich, im Nebel,
das Stück. Wild übern Weg, paß auf; dampfend
die Leichen der Igel. Hast du die Nummern
notiert? Kotzübel, Krebse, die krochen noch
durch die Küche; ich fand den Bonnard schön,
war kein Bonnard. Es wird still hinterm Wald;
dunkel die flachen Häuser; ein Hund jault
verrückt. Wir wollten doch sagen: keineswegs
sind wir geschieden, alles Gerede; du findest
den Hausschlüssel nicht? Zerreißen könnte
ich mich; du warst doch ganz still, ganz ohne
Witze; trotzdem, ich schaff's nicht; was meinst
du? Die Reste, nach der Verwüstung im Zimmer
die Reste; wer hat da gekämpft, wir lebten
hier friedlich, zitierten Gespenster und zogen
vorm Fenster Feuerbohnen auf. Rufst du an;
rufst du an? Wen meinst du: den Notarzt,
den Pfarrer; wir brauchen nur Ruhe, ein bißchen
mehr Zucker, bitte, ich rühre für dich; alle,
sie haben getan, was sie konnten, daß
ich nicht schrie und davonlief. Nun sitzen
wir hier, verurteilt zum Frieden, besser als
worüber sie stritten: er, nein sie, schlug zuerst;
keiner hat was gewußt; du weißt doch, alles war
früher, noch besser, vergessen; mach endlich Licht.

Programmverlauf

Der Himmel. Pastell. Ruft mich
der Kollege am Nachmittag an: sehen Sie
diesen Himmel? Ich sehe, eigentlich
ein Zufall, der andre Kollege will wissen,
will was. Will Nachruf. Ticker am Mittag,
noch ein Kollege, ganz plötzlich, die Treppe
runtergefallen, ich sage, fällt mir nichts
ein, in Stuttgart der Kollege weiß mehr.
Der Himmel. Ein November wie
in Nicosia, Knospen, könnte ich malen.
Aber ich fege den Schreibtisch leer,
tue jetzt nichts, bald sind wir alt
und sollten was tun, fürs Kühlfach
den Nachruf, die Youngsters schlafen gut,
verschlafen Telefon nachts, bloß was
weiß ich von mir? Groschenweise
Gedächtnis; besser tot im Hotel,
Fernschreiber nämlich, liebte Pastell,
hinterher Füller, Musik, Cembalo geht immer.

In der Ferne

Etwas bewegt sich, in der Nähe
von etwas, das unbewegt bleibt. Die Sprache
im Nebel. Gehen wir bis zum Rand;
welcher Rand, Hügel oder Wälder, später
erst die Ebenen. Zaunpfähle, die Reihe
hinab ins Tal, wo jetzt die Manöver
rollen, zeitweise Ernstfall, was tun
wir, im Ernst. Unten, ein Schweben
über den Flächen, ein Tosen
zwischen den Städten; hier sind wir
und bleiben wir nicht, jenachdem,
soviel wir besitzen, wir haben nichts.
Also, was möglich; die Haut
nach dem Sommer schält sich; Häusergruppen
wachsen dazu und unsichtbar bleibt
das Gift. Abflug; alles wird kleiner;
wer's nicht schafft, entschließt sich zum Glück
und wendet den Kompost; jeden Morgen
glitzert es jetzt, Nässe, ewige Schnecken.

Ruhe

Die Nachmittage mit Leitern,
gleich unter der Einflugschneise, Wahn,
die Nähe der Regierung. Näher
sind die Äpfel; dann kommt,
mit seiner Heiserkeit, der Häher.
Interview. Wo sei die Basis: unten
im Feld, und die Wiesen,
die frischen Löcher der Kaninchen.
Dagegen erzählst du: kleine Trichter,
Granatwurf und Tornistergerät;
die Amseln jetzt, sie warnen.
Bloß ein Manöver. Der alte Kater,
der Nachbar im Eingang der Scheune,
die Schwalbenreihe auf den Drähten,
kein Herbst im Exil.
Der Nachmittag im Baum, und wenn
in der Luft ein Geräusch kommt,
Vancouver vielleicht; der Apfel ist es,
zwischen den Zähnen, der kracht; abends,
im Stall, hängt wieder die Leiter.

Aus der Ferne

In der Tiefe des Zimmers. Die Liegenden
sind fast verschwunden; einige
gehen noch. Stummheit dringt aus den
Lautsprechertürmen; ruhig erzählt
in der Wiederholung. Das Zimmer wird
noch größer; die Grenzen bleiben in uns,
ohne zu sprechen. Atmend entsteht
eine andere Zeit, ohne zu sprechen.

Was denn

Eine ganz andere Bilderschau; laß mich
aus dem Zimmer gehen, wirklich,
ich bin ganz woanders mit meiner Sichtweite,
jedenfalls heute. Laß mich gehen;
etwas dringt ins Zimmer, das mich
hinaustreibt; nachher kann ich es
sagen, wenn du noch willst.

November

Vor dem Fenster, die Hagebutten
sind übrig geblieben; jetzt bleibt auch,
wochenlang, der Regen hängen
im Geäst. Sonst wäre
völlige Leere, und darin
der Wind zeigt nie ein Gesicht.

Im Frieden

Abends der Schnee wird rot
auf den Hängen; kämpfen wir nicht
um die Heimkehr; es gibt hier
oben leere Häuser, umgeben
von leeren Flächen, und der Frost
legt uns still wie die Bäume.

Was ich noch sagen wollte

Lächelnd. Heute
blieb ich sitzen, im Wagen
in der Waschanlage. Der Matsch draußen;
eigentlich sinnlos. Milwaukee, dachte ich,
als später die Straßen vereisten. Später,
das schrieb ich. Die Fotos aus dieser Zeit
sind verloren, falls einer fragt. Fragt einer
nicht. Glitzern werden die Äste, und
ich zeige darauf: die Augenblicke
der Schönheit. So war es oft; so
ging es nicht weiter; einst,
die weiße Tuja-Hecke. Heute sah ich
auf alten Bildern, lächelnd, wir lebten.

Ungewisses, Februar

Von irgendwo kommt ein Luftzug; alle
Fenster sind zu. Das Geräusch
einer alten Maschine entfernt sich,
in diesem überraschenden Winter.
Was kommt denn noch?
Ein Kranichschwarm dreht wieder ab;
ein Rinnsal wird still.
Es gibt keine Geschichte des Schnees,
zuviel ist vergessen in wenigen Wochen;
man hat wieder Hoffnung, daß man
nichts spüren wird bis zum Sterben.

Morgens, mittags

Hinter der Kurve, über den Kiefern
die Sonne. Wochenlang keine Sonne;
wir lebten auch so, vor allem
morgens, kamen weiter, unter den Ampeln.

Im Frost noch, fast wie im Frühjahr,
begannen die Amseln; wir lauschten
mitten im Stau, die Täuschung wäre nun
fällig und später, mittags, vergessen.

Nachtflug

Holzstapel: an dieser Ruhe
wird sich nichts ändern; die Krise
reicht nicht so weit. Wir schlafen auch noch
unterm offenen Fenster; es klirrt nicht,
dein Atmen. Später, nach eins,
diese Maschine wirft Post ab; Radieschen,
Erdbeeren die nächste. Ausgestorben
die Autobahn. Im Traum sind wir es,
die zurück nach Kalifornien fliegen,
und wenn du mich auftauchen, springen
siehst, winkst du einem Delphin.

Die gemachten Geräusche

Das Geräusch. Nein, nicht der Nachbar
flippt aus. Steil fällt das Mondlicht herab
in den nackten Garten. Widerstand
auf der Terrasse, unbegreiflich, der Wind
meinte Leichtigkeit mit dem Laub. War
es das, mit einem nachgeklapperten Gespräch?
Im Hotel, du hast angerissen
ein frisches Streichholzheft, aber das war
vergessen, bis ich wiederfand das Fragment,
mit Notizen; bitte, mach du weiter, mit was,
mit Erinnern, oder dein Atmen.
Hinten, im Salon, warum nicht getanzt,
the Kölner Koncert von Keith Jarrett,
war es das? Ich erlebe ein grünes Gemach,
nicht schwarz, hör bitte zu, nicht für den Wind
habe ich die Begleitung bezahlt. Ach,
welcher Partner. Wechselnd problemhaft,
wenn's darum geht, das Hin und Her
der flüchtigen Tickets. Das wäre, das meine ich
nicht, wie jetzt draußen das Laub und Vorbei
mit Laub, oder doch, weil November? Nicht
die Wiederholung der Musik, das war ein
unwiederholtes Geräusch, ich komme wohl
nicht zurande, könnt ihr weghören
endlich, mache ich mein
Geräusch gehend, und mache die Tür auf.

Beispielsweise am Wannsee

Natürlich, diese Seerosen, jederzeit
ein zitierbares Ambiente; meine Erziehung war das
nicht, aber auch später haben wir
drüber reden können, denk an Erdbeerfelder,
später gelang viel mehr.

Plötzlich hat auch eine Schilfgruppe Bedeutung,
ein Büschel am Seeufer, über das wir
(bei aller Bedeutung) nicht sprechen wollen. Neutral
bleibt kein Bild; ein Bild gibt weiter
jeder Spion, da nützt unser Schweigen nichts.

Dazu kommt ein Zufall. Im Vorbeigehn
eine Telefonzelle, in der jemand Münzen
nachschiebt, solange es Münzen gibt. Wen
wolltest du, außerhalb, sprechen; oder hast du
gewartet, gezählt, phantasiert?

Nochmal, Seeufer unten, und zwischendurch
Wind, Bewegung im Schilf, konnten wir sehen
und spürten nichts, einige Meter entfernt
und sichtbar für alle. Für wen; alle gab es natürlich
nicht; wer malt denn Seerosen heute?

Früher, verstrickt in irgendeins
der Systeme, hätten wir nicht mehr gelebt;
begreif das beispielsweise am Wannsee. Aber
so leicht geht das auch nicht, einfach
im Stil der Geschichte, nachher gemacht.

Nachher, oder ich sage: zunächst: das wird
keine Zukunft, sind Seerosenbilder; besser
das Kleingeld, Nachschieben, wer spricht schon
mit wem, wir alle sind in der Nähe.

Die Kirschen, der Schnee

1
da ragt eine Leiter aus dem Baum
es ist entschieden wir leben weiter am Nachmittag
am Rand der Wiese hört es
das Leben im Konjunktiv auf und später
hilft kein Dementi des Nebels
so lernt man die Wachen verstehen
Argwohn und Ruf
und du weißt am nächsten Tag nicht weiter
die ersten Kirschen sind reif

2
Traumwiederholung
vom Julimonat war die Rede nach Kriegsende
Staubfahnen hinter den Fahrrädern her
und die warnenden Rufe des Vaters
neben den Kolonnen amerikanischer Lastwagen
mit herausbaumelnden Stiefeln
lachenden schwarzen Gesichtern unter den Helmen
aus dem neuen Wörterbuch Kentucky
brachen Kirschbaumäste
in den Gärten hing das Echo der Schüsse
im Scheppern der hellen Eimer
abends glücklich mit Pfannkuchen
und die Frauen nahmen die Kopftücher ab

3
inzwischen Regen ein bißchen es raschelt
wo nachts der Farn sich weiterbewegt
das Kraut vom Staat alleine unabhängig
Trost im wuchernden Grün
solange die Nässe nicht nachgibt

4
Zeitschwund plötzlich erkennbar
im Datum telefonisch 37 Rosen sind wirklich
nach der Weitergabe deines Traums

in die Fortsetzung meiner Arbeit
meiner Entdeckung was Verlust war
bewußt im nassen Park
mit der Gewißheit später beschädigt sein
im Rest der Nacht
was eine Lüge war oder eine Erwartung
sollte es anders sein
wieviel bleibt zum Zählen nachholbarer Jahre

5
langer Schatten Nachmittag
wächst die Angst mit wie immer
am Eingang der unübersehbaren Woche
die Trägheit macht nicht ruhig
nervös wechselt der Wind in den Büschen
die Gärten werden fremd

6
erinnerte Beobachtungen
mit eingemischten Selbstgesprächen unterwegs
während längst darüberhinaus eine neue Tendenz
das Altern der Dinge beschließend
oder was ist geschehen seit Winterszeit
im Gebüsch die Gerippe rascheln
deutlicher als die Deutung dieses Abends
hat eine Chance im Register
oder ist das kein anderes mögliches
Wort für Gedächtnis

7
die austauschbare Sommerwoche
immerhin regenarm
vormittags unbewußte Einflüsse auf das Verhalten
zwischen den Hochhausgruppen den Rentnern den Bierflaschen
in Holundergärten
sammeln sich die letzten Zwerge
verstecken wir uns
wenn die Anbindung ans Blut der Stadtbahn kommt
unterm Dach des Rhabarbers
es wird auch gesprochen von Regenzeit wieder

ein langes und nasses Knistern
du hörst es schon jetzt

8
nachts arbeiten weiter die Sprecher
erreichbar die nächste Stunde mit wenigen Sätzen
soviel auch passiert
wir wissen aufwachend wenig
und so bliebe es auch
nach einem Wagnis in sprachlosen Wäldern

9
Blick auf Wohnflächen
eine Suche nach sichtbaren Gesichtern
eine Frage nach Ansprechbarkeit
jemand hat du sagen wollen
einfache Berührung mit Buchstaben
oder eine Reihe von Tasten
sagen Sie ich bin nicht da

10
Wunsch von der Abwesenheit zu erzählen
mit dem Rücken zum bewohnten Teil der Ebene

11
es ziehn aber hoch über die Hügel
die zähen Konvois wild auf den Nachmittag
zwischen Beeren und später den Pisten
im Winter solange die Wölfe
interesselos bleiben spielen wir unbewaffnet
und auch der Himmel
bleibt weiter grün und ungefährlich

12
Gezwitscher Gewitter
nämlich am Wiesenrand sitzen im Wäldchen
die Amseln laut beschäftigt
mit den Vorgängen im Tal weiter unten
Durchzug einer Front am Sonntagabend
Geräusche des Aufruhrs

wenn nicht unter den Flächen des Regens
die ausgleichenden Folgen beispielhaft wären
beschreibbar als Naturgeschichte
mit Nutzen für die Dorfchronik
das Weiterleben nach dem Muster der Vögel
in der bewiesenen Zeitlosigkeit der Bäume

13

etwas kommt sicher zurück
wir wissen in der Höhe auf den Hügeln
sicher ist die Rückkehr der Kälte
die Störung in der Architektur der Spinnen
so zuverlässig schwebt die Zerstörung herbei
und wir einigen uns
ohne lange Fristen mit Konflikt
noch wärmt der alte Ofen Sonne
bleibt der Falter stolz mit seinem Namen Admiral
nur das Heu ist nicht mehr selbstverständlich
das Wort für einen Vorgang mit Geruch
aber wir sind nicht so alt
ohne mögliche Erzählung vom Heimatmuseum

14

zwischen uns die Treppe
lächelnd jeder in seine Nacht
du wirst noch glücklich vielleicht
ich kann's versuchen

15

Widersprüche im ebenen Land
wo die Sonne zwischen die Industrie rollt
meine Augen könnten selbständiger sein
ohne das Verlangen nach Wiedergabe
denn viel wird getan
einmal für die Zeit der Reproduktionen
und einmal werden die Bänder gelöscht
ganz unfreiwillig wachsen Halden zu
vielleicht bessert sich die Luft
und wir können uns sehen

16
weiß die Wiesen im Vorüberziehen
ein Blick auf die Bildermotive zwischen Zaun
und der Küste der Wälder
Gruppen liegender Kühe
Vorwand für Verläufe der Wasserfarben
jetzt aber rutscht das Sofort-Bild in den Abend
rasch darfst du staunen
wenn du nur kannst
oder es geht sicher es geht automatisch

17
älter werden meine Tennisschuhe
ein Glück kommt aus der Gleichgültigkeit
was wäre alles weiterhin ohne Bedürfnis
ich verteidige nur noch die alte Jacke
was hatten wir als wir besaßen
das Wasserrecht in der ungeteilten Familie
dann brannte die Mühle
kein Widerstand in den leeren Ställen

18
dein Körper bewegte sich mit
dann kam die Nachtkälte wieder

19
Bäume dehnen sich aus in den Zimmern
frei geworden nach den Durchmärschen der Kälte
draußen auf offenen Flächen
wieder schließen wir uns ein
überlassen die Fensterbänke dem Dschungel
zum Abschied Vögel kreisend und schreiend

20
Säfte im Keller und Obst
ganz ordentlich den Sommer geplündert
in der Angst vor den leeren Regalen der Kindheit
die Suche nach letzten Kartoffeln
ehe die Feuer jagen ins Kraut
der Rest für den Lehm und die Schnecken

der Rücken schmerzt später
aber das Fieber geht ab
wenn du nachts mit den kalten Birnen kommst

21
Radiostimme Gespräch
über das Wasser im halbleeren Glas
oder war es in diesen und jenen Systemen
vergleichbar wie Wetter die Intoleranz
das Interesse an Formen der Macht
in entgegengesetzter Entwicklung
der Stolz und die Sterbebereitschaft
zu späten Klängen aus der Geschichte

22
dazwischengeschoben ein Bild des Vorbeifahrns
an rostigen Mauern an roten Gestängen
in der plötzlichen Nähe der toten Lagune
ungemäht leben die Gräser dort weiter
nach dem Verschwinden des Kampfes
im Flug verlorene Briefe
hängen im weißen im kalten Gezweig

23
drinnen und draußen
täglich bohren wir weiter ein jeder
nutzt sein eigenes Geräusch bis zum Abend
dann dröhnen die Sterne
oder im Traum explodiert ein Vogel

24
verwickelt im faulen Gras die Füße
schon früh macht der Regen heut weiter
langsam in Besitz genommen durch Nässe
unser trockener Gedanken-Vorrat
die Rinnen laufen über vor Ungeduld
nur noch selten erwähnen wir
was von Gefühlen und Feuern übrig blieb
die Wiesen hören nicht auf zu seufzen
wir suchen Zitate aus schwärzeren Jahren

25
die Nacht ein helles Zelt
hör auf mit deinem klirrenden Strickwerk
bis die Herbst-Spinnen durch das Haus ziehn
jetzt gibt noch ein Stern
unnütz und ungefährlich Energie ab
warum die Leere bleibt zwischen den Fensterkreuzen
dein Gesicht könnte ich aufglitzern sehen

26
unter der heißen Glocke des Abends
und die Tischlampe gibt noch mehr Hitze ab
der Wein bleibt herb aber kühlt wenig
meine Haut ist unsichtbar wund
frag nicht was es war
schweigend laß ich Gespinste entstehen
ein Wort haut alles kaputt ich warne

27
Scheusal bin ich schau ich ins Glas
zum Fürchten die Leere
in die man nichts hineinwerfen kann
vielleicht ein Bündel Konjunktive
wenn's nicht zu trocken
zu trocken entsteht wieder Heu
ach was ein Zyklus
und um mich herum ein Gesumm
es droht nicht sondern meint es gut

28
in der Nacht eine Scheune bauen
heimlich ein Vorrat
die Balken liegen numeriert im Gedächtnis
noch einmal gab das alte Land Reste her
fangt an im Herbst
und schläfert im Laub die Behörden ein

29

kannst nicht leben kannst nicht sterben damit
da liegt eine simulierte Landschaft
erfundene Hindernisse denkbare Turbulenzen
es gibt keine Menschen angenehmerweise
stört was ist es das Leben
die Blitze steuern wir nach
die Sonne geht unter nach Abruf
kannst mitkommen endlich
wo nichts kann passieren im Programm
funktioniert auch die Liebe
falls du willst daß noch Zärtlichkeit vorkommt

30

ein Ende in der Kälte
so haben wir lange die Furcht sprechen lassen
bis nichts mehr hörte
in der Gemeinde des Friedens der Gleichgültigkeit
hergeben wird nichts mehr die Erde
schwarz liegt die Wiese
angesagt eine Hoffnung heißt Schnee
stille Flächen für später
wenn der Mond herabsteigen wird

Odenthals Küste

Geländefahrt

Zwei Nächte

1
Die Kälte geht durch den Sommer.
Der singende Mann hat nichts begriffen;
er hört nicht auf und fällt nicht um.
Das Beil fliegt hoch, in den Baum.

Das Schwierige gestern war eine Amsel.
Erst schlug die Uhr, dann schlug der Regen.
Wir hörten nichts und sagten nicht viel.
Fürs Feuer gedacht, das Gedächtnis, die Nacht.

2
Nimm Kreide mit in die Nacht. Eine Spur,
unter anderen, zwischen den Häusern des Schlafs.
Die Türen gebrochen, schon in der Dämmerung.
Da schwärmt nichts mehr aus.

Du siehst auch jetzt dein Gesicht nicht,
begreifst nicht den Weg, den die Augen
schon kennen. Die Wiesen sind weiß, atme
du weiter, an den nickenden Pferden vorbei.

Die Wäsche, die Pfauen

1
Die Wäsche fliegt. Du bleibst hier,
bei der Kaffeemühle. Es ist so kalt.
Abends, es klirrt; aber es sind auf der Weide
die Schafe. Strick weiter. Die Ketten,
ich öle sie noch. Uns kann er nicht brauchen,
der Wind. Wirklich, ich weiß das; oder versuch
es doch selber, mit deinen Hemden zu fliegen.

2
Pfauen rannten dazwischen, in das
zu deutliche Bild. Da platzte ein Kissen,
als nichts geschah. Der schlimme Frieden,
den wollte keiner mehr halten, als
im Abendschatten mitwuchs die Drohung,
hinter Hecken und gutem Holunder.

Leute

1
Über den Zaun, einige Jäger, sie steigen
ins Tal. Die Wiese schweift ab, wie
eine Beschreibung; in die Nähe fliegt
graues Laub. Das Rudel
Geländewagen dröhnt, mit Leuten
fürs Opernhaus, einer schon dirigiert,
vorne im Stehen. Schieb weiter das Bild,
das nächste wieder mit einem weißen Hut.
Wenn nichts geschieht, ein bißchen
dösend im Moment; die Zeit
hängt wie ein Tropfen unterm Blatt.

2
Kam ein Blatt. Herbst, oder Wind,
oder war es die Post, Kurier, die Kutsche;
es verbrannte, das Blatt. Wir waren
wieder leichtsinnig, Spiritus, und abends
der Grill. Einige Gäste, akademische Häuser
und Lesebedarf, ein Blatt für die Fußnoten
später, erklären Sie, es gibt eine Tradition,
betreffend die Herkunft der Lüfte,
der Jahreszeit auch; leichtsinnig, wie
wir lebten, lebten wir weiter.

Amerikanisches Bild

Du fragst nicht, was es kostet. Nein. Es gibt
die Geräusche von früher. Über die Haferhügel,
ein rotes Automobil. Und in der Bibel, schrieb
der Pfarrer, liegt ein ausgeschnittenes Gedicht.

Holz, das sind eure Kirchen. Hier, meine Heimat,
das ist das Aluminium. Du kannst etwas
komponieren, versuchs einmal, ich
singe gut, wie der Regen mit seinen Drähten.

Was hörst du, wenn ich weitermache
mit Lärm, du weißt: ich meine den Start,
Overdrive, die Erlösung. Du möchtest spielen,
dann brauchst du Stille, Geld und Salon.

Großer Juli

Wildnis vor den Fenstern. In der folgenden Nacht
breiten sich aus die Flächen des Lichts. Endlich
im Wind wachsen Schatten heran. Kann ich
jetzt gehn? Auf den Straßen geschieht nichts.

Still wird es auch in den Büschen. Der nächste Hügel
ist weit; wer wollte denn leben dort oben, im kalten
Ziel eines Sterns. Verwucherte Wege, hustend
die wenigen Tiere, morgens atmet das Heu.

Luftkrieg

So fühlt sich die Elster: siegreich; sie hat
schon wieder ein Ei geklaut, nebenan
bei den Amseln. Nun sitzt sie hoch
in der silbernen Luft auf der Fichte;
sie schweigt; sie kann es sich leisten, hoch
über den Unruhen, unten im Holunder.

Radierung

aufsteigend,
zum Flug, ins Geäst,
das noch aufhält
vor dem Verschwinden,
weil's die Unruhe kennt
weiter oben

Photo

Zäune, so gehen
die Leute weiter, so
dehnt sich der Stadtrand
ins Abendgrau

Renaissance

Nun betrachte die Wiese, nicht
das Photo, die Wiese.

Die Katze, keine Bewegung,
und keine Bewegung, die Amsel.

Rostblätter unter dem Zaun.

Rostblätter unter dem Zaun.

Und Dämmerung, und wilder Schnee.

Der stille Schnee. In der Dämmerung
geht der Schnee.

Winterbild / 1

Im Januar noch Äpfel im Baum;
bevor sie, sagst du, verfaulen im Keller,
leuchtet's in der kahlen Luft.

Winterbild / 2

Abends werfe ich Äpfel in die Kälte,
und sie leuchten kurz auf, unterm Fenster.
Am Morgen sind sie verschwunden.
Daß gekämpft worden ist,
während jeder für sich schlief,
zeigen Büschel von Haaren und Federn
auf einer hartgeklopften Fläche Schnee.

Gruß nach Frankfurt

Vom kahlen Kirschzweig äugt
die Amsel hinab. Das Knistern der Kälte
hat aufgehört. Was geschieht, wenn
der Schneerest freigibt die Wiese –
Die Krokusse zögern; die gelben zögern
am längsten. Schön singt er, da oben,
mit seinem gelben Schnabel, der Feind.

Gehöft

Die Wege der Angst, kurz oder lang, enden
hier unterm Fenster. Hinausschauen,
frühzeitig etwas erkennen, aber
man sieht nichts
zwischen den unruhigen Ästen.
Das Frühjahr setzt Gewohnheiten fort;
die Kälte tickt noch
in den kleinen unbewohnten Stuben.
Hinausgehen und etwas tun
zur Verständigung, gegen die Müdigkeit,
bis ein Fuß, links oder rechts,
im nassen Gras rutscht.

In der Nähe

Abends steigen die Kühe
bis zum Rand der Gehölze; dort
fangen die Dächer des Frühlings
den Regen ab, aber
gegen den folgenden Wind
ist das kein Haus.
Und erst recht ohne Rücksicht
breitet sich aus die Nacht,
mit tagsüber unsichtbaren Herden;
das macht die Hunde so wild
hinter den unbehelligten Häusern.

Projektor

Jetzt kommt, du kennst das, das Bild
mit den schwarzen Gummistiefeln;
da stehn sie und blühen
inmitten der Wiesen auf, im bislang
härtesten Frühling. Jetzt kommt auch
das Gurgeln, das Geräusch
im Hals dieser jungen Gewächse; so
wuchert hoch, ja wohin, das Zeug
unausrottbar, denn nun hat,
du weißt das, der Frühling
sein Recht; ein hilfloses Gefuchtel, mehr
bricht nicht an, du weißt das, was immer
die knisternde Luft verspricht.

Saison

Im Kalten stehn die Blüten; kalt
liegt der Teich. Das kurze Glück im Festzelt,
mit Forsythien,
                              es hat schon gelockt
ein Geruch, der gelbe Glanz im Haar,
auf der Sommerhaut.
                                        Lust unterwegs,
ein Glitzern im Aug, selbst unten, im
Schoß der Hügel, kein Eis.
                                                  Spür doch,
ein Klopfen im Ast; im Nest ein Beben
und warm naht der Regen; die rissige Wiese
wartet auf Regen.

Dellbrück

Ansichtskarten; es gibt noch
den grünen Nebel, Venedig, die Wildnis,
und abends kommen Linienschiffe an.
Wir reisten nicht wirklich, besuchten
die Nachbarn. Die Nachbarn
erzählen noch immer.

Jemand, du oder du, schreibt
seine Witze und Rätsel und macht
die Familie glücklich.
Der Sommer so fern; auf Tapeten
blüht auf die Wiese.

Die Werkhalle, der Kassenraum,
reinste Musik. Der Fluchtweg führt
gleich in die Flora; rotes Gemäuer,
Flußmöwen, Sonntagsanzug.

Und Photoalben; Hand in Hand.
Die Großeltern wählten immer den Himmel,
einszwanzig, mit der Vorortbahn.

Wahner Heide

Die Landebahn glitzert; fern
über den schwarzen Wäldern tauchen
die Abendmaschinen auf.

Es gibt keine Landung, bevor nicht
der Tower die Luft freimacht.

Zäh, gerne leben die Menschen,
und manche sind nützlich
noch in den Nächten.

Das Wetter

In der Ferne ein Strich, der
jetzt aufglänzt unter der Sonne, das ist
die nasse Straße.

Das Geräusch eines kleinen Flugzeugs,
das unsichtbar bleibt, bis
über die Hügel der Schatten huscht.

Zwei Fenster

1
Geräusch im Fenster; gleich
wird glitzern der Fluß; keine Sonne
bis Mittag. Bis Nachmittag
keine Sonne, und
im Abend verschwindet der Fluß.

2
Schwarzhimmel; das Fenster
fliegt auf. Nun
könnten wir segeln im Regen.
Der Anfang der Nacht
ist kein Fels; kein Vogel
wäre noch unterwegs. Unten
schäumt jetzt die Wiese. Das Vieh
dröhnt auf den Hügeln; bald
sind die Bauern verrückt.

Gläserne Gebäude

Draußen springen die Forsythien auf Plötzlich
kommt an der Satz der Erregung Im Regen atmet
jetzt auch der Asphalt Die Fahrräder
Trenchcoats stoische Schirme könnten sie segeln
die stündlichen Nachrichten kämen nicht mit
Wahrhaftig beginnen zu rennen die kleinen
Männer im Notschacht Wenn gleich die Ampeln
revoltieren passiert was Verrücktes
auf dieser kurzen Straße der Wünsche

Die Luft ist zum Fürchten weiß Fortwährend
summen die Schreibmaschinen Der Horizont
steht dicht vor den gepanzerten Fenstern
Heraus fällt der Satz vom Befinden
des schwarzen Vogels Drohend im Wind
der Klimaanlage fuchteln die Palmen
Der Tag erwartet noch seine wichtigste
Nachricht Plötzlich ein blauer Pullover
erinnert die Möglichkeit des Verschwindens
Den Sommer schieben Termine zurück

Leer liegen die Korridore und grau
Nun könnte etwas geschehen
Ein Attentat auf das Gewissen im Zwielicht
Bis in den Abend reicht diese Frist
Nichts weiß man wo die Geduld steht
Die Wünsche regieren und tun nichts dafür

Ein Blau im Tagesrest ein Verblühn
eine glitzernde Stimme und es fliegt
übern Parkplatz die gläserne Elster

Spät baut eine Front der Abend auf
und er prasselt auf jedes erreichbare Dach
der plötzliche Regen

Es gibt es gab
Kalender die Nachrichten für Bauern
in ihren dampfenden Tälern

Die Nacht platzt noch auf
vielleicht gibt ein Stern zur Hälfte
sein Licht ab

Im Lärm der Nachmittagsvögel ziehen
die Tulpen die schwarzen Köpfe zurück

Blaß steht der Mond auf
und zeigt eine Sense

Westlich von hier tritt im nächsten Moment
aus dem Schatten das vergessene Meer

Die Luft heute morgen gehört ihr Rasenmäher
euch So freundlich summte auch das Wochenende
nach Kriegsende Der Küster öffnete wieder den Turm
als die ersten Hummeln über den Dörfern standen

Abends wildert noch einmal die Sonne
im unteren Gebüsch Das hat
den ganzen Tag gewartet auf
die Fingerlänge Zärtlichkeit Nun
bäumen sich gleich ringsum
ein paar Hügel mit auf Dem Wald oben
zittern die Knie und wie im Gewitter
schwillt plötzlich der Bach an

Nun schlängeln sich davon die Tulpen
Stumm kreist der Sperber um den Hügel
Heute noch einmal die Kälte geht aus
Bis untern Horizont die gelben Wiesen

Nachmittags hat mir zerkratzt
ein alter Ast die Stirn die Augenhaut
Es hat seit den Frösten nicht so geblitzt
bis in das Verlassensein den ziehenden Abend

Blaue Wiesen hinterläßt der Frost Schon
mittags ist zersprungen der Gedanke an
längeres Leben Die Telefone sind heiß und
die Anwälte keuchen Gläserne Kuppeln
ersetzen produktionsbedingt den Himmel
Im Winter im härtesten Frieden
wird es hinterm Horizont nicht still

Kehrt so der Winter zurück zum Entsetzen
der Forsythien Es klirren schon wieder
morgens die Wiesen Die Maulwürfe
machen dicht ihre Bunker Wie grausamst
April ist unlängst bewiesen Wieviel vom
Gerücht einer Sonne ist unterwegs

Die Treppen der Villa Malaparte

Rostige Stufen ins Blau
Der Himmel auf den Bildern knistert
Hin und her wandert das Geräusch des Exils
bis eine ruhige Küste die Hoffnung heranläßt
Es gibt keine Ruhe empört sich der plötzliche Regen
Die schwarzen Mäntel schaukeln in der Baracke
und die Furcht macht sich weiter verständlich

Die Eidechsen schimmern
Beim nächsten Mal entsteht im Mittagsgeläut
die Theorie der Verstörung
Zeitbleiche Ochsenblut
Die Maler erwarten den Auftrag der Revolte

Der Ruhm der Kiefern dauert
Es bleibt beim Irrtum seltener Geschosse
Wenn Zapfen pfeifen ein Freudenfeuer beginnt
Im Schacht des Kamins zieht sich zusammen das Meer
Gerüchte von Grotten
Gewißheit geht der Zukunft voraus dem Gespräch
über kleine bewegliche Flotten
Die Fenster ohne Gardinen
Das Fahrrad segelt im Kreis übers Dach

Wenn auf die Höfe springen die Wogen ist Winter
In China versteht in China das Volk den Verlust
Gelöscht ist der Name Vom Sachsenland
führt her eine Spur ins nasse Grün des Gemäuers
Die Insel wählt selbst die Verbannten
Sie kommen freiwillig
Die Sonne selbst ist Preislied genug
Freiwillig springen die Feinde nicht
Die Schmuggler schließen die Arme
An dieser Stelle verehrt die Region ihr heiliges
Wrack des Jahrhunderts Im Kloster geht weiter
die Geschichte des Radios Es stört
und stören die Ratten das Festival nicht
Der Name nennt das Gegenteil der Güte
Hibiskus springt ins staunende Gesicht des Abends
Die Mauern sind blau

Kein Wort fällt herab von den brennenden Tischen
der Luft Im Gebirge zischen die Geigen
Ein großes Konzert Der Meister über Italien
kreist und nichts wird außer dem Efeu
im Reisebüro verraten Im Schatten überlebt
der Widerspruch Die Reise heißt es bleibt
der unverhoffte Weg ins Sterben Morgens bedeutet
ein Rasseln den Krieg zwischen Palmen im Hotel
Die leere Bar Nun summt der Neger

Licht aus der Grotte
Der Horizont flutet im Fieber Genossen
der Schwärze klettern von den Klippen herab
Die Tinte bleibt kalt
Kaputt geht im Frieden und einsam das Haus

Vergleiche mit einem liegenden Hummer
überdauern den Tod
das Verbot der Vergleiche
Glanzlos verrinnt der Augenblick der Preise
und Seminare Der Stolz hat keinen Geruch mehr
Matrosen und Architekten studieren die Lehre
der Grausamkeit

Bougainvillea Zerstörungseffekte
Ein bewegtes Windgeschehen zwischen den Inseln
Die Einladung der Bucht für ein sicheres Alter
Zeitgeistfluchten Sommerresidenzen
Ochsenblut Die nachlassende Signalwirkung
Ach Seufzer der Statik Alleenverfall Gischt
überm Torbogen Hier endet der Seeweg beginnt
der Stufenstieg in die Schwermut
der Haushälterin
Lange Erzählung vom Schlaf der Treue
Die Mühen der Maultiere und ein Museum
für den fernen Zement Die Stille ist eine Säule
und bricht Die Mittagsphase gehört
den sägenden Zikaden

Salzwind der frißt die Ideen der Felsen
Sommerwind der mitteilt das Nebenan der Wüsten
Vom Norden kommt Warnung
Die Netzhaut ein Zermürbungsfeld der Sonnenspur
Vom Glasrand springen die scharfen Blitze ab
Blaue Fahnen wehen auf in der Dämmerung der Gärten

Photos mit Freunden in Widerstand und Gefolgschaft
Abenteuer Marschbericht
Schlecht hängt die Krawatte des Duce
Über die Haut der Geschichte ziehn Ameisenheere
Zitronen des Schmerzes beleuchten im Norden
die finsteren Kirchen
Die Sperrzeit hält den Saum der Nächte fest
Die Schwalben schießen zurück Die Schwalben
könnten sie schwirren tief unterm Radarschirm
Die Jagd auf die Dörfer erwidert von Winter
zu Winter das gewöhnliche Glück

Verwitterung folgt Ein Leuchten
zwischen den Klippen und Büschen erinnert
an die Entdeckung den Jubel der Möglichkeiten
Die Fläche verheißend Stürze wie Flüge bleibt leer
im Vorbeigehen Zeitweise kommt
das Gedächtnis aus der Entfernung der Wörter zurück

Sommerfilm

Weißes Geläut im Holunder   Da blitzt
dazwischen auf die Bildschirmzeile
                                        eine Nachricht
zwei Menschen sind sprachlos
                                        und
hören was unüberhörbar
                                        zwischen den Gerüsten
die Erzählungen vom Zerfall   Es sind
                                        die Augenblicke
des Jahrzehnts haben wir nicht mal gezählt   Aber
von Inseln schreibst du   Der Ziegenpfad
spricht sich herum und Zukunft hat
die Photographie der Bunker
                                        Projekt
mit grauen Himmeln
                                        Noch leuchten
den Amseln die Kirschen

Mittags im Schatten dämmern die Käfer   Es
zeigt sich
            wo nichts ist
                        die Arbeitsweise
der Phantasie
                Im Licht der Gifte
wie sie der Fingerhut versät
                            verbleicht
auf deiner Haut die Wiese   Vielleicht daß
Malerei die Landschaft mit Löwenzahn
noch einmal versorgt
                        Die Seele
kommt im Waldcolloquium zu Wort   Früh
lebt der schwarze See auf
                            Und Hähne zischen
Da hatten die Mönche um zwei schon begonnen
zu schweigen
                Der Regen klopfte
ins harte Feld bis eine Antwort
von den Kürbishügeln kam
                            Die Witwe sang
im nebligen Haus   Im Nachtstudio
Zitate der Eulen und Legenden gehen umher
in der hungrigen Luft

Mit Seewolken blendet die Küste sich ein   Die Heide
grünt in den Himmel zurück bevor dann
der ganze Abend nach Kraut riecht
                                        Klaviere
flattern hervor aus dem Standbild
                                        Vom Horizont
leuchten Fenster herüber in denen ein Mann
die Meldungen spricht
                            Die Amseln verstehen sofort
In allen Bäumen tuckt Warnung bis die Katze
aufhört vom Fliegen zu träumen
                                        Die Kirschen
sind stumm bevor sie verglühen   Im
jetzigen Frühling blüht in den Plantagen
die Angst mit und wieder mal hat uns
die Schönheit getäuscht

Die Straßen kochen   Es pocht überm Haus
der Widerspruch im Gewölk
                                        Gewißheit
strahlt die Dächerlandschaft ab   Unterm
Tisch rollt ein Museum hervor
                                        Widerlegbar
die Zeit der Fundleere
                              nachmittags
reißt die grunzende Säge Schneisen
durch den Besitz

Ameisen knistern
                                im Fachwerk
tickt weiter die Familiengeschichte Das Schweigen
der eingeschlossenen Schwestern dringt durch
die Dämmerung des Tals
                                        Kein Sinn
auch kein Recht
                        Die Kälte der Chronik
macht starr die alten Gesichter
                                        im Hoflicht
schwimmt die liegengelassene Sichel

Traumtrümmer
bis in den Sommermorgen
ragen die Schatten der Verstecke
Verlassene Wohnungen
wachsen im Gedächtnis zu
Wiederholte Unendlichkeit
in den Ebenen der Fensterbilder
taucht
das Gesicht der Versäumnisse auf   Die Schwärze
nimmt zu
im Johannisbeerwald
toben gefangene Vögel
zwischen den Netzen
legt sich der müde Wind hin   Schon früh
kreist über den Bohnenstangen die Awacs-Maschine
Die Lindengruppe summt
in der Luft
die von Nachrichten ganz besetzt ist
bleibt
plötzlich die Libelle stehen

Durchs Tal zieht stets Erinnerung
an fremde Heere
Wann und warum
verließ uns der Urahn
Keinerlei Telex hinaus
auf die Wiese
schlafend weiter
in der Hängematte   Das Schiff zieht übern
gelben Berg ins freie Land der Meuterer
und Heuhaufen
wandern ab
in die Nähe
der Gewitterfelder bewegt sich langsam
die Vorhut der Empfindungen
Weiße Flächen
bleiben zurück
unterm Pflaumenbaum
sitzt der alte Fallschirmjäger
erzählt
wie er Jahre und Spiele vergißt

Die Erdbeeren rollen   Bald platzt
das Gewächshaus
                    beim Nachbarn
                                        nachmittagsweise
leuchten die Torten die silbernen Folien
der Rosen
            Die Treue vernichtet das Glücklichsein
nicht   Über der Sackgassenspur baumeln
frische Wunschgirlanden
                        Stumm lächelt
der Engel der Verwandtschaft
bis die Yashica aufhört zu blitzen

Verschiebung der Wolkenräume Das Programm
versäumt das Gesamtbild der Wetterlagen
                                                      Gestern
klang häherblau deine Stimme
                                          Dann
riß im plötzlichen Regen die Hitze und Fetzen
französischer Gartenmusik
hingen in den Zäunen
                              Jetzt
glänzen die weißen Stühle auf Die Tischdecken
winken zurück
                    in die Geschichte der Sommerfrische
dringen Manövergeräusche ein

Das Land teilt sich abends
nach oben und unten
rückt je ein Bildfeld   Die Mitte bleibt ungesäumt
leer
falls das Auge
des Zweifels erscheint
fliegen vorüber noch
ein paar Raben und nichts mehr geschieht
unerwartet
Die Glocken sinken zurück
in den Fluß   Die weißen Pferde traben durchs
Hoftor in die sichtbare Hälfte des Himmels

Gänge ums Haus
erneuert im Frühlicht
sein klares Sprossenwerk der Fenster Entwürfe
beschreibbarer Bilder
im Speicher der Erkenntnis
mein Herzstück
im Vorkommen einzelner Felder
wächst der Zusammenhang der Jahre
Risse
dazwischen
in größeren Abständen
verschwinden
die Spuren des Sprechens
sind lesbar geblieben im Zeichensystem
der Einmachgläser und kralligen Winteräste

Hangfeuer
hoch auf den Leitern der Luft
verläßt die Asche das Land Die Viehherden
husten
in der Ruhe
nach dem Auftauchen des Küstengewölks
entstehen lautlos *Vorhersagegebiete* Nun
wissen die Bauern Bescheid und lassen
die Katastrophen liegen Die Schwalben
taumeln in wechselnden Höhen
ratlos
klappen Giebelläden auf und zu

Wildwuchs klettert zurück
im geregelten Gelände
tasten Trupps der Verwaltung nach winzig
baggernden Käfern   Vergeblich wachen
die Brennesseln
liegen mittags erschlagen
Die Kirchtauben höhnen   Noch riecht die Gemeinde
nach brennenden Hexen
nie mehr
wird die Lokalseite schwarz

Wolken im Spiegel treiben über den Rand
des Regenfasses hinaus   Darüber
das Scheunendach grenzt das Nachdenken ab
Am rostigen Zaun schimmert schief gerutscht
die Badewanne
                    gehört nun den letzten zwei
Kühen   In seinem Suzuki wühlt durch den Hohlweg
der Nachbarsohn Klaus   Die Tiere
brechen nachts in die Gärten   Im Sturm
fällt die nächste Buche um   Die dicken Bohnen
saufen zuviel   Der Bussard schlägt
den Hühnerstall auf
                         früher im Jahr
kreist Klaus ums Gehöft und macht alles klar

Wochenende   Der Regen fetzt nieder
die Architektur der Beete
                                        das schlanke Getürm
von Fingerhut Rittersporn Eisenhut
                                                        stürzt
mit dem Pfingstrosengewölb
zusammen   Ein Ruinenfeld nach kürzester
Herrschaft über
                              das Völkchen
des Kriechenden Gundermanns überlebt

Schwärze des Grüns
unter schwärzeren Schüben
der Wolkenflächen
schiebt von Westen nach
das atlantische Meer seine Fronten Die Täler
verhängt über der Stille
in Resten
vereinzelter Weiler keuchen die Abwasserpumpen
mit Kurzwellengeräusch
sonntagmorgens
steht
im Unterholz
die 6. Sinfonie vor den Verstecken
des Schmerzes
ganz nah
im Holunder zieht ein blauer Satellit vorbei

Flachdächer ragen über die Kanten
zerschnittener Hügel
wo leben im Land
Am Hang
erzählen die Lupinen von der kurzen Saison
der Trümmergeschichten
Zu spät seufzt die Tochter
der Schönen Aussicht
Der Enkel
vom Hufschmied kassiert die Tankstellen ab

Mittwochs sind die Brombeeren reif   Früh schiebt
der Wind Kornfelder hinab
                                                  durch die Ebene
                                                                              rollen
die Morgenlinien grüner Straßenbahnen   Angestellte
joggen
            zwischen Erdbeeren am Zubringer
                                                                          schieben Arbeiter
den alten VW-Bus ins Brennesselfeld   Schwalben
umfliegen die Überlandleitung
                                                        im Wechsel
mit Schloten und Pappelreihen   Der rote Traktor
biegt vor der Schranke ab in den Feldweg   Abgas
fürs Mittelgebirge   Nachts haben die Kühe wieder
gehustet   Ping Pong haben die Bauernjungen gespielt

Ansichtskarten Biarritz Sylt Die Eifel
ist nicht dabei
Jetzt morgens
die Erholungsaufenthalte auf leerer Stadtautobahn
Durchbrochene Wahrnehmungsmuster
Feldscheunenprodukte
Baggerseen
Friedhofshügel
Meditative Morgenmusik
Verkommenes Land
springt in den Bildfeldern auf
Durchzug
des Wahns
von Küste zu Küste
dümpeln
die Wohnwagen
Im Morgenlicht leuchten
Vorstadtfassaden zurück in die Kindheit
vor der Eingemeindung
Zerriebenes Gemäuer
an den Rändern der Schießplätze
tauchen unter
Gewohnheitsspäher und Schrotthändler
kochen
Morgenkaffee

Wochenvorschau
Korrespondenzschwäche
Herzstolpern
                    Kürzer werdende Abstände
zwischen Stachelbeeren und Sisalböden
                                        immer
passendere Konferenzbeiträge
                              Die Dahlien
kopiert im Bild der Revolte   Heimlich
wühlt die Zunge im Klebstoff
                              Lange Reisen
in der Drehtür verzögern die Heimkehr
Die Tische des Nebels
Das Wandern   Das Schwimmen
Das Gewohnte   Das Monströse
Die Verstecke der Sucht
                         Zusehends gewinnen
Bau und Methode an Atemlosigkeit und
die kreisenden Möwen über dem Autobahnkreuz
beweisen der Planung ihr Defizit
                                Manchmal
fällt das Werkzeug schon hin ehe alle Arbeit
getan ist   Aber dieselbe Szene in Farbe
zeigt daß die Verhältnisse ganz und gar nicht
grau in grau zu sehen sind
                           Was fehlt ist
daß tägliche Beobachtung das Wachstum
beziehungsweise den Verlust an Flußufer
festhält
       Wolkenränder erreichen den Tisch

Trost der Sonnenblumenfelder   Sichtbar überstehen sie
den Druck der Dunkelheit
                                        Kopfdröhnen
in Flachgebieten
                          unbewegte Folien des Rauchs
Beweisbar ist das Auftauchen der Nachtmahre
nicht
      mit Schreien mit Zähneknirschen im Schlaf
Der Bleikäfer zieht durch die Brust   Paarweise nähern
sich glühende Kohlen
                                  Die Zeiger rücken zusammen
und berühren den Hals

Am Wiesenhang jagen Schwalben
VW-Cabriolets
schnarren die Höhen herauf und die Luft
macht mit Kirmeswimpeln
Geknatter
rund um den Grillplatz
richten die Jungs
ihre Abendraketen Die Mädchen zwischen
den Jägerzäunen kicken mit jungen Äpfeln
Steil in zwei Täler stürzen
die Schwalben
lassen leer den Himmel stehen

Zeitweise Fluchtprospekte
Öffnungen ins langfristige Licht
Erstarrt vor Abwesenheit
Programmpunkt *Undenkbare Vorhaben*
Abfluggeräusche
                    Täglich geht verloren
ein Stückchen Nochnicht
                              Die Landschaft zeigt
Photos unsichtbarer Chemie
                                 Das weiße Rauschen
von Sony
          Plötzlich im Raster
erscheint ein Gesicht und zeigt Erstaunen
Seit 15 Uhr 30 verdecken junge Baumreihen
den Blick auf die Wüste
                              Moos quillt
über den Containerhof
                           Ein Flüßchen rollt
den Tesafilm zurück und es beginnt
mit Vogelstimmen der Nachrichtendienst

Nasse Gärten   Toter Vogel
in der Hängematte   Die ersten Klaräpfel
mit ihren Rissen ohne Aussicht auf
eine Medaille   Im Kommen bloß noch
der junge Phlox
                    Und Pilze schießen
himmelwärts   Mit einer Sichtweite unter
20 Metern schleicht der Frieden
durch die Gegend   Stimmen hängen
in den Drähten fest
                    Nun bleibt noch
das Lotsengeräusch des Spechts   Zwischen
Johannisbeersträuchern steht das Fenster
mit Seeblick   Der ganze Tag zitiert
Ebereschen im Selbstgespräch

Die winzige Nachtschrift des Regens
ist morgens verwischt
auf allen Wiesen
heben Bunker die Maulwürfe aus Zaunpfähle
kippen plötzlich ab in den Hohlweg
Mit nassen Briefen rutscht die Postfrau
über die Höfe
Still
äugen die Gänse hoch und Spinnen
ziehen sich hinter die Küchengardinen zurück
Die Sommeruhr knackt noch
Kühltruhen dämmern unterm Holunder
Der Schimmel auf den Schattenmorellen
Die Bauernmädchen in Agadir
Bis nachmittags ändert der Himmel nichts
an der Lage
Drüben die Küste der Wälder
entrückt auf einen unsichtbaren Stern
Die Kälte kriecht aus dem Feldstein
ins Haus
und früh die Abendfalter
sitzen gelähmt

Nachts auf der Koppel klopfen vom Nebel
verschluckt junge Pferde
                                    Unten das Tal
schweigt mit seinen Käuzen und Kirchen
Der Mond hat seine dunkle Zeit
Die Kammer der Schlaflosigkeit öffnet
sich lautlos
                  Weißer Atem tritt heraus

Die Schnecken saufen unser Bier und
sterben daran
im Salatbeet
faltet sich auf
das Großmuttergesicht Es geistern
wie zum Verwechseln die Morgenspinnen
mit ihren ganz weißen Haaren
Der Tod sitzt
im Knöterich auch und Bohnen zeigen
noch einmal was Haut war
Klage
sommers im Gartenland
blühn jetzt
verletzte Heimatbegriffe
zum Trocknen
bereit für den Winter

Hoch überm Feld kreist der Bussard
und pfeift
Zwei alte Chausseen
Im Nachmittagslicht der Vogelbeeren
glühen sie auf
Der Staub rollt
hinter den Erntewagen her
Blind steuert
die Nonne den Volvo
Wieder ein Waldstück
verliert seinen Rücken
Das Dorf fließt
aus auf dem Teller

Seefenster

Gefrorene Ufer. In der Dämmerung,
mit ihrer Geschichte beschäftigt, bewußtlos,
überrollt die Brandung
den härtesten Saum dieses Winters. Nicht weit
bin ich gereist, zu liegen,
zu schlafen auf der Kante des flachen Landes.

Die Luft ist voll geschlossener Fenster; fortwährend
die Möwen erregen sich über der Spur
blauhäutiger Witwen im Pelz. Es wechselt
von einem Jahrzehnt zum nächsten das Selbstgespräch;
Affären zwischen den Kriegen.

Sandflächen berühren den Horizont. Wohin
es sich wendet, das Segel des Schlafs
überspannt jetzt
die nächsten Zeiten der Helligkeit. Der Nebel
und seine Nachricht: die Glocke,
gehört nicht dazu. Umsonst
reißt die Sonne am Eis.

Eis, das die Flut hinterläßt, auf ihrem Rückweg
in den milderen Westen. Die Epoche,
in der ich verschwinde, besteht
aus einem einzigen Augenblick, der sich dehnt,
überdehnt, unaushaltbar. Nur
Seewolken atmen weiter: so sieht es aus, sagt
eine Stimme, im Wind nebenan.

Die See prallt gegen die Fenster. Muscheln
mustern sich zwischen den Spielsälen ein;
würfelnd, alte Marineflieger.
Eine Fahne steigt auf und sinkt nieder;
von dieser und jener Kolonie
sind Perücken, Gewürze, Pensionen geblieben.
Die Skrupel zermürben die Sätze des Ruhms;
im Nachlaß wühlen Makler nach Münzen.

Nachts, der Frost legt die Hände aufs Bett;
hin und her, in der Schwärze des Zimmers,
schweben die Fensterflügel. Ein Schatten liegt
auf mir, der Schatten eines Jahrzehnts;
er liegt kühl und fest in der Kälte.

Leeres Hotel. Im Haus auf und ab,
zwischen den knackenden, hölzernen Wänden,
bewegen sich die vielerlei Sprachen
des Besitzers. Fährschiffe schäumen durchs Fenster
der Bar; der Wintersturm kommt
im Gemälde zur Ruhe.

Im Rost der Kajüten sitzen Millionäre.
Schneereste schwimmen im Gin. Seehundsgesichter,
sie rauchen Torpedos; Altbauten, Clubs
getauscht gegen Felle und Chips. Der Erdteil
ist zu alt für den Blitzkrieg; Veilchen
aus China verschenken die Puffmütter
an die Matrosen; sie schwanken und schlagen
mit ihren Mützen die Luft.

Teuer die Fische fliegen zurück in den Schlick.
Vom Meer wird erwartet eine zornige Predigt.
Windstill bleibt liegen der Sonntag.
Spielzeug surrt über den halben Kai.

Weiße Brücken; im Holz kratzt unsichtbar
das Salz. Sobald sie den Kontinent betreten,
vergessen die Passagiere alle
die Möglichkeiten des Schreckens.
Der Lärm zieht in die Mitte
der Stadt; die Leere
der Mitte erweist sich als Gerücht; vom Schlaf
der Dinge ist nichts zu berichten.

Nachmittags hängt noch zwischen den Fenstern
der Entwurf vergangener Landschaft.
Durch das Geschiebe der Flächen und Bauten fährt
ins Verlangen die alte Straßenbahn davon; zurück
in die Kindheit reichen die nächsten Stationen.
Mein Körper bleibt stehen und rollt
auf die Wiese, ums Haus. Schneebälle folgen;
der Schnabel der Möwe, die jetzt
im Dämmern auf der Fensterbank sitzt,
öffnet und schließt sich lautlos.

Flach über den Tischen liegt Rauch; nun
glüht in den letzten Gesichtern das Rouge
eines alten Verlangens auf. Die kalten Schnitte
der Frühe; aufs Pflaster fällt ein Schrei;
rundum verstummen die Sprachen; schief steht
die Zigarettenspitze aus einem blauen Mund.

Ruhig, wie Einwohner sind, Gewohnte, stehen sie
an den Fenstern. Alle paar Stunden
faßt dieses Meer nach den Fundamenten; der Frost,
der drinnen im Land in die Wälder beißt,
sieht sanft, wie ein müder Engel, aus
kurz überm Wasser. Dunstige Szene; Radar
rettet die fernsten Seelen. Die Vögel kreisen
über einem Hut. Es droht,
mit seinem Geräusch, nur mein Herz.

Morgens die Türen erzählen nichts
vom Kommen und Weggehn. Am Ende
der Gassen grünt über der Dünung der Himmel;
die schönen, kaputten Epochen stehen leer.
Frühzüge rollen vom Meer, und Tote rollen
zurück ins Exil. Sinnlos der Scheinwerfer kreist
um sich selbst; das Land geht langsam verloren.

Die Scheune

1
Krähen taumeln im Sturm, nachmittags
ein Fensterfilm
vom Widerstand der beachtlichen Bäume
Anfang einer Handbewegung
einer Erkundung

2
Reste des Spiegel-Gedichts. Die Scheibe zerkratzt,
der abgeblätterte Rahmen, der den Zaun
ausbeult. Spur
durch ein Gedächtnis; die Fläche ward
leer, als im scharfen Frühjahr
die Schrift riß

3
aufsteigende Sätze
die entstehenden Geräusche werden verwendbar
leergelaufene Blockzeiten
Frost hat vernichtet das Efeugewächs
Frieden bewahrt der Friedhofsschnee
nie Trommler war der Regen
ein leichtes Gewehr

4
das Fenster offen, für die Katze,
die aus der Nacht aufs Fensterbrett springt
und sich duckt.
Dann lebe ich mit in der schwarzen Luft,
in der Nähe der Wildnis

5
Liegestühle, einzelne Frauen unter den Wolken
am Meer: die sichtbare Seite des Bildes
leuchtet in eins der Zimmer
Es kommt, vor der Tür, nicht zum Wiedersehen;

rasch fährt, zwischen den Gärten,
der Volkswagen davon
Unruhig, bis zum Abend, bleiben die Hunde;
quer vor der Dünung ein Tisch, eine Bank

6
das aufgestützte Kinn
auf einem Ast ruht das Gewicht
der ganzen Jahreszeit
unterwegs um die alte Erde zu lockern
genau auf den Jahrestag
was der langsame Tag noch einmal verlangt
und nichts gibt er zurück

7
Geruch unterm Dach:
der schrumpfende Apfel. Vom Winter liegen Fliegen
auf dem Fensterbrett, und auf dem Tisch
sind liegen geblieben Sätze

8
Straßen über den Tisch im Winter
für kleines rostiges Zeug
aus den Schachteln der Abwesenden;
wer hat da aufzuleben versucht,
durchzukommen
im kalten Register und Moder

9
Sägen schrein in der Frühe
meine Arbeit bleibt leise; nicht spürbar machen
kann/will ich Transistorprogramme
die Mittagsgrillen die Fledermäuse
sind vertrieben aus dem mörderischen Äther
zerborstene Gehäuse des Schlafs, der lautlosen Szene
die falschen Sterne leuchten auch noch
entziehen sich der Verwesung

10
Wolken stürzen herab; es sind
keine Wolken, die sich einbrennen auf
oder unter der Haut. Bilder,
zwischen verschieden farbigen Himmeln, durchqueren
einen unmöglichen Raum, und dunkle Hitze
breitet sich aus. Wer spürt's
gegenüber; noch platzt keine Wand; der Wind
bleibt zwischen den Hügeln nicht stehen

11
Friedel der Nachbar zeigt mit der Sense
wie's langgeht am Zaun
Er winkt übern Zaun mit dem Schleifstein;
der Korb kollert unter dem Hund weg
Nässe; was macht dich naß, du hast bloß
zu lang gehockt in der Küche, ich zeig
dir den Schnitt
Die Kirschblüten zeigen ins Kalte; braun,
bröselnd frieren die Zweige ein; die Schafe
lass ich nicht raus in den Mai
Er sagt es im Hemd und lacht im Schauer
im Schnee, der nach fünf Minuten verschwindet

12
Flug über den Schnee, Hochsauerland
die zusammengezogene Zeit
das ausgedehnte Muster der Flächen
die gleiche vergleichbare Wetterlage
Abschied Ankunft: die Sonnenuntergänge
hören nicht auf
Berührungen neuer Möglichkeiten
hören nicht auf
Saharasand, japanische Blüte

13
damals die Wiese; am Wiesenrand
tauchten Leute auf. Es regnete; sie hatten sich
verirrt und suchten, wo
jetzt der nasse Asphalt glänzt, die Straße

14
mit Mauerresten im fertigen Land
auf Anfragen zurück in die Heimatkunde
vielleicht wenn Sonne ein Salamander
Zweige zuhauf und Stroh
erinnert an Hexenverbrennung der Name
in der Dämmerung flüsternd
hat unterbrochen und setzt fort

15
hier, unterm Fenster gesessen; mit dem Geräusch
der Stricknadeln bemerkbar gemacht, und
eine Zeichnung zurückgelassen,
mit einem Kopf am Fenster, einem Ast

16
die jüngste Finsternis ist ein altes Gespenst
kaum noch zum Atmen gekommen und aufwärts
gerückt vor den Fluten des Bleis

17
irgendwo freundlich meckern zwei Ziegen
vielleicht auch nur eine kann sie nicht sehen
aber das macht nichts endlich
ein schönes Geräusch
und das Fenster bleibt offen

18
einer geht noch hinaus zum Bier, zu
seinem Freund Willi.
Bis er wiederkommt, vergehen Jahrzehnte,
sind vergessen die Kriege des Abends

19
nachts noch Eier gekocht Es war vergeblich
mitten in den Nebelflächen herumzufuchteln
den ganzen Tag Momentweise schwieg bis
der Niesanfall vorüber die Konferenz Wollte sagen
es kann im Gesäusel der Klimaanlage
kein Kopf mehr vor Größenwahn aufblühn Brennt

nicht die Wut macht auch der Schnaps müd
Seit Januar dauern an Ostereierfarben und
erst wenn Wind aufkommt bewegt sich etwas
Sonst ist es einerlei hier oder dort

20
gestern der heiße Tag war ganz still, bis
zum Entstehen des Schreis. Überm Tal
riß die Luft auf; die Hänge sprang
hoch und über die Weiden dehnte
sich aus der Schrecken
Klaus abends lachte am Tresen: das war
unser Esel
Später im Traum, es war das Geräusch unsrer
gewöhnlichen Angst, die ganz ruhig zwischen den Häusern
steht. Keine Gestalt, unbekanntes Versteck; erst
in der Frühe wie eine Erlösung
der Regen, wie er ringsum die Gärten zerhaut

21
etwas Vergessenes: etwas plötzlich Erscheinendes
Vertrauen gesetzt in Register, nun
sprechen wir von einer mittleren Katastrophe
als wäre die Leiter gebrochen hinab

22
Raumblicke. Von innen nach außen,
auch umgekehrt, der sich da aufhalten mag,
schlägt um sich oder bewegt sich fort.
Der Schlag ans Fenster, wenn sich die Leere
so zeigt, hockt immer herum
ein Schuldgefühl; es hat ja zu tun
mit Ruinen, solange die verrotteten Photos
im Haus sind, verloren oder freiwillig

23
Erzähltes, Zeitungspapier; ich schiebe den Fetzen
über den Tisch. Zum Beispiel 1915, als Strom
ins Haus kam mit dem alten Dynamo,
den das Wasserrad antrieb. Der eine Sohn,

der nächste; die Mühle vernichtet, verwirklicht
die Tennishalle, erzählt für einen Tag Zeitung

24
unterm Kirschbaum wartet das Amselmotiv
zuerst schäumte die Wiese
dann brach der Himmel
dann drehte ich den Stuhl herum
Gefangene stehen auf hinterm Zaun

25
Blätterspiele vor dem einen Horizont,
der andere, Zone des Windzugs,
bleibt leer. Später antwortet die Luft
auf das Knarren der Fensterläden morgens
mit wechselnden Stimmen. Selten
der Häher, manchmal ein Weg nach Alaska,
die Steinklopfer, Lehmgräber leben nicht mehr

26
die Schnecken sind tapfer, da hat Salat etc.
keine Zukunft; nun kämpfen sie
gegen den nächsten Feind, entdeckt haben sie
die Sünden seiner Zeitgeistmalerei; der Kuckuck
der Geschichte höhnt; unterm Baum lagert
Jugend und weiß nichts

27
und morgens fehlen uns die Gänse; die Obstwiesen
sind leer, wenn die Frühzüge pfeifen und
Schichtarbeiter aus dem Eisenwerk radeln (einst roch,
wenn er vom Fahrrad stieg, der ganze Mann
nach Karbid)
                    – heimwärts
in die Backsteinhäuschen, begegnen im Niesel
der Zeitungsfrau, einem gehört sie, seit
der einzigen Kegeltour in den kalten Westerwald;
ach wieder die eingeklebten Jahrzehnte –
                                        Lieber Vater,
und nächster Satz, Lieber Vater; Phantom,

Kurische Nehrung.
Es gab ja die Gänse; sie flatterten
über den Köpfen der rennenden Kinder, Pflaumenkerne
in den Hälsen. Das Eingemachte überstand den Krieg;
im Luftdruck schaukelten die Fledermäuse –
von morgens
bis abends baumelt in der Pumpstation der lange Mann;
da kommt noch ein Philolog mit Gewissen, ein Gärtner
mit Heckenschere und Schlauch, da löscht
den Herd mit Pisse der Koch

28
Ginster brennt auf im Abend
regelmäßig ist es die Warnzeit der Amsel
Tiefsee kommt im Archiv vor
wo auch für Braunkohlenfelder übrigbleibt
nostalgischerweise ein Wort –
wie der Haß sich herauspickt einen Begriff
was wäre Zukunft ohne Hühnerhof
was wäre Theorie
wie im Dorf sich ausbreitet nichts als Freude

29
im Bild die Tischplatte: diese Einsamkeit
des Bleistifts, die noch Staub braucht
für das Entstehen einer Geschichte –
weit weg,
die Rolläden stürzen ins Dunkle,
und dunkle Gewässer gurgeln
in den Wiesen.
Telefon: zu viele Zeiten
ziehst du zusammen im Glimmer
der Zigarette; die Glocke im Dorf
ist genauer.
Es war auch der nächste Nachbar
noch da, als der andere Nachbar erzählte,
wie lange schon tot der ist

30
Regenflächen Getreideflächen, dazwischen
der Tennisclub Glöbusch e. V. Nachts in den Büschen
rascheln die Flirts; am Tresen läßt einer
sich scheiden und macht mit dem Finger ticktack

31
kalter Horizont mit Kühen, verminderter
Produktion; und in den Ebenen leuchten
gelbe Gummistiefel in den Erdbeerfeldern, falls du
im Regen draußen nicht weiterkommst

32
die Erbsen springen auf, genau unter
der Einflugschneise; der helle Abend holt
aus den Gärten beruhigte Bilder; zwei Katzen
halten die Augen zu

33
die nächste Reise geht bis
zum Fenster; und da steht sie auch schon,
die beste Agentin der Nacht; und es wird,
was sie aufscheucht, noch weh tun

34
über Obstwiesen in ungewisse Konferenzen,
unterwegs und gedankenlos, und nur
die Rätsel der Fortsetzbarkeit
bewegen die Blätter. Gegenüber verhalten sich
teilnahmslos papiergraue Augen; fast alles
bestätigen sie; ganz andere Wege geht
doch der Zweifel. Die nächste Geschichte
hat schon niemand erlebt; ganz von allein
entsteht sie auf einem Bildschirm, entrückt
und voller Folgen. Schlimmer wird deshalb
nichts für den Farn, die Turnschuhe,
den rüttelnden Falken; erst jetzt schrumpft
die Haut und hat ein Teilnehmer genickt

35
Nachtfriede, Sirenen. Hinter den Hügeln
leuchtet unhörbar die himmlische Verhöhnung,
und hier nun, seit
vor unserer Zeit, bricht durch den Fels die Flut
in den Keller. Blitze stechen über
die Wiesen ums Haus; erst grollt, dann brüllt
dieser plötzliche Gott, bis
die Herden niederliegen im tiefsten Grund
der Gebete, und wie die Pumpen wimmern

36
und wie uns verändert der Flecken Sonne
auf dem Fensterbrett, und
Lichtblicke später die Spiegelung der Rinne
im Zimmer. Der Tag macht jetzt klar
den Unterschied zwischen hellen und helleren
Feldern, zwischen Versteck und Entdecken
auf der nächsten Gesichtshaut; da wechselt
noch schneller die Mode, die Rechtsform,
die Architektur der Wolken. Wassermassen
im Stall, vergessen; es regelt im Durcheinander
die kleine Quelle den Schlaf noch, und
es schlägt eine glitzernde Spur
der Mut des Erwachens. Kann ich weiter
erzählen: ein Schmetterling
unterbricht die Geschichte des Chaos; so flirrt,
zwischen den Zäunen, unversehens
ein Geweb, ein Gebilde der Chancen, unerreichbar
den Schnecken, ihrem geduldigen Fraß.
Noch ist es früh. Man schätzt
nach der Flughöhe der Schwalben den Verlauf
der nächsten Verabredungen ein, nicht
die Gesamtheit des Sommers, den Zustand
der Ernte, Rasenbestände und Spiele

37
Dachdecker steigen auf in den Morgen;
ein Wiedersehen, das Folgen verspricht
beim nächsten Versuch, mit unbekannten Gegenständen

für eine Überraschung zu sorgen. Nägel klirren
herab und verschwinden im hohen Gras; es gibt
keine Helfer und wenig Geduld

38
abends, hell wird das Gedächtnis, und
es arbeitet weiter entlang am Rand
des Paradieses. Bis zu den Frühzügen,
zurück aus der Kindheit, entstehen
neue Entwürfe, Linien und Grenzen;
so könnten wir uns weiterbewegen
über altes Gelände, mit verrotteten Verträgen

39
in kühlen Gärten. Wir verständigen uns
nicht; erst zwischen den Stalltüren
sind wir uns einig über Schulwege, Kirschen,
Eisenbahnlinien. Der Phlox steht da
mit seinem skrupellosen Geruch; Gewohnheit,
sagt der Pflaumenbaum zur Leiter

40
Regionen außerhalb der Dienstzeit; im Geländewagen
getestet die Nachbarschaft der Hohlwege,
Steilhänge und Bachverläufe: hier suchten
Bauern Schutz vor Husaren, als ein Dreschflegel
die Geschichte des Dorfweges freischlug. Fortwährend
föhnt die Klimaanlage; nehmen Sie
nicht wahr das Siechtum unserer Phantasie?
Aber die Freizeit, die Rechte auf Kantine
und Kuraufenthalt, die Sehnsucht nach Rente
im Frühling. Kalt werden
die Dokumente der Wut; Befriedigungen
im Wandschrank wandern ab ins Archiv

41
Sonne abends im Rücken, und Abenteuer
proben die weichen, jungen Mücken. Als wäre
die Sommerstunde die letzte, bietet sie
Sitzmöglichkeiten an, ein Panorama

natürlicher Untergänge auf kleinstem Raum,
der sich ausdehnt
zwischen neu zu entdeckenden Jahrzehnten;
jetzt beginnt hier, hier endet jetzt
zu Füßen ein Schatten, die Gleichzeitigkeit

42
wie sich einer erinnert, erinnert sich gar nicht,
stellt den großen Wecker aufs Vertiko und
verdunkelt die Küche; in der Waschschüssel
reicht für die Hände der Rest vom Morgen;
nicht größer der Wasserfleck oben zur Decke

43
die Rolltreppe fürchtet sie, wartet immer
ca. fünf Stufen, bis sie auf eine hinaus
tritt und hinab sinkt zum Abgrund;
dort steht sie, errötend,
vor der Drehtür, mit ihren Siebensachen

44
vorm Spiegel; bin ich das, wo kommt
die Vergangenheit vor? Man sieht mir
doch an, kein Einwand von keiner Instanz;
was heißt das: der streitet nichts ab, der hat
bloß vergessen. Hab ich nicht nötig; ich kenne
so ziemlich jede Meinung, davon habe ich
selber genug. Anständig waren sie alle, nur
wenn einer schneller war, war ich es auch

45
Neubauten, nur wenige Risse. Die Leute
kommen aus Hausbooten, Zelten; die lernen
Wörter erst kennen, Gegensprech, Bügeleis,
Nachtapotheke; Flußfischer suchen wir nicht

46
Netzkarte, und immer unterwegs
zu den Freundinnen, von denen eine grad
hustet. Wer schleppt da Gepäck, hat

Bierdosen im Mantel, faltet Butterbrotpapier

47
Wählscheiben waren einmal. Nächstes System,
dein Impuls verbindet Gedanken,
die du nicht denkst; für alle sind sie
verfügbar, alleine tun sie uns nichts

48
Nebel, heißt das, der Wetterbericht
stellt Persilscheine aus? Nebelverbrecher;
die guten Soldaten stolpern und suchen
auf Feldern Handtaschen der Bräute

49
unterbrochene Bewegung, indes die Birnen,
Rauchsäulen, Wiesen sichtbar wachsen, und
nichts ist passiert.
Nur ein Gedanke hängt am Zaun fest, falls
man weiß, daß die nachlassende Kontrolle
eine Folge der Anpassung ist, zum Beispiel
fleißig ein Stück Wiese mähen, aber
das Land ist nicht mein.
Die Mühen, die Schmerzen im Rücken ändern
sich mit den Tagträumen nicht, nur
entsteht kein Moment für den Wortlaut;
die englischen Landmaler rührten die Sichel
nicht an. Verdruß
im einsetzenden Regen; die letzten Kirschen
hängen faul im Baum. Seewolken
sind es, die ringsum den Hügelsaum
verhängen; fast immer beginnt die Erdkunde
neu, mit einer Vermutung.
So hätten wir Spuren, hätten wir auch
das unabgelenkte Gedächtnis; der Wind
zählt als Ausrede nicht

50
Landschaft, durch die der Wind
schleudert, gleichgültig, ob einer noch

da ist. Es ist eine Stimme, die hat
diese Landschaft erfunden, nun
teilt sie mit: such
nicht nach mir, auch ich werde gehen.
Wie alle: was heißt das; noch hat ja
niemand gezeigt, was sein Geruch,
sein Versteck unter schrägen Wänden,
seine Fahrradspur ist.
Es ist ein schwarzes Verschwinden: so
fängt eine Satzfolge an, mit der sich
ein Landschaftsentwurf verbindet,
eine Skizze, vielleicht die Möglichkeit
einer *Erscheinung*; im Konjunktiv
reden wir, sollten wir,
etc.
Überall Regen in diesen Provinzen, da
rutscht von den Hängen der Ginster

51
Fenster leuchten; am Ende des Hohlwegs
beginnt eine Heimatfolge,
die sich ausbreitet, abzweigt und
springt, vor allem springt
zwischen
Fluchtversuchen, Feindschaften, Abwesenheiten;
lang hingen die Rahmen ohne die Bilder.
Vieles Verlust, dem die Falten der Mühsal
gefolgt sind, auch Stimmen, Warnungen,
Zustandsberichte; voll, im Museum
des Heimwehs, die eine, persönliche Truhe;
nichts geben wir her

52
was nützet dir Land; die vierzig Morgen
im Diesseits sind bald eine Beute
der Prokuristen und Jogger, da taucht
keine Mönchskutte auf. Seeufer
schafft der Instanzenweg ab; zerteilt
dieses Einst, Abschreibungsideen; den Vögeln
gehören die letzten Beeren

53
nachmittags schwankte die Leiter, zwischen
den ausgebrannten Zweigen der Schattenmorelle;
ich hätte versuchen können
zu fliegen. Ich hätte versuchen können,
den beschreibbaren Tod mitzuerleben, mit
einer Geste des Vorbehalts, solange noch
Einzelheiten, Trost oder Aufschub,
auftauchen bis zum Abend

54
Zeitpläne, Verzögerungen.
Die dehnbare Zeit läßt mich noch etwas tun.
Die übrig gebliebene Kraft ist keine Frage
für diesen, den einzelnen Abend. Inzwischen,
ganz ungeeignet für Abschiedsemphasen,
man steht noch oder tritt einfach ab,
entschlossen, oder nur so. Im engsten Kreis
ist nichts zu entdecken, zu besprechen;
die andauernde Stille
wäre das Ende aller noch vorgesehenen Konferenzen.
Ein Fernglas auf dem Tisch
für die äußeren Ränder, die Spuren
der Wetterdebatten; einfach das Nächste, das Nie

55
den Morgen beginnen mit Hähern, wahrhaft
es kommt ja nie vor, daß gleich zweie hinab
auf die Wiese gleiten und
                                        rätsch, rätsch
die sind jung. Mißtrauisch bin ich
älter geworden, könnte mitsitzen scheu
in den Bäumen

56
und am nächsten Morgen die erste Berührung:
erwartet, ausgeblieben der Schrecken;
ganz ruhig die Zweige vorm Fenster,
Federflaum in der trockenen Rinne

57
dann pulsen die Wiesen, der Überfluß
an Nässe im Jahr, zurück
die Kühe stampfen im Schlamm. Der Regen
hat wieder die Macht; zeitweise
rutscht die Böschung weiter
und bleiche Wurzeln
                                        plötzlich
stehen unter den Gewölben der Luft

58
die Abendgeräusche. Es ist noch früh.
Heimgefahren ins riechende Gras, im Rücken
die Kampfverläufe, ein Dröhnen –
                                                            »Du hörst
davon nichts?«
                              du änderst dich
nicht; mit einer rappligen Sense schlägst du
den Hohlweg frei (und mitten durch
mein Gedächtnis geht diese Schneise
ins Jahr 44: zwei Lightnings griffen
den Pflaumenbaum an), als wäre fahrbereit
der Leiterwagen. Hinten am Zaun joggt
der Nachbar, der alte Hippie; drei Katzen bedecken,
lauernd und schwarz, den kurzen Saum
der Stoppelfläche.
                                   »Du fragst nie.«
                                                            Fast wäre mir
heute ein Meterstück Eisen mitten in die Scheibe
gefegt; ich sah, wie eine Libelle
plötzlich, es schwirrte heran und tauchte
(schlug!) unterm Chassis weg; im Rückspiegel
tänzelnd, hüpfte das Ding quer
in die Bremsspur.
                                   »Rätschte der Häher?«
                                                                     So heißt es,
eine Form der Ruhe entsteht
in der nächsten Hälfte des Dunkels

59
es ist heiß; die Daten knistern
im Speicher. Es wäre die letzte Bewegung
vor dem Verzweifeln, von innen
der Schlag gegen die schalldichten Scheiben.
Aber, im Wind der Klimaanlage schaukeln
die Jalousien, konform der Hibiskus,
Chefetage im Freizeithemd, im Cabrio
fliegen die Mädchen vorbei

60
zwischen Lampe und Tisch: der Blick
geht sicher noch weiter;
                                        das Ferienzelt,
die Hängematte beweist jetzt nur
das vorläufige Ende einer Projektion, spät
am Rand des Sommers.
                                        Im Schatten
das Fenster und dahinter das Bild, oft
geschieht es, alles, im Schatten, und
man spricht nicht darüber, man stört nicht
das Nebeneinander
                                  Frontensysteme
– so schön und genau, so hilflos kommt jetzt
die Wettersprache; bis gegen 11, sagt unten
die Tankstelle, hat sich alles entschieden

61
nach vorne sprechen, auf die Nachtmauer
zu, die sich hinzieht
                                    jetzt
über freie, verfügbare Flächen. Es ist ja
ein Schub, der uns erreichbar macht
in der hintersten Kammer, aber nur
ein Schreck hilft dann weiter, dehnt sich
aus zum System
                              – wieder vermißt man
die Gänse, die Fledermäuse

62
im schwarzen Himmel mündet heute
die Wiese; du kannst,
zwischen den Birnbäumen, hineingehen
in die plötzlichen Räume. Entdecke dich
neu, im Dunkel; sonst kommt
der Moment nie vor, der die Fetzen
versammelt.
                Da bleibt genug
am Rand der Verschwiegenheit; bloß
die Augen möchten jetzt zuständig sein,
und sie sind es, nahe wie fern

63
Raumstille mit Telefonen. Es geht nicht,
daß einer immer rennt, zwischen Teeküche und
Gummibaum wird verkabelt
die nächste Empfindung; nachher
rennen alle.
                Zwei Feinde hätten Platz
im Lastenaufzug für die Liebe;
auf die Schnelle gelangen schon
mancherlei Wunder, egal, ob Baron
oder Kellner; nur tickt mit übern Bildschirm
das Datum, der Grenzwert, der Tarif
der Gefühle.
                Der Knecht hat damals
die Ziege gedeckt. Fast ist gelungen
im Chevrolet das Paradies. Mein Vater ist
der letzte Anarchist gewesen. Keine Leiter
ist zu kurz gewesen.
                                Du könntest ruhig mal
jauchzen in der akustischen Sicherheit;
die Menge schreit immer beim Ausgleich.
Die Dahlien, das war im Gedicht
eine Predigt des Aufruhrs, lesbar unter
einem Regenschirm. Schwieriger, einfach
der Altweibersommer, der tägliche Tauschbereich,
die Erinnerung Eisdiele, Straßengraben

64
zwischen den Maisfeldern, abends und gelb,
taucht wieder das Schloß auf, ferne
und gelb wie die Felder und fast
für immer vergessen,
denn es war verschwunden
mit seinen gekränkten Bewohnern; sie hatten
viel und gar nichts besessen und dann
den toten Wald zugemacht

65
die Abendbrötchen sind warm, und wenn
die Angestellten die Garagen schließen, ist es
fast dunkel. Mitte Oktober tut es
die Windjacke noch; wenige Wochen bleiben
die Äpfel kühl und hart

66
die Lausitz auf Seite 3. Und weil er
so viel zu tun hat, kommen die Nachbarn hin
zum Tischler mit Kaffee und Nordhäuser Korn.
Im anderen Land, da trinke ich mit, bis
heulen ich möchte und riechen
den Schilf, die Gurken, das Holz

67
nachts hinter den Hügeln treffen die Erdbeeren
ein im Airport Die Felder sind von Amseln
leer und der Mais hat sich gewöhnt
ans Gift der Provinz Heute und gestern
morgen hat der Maler den Nebel verflucht
und auch mit silbernen Leitern steigt er
nicht weit in die Dunkelheit Doch ist
die Stimmung nun so daß ein Hund
tun soll was der Wolf kann So kann
die Theorie ja wieder Zähne zeigen Aber
ist es ein Widerspruch daß auch der
härteste Apfel weich fällt weil Wiese
voll Moos ist Die Wiese ist gut zum Sammeln
von Leichen sagt der Rekrut und füllt

mit Königinnen Luise den Korb Die Säge
schreit die Luft entzwei Der Knöterich
wuchert im Denkmalschutz Das Reh
rennt zwischen den Scheinwerfern durch Ja
alle zitatfähigen Institute einigen sich auf
den Wellblecheffekt und nun sind Leute
dran im Wechsel von Arbeit und Liebe
Früh leuchten die Fahrradlampen im Film
Im Nebel torkeln über die Schienen die wenigen
ernstzunehmenden Konzepte Der Wind kommt rauh

68
kurz vor dem Frost; wild arbeiten
die Maulwürfe unter dem nassen Gras.
Im Rübenfeld, aufrecht, sitzt das junge,
dumme Karnickel; der Habicht hebt ab.
Die Stürme vorüber; die Spinnen gescheitert.
Der Admiral taumelt in seine Zukunft

69
unfreiwillig, daß ich mich äußerte
(regelrecht
und so frei) im plötzlichen Einsatz
einer, der nächsten etc.
Wiederholung, unterbrochen vom Bandwechsel, da
mußten wir husten
– aber kein Umweg
auf der einfachsten Route. Gemeint
war ja ein bißchen Phantasie; nur
ein Wechsel der Umgebung
stiftete den überraschenden Wortlaut, dessen
Spur ich wahrnahm in der Nacht,
auf einer Fahrt durch die Mondebene unten

70
es schimmerte, das Fell
der unverhofften Beute, die an der Tür, am
Haken hing, und unbestritten, es war
der Feind, die reißende Blutsucht im Winter,
der Modelle brauchte, erwarb

in seinem Namen
– ein ganzes Dorf hatte
geschrien. Ein Jäger jauchzte allein; er
hatte für sich gesorgt (für sich: er wäre
kein Jäger), bestieg den Geländewagen. Anstatt
Berichte zu sprechen, schaute ich zu
und zählte nicht einmal,
wer alles kam, weiterging und zurückkam

71
die nächste Nacht; sollte noch Schnee
herabsteigen, wir könnten ihm entgegen gehen
und so tun, als hätten wir seinetwegen
die Gärten ausgeräumt
– wir sagen: so
könnten wir einmal nur anfangen,
und es wäre dann auch zu spät,
danach, für den Widerstand

72
hier, diese Eckbank erzählt
eine Geschichte, aber diese Geschichte ist alt
und privater noch als gegenüber die Grabsteinschrift,
die eine Beziehung zwischen Schmerz
und Vergessen fortsetzt
– die Farbe der Bank
haben wir längst, als es ein Sommertag
zuließ, erneuert, und es war eine andere
als die ursprüngliche Farbe, die nichts
erkennen ließ als zerrissene Haut; wir
hatten genug gesehen –
unterm Grabstein
das Gras ist dürr, ein Ergebnis
unserer Gleichgültigkeit? Wir versuchten eine stumme
Figur, eine Rolle, die das Gedenken
isolierte, abtrennte von unseren Körpern;
es war überdies ein trockenes Jahr
– die Bank
macht noch mit, zugestapelt von Chroniken,
Katalogen, die unberechenbar werden

wie der Schlaf, im Museum, der Ungeheuer.
Kein besonderer Tag versorgte uns mit
was wir noch brauchen, die flüssige Trauer,
den kalten Bestand im Gedächtnis

73
Quartette, hinab über die Treppen
der Dunkelheit / zeichne erst nach diese Linie,
wenn du den Saum siehst, deutlich
auf deinem Brett (die Sprünge
hinüber, herüber hast du nicht in der Hand,
also sorge dich nicht, aber sie zählen
auch nicht zum überflüssigen Repertoire),
erst dann kann sie glitzern,
die Theorie, oder
was schimmert zwischen den Instrumenten auf,
den Tastversuchen, den Resten des Materials?
Nein, es ist alles bekannt; es ist
ein Zitat: die imaginäre Schrift, die jetzt
übern Bildschirm huscht.
Terrassentüren, die offen standen im Sommer,
hereinließen ein kreatives Desaster, das Echo
nach einem Husten,
einem Regen.
So vollziehe die Regeln; in Motivnähe
bleiben, wie die hungrigen Elstern, denn
trotz günstigem Pegelstand geht es
zu Ende mit gestalteten Wasserfällen
akustischer Art / wo
nicht Zuhörer sind, wachsen von unten
die Treppen mit Gras zu

74
voraussichtlich, es sind seine Oberflächen, die
der Winter nun hinlegt, mitten in einer Zeit
des Widerrufs, der auftauenden Empfindungen
im einen und anderen System. Noch hat sich
die kleinere Menge der Blätter an den Ästen
gehalten, und die Bergwälder gegenüber
liegen gebräunt unter den Bewegungen

des weißen Lichts. Zu früh ist entstanden,
gestrickt und gesponnen eigentlich nichts, weshalb
wir, was selten geschieht, im Einverständnis
zuhaus sind, im Widerspruch mit der Gesellschaft
rascher Zitate. Der Winter teilt
neue Entfernungen mit, und dazu gehört
eine wünschbare Phase der Gleichgültigkeit,
ein Training der Ruhe, jederzeit der Wechsel
zum unbekannten Programm. Es gibt sonst
die Ferne nicht mehr; es gibt
die verschmelzende Autorität, die Bildsekunden
mit ihrer akuten Beweiskraft; den längsten Weg
hat wahrhaft der Schnee. Die Hügellinie
verschwindet, die kritische Spur; in verschiedenen
Höhen findet ein Austausch von Namen statt, und auch
der große Rest der Blätter, bis zur Heimkehr
einer letzten Herde, bekommt seine Frist

75
ein unbekannter Text: er liegt versteckt,
möglicherweise, zwischen auffälligen Büchern und Post,
die ich ungeöffnet habe liegenlassen
draußen im Fach, unter der ersten harschen Decke
des Schnees, und nichts beunruhigt mich, obschon
im Körper die Lust pocht, beteiligt zu sein
am laufenden Spiel um Triumphe, die
keineswegs billig sind; nein, ich schaue schon
zu den magisch glitzernden Schrifttafeln hin,
die sich behaupten im nächtlichen Niederschlag

76
und geheuer hört sich kein Ruf an, sobald
das Nachtlicht von den Hügeln herabkommt
und das weiße Wälderbild entsteht; jetzt
teilt jedes Geräusch eine unverhoffte Annäherung
mit, zunächst aus einer unberührten Zukunft,
dann schon in der Reichweite einer Erfahrung;
dazwischen bleibt wieder Zeit
für Glockengeläut, vertrautes Gebell, die hustende Eule;
das Gewohnte aber ist nur der Aufschub.

Man kann noch einmal durchs Haus gehn;
die alten Mauern verschieben sich nicht; schwarz
vor den Fenstern steht die gewöhnliche Luft

77
nein, keine Reisebeschreibung, kein weiteres
Nachgeben dem Sog ins Bekannte; die Kindheit
war lange verdunkelt und bleibt es,
wenn die Sprichwörterwelt wiederum
ins Programm geht. Nur alte Namen
holt der Nachhall zurück. Der nächste Beginn
von ganz hellen Zeiten kommt unerwartet

78
Geländewagen in dieser Saison. Und wir gewinnen
den Hohlweg zurück, das tiefe Tal im Schnee.
Warum kommst du nicht mit
in dein abgelegenes, knisterndes Haus? Es gibt
erst im nächsten Sommer Probleme; jetzt
stürzen wir den Flocken entgegen

79
Frost; holpernd über die härtesten Schollen,
bis an die ausgefrästen Ränder
neuer Küsten, mitten zwischen Bergischen Hügeln,
im starren Wald. Hier stimmt die Landkarte
nicht; veraltete Strategie; Felsbrocken
bröseln zwischen den Fingern weg; früher
Heide, was unterm Eis tickt

80
es ist spät. Nun kannst du Bilder machen
von fernen Gesichtern, ein Gewebe des Augenblicks,
das die Grenze der Schatten aufhebt. Geholfen heut früh
hat ein Gespräch nach dem Frühstück: es ging
um die ganz eigenen Regeln der soeben
beglichenen Traumzeit (und ich war heiter
wie selten; nichts war passiert unter Zwang;
die ganze Umgebung atmete mit); aber
was heißt soeben

– wir malen ja jedesmal
in den Schnee (vergiß nicht, von einem geliehenen Winter
sprechen wir nicht) die Erinnerung
an ein Gleichnis, ein frühes fatales Erleben,
zum Beispiel, der Unschuld, und wie sie
kaputt ging; nur ein paar Zeilen, später, gingen
in die Chronik des Versteckens
– Hohlweg;
du weißt nicht: der Sommer einer Befriedigung,
in dem ein jedes Gesicht hervorkam
aus einem unbelasteten Gebüsch (nein, die Spinne
zwischen den Zweigen behelligte das Geschehen
nicht), bis ein Spähtrupp alles verscheuchte; das war
nur ein einzelner Mann, der sich
aufhängen wollte, mit einem Gebetbuch als Gewicht

81
nachts der leichte Winterbeton: sag du Schnee,
ich stelle mir vor das Entstehen
einer zeitlosen Phase in der Architektur,
die leuchten könnte zwischen den dunklen Bäumen;
sie bräuchte keinen Zerstörer. Die alte Welt
bliebe uns stehen; ich vertraue dem Frost

82
Gelände tagsüber, aus dem der Flußnebel
nicht mehr herauskommt, unsere Fahrspuren
bleiben zunächst die einzige Gewißheit, daß
der Austausch nützlicher, sinnloser Informationen
nicht stockt. Neue Ideen kommen nicht rechtzeitig
an; irgendein Zentrum läuft leer: gleichgültig
ist das nicht für ein leichtes Programm

83
abends geflohen, und es ist nur
ein wiederholter Versuch mit den Möglichkeiten
des Verstecks in der Nähe; die Höhlen auf Kreta
erregen die Empfindungen nicht. Und erst
die kurzen Fahrten zum Schreiner,
der Rahmen macht für die Wildnis

84
der falsche Abend. Ein harter Regen zerhaut
die dünnen Gerüste, die hätten tragen können
die Ausführung einer winterlichen Idee, wenigstens
für die Stunden ohne Geräusche,
in der Frühe.
Was machst du jetzt?
Es gibt
keine andere Möglichkeit, wenn es auch
andere Möglichkeiten gibt; wenn es kein Bild
zwischen festhängenden Bildern war, sprachen wir
doch von einer Fläche, von der Simulation
einer Küste mitten im Land.
Kein Kommentar;
kein aufzuklappender Bildschirm. Ein Sturmstoß
holte vom Dach mich herab, als ich drohte
mit einem weiteren Flugversuch.
Und der Regen
zerriß schließlich die künstlichen Flügel,
die draußen noch hingen, in der vermeintlichen Leere
zwischen den Zweigen
– was hatten wir alles vergessen?
Jetzt springt eine Katze aufs Fensterbrett; sonst
wildert sie in den Gärten

85
schon gesagt: dieser Stuhl, ebenso dieser Tisch, setzt
die Geschichte des Waldes fort, und sie erscheint
im Ausschnitt des Fensters. Der Zusammenhang
wird verschwinden, ist vielleicht schon
verloren (aber die Messebüros ordern die Suche nach
Neuer Sehnsucht)
– der Möglichkeitsrest der Erzählung:
wären die Trümmer der Mühle geblieben; ein Gespenst
mein Bürgermeister, auf weißem Pferd und königstreu;
der Außenseiter auf Ellis Island?
Die Gräber planiert.
Nach uns kommt kein Pilger zum Baum der Familie;
ich stoße den Rauch, wie mein Vater es lehrte,
noch aus. Kannst du das hören?

Noch kannst du
wiedererkennen die Spur eines Schlittens
quer durch die bitteren Winter (als ich begriff
mein einziges Handwerk, den wütenden Diebstahl);
nichts half mehr als diese Not
– den leeren Waldboden
kann ich dir immer zeigen, und mit dieser Leere
den Unterschied, den niemand
erschrocken so früh sah und weitersagte wie wir

86
der Tag ist nicht hell geworden; über den Wolken,
über der rheinischen Ebene, blinkt auf und ab der Geist
der Bildschirmkonferenz; die Flugschneise findet nicht
ein Direktor und verpaßt in der Lounge seinen Zahnarzt;
der Dschungel auf den Fensterbänken überwintert.
Die vorletzte Taste öffnet den Lift; verwechsle
die Stockwerke nicht, Jahre könnten dir fehlen

87
der Wind ist nicht langweilig und ohne Gefühle
(einfach der Wind), aber du bist
unruhig geworden; es hat dich etwas berührt
unter deiner ewigen Sonnenhaut; wir sind noch
mitten im Winter. Ist es
die vermeintliche Zärtlichkeit, oder das Erinnern
vielleicht an die Erlaubnis, eine Bucht
zu berühren, tagsüber, wenn etwas geschehen muß
gegen die Stille? Es gibt alte Briefumschläge,
in denen der Sand noch knistert (das Geräusch
für die Pausen in deinem Bericht); es gibt
auch leere Kassetten (leer, weil nur die Taste
klemmte); das ist alles verjährt. Aber die Luft
wird gefährlich, obschon alles neutral bleibt,
Wetterkarten und Reisebüros, und das Licht
kommt dauernd aus anderer Richtung

88
frag mich, z. B., nach der Unschärfe
meiner frühen Photos, und ein Schwindel entsteht

sogleich im Kopf, der vor der Fensterscheibe liegt,
fünfzig Zentimeter entfernt von der Nacht. Du fragst
besser nicht; ersichtlich sind deine Konturen hart;
du kannst auf den Taumel verzichten
(so rät nur,
in der Entfernung, ein Vater); fortwährend
entstand eine Verwirrung, wenn ich
in den Spuren ging, die ein blinder Moment
zusammenzog auf der kurzen Rampe
des Überlebens –
ein Sack voller Bilder,
den ziehst du hinter dir her, in dein Hinterhaus,
in die lichtlosen Räume, um die Mitte herum
der einzigen Möglichkeit, der gnadenlosen Konzentration;
sieh mal, versucht hat's ein halbes Jahrhundert
(gemach,
noch ein Weilchen wird Sisyphus interviewt) –
und mein Tagebuch zeige ich dir: damals
schon auf Brooklyn getippt. Frag ruhig weiter.
Noch mehr weiß ich von Gänsen, rachitischen Rosen,
Reisen ins denkbare Exil –
noch kann ich
atmen und aufstehn, wenn nachts das Versäumte
aus den Schränken heraussteigt

89
sonntagfrüh, die Ruhe der Welt beginnt neu, am Rand
der leeren Kurven, mit Grasbüscheln, niedergeschlagen; sie
kämpften nicht einmal gegen den Frost, als er
zum dritten Mal die Hänge besetzte
– jetzt singt, dann
sammelt die Kirchengemeinde; die Haare steckt hoch
im Kiosk die schöne Frau Althoff. Was hat verändert
eine Woche, von der nichts erinnerbar bleibt
als ein leichter Anstieg des Lichts, das Suchen
nach einer Nummer, die sich im Speicher verirrt hat

90
Spotlights, und Landkarten leuchten auf, im Widerspruch
zu einer kalten, weißen Wand, die zu verhindern versucht

die Nachahmung einer Reise. Schon ein Zimmer
verursacht ein Zeitensystem, in dem der Schiffsverkehr
scheitert; das Öffnen der Tür fegt zwei Inseln
hinaus. Auf Kosten der Sicherheit schweben wir
rückwärts, bis zur Begegnung
mit einem unverhofften Reisebericht, der rasch
beschreibt das Ende unsrer Erstarrung

91
wir wunderten uns, wie dunkel die Stadt
im Nachmittag lag. Es war Nachmittag, und der Himmel
hatte eine helle Haut; ein Licht, das die Ebenen
ausdehnt, über die sichtbaren Ränder hinaus.
Sichtbar blieb auch die Mitte der Kreuzungen, obschon
die bekannteren Einzelheiten auf alle Widersprüche
verzichteten; was blieb ihnen übrig: der Wechsel,
der Austausch von Reizen und Farben fand hier
nicht mehr statt –
Schneefahnen streiften die hohen Gebäude,
wanderten rasch herum zwischen den gläsernen Schluchten.
Die unsichtbare Seite des Horizonts; jemand
rief gutgelaunt an: bei uns knallt die Sonne
ins Fenster, na denn, frohes Schaffen. So tauschten wir aus
unsre Stimmen; es waren ja auch die Vorschläge
für einen akustischen Film, ein Gespräch der Geräusche,
das die Stille der Minderheit bricht. Jedenfalls
ein Versuch. Damals, ehe uns trennten
die automatischen Türen, wurden schon kürzer
die Schritte; wir zögerten lang und tarnten
noch länger die Spuren des Zwiespalts –
Flußufer
blieben erkennbar; wir hatten ja Bilder zur Hand,
die von alten Sommern erzählten, so genau,
daß die bloße Erwähnung von Biegungen, Böschungen
nur ein einziges Blickfeld zuließ. Schon damals
änderten die Flüsse ihren Lauf nicht mehr,
vor den Zeiten der tödlichen Reglements, die jetzt
widerrufen, die Entdeckung der Leichen beschleunigen,
das Forschen nach versteinerten Wappen, auf denen
sich die Herkunft meiner Gesichtshälften erklärt –

einst
näherten wir uns bei diesen Gelegenheiten, draußen
in der Öffentlichkeit voller Argwohn,
den Stufen und Rampen einer verödeten Macht,
die bald keinen Zeugen mehr hat. Einer erzählte,
die meisten verschwiegen, wie es roch, wie es
schmeckte, wie es unkenntlich blieb: das graue Feld
des statistischen Sterbens. Ein Reisighaufen,
ein verlassener Schuppen stiftete noch die Zeichen
zum Vergleich, und auch die Herbstfeuer
glühten weiter, wenn der Nachtwind
den Rauch einfach mitnahm –
in der Luft
weiße Brücken; nur sahen wir auch, wie sie stürzten
im schönsten Augenblick des Erblühens; sofort
brach auch ab das Triebwerkgeräusch eines Traums,
der noch vor Jahrzehnten unter den Decken
unserer Kinderzimmer hing, bis, zuhause im Bett,
der letzte Kampfflieger starb. Die Hoffnung war
falsch, eine böse uniformierte Geschichte, die umsonst
den Gesetzen der Pusteblume vertraute; noch weniger
half der Regenbogen mit seinem Trost –
was hing denn
am Straßenrand zwischen den kahlen Ästen? So rasch
brachte der Frühling übers gelähmte Land
die Versöhnung, daß die Reste
von Kleidern, Haut und Gardinen wir einfach
ins Erbsenfeld hängten. Der Himmel war leer.
Der Tag brach mit glänzenden Wiesen an. Im Wald
verwucherten die letzten Verstecke. Die Bauern
hörten wir lange nicht fluchen –
wir schwärzten
die Zimmer, die uns erwarteten mit ihrer Größe
und Leere. Wer begriff schon den plötzlichen Abschied
von Zelten, zerlöcherten Hütten, Unterständen
im Brennesselfeld? Es war nicht nur Abschied;
die Plötzlichkeit eines Wechsels griff schon voraus
in die Zeit jeder anderen Trennung; die Einsicht,
die Trauer nähte nicht viel zusammen; da wußten
mehr die Platten mit alten Schlagern. Und was

mußte verschwinden zwischen den Pappelreihen,
die den Horizont unterbrachen hinter dem Bahndamm,
der Lichterkette rund ums Gelände, in dem jede Nacht
ihren Schmuck fand –
offene Feuer leuchteten
über den Straßen im Schnee; ein Sausen
in der Nachtluft brachte Gewißheiten näher, die
lange unkenntlich geblieben, Gesichter, Gespräche
zurückhielten im Schatten, unter den Dächern.
Unbeirrt blieb der Vogelzug. Man schaute erst
gar nicht nach Richtungen in der Natur und
ließ die Wetterfronten passieren –
das halbe Leben
ging verloren im Schlaf. Die andere Hälfte
gehörte dem Geld. Ganz klar die Bilanz,
die den Häher am Morgen, den Drink in der Dämmerung
einfach verschwieg. So ging die Rechnung nicht auf,
und wir nahmen sie gar nicht erst an, bewunderten
auch die Ameisen nicht, die ein neues System
auf jeder Handfläche suchten –
in alten Häusern
bestand die Zeit auf ihren unwiederholbaren Details,
auf Namen, die keine Zweifel zuließen
am Dasein verschwundener Dinge. Es gab kein
Verschwinden; es gab auch keine Verwechslung;
selbst die Reste erzählten, nach jeder Zerstörung,
von Anfang bis Ende die Geschichte ihrer Herkunft,
ihres Ortes, ihrer nützlichen Existenz –
nachher
das Suchen nach Stimmen, die Recherche,
wie zum Beispiel der Kuckuck zurechtkam. Der Kuckuck
kam immer zurecht; in jedem Anrufbeantworter saß er
und schwieg; dann schwiegen wir auch. Oder er floh
in das nächste Wäldchen, verschwand im Versteck
und gab Laut, in der Frühe. Wir sahen ihn
nur ein einziges Mal, ungeschickt flatternd: von nun an
begriffen wir, warum er sich niemals zeigte –
das Suchen
aber hörte nicht auf. Die Stadt in der Ebene
eingeschlossen vom Autobahnring; verschwunden

hinter dröhnenden Fronten der Horizont; Nachrichten
stündlich für Rübenfelder; Blaskapellen im Wald
und Tiefflieger in der Küche: es war ein Suchen
nach Stille, nicht nach vollkommener Stille,
sondern nach einem Geräusch, wie es der Schnee macht,
der jetzt in der Dämmerung treibende Schnee –
jetzt
kehrt die Gegenwart zurück; mitten durch den Winter
gehen Erinnerungen auf eine leere, alte Scheune zu,
in der sie entstanden, zuhause gewesen sind; nun
sind sie verschlissen, kaputt; die Scheune ist für sie da.
Ich bin es, der ihnen folgt, vor Augen die Bilder,
in denen sie ihre Erscheinung beweisen; sehr viele
zähl ich zum Eigentum meiner Sinne; sie gehören
zu meinem Körper, seiner Geschichte. Es ist kalt. Vorläufig
bleibt es kalt, bis eine andere Sprache entsteht,
die von glitzernden Inseln berichtet, vom Ruhm
einer neuen, gewaltigen Frucht. Jetzt kann ich
die Luft nicht berühren; sie lauert reglos,
und reglos bewege ich mich, befolge genau
den Lehrsatz der gleichgültigen Steine. Hilfreich
der kühne Grünspecht; senkrecht läßt er sich fallen
aus der Spitze des Birnbaums, und ich atme
in der Schneise weiter, die sein Flug hinterläßt.
Ein schwieriger Weg; unsere Fahrspuren sind verschwunden
im Schneefeld, und mit den Spuren der Geländegeruch,
der mich so oft aus klimatisierten Systemen
zurückholt in diesen verzweifelt gehaltenen Landrest,
den Besitz einer letzten Minderheit, die vielleicht überlebt
auf der Innenseite ihrer Imaginationen. Im sinkenden Licht
dieses Tages taucht eine Zuversicht auf, die frische Spur
meines Gehens, die aus dem Kreis der Verzögerungen
herausführt, an Zäunen vorbei auf Baumgruppen zu,
die von alten Hähern bewohnt sind. Im Rücken
die schützende Kette der Hügel; die Spur führt zurück
in eine begrenzte Umgebung, die sich geduldig
verhält und das Warten leichter macht als
die Vorschau aufs nächste Programm, das über die Sterne
in die verstummten Wohnungen zielt.
Die Läden knarren, und dieses Geräusch erzählt

vom absichtsvollen Alleinsein des nahen, entfernten Gehöfts.
Eine heisere Stimme, die sich selbständig macht,
mich trifft und zur Heimkehr bereit macht, und
die nächste Minute dehnt sich. Unendliches Gehen,
das eine fortgesetzte Beschreibung verspricht,
sonst nichts verlangt, keine Augenzeugen im Dunkel

Das Gedicht von der wiedervereinigten Landschaft

I

verregnete Tage. Im letzten Dorf kam
der Wirt an den Tisch; die beste Gemüsesuppe
nach einem Gang *quer durch den Garten*. Fliegen
summten in den stillen, niedrigen Stuben,
und wieder dehnten die Augenblicke sich aus
über ein mühsam gelungenes Einverständnis
hinweg, friedliche Phasen betreffend
zwischen den Kriegen. Niemals ein Eingestehen
von Scham; unbemerkt entfernte sich
hinter den nickenden Sonnenblumen der Rauch.
Zurück kamen alte Transportmaschinen, samstags
mit der herabsteigenden Hitze über dem leeren,
asphaltschwarzen Parkplatz rund um den Supermarkt,
der eine Möglichkeit wäre für Einöde, Explosionen,
Konjunktive mit Zukunft; die Himmel
der fünf oder sechs Jahrzehnte zuvor, zitiert
und abgemalt zeigten sie sich, historische Farben
zum Thema der Tarnungen und Manöver. Zuverlässig
die Badestrände; Kirschblüten, Rosenrabatten
naturbezogen neutral; auf Steckenpferden
der Kindergarten ritt mitten ins Funkhaus und sang
die Lieder von Trampeltieren, Generälen.
Eine nachvollziehbare Szene, während hinter der Kurve
ein Motorrad zerschellte; war der Beiwagen leer, lag
ein Handschuh unterm Holunder? Keiner hat mehr
gefragt; die letzten Illustrierten rutschten
über den Nierentisch, das heilige Ausstellungsstück
im Foyer einer Erinnerung, einer Institution
nach Büroschluß. Aus der Stadtmitte dringen
die Trends in Regierungsbezirke, und sie grenzen sich ein,
dehnen sich aus im Gefolge der Forschungen,
die den Praxisbezug der randvollen Seminare
noch einmal bestätigen. Talsperren genehmigt,
revidiert, widerrufen; Bleifrei für Rasenmäher;
Tennisbälle tropfen ins Sommerloch, und jetzt
hebt das rote Zepter die Malve. Die Lage wird

keineswegs schlimmer; die Wäscheschnur
zwischen zwei alten Zwetschgenbäumen zieht
den Horizont der Erkenntnis auf Augenhöhe
zusammen, und nur der Esel schreit Schicksal
im Nachbargehöft. Aber
das Brot hörte auf, eine Legende zu sein;
sorglos die Wirtsfrau kam aus dem Garten; im Korb
der Kopfsalat, der nichts als
die winzigen Schnecken versteckt. So oder so,
ein sicherer Wahlkreis im Land, das die Dorfkirche
noch immer geschmückt hält mit den Wappentieren
der adligen Toten; sie halten die Wälder aufrecht,
begleiten die Herde Damwild zur Tränke am Bach,
auch wenn in diesen Tagen die Rechnungen
nicht mehr bezahlbar sind. Am Nachmittag, als
der Regen nachließ, fuhren wir weiter in der Gewißheit,
daß die Geschichte der Täuschungen fortgesetzt wird

und auch die Schwestern waren fort. Eine einzige Stimme:
was sie zu beseitigen vermag, als wäre sie beauftragt
mit der Herstellung einer Leere. Nur schwieg sich
jetzt die Verwandtschaft aus; entweder sie wollte
vergessen, oder sie hatte vergessen, und erst
nach dem Frühstück tauchten im Türrahmen auf
die Nullgesichter der nächsten Generation. Inzwischen
nahm ich diese verblichenen Frauen ernst; ich bewunderte
ihre Beschränktheit, das Härtegeräusch ihrer Bewegungen,
ihrer Moral. Nichts Feuchtes. Die Schläge ein Ausdruck
von Hilflosigkeit, von Bereitschaft zu singen
und zugleich zu versteinern. Sie lebten so,
diese riesigen, winzigen Frauen, daß mit Hilfe
von Rinde und Haut die Familie
überlebte, ohne Zuspruch aus der Phantasie,
die ihren letzten Versuch unternahm am Fuß
eines kleinen Felsens, wo im Meer der Brennesseln
die Hühnerfarm versank. Darüber die Pflaumenbäume,
das Motiv der Großen Ferien, das ausgeführt
in einem klassischen Hausaufsatz dann
die folgenden Jahre ergänzte, in denen wir uns
unter Tieffliegern duckten. Die rauschende Säge,

die glitzernde Sichel, damit war der Hohlweg
nicht länger zu halten; der Verfall offenbarte,
daß im Haus kein expansiver Gedanke
gedieh, daß Frömmigkeit, Kargheit
keinen Flugversuch zuließ. Nur Vogelbeeren
leuchteten, ab Anfang August, und die Böschungen
schwelten über dem schwitzenden Sumpf

Gelände für eine Tennishalle. Ein roter Schornstein
erinnert kilometerweit an die Jahrzehnte, in denen
wir lebten mit realen Fiktionen. Erdachte Kämpfe,
die, von der Länge des Blasrohrs entschieden, nie
endeten, weil die Verteilung der Interessen,
diesseits und jenseits des aufgeweichten Asphalts,
sich nach der Höhe des Maibaums richtete,
nach den Abgrenzungen der Fußballwiese und
der Reichweite einer Schleuder. Bohnenstangen
setzten karfreitags die Katholiken; Mist
flog Fronleichnam aus den Ställen der Reformation;
sonntags sägte sein Holz der SA-Mann. Die Einebnung
der Gräben ist schon länger vollzogen, als irgendein
neu recherchiertes Provinzmaterial zu erkennen gibt;
abgenagtes Gemäuer, versiegelte Steinbrüche, geh nur
und suche das Nichts einer Grenze, die ein Rachenlaut,
eine Geräuschverschiebung im Dialekt zwischen
zwei Dorfhälften schob. Widerstand hat keine Obstwiese
geleistet; ein Sommer war heiß, der nächste zu naß;
vorm Stacheldraht standen die Kühe bis zum Abtrieb
hinab in den Stall. Und wieder begann eine Zeit,
die sich aller Befragung entziehen wird; wir kommen
darauf zurück, noch bevor eine Kamera läuft
und das Mißtrauen am Schneidetisch sitzt. Aber
zuvor rückte nach ein vertrautes Kontinuum, die Gewohnheit,
Waldbeeren zu suchen, wenn nach dem Abbruch
der Zelte ein Kochgeschirr liegenblieb. Männer
in Uniformmänteln, Frauen in roten Röcken
aus Fahnentuch wanderten durch den staubgelben Abend,
und wahrhaft: niemand zweifelte, daß die Angst
vor der Nacht plötzlich weg war. Freiheit fuhr vor
im ersten offenen Cabriolet, das von keiner

der Fluchtbewegungen, nach den Beschlagnahmewochen
im September, verschrammt war. Die Kürze des Glücks
war bekannt, aber dann dehnte sich sehr weit
der westliche Himmel, und unbekannte Passagen
schlug auf der Instinkt für Sätze und Klänge, die jetzt
Thema der neuen Vergeßlichkeit sind. Überflüssig
ist jetzt ein zweites Licht unterm Fenster; es reicht
im Laub das Geraschel der frühzeitig fallenden Birnen,
die vom Signal der Satelliten unbehelligt sind

der Wechsel in andere Zimmer, und die Laute,
die Lichteinfälle und Schattengrenzen wechselten mit
von einer Jahreszeit in die nächste. Noch war es einfach,
mitzuzählen in diesem Rhythmus, zu lesen
und zu vergleichen den Stand der Thermometer
und Pegel; ob Wohnzimmer oder Zelt, hier lag
im November die gebrochene Front der Sonnenblumen,
hier stieg der Kaminrauch auf, wenn im Juni
die Erdkälte mithalf. Ein geregeltes Spiel,
ein System? Oft krachte es, wenn ein Stück Fels
hinter der Hühnerfarm in den Bach fiel; oder es fiel
vom Tisch ein Gebet, und zur Sprache kam
(der Umweg der Poesie) eine Irritation, deren Äußerung
wiederum ganz vertraut war, wie eine Farbe,
wie die Kammermusik 9 Uhr 15. Die Geräte
mit ihrem kalten Charme sind perfekt; was du nicht
begreifst, ist schon längst aus der Tabellenspitze
gerutscht; wer schreibt, wer liest schon wieder
die Sütterlinschrift? Indessen hilft auch kein früher Tod
mit seiner genauen Plötzlichkeit; die Planstelle
wird nicht wieder besetzt, weil nun das Programm
weniger Wortprozente braucht und die Nachdenklichkeit
kein Prinzip ist. Daß irgend etwas geschieht, beweisen
die nachts beleuchteten Fenster der leeren Bürogebäude,
die hier und da aus den Vorgärten ragenden Kabel.
Der Anfang war ein Verrat... so hat der alte Kollege
recht, der einst mit abgefrorenen Zehen die Ruinen betrat,
in denen kein Fetzen Papier überflüssig, unschuldig war.
Heiser, bis heute morgen, blieben die Krähen; sonst
gehen kaum mehr, außer im Schichtdienst,

Stimmen kaputt. Anpassungszeiten, und so
kann's auch ich nicht mehr sagen, seit
zwischen diesen und anderen Fronten die Flächen
ganz leer sind, leer ohne Rücklagen: das zeigt
ein Vergleich mit verschütteten Ufern und Plätzen,
mit Photographien, die sich verlassen konnten
auf die Ästhetik der Todesstrafe. Das nächste Museum
zeigt mehr, auf Kosten der täglichen Zukunft,
und bezahlt wird die Verpackung
der Dinge, besserer Schauplätze wegen,
auf denen die Luft ihre Mauern zeigt. Dies
wäre alles Legende, wenn Sterbende hoffen ließen,
daß ihre Werke nach fünfzehn Minuten zerfielen,
nach zwanzig Minuten der Nachruhm, und ein Feldweg
führte dann wieder zurück zu einer zerschossenen Mauer,
die unterm Efeu vorläufig unsichtbar bleibt

die Richtung des Windes entscheidet,
welchen Geräuschfilm die Nacht durchs Zimmer zieht.
Gestern ein Mühlrad, zuvor die rätschenden Häher,
bis zur Autobahn bleibt jeder akustische Vorgang
in der Nähe einer begehbaren Gegend, in der Nähe
gutzumachender Verluste. Und die andere Front,
jenseits der Zielgebiete, hat keine Zeittafel,
die über die leisen und lauten Beschäftigungen
der Bewohner eine rasche Information in die Dämmerung
ausstrahlt? Die Jungens am Kiosk heben
die Schultern. Ein trockener Preßschlag, da hören wir
was und sehen das Leder fliegen. Die Spur der Gewöhnung
im plötzlich zurückgekehrten Gesicht, das,
mit einem Walkman versehen, ausschweift
über der tischflachen Landschaft, könnte schon wieder
eine Spur der Schlagbälle sein, von denen
meine Mutter erzählte, kurz vor der Kälte im Zelt
in der Lausitz. Die Mühen der Rekonstruktion
bleiben sinnlos; zuviel war passiert, gleichzeitig
an beschriebenen Orten, die erst im Nachhinein
ihre Gegenwart bewiesen, ihren wunderbaren, schrecklichen
Zusammenhang, der jede Zufälligkeit ausschloß. Selten
traf mich vorbereitet ein glücklicher Blick, aber

das hat jetzt keine Bedeutung, solang in der grauen Luft,
über dem Sportplatz einer undeutlich markierten Vorstadt,
ein roter Schlagball steht, zwischen Rauchsäulen,
die später dazugekommen und stehengeblieben sind

die Frauen klopften die Steine dann sauber; bis
der Staub abgewandert war, kam nichts zum Vorschein,
was am anderen Tag die Bitterkeiten, die Sorge
hätte beseitigen können. Die Sonne ging wieder
hinter endlosen Güterzügen auf; der Vorwurf,
daß es immer so bliebe, traf auch die, denen
mit Nachsicht in eine ganz andere Richtung
weiterzuhelfen war. Wer wird sich je so genau
kennen, daß er weiß, wie sein Widerspruch
entstehen, warum und wann sein Einverständnis
er vergessen wird... keine Frage, die vom Seeufer
hinüber ins Studio reicht, wo einst ein Flug
von unvermittelt sichtbaren Enten Verbindungen
zog zwischen unversöhnlichen Landesteilen. Morgens,
im Nebel, erscheint wieder alles verwoben; kein Gegenstand
zeigt sich im Widerspruch zu seiner Umgebung; so
ließe sich, zwischen den sanften Hügeln, mühelos
behaupten die Richtigkeit der Illusion. Es gab ja
die Zeit auch, in der die Langsamkeit eines Fuhrwerks,
von Ochsen über den Feldweg gezogen, den Tagesverlauf
bestimmte, unabhängig von den Linien, die der Gedanke
des Fortkommens zieht; nachmittags,
mit den Pflaumenkuchen, kamen die Wespen an.
Endlose Nachmittage. Wenn jemand über die Landstraße
ging, war sie leer, und der Mann aus der Stadt
blieb stehen im Schatten, nahm den Hut ab, sah
hoch in die Vogelbeeren und tupfte mit einem Tuch
die Stirn ab. Die Kinder, in diesen Jahren geboren,
kennen die Straße nicht mehr; die älteste Tochter,
zweimal geschieden, Hotel Mallorca, managt
im Sommer Modelle. Im Hof blieb zurück der Onkel,
ein Schuster, mit der Erinnerung
an Holzsandalen, Nägelchen im zersplitterten Gelenk;
die Gänseliesel lief barfuß noch winters
hinter den schnatternden Rudeln her. Lief im Tanzsaal

ein uralter Film? Die Bollerwagen waren es,
die oft gerettet hatten ein Leben, auch
wenn ein Fußball verschwand, ein Mehlsack, die Ordenskiste,
um was es schon ging, unterwegs auf einer Chaussee,
entlang am Rand der Vernichtung. So kommt es,
daß wir weiterhin hochfahren im Schlaf, zuckend
unter den Schüben des Fiebers, das nichts
anzeigt als den Zustand einer Erregung, die
unter der Dusche alsbald zurückgeht. Die Briefträger
rollen schon lange im gelben Golf hinein
in die Höfe, und die Jungens verstehen nicht,
welcher Impuls einen alternden Mann
das Radio ausmachen läßt. Nun aber bleibt
die Stallampe brennen; den ganzen Sommer schon
steht die silberne Leiter unter der Luke, die
gar nicht gedacht ist für den Weg ins Exil

am Küchentisch abends erwähnte ich, daß von nun an
die Scheune ein Thema der möglichen Erinnerungen
bleibt. Der Beginn einer Ansammlung
vergessener Gebäude; in diesem Sommer überraschte
zunächst die Stockrose mit ihrer Eindeutigkeit,
die unwidersprochen blieb vor dem Hintergrund
einer kalkweißen Wand. Der vage Horizont
war ebenso wichtig und gültig wie nebenan
das Gemäuer, an dem noch der alte Heurechen
lehnte, und als Efeu ins Blickfeld
hineinwuchs, erkannten wir die Methode
des Spiels, bei dem jeder mitmachen kann (aber
wer kann es) mit seinen, mit seinen
ältesten Assoziationen. Ein Kind, ein Mädchen
mit braunen Zöpfen, saß wippend auf der Deichsel;
was mir verborgen blieb, war die Zukunft, die
eine Mulde bereithielt im trockenen Heu,
egal, wie der ferne Krieg ausging. Später,
im dunklen Nachmittagslicht des Dezember,
tauchten hinter Straßenbahnschienen, die
sich hinzogen bis weit zu den Rändern
der rheinischen Nacht, Konstrukte aus Holz auf,
die ab April nichts als die Leere

ausstellten. Feldscheunenzeit; die Feldscheune,
weit sichtbar in der Ebene, beschreibbar als
ein Museum des Heus? Später
vielleicht. Du erinnerst dich an den Brand,
in einer hellhörigen Nacht Anfang der siebziger Jahre,
als die Sirene den halben Vorort
hinaus auf die Weiden trieb: da flammte
eine Epoche, eine reale Arbeitszeit weg. Rasch
wuchs der Fortschritt nach, unterm Beifall
der örtlichen Mehrheit, die aufs Neue bewies
die Fortsetzbarkeit falscher Wege. Wie immer
verhielten sich wachsam die fernen Behörden;
ein grauer Bescheid beseitigte
Hütten, Flußufer, Brachland, den flüchtigen Besitz
kleiner Vögel, die seitdem, wie zuvor
die Eulen und Reiher, im Widerspruch zwischen
Exil und Geduld so gut wie verschwunden sind.
Noch sind nicht alle Photos wiedergefunden (nicht
einmal entwickelt), die weiterhelfen, das System
der Klassen, die Muster sozialer Definitionen
einfach zu vergessen, angesichts dieser verkohlten Balken,
dieser Zaunreste zwischen Feuerbohnen und Phlox

in jedem Jahr kam eine Kälte und schnitt
die Leinwand des Sommers auf. Kirschkerne rollten
zwischen den Straßenbahnschienen; sonntags im Wald
sagten wir kleine Theaterstücke auf und sahen, wie Schiffe
verschollen blieben am unteren Rand der Wolken.
Das Würfelspiel der Momente, die einzeln genau
und zählbar, alle zusammen unsichtbar
in der Zeitdüne verschwunden sind. Ein einziges,
erleuchtetes Fenster spät in der Nacht begrenzt
die Erzählung; was sagst du von Leuten, die unterwegs
in den Lichtketten der Autobahn sind? Der Schwalbenflug
stellt ganz andere Fragen, die kaum beantwortet werden
von unseren abgelegenen Häusern, zwischen denen
elektrische Drähte gespannt und deren Tage
gezählt sind. Der Sommer geht, seltsam
zu sagen, auf natürliche Weise zu Ende; in jedem Fall
spüren die Schwalben das richtig, auch wenn

kein Lebewesen imstande war, die furchtbare Luft
dieses Sommers zu riechen, zu schmecken, zu sehen.
Wenn der Regen nichts sagte, was wird
der nächste Schnee anderes tun? Vielleicht sind wir es,
deren unmerklicher Zerfall die große Vision
der Katastrophe ersetzt, dieses Gemälde,
das der Frieden vorbeiträgt
auf seinen Märschen. Strahlend verging
der Nachmittag, als wir
Löwenzahn pflückten, Strenzel, Sauerampfer und
Scharbockskraut, Küchenzeugs alles, das wir
den Kindern mitgaben für ihren Abend mit
Party, Salaten, Sommerkleidern im Hinterhof

es gab diese Jahre
unterm Schirm der Gefahren, und es gab
wenig Schutz zu Füßen der Hügel, an Gartenrändern,
am Ufer der offenen Bucht. Es gab auch
die Maurer und Schmiede, das Eisen, den Stein,
und der Familien-Ausflug führte in die Küche
der Burg, in der sich die Frauen versteckten
bis zum Ende der Kämpfe. Es gab
nichts, was genauen Recherchen genügen könnte,
den Fragen nach einem Befinden, das
vergleichbar geworden wäre mit der aufkommenden Panik
in einem stehengebliebenen Aufzug zwischen
elfter und zwölfter Etage. Wer kennt schon die Ursache
seiner und seiner Vorfahren Ticks? Heut abend
rannte ich auf die Wiese, damit mein Geröchel
ungehört bliebe im Haus; dann flog ich
weiter, unter den Birnbäumen her,
über die Böschung hinaus, hinab
in die wilden Zärtlichkeiten der Täler. Der Kaffee
morgens brachte uns zur Besinnung; das Scheunentor
knarrte, der Wagen sprang an, weg war
der Traum, ein mutmaßlich entscheidender Traum,
der den Einstieg in alle Wirrnis, ins Wurzelwerk
der Stammbaum-Geschichten zum ersten Mal
hatte öffnen können. Längst rollten wir über
den Südring, die Autobahnbrücke über den Strom,

der auf seine Weise die Geräusche und Lichter
zusammenzog, bis zusammenkam
irgendeiner dieser obskuren Zusammenhänge.
Längst waren Chancen vertan, zwischen Schreibtisch
und Tresen, kamen noch einmal zurück
in einem verschlissenen Studio, in einer Kajüte,
bis man den Hut nahm, endgültig, und unten
beim Pförtner vorbeiging. Der Abend war
Horror. Ich hatte vergessen, was die Wirkung
einer eisernen Klammer ist, wenn sie aufspringt
und die Niedertracht losläßt, das fauchende Gespenst,
das in den Gartenbildern des Sommers
verschwunden schien. Falsch diese Bohnen, tollwütig
alle Tomaten, die Gurken im Nachhinein nur noch
gemein. Höhnte der Kuckuck? Nicht einmal Zitate
halfen, schon gar nicht die Trostversuche der Ironie.
Es gab keinen Kuckuck; es gab nur auf Langwelle
ein dumpfes Geräusch, das an gar nichts
erinnerte, doch, doch damals
war dieser Krieg. Was ist jetzt? Wann tritt die Müdigkeit
an und verhängt jedes bewegliche Ziel, das im Hausinnern
das Aussehen gewöhnlicher Küchenstühle hat? Eine Leere
breitet sich jetzt in der Dämmerung aus, und genau
diese Bedeutung hat das offenstehende Gartentor,
die Einfahrt in einen unbeantworteten Abend, der
nüchtern und kurz bleibt und mit der Stille
des Telefons endet. Irgendwo auf der Wiese
schwelt ein Krautfeuer weiter, aber ich war es nicht,
der Zufall war's auch nicht; die Kälte kommt näher
und richtet ihre unsichtbaren Fronten auf

nur wenn ich will, kann ich dich wieder hören,
in einem der beiden Häuser des Widerspruchs,
der sich wöchentlich überträgt auf Verhaltensweisen
vor dem Bildschirm, zwischen Stangenbohnen
und frisch lackierten Regalen. Schritte klingen hart
oder zögernd; die knarrende Küchentür setzt langsam
zu einer Erzählung an; du tippst Telefonnummern ein
und probierst die Möglichkeiten eines Programms,
das in jedem Fall eine Stimme hat, aber welche?

Ein heiseres Repertoire, ein heiterer Gruß, ein
verräterischer Schluckauf, und was ist die Wahrheit, wo
hieltest du dich versteckt? Das Turnreck, die Sandgrube,
das Regenfaß, all dies eine Kapitelseite
im Album, das jahrzehntelang unerwähnt blieb;
die Schattenseite der Zeit. *Die Wintergeschichten*
fangen jetzt an. Sagtest du gestern, und es war
noch ganz warm, im September. Mühsam
erinnere ich mich; die eine Hälfte des Tags
drückte mir die Schultern auf den Tisch; die andere
spürte ich nicht, weil vielleicht die Klimaanlage
so nah und ein Geräusch wie damals war,
als der Fesselballon brannte und sank.
Sicherlich, der September, und abends mit dem Wind
kam unversehens ein Gewitter, das die Folie
der Gleichgültigkeit aufriß, uns einander
näherbrachte mit einem Gefühl für die Vorläufigkeit
der Balance. Fern klirrten die Gläser im Schrank,
und mit geschlossenen Augen sah ich den Film,
in dem diese Häuser zerspringen, die schon immer,
ohne Nachdenken über die Rückkehr, verlassen sind

sieh an: *Constable's England*, und du findest
in diesen alten Bildern nur Häuser, die älter sind
als die Bilder, der Maler, die zeitgenössische Schule.
Die Dämmerung heute morgen begann mit dem Schrei
eines Käuzchens, und da war es ganz leicht,
einen Reisebericht zu erfinden, der zwischen
Flatford und Dedham die Straße vergegenwärtigt,
dort wo unser Landwagen unten im Rheinland
verschwindet. Unsichtbar blieb und bleibt jetzt
irgendein Fluß. Der *Kinomann* zieht durch die Dörfer
und zeigt seine Standards, zuletzt
die utopische Heimat, Ölflächen auf einer Leinwand,
deren Webart mitten in New Haven
zu studieren ist. Es ist aber sinnlos, länger noch
mit Kopien die Meisterschaft zu erkunden;
jeder Ansatz des eigenen Stils erstarrt
in vorgespielten Gesten. Ein Turm, zwei Bäume
stehen vertikal in der flachgezogenen Landschaft,

die das Auge des Malers für uns geöffnet hat,
mehr nicht. Der Eintritt ins neue Museum ist frei,
für eine Woche; dann hört das Umherlaufen auf,
und es beginnt eine sehr schöne Mühe. Viel
geht verloren, kommt gar nicht erst an; ich suchte
ja auch auf der abgebildeten Leinwand
das Konkrete, den Ort,
der in meiner Sprache nicht vorkommt. Auch der Kinomann
ist eine Radiofigur, die ihre Augenzeugen
erfindet und vielleicht ein Echo erzeugt,
das nicht unterbricht, nein, aber hinzieht, verzögert
den Bericht der gelebten Zeit. Und geblieben ist
ein verfügbares Vokabular, das uns quält
und besänftigt, indem wir Sätze für Räume suchen,
die mit Hilfe der Sprachlosigkeit erdacht sind.

und die drängende Zeit; das letzte Gras,
wie es zwischen den Falläpfeln steht; rund ist
schon wieder der Mond. Gestalten wachsen heraus
aus dem Schatten; im dunklen Zimmer, der krumme Baum,
das ist für eine Weile mein Vater. Das Geld
reicht bis zum Mittagessen nicht; die Frühzüge
pfeifen; der Schlaf wühlt noch
in seiner letzten Schicht. Die Mülltonnen dröhnen;
der Fragebogen fliegt fort aus dem Fenster;
zur Tür kommt der nächste herein, und
die Nachbarin steht in den Pflaumen. Steht
vor der Wasserwanne im Feld die Eiszeit, rupfen
die Rehe die Wäsche vom Seil? Es riecht
im Hohlweg nach Öl; dort lagerte der Rest
einer Truppe, die unterwegs
zu imaginären Friedhöfen war; dann läuteten wieder
die Glocken im Tal. Stille Gesichter, die
der Frauen waren verhüllt; ein Summen begann,
während der treibende Schnee die Spuren
zwischen den Trichtern verdeckte. Nachmittags,
erst nachmittags leuchten die Äpfel, und
noch einmal geht es hinaus bis
zum Landkartenrand, und man sucht wieder den Unterschied
zwischen dem Profil eines Sterns und dem Auftrag

eines Satelliten. Nebel liegt auf der Startbahn;
die späten Gäste besteigen den Rover; ein Mann
im Trenchcoat schaut ihnen nach. Ein Schein
und ein Stempel, damit kamen wir weiter
bis in die Kurve vorm Schlagbaum; dann
brach das Knarren der Deichsel ab, und
ein Fahrrad tauchte im rötlichen Horizont auf.
Ich weiß nur, daß die ganze Erzählung
aus einem Muster von Sprüngen besteht, aber
es war so, zwei Ochsen zogen
den Leiterwagen, der mit Büchsenfleisch, Bettzeug
und Brennholz beladen, Viertel nach vier,
unter den Birnbäumen der Chaussee stand, umgeben
von einigen rauchenden Männern, die den Umweg
berieten durchs reifende, raschelnde Maisfeld. Es gab
keinen Umweg. Zwangsläufig geschah, was alles
falsch war, und ob ich
gewaltsam freikommen werde, springend,
fortspringend aus Klassenzimmern, Kindergärten,
Kalenderblattstuben, das kann ich heute nicht
sagen im Zusammenhang dieser Termine, die
bestimmt sind von der Schattenlänge
der Zwetschgen, vom Geraschel der Fernschreiber und
den unerwarteten Wirkungen der Kopfmassage heut morgen

jemand mit glatter Gesichtshaut, aber das ist
ein sehr altes Photo. Die Umgebung erzählt nichts;
es gibt keinen Horizont jetzt, keine Pappeln; es gibt
nichts an Leuchtschrift und Erkennungsmelodie – das
wäre ja auch ein Zeichensystem, ein wenig
verblüffendes Muster vorhandener Raritäten,
die draußen auf den Wiesen, im nassen Asphalt
zum Beweis eines Zeitsprungs
liegengeblieben sind. Falls ein Geraschel nächtens
uns aufschreckt, sind das die Hagelkörner
in diesen Reihen von Eimern, die uns die Rückkehr,
ein Wiedersehen erleichtern sollten; so warten wir jetzt
auf jedes Geschehen, das die unbeweglichen,
ganz nahen Dinge auf einen Weg bringt, der
nicht wieder beliebig ist. Der Wasserhahn ist ein Beweis

der Geduld, und es hängt nicht allein
vom Wetter ab, ob eine Beziehung entsteht zwischen
den schlaffen Blättern des Rhododendron und
feuchten, weißen Gartenstühlen, die noch immer nicht
zusammengeklappt sind. Drinnen zieht Regen
über den Bildschirm. In der Ecke,
mit seinem grünen Nässegeruch, schimmert
das frische Brennholz. Jetzt wäre der Augenblick,
Schluß zu machen mit aller Sicherheit, die
in der Umgebung der Klimaanlage jahrzehntelang
täglich zuerkannt und, im Widerspruch
zu den Entwürfen des schweifenden Lebens,
benutzt wird. Der Specht läßt sich erst fallen
vom Birnbaum; dann spreizt er die Flügel
und segelt in eine ungewisse Horizontale,
die er rasch hochflatternd wieder verläßt
in einer genauen Kurve. Die Nähe der Angst
verhindert viel, was ein Bild der Versuchung
immer aufs neue vorschlägt, und daran ändert
der Sturm nichts, der die Skrupel des Herbstes
auf seine Weise vernichtet. Ein
selbstverständlicher Vorgang, dessen Schönheit
nachahmen möchte, wer hinter
den Fenstern sitzt. Dort in der Luft
stehen über den leeren Feldern die Drachen, und
die unsichtbaren Fäden halten sie fest, bis sie
irgendwann stürzen. Unmöglich, in der Balance
zu verharren; die Zeitung war neu und darin
das Photo so alt wie ein Gegenstand im Museum,
wo jetzt die Arbeit gegen das Altern anfängt

in den kürzeren Tagen im Herbst ist nähergerückt
die Grenze der Träume. Beginne und höre früh auf;
es ist die Zeit zwischen zwei Atemzügen
der Dunkelheit. Die Entfernung zwischen den Hälften
deines Gesichts genügt, die Verwischung der einen und
die Entdeckung der nächsten wahrzunehmen, ohne
großes Versäumnis. Neulich stand der Schrecken
am Bett; es war in der Morgendämmerung, als
sich zeigte, wie die Bildermaschine des Traums

Blüten und Schrott zugleich hervorzieht aus einer Geschichte,
die tagsüber nie vorkam. Nachts lief der Film,
wie eine Warnung, und die Ausdehnung einer Straße
genügte, sitzen zu bleiben im Schutz des Gebüschs.
So viele Möglichkeiten, am Ende dann keine,
die hätte helfen können mit einem Briefentwurf,
einer unmißverständlich besprochenen Kassette. Fragen
stehen herum, wie immer in Vorzimmern, Foyers, die
sich empfehlen, wenn Zigarettenrauch zurückgeblieben
ist und nichts mehr geschieht. Im Herbst
fängt alles erst an: die verlängerte Schlaflosigkeit,
der endlose Wollfaden, das Ruhebedürfnis
der Gefühle. Man trifft sich und bleibt
länger beisammen, selbst wenn im Kamin das Holz
fehlt und der Raum voll ist von Bewegungen der Leere

und dann geht zum Fenster, am nächsten Morgen,
der erste Blick. Die Dunkelheit kann gar nicht anders,
sie läßt ihre helle Schwester jetzt frei, die langsam
hinab ins Tal steigt, durch den Vorhang
des Regens. Unsichtbar dröhnen die Morgenmaschinen;
die Rehe ziehn sich zurück ins Gebüsch. Schwierig
ist nicht der Anfang, sondern die Fortsetzung der Suche
nach abgerissenen Fäden, die kein Licht an den Tag
bringt und für die nicht die Spinnen
zuständig sind. Plötzlich die offene Stalltür;
als ich gestern hinausging, stand der Geländewagen
schräg auf der Wiese, zwischen Kirschbaum
und Birnbaum; die letzte Krise ging damit
zu Ende. In der nächsten Minute erhob sich
ein Krähenschwarm und trieb das Entsetzen
durch einen Park, wo um diese Zeit, gleichzeitig,
das Glück in die Nähe kam,
vorläufig, bis ein Taxi zum Flughafen ging
mit einem Gedicht, das nachmittags
durch ein Telefon noch zurückkam. Später folgte
eine Zeile nach, die das Wachsen der Birke im Zimmer
erwähnte, dazu eine nächtliche Ebene, aus der
die eine Hand ragte ins Nichts, die andere
über die Kanten der Hügel. Die Vorgänge nahmen

wenige wahr, ohne zu wissen, um was es sich
handelte, vielleicht war es die Wirkung, die das Verrutschen
eines Stuhls, im Winkel der beiden Tische, hervorrief,
vielleicht waren es Folgen einer Begegnung
in einem leeren Billardzimmer, das sich öffnen ließe
in die beschreibbare Zukunft, wäre nur
die gemeinte Zukunft beschreibbar. Die Zeit reichte
noch für drei Schnäpse am Tresen; früher war es
ein Fahrrad, das die Abenteuer des Heimwegs verlängerte,
und dazu leuchteten nachts die Ebereschen. Da ist auch
schon wieder das Antwort-Geräusch; die schnellste Stimme
prallt auf den Gegenwind, gleich an der nächsten Ecke,
und irgendwo in der Hausfront geht noch
ein Licht an, weshalb ohne uns, ohne den Zusammenhang
des laufenden Programms, nun eine Geschichte beginnt,
in der nachts ein Hund über Felder läuft

im nächsten Jahr, fragst du... im nächsten Jahr
wechseln Direktoren den Wagentyp, und die Chemie
testet weiter ihr eigenes Verschwinden; so vollkommen
sollen die Tarnfarben sein. Indessen glitzert,
zwischen den Hügeln, der Strom, und die Luft strahlt
in der Schönheit so vieler Verbrechen, die heimlich
begangen und lange nicht bemerkt worden sind.
Die Pumpen sind stumm; die letzten Tage
sind ruhig; kaum ein Geräusch
machen die neuen Gerüchte. Morgens im braunen Nebel
wird erkennbar die junge Gestalt der Sonne, die
sich hochrollt über den Rücken der Wälder. Die kältesten Äpfel
sind auch die letzten, die am unteren Rand
der Wiese leuchten; eine Weile noch reichen die Bestände
des Lichts. Der Frost bewegt seine Fronten vorläufig
nicht; da redet der Wind, der alte Diplomat,
auch noch mit, und der Schuppen steht abends
weiterhin offen. So kann ich dir wieder zeigen
das unbeschädigte Bild, in dem die Zeit
ruhig zu warten scheint; auch wenn wir uns
täuschen lassen, geschieht es mit aller Kenntnis
der Muster, die zum Zweck der Täuschung erfunden sind.
Die Genauigkeit macht uns grausam, aber ich kann dich

nicht trösten, solange in der Umgebung nicht
völlige Dunkelheit ist. Diese Nacht kann sich
auf jede andere berufen, und das setzt
durch die Luft diesen lautlosen Lärm fort,
dem wir im Zickzack zu entgehen versuchen

und dann strömt die Luft feucht und mild
in den Sonntag, der mit der Frage beginnt, warum
Bach für diesen Zweiten Advent keine Kantate
schrieb. Wiederholung der Zwänge, und wir können,
um keinen Preis, auf sie verzichten; die Zäune
zwischen den Gärten hindern die Gedanken nicht,
auszuschweifen und rasch zu verenden. Im Korb
liegen, wie entdeckte Gespenster, die Hemden
der vergangenen Woche; nichts zeigen sie her, was
an die Verletzungen dienstags und freitags
erinnert. Die Mode nimmt endgültig Abschied
von Körperflächen, die der Luxus des Elends
sich ausgedacht hat; die Steige mit dicken Birnen
wandert nach hinten ins Winterregal. Im Horizont links
stehen die letzten Rinder; der neue Kalender erzählt,
wo hinterm Wäldchen die Grenze des Kontinents
verlief, zwischen Wasser und Wüste; Kabel verschwinden
im Balken des Fachwerks. Die Hände sind nie mehr
ruhig; der Garten will schlafen, der Tagtraum will
dirigiert sein; das erste Flugzeug erscheint wie damals
der Bomber, der still die Talsperre anflog. Bleiben wir
dort, wo sich offenbar nichts verändert, wo ich
in der Feldsteinmauer, im Abdruck der Muschel,
die Spur der Neuigkeiten entdeckte. Jäger häuten
die Hasen ab, die blutig am Scheunentor hängen,
gleich am Ufer der Dhünn, eines kleinen, wasserfarbenen
Flusses, in dem der Teufel, vergeblich, die Glocken
versteckt hielt, und wo die Hexen behandelt wurden
wie Hühner. Tagsüber dehnen die Hügel sich aus,
nach einem strategischen Zeitplan, der nicht
das geringste Verständnis findet, und warum auch.
Der Fluß wäscht seine Steine, und die Gemeinde
hat kein Gesetz, diesen nackten Bestand der Geschichte
am Stand der Einwohnerzahl zu messen. Wer

begegnet noch allein seinem Schatten, im mehrfachen Schein
eines Satelliten, und vergleicht sich mit einem Photo,
das in seiner Eindeutigkeit so langweilig ist?
Keiner erklärt sein Verschwinden; keiner
sagt es voraus; die Fensterbank, wo mittags die Katze
lag, ist plötzlich und tagelang leer. Wenn
es so bleibt, kann der nächste Schnee ungestört
kommen; die Felder sind vorbereitet und
hören zu atmen auf, bis auch diese Täuschung
erkannt wird. Wir werden sehen, wie lange der Widerstand
der Zweige anhält und die wenigen Äpfel leuchten,
die nach allen Maßnahmen hängengeblieben sind

der Maler am oberen Waldrand; nun wäre es möglich,
die Welt um eine Ansichtskarte zu ergänzen,
fünfzig Jahre danach. Danach wissen wir mehr, wissen wir
weniger als zuvor, als am Exil ein Feldweg
vorbeizog und den Sommer weiße Gartenbänke
möblierten. Federstriche, geblieben der Name.
Geblieben unterm Gewölbe der Bäume
ein Echo vom Gelächter der Männer, die im Fluß
ihre Badehosen verloren. Einer fuhr vor
im grünen Opel Olympia; der nächste flog
aus der Kurve auf seiner Zündapp; einer trat auf
die Mine. Die Formen der Hügel sind nicht
verbessert worden; der Himmel ist ein bißchen
vergilbt, wie eine Papierserviette, die unbenutzt
im Wintergarten liegengeblieben ist. Niemand
weiß die Adresse der beiden jüdischen Mädchen,
die in den Bildern vom nächsten Sommer fehlen;
da hat ein Fahrrad geklingelt; ein Maschinengewehr
stand auf dem Teerdach der Laube, die ein Junge
in den Ferien besetzt hielt. Was zahlte die Zeitung
an Honorar? Still blieb die ferne Akademie.
Hafenansichten. Frauen in langen Kleidern unterwegs
auf dem Feldweg. Drei Fichten, zwei weidende Pferde.
Die Luft war von Warnungen frei; nur der Wasserkessel
summte unser Unglück voraus, im Verlauf eines Abends,
dessen Farbe erst ganz gewöhnlich und dann angepaßt
war ans Muster langfristiger Tarnung. Am Fenster

stand dieser Korbstuhl, auf dem eine Frau saß
mit ihrem Strickzeug; woran sie dachte, konnte der Maler
nicht wissen, obschon er die Schwester wiedererkannte
in seinem Bild. Woran sie dachte: eine simple,
unerwartet folgenschwere Utopie, die ihr Leben hinab
in das Schilf zog. Im Radio eine Variation, die
sich mit Zweifeln und Vermutungen einließ
und dennoch auf eine Gegenwart zurückkam,
in der sich nur Schatten begegneten. Wer
waren die Zeugen? Es gab immer nur eine Wiederholung
von Fragen, die den Sand aufwühlten, den alten Sand
ganz unten im Seegrund; mehr wollte auch keiner
erfahren. Die stehengebliebene Kuckucksuhr, sie tickte
dann weiter, und das kleine, krächzende Monster
schnellte halbstündlich aus seinem Gehäus, bis
im Zimmer die stumme Gestalt des Wartens
verscheucht war. Noch gibt es ungelesene Briefe, die
nicht weitergegeben, verheimlicht werden; so hält
jedes Jahr die Schrift zurück, die das Versäumte
mit der Gewißheit verbindet. Der Finger tippt hier
und da über den Atlas, tippt aufs Gedächtnis,
wie es die Erdkunde lange bewahrte. Die Grenzen sind
alle falsch. Die Geschichte erscheint in Farben, die
verblaßt, aber nicht ausgelöscht sind von der bleichenden
Zeit. Der Feldweg führt in eine tödliche Schneise; die Hügel
verschwinden unter den grauen Pisten; es könnten
die letzten Veränderungen sein, die uns beschäftigen,
am Rand der Möglichkeiten, die zugegen sind

II

es regnet draußen. Wir bleiben im Haus

und die Tischebene ist noch ruhig. Sie bleibt ruhig,
im trüben Licht des Vormittags, bis wir anfangen,
die Stille zu vernichten. Es geht langsam, und
man hört, wie immer wieder der Stift aufs Papier

fällt. So entsteht (die kurzen Atemzüge heut früh
lassen mehr nicht zu) der Anfang einer Fortsetzung,
die zu warten gelernt hat, bis jetzt. Ein Radio dröhnt
plötzlich auf. Aber es ist nichts ohne Logik
geschehen, obwohl aus den verschiedensten Bereichen
Gewitter gemeldet werden und keine Zusammenhänge
entstehen, die durch ein einziges Echo verschwinden

und damit widerlegt sind. Jede Zeile verbirgt
einen anderen Text, der in den Schichten unter
den Wörtern zu suchen ist. Und dennoch, wir
fangen nicht an hinterm Rücken der Dinge;
der Blick schweift ja hierhin und dorthin,

bis er sich fängt, jetzt, im Wintergeäst. Es regnete
eben; es fängt jetzt erst an; es gibt

die französische Kammermusik, das zweierlei Blau
auf zwei französischen Feuerzeugen, die Einladung
zu einer Poetik, die ganz deutlich erscheint für die Dauer
eines Ferngesprächs. Es gibt eine Stimme, deren Sprecher
noch nicht identifizierbar ist; es muß keine
menschliche Äußerung sein; wir haben zuviel auch
schon wiedergehört: so kam es dann, daß wir staunten,
als ein Geräuschemacher erschien, und wie er,
im schalltoten Raum,
zwischen Dachpappenflächen die Dünung der belgischen See

hervorzog. Und nachgerutscht kam die Erinnerung
an eisige Ufer,
die Kanten eines harten Gedichts, das eine Tür noch
offenhielt fürs Zurück
auf die Wiese unter dem Kirschbaum. Die Schrift,
sie brauchte den Mechanismus einer Illusion,
die ihre Defizite ausglich und die entrückte Zeit
mit einer Kulisse versah. Das geschah
auf die einfachste Weise; die schweigende Zauberei
erwies sich als Handwerk, das seine Regeln und Tricks
auf den Tisch stellte; so kannst du es sehen
wie auf einem Bild von Hieronymus Bosch. Nichts
läßt sich kopieren; der Stil sucht sich selbst seine Seele

aus. Die nächste Zeile treibt weiter das Sprechen,
bevor es mit einem Motiv sich berührt. Die ganze Leinwand
war blau, und der Maler meinte nicht einmal den Himmel;
das Problem war, eine Wolke aus Spray zu befestigen
und die so entstandene Ware
dem Nichts zu entziehen, für später, wenn Farben,

eine Farbe die Erdkunde braucht. Im Winter sind es
einige Tomaten, die mit Vertrauen das Unwirkliche
versehen; ich bin dann bereit für jede andere
Information, die ohne Ereignis zustande kommt; es kommt
auf die Korrespondenzen an, auf die Schnelligkeit
der Vermittlung, und ich sag dir, was du trotzdem
zu glauben hast. Kein Text wird erfunden. Alles
im Telefonbuch. Das Unvertraute kommt von allein, wie
im August der Schneefall. Notizen gehen verloren, wenn
Herbst ist; das beweist, daß der Augenblick nichts als
er selber ist, bei aller Geschichte, deren Spurengeflecht
zu ihm hinführt, zu einem Punkt in der Zeit, den nur
ein rascher Gedanke wahrnimmt. Der Satz kommt schon
zu spät, etwa der Satz: da fällt ein Apfel, aber

was heißt zu spät? Der Satz hat
seine eigene Dauer, und er hat eine Möglichkeit, indem
er seine Vermehrung betreibt. Dinge und Tätigkeiten
warten auf ihn; längst liegt Schnee auf der Wiese,

und ich schenke dem Mann, der den Parkplatz bewacht,
einen Apfel. Der Mann steht da, und bekannt ist nur
seine Funktion, bis ein Reporter kommt
und ein kleines Porträt schreibt. Nun ist es ein Name
mit einer Geschichte, die ein Beispiel des Älterwerdens
erzählt, des Versuchs, noch einmal nützlich zu sein, bis

18 Uhr. Ich fahre in die *ländlichen Räume*. Da
wartet die Katze; da ist noch immer der Satz,
der entdeckt hat, wie selten eine Verständigung ist
zwischen Kühen, der Eule, zwischen zwei Klangbereichen,
die sich brechen hinter den Scheunen, zwischen Regenrinnen
und First. Die Eule ist neuerdings näher gerückt und
sitzt seit gestern im Geäst gegenüber; sie wartet,

bis der Okarina-Klang ihrer Stimme mich vollkommen sanft
beunruhigt hat. Dann beginnt der neue Jahrgang
einer gewöhnlichen Interpretation, die sich trennen möchte
vom Hintergrund, vom plötzlichen Schweigen
in einem Wäldchen, in dem es nur scheinbar schweigt, wie

du weißt: der kleine Grabstein erzählt das Oktober-Kapitel,
das die Steinbank, mit dem Entwurf einer Küste, fortsetzt;
für wie lange. Das Muster der stehenden Zeit existiert

nicht, und ganz einfach weiterzustricken, das geht
und geht wiederum nicht; später liest sich alles ganz
anders. Der Briefkasten heute war zugefroren;
die Autobahnen krachten im Nebel; die Nachrichten
stellten wir leise, ohne völlig verzichten zu können
auf das Plätschern der Katastrophen. Es teilte am Ende

nichts mit, was zu einer Offensive hätte führen
können, und wer kennt sich noch mit Hauptquartieren
aus. Keine Frage; noch kann man sich retten
mit einem Gedankensprung, wenn übergroß die Öde
heranwächst, in bunten Erlebniskulissen, hinter
denen jeder Kulturchef Bescheid weiß. Im Hof, zwischen
Efeu und Fachwerk, hört das bedrohliche Summen auf, erklärt
sich der Nachmittag mit einfachen Bauernregeln, die

ganz in der Nähe untergebracht, zur Zeit aber unauffindbar
sind. Wir sind hier manchesmal fremd, begreifen
die Kanalsysteme nicht, die sich zwischen
Holunderbüsche schieben und vieles näherbringen
von allem, was du wissen sollst und nie tun
wirst. Ein Eisklumpen liegt auf der Wiese;
so stellt sich in diesen Tagen die Ewigkeit
vor, und der nächste Stern weiß, wie sein

Spiegelbild aussieht. Glückliche Heimkehr, spät
nach der Kneipe. Schneeflächen hinterm Gehöft
halten die Unruhe zurück, die anderswo
das Geschäft des Mißtrauens ist, ein Problem
der Quotenbewertung, die uns kalt läßt, bis

in die Gremien morgen. Oder kannst du
begreifen, wie man schalldichte Fensterflächen
durchdringt, mit der Kraft einer alten Sehnsucht,
die erst in den Pflaumenbaumästen, am Ufer
des Wildbachs, sich einfangen und für Jahrzehnte
zuspinnen läßt? So geschah es. So ist es ja auch
beschrieben. Nur ist es schon wieder vergessen, wie
der Bericht ans Familienkonzil, das zuletzt übers
politische Bruchsteingemäuer, nach den Waffeln
mit Kirschen und Sahne, im grünen Nachmittag
spazierenging. Das Volk auf'm offenen Lastwagen,

aufgejohlt hat es: nur ein Punkt fehlt bis
zum Kreisklassenmeister. Ja. Raimund kickte

die Ecken, Elfmeter. Der Ginster glühte noch
nachts; war doch Juni und Tiefseeträumerei
zugleich; hing doch da vorn auf der Fahrradstange
der flammende Mädchenrock. Bis der Schatten
der großen Muhme nahte: da steckte das Kind
das Spielzeug der Sünde weg, floh in die Büsche,
ins böse Gebet und verlor die Klarheit der Stimme

für immer, egal, war's später der Gipfel
der Party oder ein deutsch-deutsches Interview,

eine ausgewogene Sendezeit, ein Sonntagsgedicht
zur Stunde, in der die Fleischbrühe blüht. Hilft
denn ein Hinundhergehen jetzt, hoch oben
im Konferenzbereich oder unten im Stall? Wir
suchen jedenfalls die Bewegung, die um den Abgrund
herumführt und eine Idee verwirklicht, die nicht

gleich zu Anfang Zitate verteilt. Es stimmt eben nicht,
daß wir nicht mehr herunterkommen
von den Straßen des Reichtums; es leuchtet
wie eine Hymne kein Satz. Es leuchten Millionen

nicht. Und gleichgültig bleibt ihr, die einst
als Schmuckbesitzerin galt, der Nacht,
auf welch elenden Feldern der Rest der Legenden
herumliegt, bis mit der Frühschicht vielleicht
ein Geräusch kommt, das den Küster weckt
und aus dem Schlaf des Verbrechens die Gemeinde

aufscheucht. Die Luft am Tage bleibt kalt,
auch wenn die Sonne die Schneeflächen
wegfrißt, mit denen ein Maler der Illusionen
versucht hat, ein zuverlässiges Muster
in der aufgerissenen Landschaft zu prägen. Immer
kommt es auf den Versuch an: *nur einmal, noch einmal*,
bis der Treibriemen greift und die Reproduktion läuft
wie ein Prinzip, das durchhält in jeder Flaute. Trägt es
uns weiter, wie weit? Damwild, hinter den Wäldern, züchtet

der trotzige Bauer; es wächst der Besitz, und so weicht
er nicht aus einer Struktur, die den zusammengeleimten
Mythos noch braucht. Versprochenes Futter; das füllt
die Speicher der Möglichkeiten, im Widerspruch
zu einem alten Gebäude, das die Beschreibung
meiner laufenden Erfahrungen belebt. Im Nachhinein
stimmt kein Vergleich mehr? Das Tor einer Scheune,

die ein neuer Bestandteil unbestimmter Entwürfe

ist, beim Aufzerren zerkratzt es die gefrorene Erde,
die in der Winterzeit jetzt geformt wird, so hart,
daß sie nicht spürt die Berührung, das Atmen,
den Versuch meiner Stimme. Die Spur der zersplitterten
Kante bleibt eine lesbare Nachricht, und
die kommenden Wochen verbringen wir
mit dieser Narbe. Was weiter geschieht,

hängt vom Wetter ab, nicht alleine vom Wetter, wie es
abends über den kontinentalen Bildschirm rutscht und
dem nächsten Tag seine Neuigkeit nimmt. Nichts
mehr darf selbstverständlich sein, die Autobahn
und die Heimkehr ins abgelegene Haus nicht,
und das Aufwachen und der Frühstückstisch nicht; du
kannst dein Gesicht täglich entdecken, nicht wie es
altert, sondern wie es plötzlich erscheint, ein Feld
im noch unvergleichbaren Zustand. Im Spiegel einer
unverhofften Begegnung, die den Schrecken nicht
braucht. Davon wußten wir gestern noch nichts, aber

was geschah gestern, waren 6 Grad unter Null eine
Bereicherung in der Chronik des Frosts? Die Sonne
lag flach auf dem Eis; die Windschutzscheibe war
dreckig wie nie, so fuhren wir durchs Netz
einer Gegenwart, die umgeben von Ungenauigkeit ist,
den Rändern des Früher und Jetzt; sie verschieben sich
täglich. Und da kam ins Gegenüber der Wipfel
das Luftgeräusch zurück, das uns warnte im Dorf,
bevor der Sturm die geschwollene Flut über den Damm
schob; die Männer zogen los und nahmen
den Kampf auf, bis der Regen ermüdete
und zwischen den rufenden Stimmen die Stille

stand. Vereinzelte Taschenlampen. Das Ende
eines dunklen Jahrzehnts, in dem keine Lokomotive
unschuldig blieb. Die beginnende Helligkeit

war der Beweis, daß der Weg in die Täuschung
sich fortsetzen läßt, ohne rechnen zu müssen, was
Kirschkuchen, Wolldecken, Luftpumpen kosten. Der Staub

des zunächst noch belasteten Sommers; Lastwagen
wühlten durchs Feld, das noch
unbehelligt war, jedenfalls sahen die leeren Gräben

so aus. Fast alle Krähen saßen schon da; der
die Zeltbahnen festhielt, verriet
weder sich noch die Seinen, die im Versteck, bis heute,
geblieben sind; der Name des Mannes die Nummer

in einem Archiv? Der Holzstapel knistert, nicht nur,
weil der Frost, ganz überraschend, unterm Horizont
weggetaucht und die Sonne, skrupellos
aus Gewohnheit, früh hinter den Hügeln
hochgestiegen ist. So könnten wir jeden
Vormittag schildern. Nein. Gleich in der Nähe
zerfällt auf einmal ein Kiefernbestand, der
als unberührtes Modell galt: wir dachten, hier
ließe sich die Idee einer Leistikow-Landschaft
begreifen. Nun suchen die Forstdirektoren
nach einer Sprache; es geht um das Jenseits
der laufenden Argumente, das sich auch diesem Gedicht

noch entzieht. Kaum bewege ich mich; nur
der Geländewagen schafft spielend die Schlucht,
die einmal dein Schulweg war, in einem Zusammenhang,
an dem du noch arbeitest, in deiner geduldigen Chronik.
Im Gerinnsel des Baches taucht die kleine Holzflotte

auf, mit der wir ein Abenteuer übten, die Idee
des Entkommens, die das Bild der fernen Gestade
entwarf, wo auch deine Herkunft aufgeht
in den Befunden der Archäologie. Submarine Befunde;
das bronzene Küchengerät, und die Tonscherbe
ein sinnvolles Detail, das eine Beziehung aufs neue

herstellt. Nur geht das Wirkliche auf
in einer grammatischen Form, und du sitzt
mit krummem Rücken am Ofen. Nicht

die gemeinte und nicht die vom Selbstverständnis getrennte
Idylle, sie wäre ein anderes Flucht-Indiz, ganz unabhängig
von einem Sonntag, an dem wir Schloß Morsbroich
besuchten, die Räume der ausgestellten *Idee*, über
die wir sprachen an den vereisten Ufern
im Park. Still in der Nähe fließt weiter
eine weiße Revolution, die das Leben in den Remisen
nicht mehr berührte; die Ruinen sind neu, auch
wenn sie längst unleserlich sind, die ersten Berichte

über die Arbeit der Pilze und Schwämme. Wieder nur
Spuren zurück ins Gedächtnis, das hilflos zwischen
Containerhöfen und Parkhäusern steht, in
einer kalten Umgebung, mit der wir gewohnt sind
weiterzuleben, so wie man lebt

jetzt, *spät in der Zukunft*. Abgelegte Lektüre? Die
vergessene Sendereihe, die eine Bibliothek errichtet hat
in verlassenen Zimmern? Jedes der Häuser stellt seine Fragen

anders; erst über den Dächern entstehen die Szenen neu,
in einer Luft, die plötzlich voll von Einbildungen ist,
voll unvorhergesehener Filme. Zum Frühstück eine Erzählung,

die das Entstehende weitergibt, noch ohne Wirkung; träge

der Sonntag. Der Schnee zieht sich auf die Höhen zurück, bis
er, plötzlich im nächsten Jahrhundert, für immer
verschwindet. Dann wird es wärmer, zu warm
für die Einrichtungen des Kontinents, die mit der Höhe
der Türschwellen festgelegt sind. Die Regeln im Flachland
werden genauer geprüft, und es gibt keine Zuversicht,
daß in den Bergen der Leichtsinn unterkommt. Es gibt
auch keinen Vergleich; den schmutzigen Eisklumpen
hat die Wiese, bis auf den Schmutz, einfach
geschluckt; keine Verwüstung, bloß weil die Krokusse
unpünktlich sind. Die Schildkröten wandern, und

wieder entsteht ein Konflikt der Interessen, weil
in diesen Tagen die Kneipe in Diepeschrath leer bleibt

und im Wald eine Sackgasse ausprobiert wird. Zweige
sammeln die Elstern, und neugierig sehen wir
in der Birke das Beutelager entstehen. Indessen bleiben
die Regeln gewahrt, und die Rolläden rasseln herunter,

bevor wir zum Briefkasten gehen. Schwarz glänzt die Erde
im März auf; da kommt, nach den Wochen,
in denen der Schnee eine braune und tote Haut
auf den Gefilden der Tiefgaragen zurückließ, eine Farbe
in die Fassaden, die an ein Kinderlied erinnert;
es teilt eine Unwahrheit mit, die nicht genau
ist, denn nur der zeitliche Saum ist zerrissen, der
das Einst eines Textes umgibt. Hier
fängt ein Verlangen an, das
von der Leuchtschrift auf den Maschinen nicht
zu befriedigen ist; die Möwe knallt gegen die Glasfront,
nur weil sie die Pfütze spiegelt in der Vergrößerung

eines Sees. Nun auch der Sturm, verjüngt
wie die kommende Jahreszeit, die mit dem Öffnen der Erde
beschäftigt sein wird, bevor wir Gewohnheiten ändern
und den trockenen Vorhang der Luft bewegen, morgens
wie abends. Rauch quillt über den Zaun
am unteren Rand der Mulde, die aufs neue
das Ende der Wildnis beweist und so benutzt wird,
daß keine Weissagung zutrifft, gleich welche Stimme
sie annimmt, die einer Eule oder die einer wiederentdeckten

Legende. Das Land, wir haben es leichtsinnig verbraucht;
da ist nichts geblieben, was uns mit der Ruhe,
den unberührten Zusammenhängen, dem Rhythmus der Wälder
allein läßt. Nur Reste, die wir verteidigen wie Inseln

und Illusionen, was so lange gelingt, wie sich, nach
dem Erwachen, ein Traum ins Gedächtnis retten läßt, in
ein Bild aus rettenden Wörtern. Dies wird ein Motiv
der nächsten Wiederholungen sein, über den Rand
der Augenblicke hinaus, von denen wir uns trennen
werden, falls nicht der Wind die Fenster zuwirft, die

ich vergessen habe, vor dem Regen zu schließen. Ich schaute
auf immer denselben Ausschnitt, und es dauerte lange,
bis sich etwas veränderte: die Hälfte eines Mannes
bewegte sich unter der Kante der Böschung vorbei;
ein Traktor kurvte ums kahle Gehölz, aus dem sich
ein schwerer Vogel entfernte. Vorläufig fehlt mir kein
anderes Land, brauche ich keine Ereignisse mehr, die
das Netz der Beziehungen weiter verspannen; ich bereite

die nächste Minute vor, die sich ausdehnen wird
und Räume eröffnet, die noch leer und still sind
wie Neubauten, kurz vor der ersten Besichtigung. Noch kommt
von den Wolken das einzige Geräusch, bis es aufgeht
in einem Gespräch über mancherlei Herkunft, bis ein Bündel

voller Zitate platzt. Sofort steht im Fenster ein Sprecher
und moderiert jeden Fetzen; Slowfox wünscht sich
der Rest der Veranda; dazu dürfen die Tulpen

dröhnen. Dann trommeln die Pförtner ans Glas
der Kabinen; zu viele Beteiligte stehen im Halteverbot,
ziehen die Mäntel aus und schauen sich um; ganz frisch
sieht das ins Parkdeck versprühte Grünzeug aus. Flaniert

nun das Frühjahr einmal vorbei, klaun wir
ein bißchen Arbeitszeit weg und bewegen die Drehtür
um eine Achse, die keine Bedeutung behält für
den beginnenden Abend, in dem wir uns lösen aus
gewöhnlichen Reihenfolgen und den Rollen der Deutlichkeit.

III

wir sehen uns noch, heute abend: so einfach dachte ich mir
den Verlauf eines Abschieds, der wirklich auch folgenlos
blieb. Die Treppe war nicht so steil, daß ich auf
deine Hilfe hätte warten müssen, und der Atem reichte
bis ins obere Stockwerk,

in dem sich früher, deutlicher
zeigte das Leuchten der ersten Gewitterfronten im Frühjahr,
das ich in diesen Tagen genauer hätte erwähnen wollen,
einen entfernten, fast vergessenen April vor Augen, als
von diesem und jenem Balkon ein weißes Bettlaken
hing. Wann immer… irgendwann kommt es darauf an
zu wissen, ob die Wohnungen, Orte zu oft oder zu selten
gewechselt worden sind; für die ersten Brüche der Kindheit
blieb nicht ohne Belang das Hinausschaun auf Gärten,
das Echo im Treppenhaus, die geriffelten Scheiben
der Korridortür. Vielleicht komme ich noch dazu,
die Einzelheiten zu verschärfen, du weißt, wie mich
in den vergangenen Wochen die unbegreifliche Herkunft
der Schmerzen beschäftigte, der mutmaßliche Herd
einer Unruhe, die vorläufig nicht nachlassen wird, bis
vielleicht die Baumblüte beweist,

daß die Wiederkehr der
Gewohnheiten das Aufregende einer historischen Lektion ist.
Wie begann ich? Wir sehen uns noch, und ich meinte
den heutigen Abend, der mit Gewißheit schon
eine Verirrung im Kalender ist; so kennen wir es,
wenn wir Jahrzehnte durchblättern und einen Film
nach dem anderen sehen. Dabei ging es nur darum,
die Tabletten fürs Wochenende in die richtigen Fächer
zu legen und ein trockenes Nachthemd anzuziehen
nach dem nächsten Schweißausbruch; daß die Vögel
in diesen Stunden schwiegen, war ganz normal, obschon
es mir auffiel,

aber darauf kommt es nun ebenso an,
die Momente der Überraschung, das für die Plötzlichkeit
zuständige Gespür fortwährend neu zu entdecken und
zu entwickeln wie ein unerprobtes Verfahren, das ab jetzt
die bekannten Zusammenhänge sondiert,

(was dir einfällt,
ist nicht so entscheidend wie das, was dir auffällt: es ist
der Hinweis von Handke);

und da ich sage
ab jetzt, beginnt eine lange Reise, hin und her
zwischen den Flügeln des Einst und Nochnicht, beginnt nichts,
was dich wirklich beunruhigen könnte; es entsteht ja
kein falsches Bild, das die Grenze der Wälder
verwechselbar macht mit Fassaden lebloser Bauten,
so nahe, unsichtbar noch, sie gerückt sind. Die Katze
liegt eingerollt draußen; sie schreckte nur einmal hoch,
als ein Blütenblatt vom Magnolienbaum fiel und sie
berührte; es war eine Katastrophe der Luft (und es war
wie ein Trost, daß die Katze sie spürte und uns
informierte);

sonst geschah nichts, in diesen Tagen vor
Jahresfrist, und es wäre auch fast vergessen, bliebe nicht,
was der Programmauftrag dir an Wochenrationen zuteilt.
Ohne Umwege fand ich den Schlaf, als wenn er gewartet hätte,
im Wiesenschaumkraut, nachmittags, im fallenden Licht,
das den windstillen Landfleck nutzte und mich ohne
Bedenken betäubte (und nun weißt du, wie
Abwesenheit
entsteht; der Krankenwagen kommt
zu einer vorläufig letzten Fahrt, die ein Schutzengel,
in seiner unsichtbaren Funktion, schon lange
gecheckt hat, und danach weißt du endlich, daß du
es bist: entbehrlich; und es geht
ja auch irgendwie weiter... aber wie geht es weiter, willst
du wissen, wenn du aufwachst und hörst, daß
ein Fernschreiber anfängt zu rasseln...),

obschon der Himmel
sich bald wieder zuzog über den Flächen des Abends, der
auf die Fristen der Lichtverhältnisse ebenso reagiert
wie auf Möglichkeiten, Bedeutungen, nach denen die Farben,
bis zum Ende der Dämmerung, suchen. Nichts, soviel du
verschieben mußtest, gabst du auf, und der Gedanke, daß
ein Mädchen für seine Ankunft in einem Gedicht sich
die eigne Lokomotive erfindet, half weiter, irgendwo,
in einem Tunnel, in den stumme Schwestern Betten
mit stummen Körpern schoben. Ein fremdes Gelände, nicht
weit entfernt, wie so manche Erscheinung in letzter Zeit,
die sich entzieht, wenn du zugreifen möchtest und,
dennoch, ganz in der Nähe bleibt, in dieser
unbestimmten Bereitschaft, ein Geschehen auszulösen, das
in seiner Wirkung nicht vorherzusehen ist. Bislang
eine Ruhe, die viele von uns so unruhig macht,
daß ein gewöhnlicher Vormittag unerträglich wird
und nach jedem Türgeräusch eine Verletzung bleibt, die
alsbald auf Abruf gespeichert wird, irgendwo hinten
im Jammertal, da gibt es so etwas wie ein Register.
Oder spüre ich bloß einen Trend, der billig zu haben ist
wie ein Reisetip? Einer hat angefangen damit
und *hört die Neurosen rauschen in der Toscana*, aber
so spricht ein Ich, das sich eingrenzt und streng bleibt,
wenn längst das Saisongeräusch in der mechanischen Frühe
anläuft; Düsseldorf, Terminal, Charter. Wie breitet sich aus
der Vorrat all dieser Empfindungen, die zugleich Impulse
sind (Wildkraut, trockene Weine, Holzketten, Allrad und
Calvin Klein); nichts sahst du kommen, und alles ist
da, verstehst du: die unsichtbaren Konzepte, Keilflug,
Krötenzug, magnetische Rudelbewegung, und vielleicht auch
die Lungenentzündung, die bloß ein Erkenntnisbild gibt
vom Zusammenbruch eines ganzen Systems. Leg dich ins
Gras und rauche nicht mehr, und laß es regnen
auf dein mallorcabraunes Gesicht –

»irgendwann bricht man
einmal zu oft zusammen«; nun ja, Lowell schrieb,
was er wußte, oder wußte er 1976 noch nicht, daß er länger
lebte als seine Erwartung, die bis ins nächste, ins

letzte Halbjahr reichte? Einzig die Mode weiß immer
weiter, aber

                    sie verschleiert die Zukunft und schirmt
das Schicksal ab, stur wie die Sprechstundenhilfe, diskret
wie die Schweiz; erlaubst du mir denn, nächsten Freitag,
den Gang hinauf zur Schönen Aussicht? Es ist
eine Neugier, die zwischen den Gärten und Zäunen bleibt, und
der Nachbar mit seiner Sense hat meine Kopfschmerzen nicht;
wem erkläre ich aber diesen weitgestaffelten Raum,
in dem es möglich ist, die Einbildungen auszudehnen,
die Sprünge des Assoziierens mühelos zu vollziehen; hier,
wo das Gras in jedem April ohne Gedächtnis nachwächst,
tickte in diesen letzten Wochen des Krieges
unterm blühenden Kirschbaum ein Funkgerät, und was du
erzähltest, war nur ein kleines Kapitel des Schreckens, blieb
bis jetzt ohne das Satzwerk, das die Gleichzeitigkeit
des Geschehens auf ein *einziges* Sprachfeld verteilt.
Immer hier schrien die Hähne, und nie folgte darauf
ein Geräusch, das ein einziges Mal das gleiche war; auch
dieser Regen klingt wieder anders auf diesen Dächern,
die so alt wie die Ahnenbilder im Haus sind; zweimal, heute
und gestern,

                    streifte der Schatten der Awacs-Maschine
das Haus, dessen Fachwerk erzählt, was sie war:
die *Identität der ländlichen Architektur*, nun streiten
Rechtsanwälte um Baustoff mit
doppelten Komponenten; damals wußte ein Esel Bescheid:
er zog unten durchs Tal, und die Mönche schwiegen,
bis er zu grasen begann auf einer Wiese, und die Mönche
riefen: dies ist der Bauplatz –

                                        dies ist Geschichte,
Madame, sagte der Photograph, als er sich über
Bob Kennedy beugte, seine Serie schoß und solange
Mrs. Kennedy nicht heranließ. Wer sagt, welcher Beruf
der grausamste ist oder zu einem Verhalten führt,
das deine Arbeit in Frage stellt. Aus der Nähe des Sterbens
ziehen sich meine Wörter zurück; ich spürte das Ausweichen

dieser Bewegung, als ich aufwachte und das erste Grün
dieses Frühjahrs durch ein Sprossenfenster sah, das an die
Fenster erinnerte in den frischen Kasernen der 30er Jahre;
Thüringen, und hier die Merheimer Heide. Draußen, durch
die Korridore wurden Geräusche gerollt, hustender Schrott;
Sie können den Schrott ja beschreiben! Es gab nur
ein Kämpfen ums Atmen; es begannen die Mühen
um die Partikel des kürzesten Satzbaus; es entstand
die Sehnsucht nach Silben, die sich fügen ließen
zur Beschreibung der wuchernden Misteln, draußen
in den Ästen der Pappeln. Brauchte ich eine Krankheit,
um das Bild einer vollkommenen Sprache zu haben; hat
das nützlichste Material zur Voraussetzung eine
jämmerliche Gesundheit? So viele Apfelbäume blühen
jetzt nicht, weil der Ansatz der Blüte von winzigen Milben
besetzt ist; es kann aber, schreibt Kenneth Koch in
seinem Theorie-Gedicht, »ein anormaler oder schwächlicher
Zustand inspirierend sein...« Nun denn, ein Feature
mit allen Zitaten: die Wichtigkeit eines Bildes
nach Maßgabe dessen, was passiert ist, und die Intensität
deiner Sätze hängt ab vom Zustand deines Befindens.
Befunde? Fragt weiter im kommenden Winter, im Seminar,
das mit Fragmenten beginnt und sich fortsetzen läßt
für eine Geschichte der Irritationen. Die Reihenfolge ist
nicht so wichtig; was danach kommt, kann ein falsches Rezept,
ein nützliches Gift sein,

oder alles läuft schief
im Programm, das versäumt hat, die fehlenden Felder
deiner Erfahrung zu koordinieren. Das Fehlende, falls wir
darüber reden, liegt irgendwo vergessen herum; vielleicht
war einmal das Licht der Mondsichel so schwach, daß ich
die Tränen auf einem Gesicht hinterm Fenster nicht sah;
vielleicht hast du nicht bedacht, daß deine Reise
ein unerwartetes Ende nahm, weil früher und näher
als sonst der Kauz in die Mitte des Birnbaums
sich zeigte. Der Gang über 'n Friedhof war sicher schön,
aber was es zu tun gab, betraf nicht die Suche nach etwas
Versäumtem; wir legten Buchstaben frei, säuberten Steine
und richteten die Hecke auf; die gewohnte Aussicht

ins Tal war von Regenwolken verhängt, und als es
zu regnen begann, sahen wir deutlicher noch, wie grün
diese graue Luft war,

in einer Jahreszeit, die
mit ihren Kräutern, der Schafskälte und der Nachhut
des Schnees in die häusliche Chronik eingeht, die
jetzt auf dem Küchentisch liegt. Tagsüber geschieht, was
abends so gut wie vergessen ist; nie fahren Leute vorbei,
die nachdenklich langsamer werden und spüren, wie
Wut, angesichts einer *vernünftigen Regelung*, ausbrechen
muß; es ist schon schwierig, die Abwesenheit zu beweisen
und zugleich die Gedanken zu spiegeln, die vom Problem
einer Fassadengestaltung vereinnahmt sind, vom Verwalten
verwilderter Liegenschaften, und dabei sehen wir ab von
wahrhaft neuen Konflikten, mit denen der Wind jenseits
aller Entscheidungen spielt, außerhalb eines Bildschirms,
der jetzt noch vertraulich anzeigt, wie Denksysteme
bei ihrer unsichtbaren Arbeit sind. Der Blütenschnee,
zwischen den Obstbäumen draußen, wird hin und her,
vom Süden erst, dann vom Norden, getrieben, bis kein Zweifel
bleibt an der richtigen Strategie des Zerreißens; nun kann
der Nachmittag kommen,

mit seinen Frühlingssonaten
entstehen alte Geräusche, die bis zum Abend beruhigend
sind. So lange halten wir unten am Fluß und warten,
bis er zeigt, in welcher Gestalt auch er
die öffentlichen Gedanken wiedergibt. Erleichtert sehn wir,
daß eine rasche Beschreibung noch immer nicht
übereinstimmt mit dem nächsten Bericht der Behörde, die
von Nutzwerten abhängig ist; da wuchert im Efeu
vielleicht zuviel Durcheinander, und wenn es so ist, stehen
wir genau an der richtigen Stelle,

nicht weit entfernt von
der plötzlichen Möglichkeit einer Verwirrung. Schwankend
die Wiese; als ich mich festhielt, griff ich ins Nichts;
ein korrigierbarer Fehler, denn leicht verfügbar war
das Inventar eines Heimatmuseums. Die Landkarte stimmte;

ich hatte den Park des Klinikums längst verlassen, und
das Rauschen der Niagara-Fälle war weg; trotzdem erschien
das Gesicht Robert Lowells, aus der Fenstertiefe
im Hotel Rotterdam (»you could experience my sickness
only as desertion…«); danach kam die Ruhe zurück, aber
ich konnte wieder nicht telefonieren. Was machst du? So
weich war der Boden, daß es schwerfiel, zurückzugehen
ins Haus,

und du weißt, hier kann ich die letzten Jahre
nützlich sein, im Schutz des Lehms, der nachts die Nerven
kühlt und für die taumelnden Tiere
Verstecke bereithält. Dies ist nicht Legende, oder nie
hat eine Fledermaus existiert (es geht, du weißt es
genauer, um den härtesten Rahmen, den die Wahrheit
der Kinderzeit braucht; ich steckte damals in einem Kleid,
das die *Ehre* für immer zum Wort des Entsetzens machte;
dies nebenbei, nachfragehalber, zum Wiedererkennen der
zwischenzeitlichen Generation); dann gab's auch das Glühen
im Kirschbaum nicht, die Stimme im Holz der Jahreszeiten,
die Schatten herbeirief und Nebel vertrieb, wenn der Weg
fort, fort aus den Städten zu dunkel, zu hell war. Es gab,
das ist sicher, den *idealen, idyllischen* Weg nicht; so
lernen wir neu erst

eine poetische Gattung? Wie weit
die beschriebenen Empfindungen reichen, im Nebel
unsrer Region glänzten *arkadische* Küsten nicht auf;
Feldsteine klopften die fluchenden Bauern im Felsbruch;
da malte kein schwebender Geist einen *locus amoenus*
mit Tempeln, schlafenden Nymphen, den Hirten
der Muße. Etwas davon in der Geschichte der Sehnsucht,
der vergangenen Täuschungen zu vermissen, wäre zuviel
des Verlangens, das überbeschäftigt ist, im Nebenan mit
dem täglichen Einvernehmen das *So ist es* zu
unterwandern, die Farben einer Grammatik zu mischen,
in die nicht so leicht hineinzureden ist. Kräuter ersetzen
die Gefilde der Mythologie, deren Fetzen ja auch
im Stacheldraht hängen, selbst wenn nach den Regeln
der Milchwirtschaft nur Weidezäune gemeint sind. *No problem*,

was die Eisdielen und Fußgängerzonen betrifft, aber der
Einklang mit der Natur fängt mit Belastungen an, die
ausgeschlossen sind von der *Gnade*; so kann
mit Zöpfen das Mädchen nicht ausgehn? Der Flieder steht
vor der Haustür; du kannst nicht erwarten, daß alsbald
mit seinen Blüten die *Ahnungen* wachsen, so rasch, wie
im privaten Gewächshaus, ein künstliches Medium. Ein Satz
ist zu kurz, wenn sein Verfasser versäumt hat, hinter
all diesen Türen nach den Stimmen zu sehen, die
noch anwesend sind. Nicht alle sind wichtig, und
die Unruhe ist zu sondieren, aber es kommt darauf
an, im Durcheinander den Hintergrund zu erkennen, wo
es dann still wird. Nichts, kein Gegenstand, kein Gedanke
ist frei im täglich entstehenden Netzwerk
der Assoziationen; die ganze Landschaftsgeschichte spricht
vom Verlauf einer fortwährenden Invasion. Massenhaft
hüpfen die jungen Amseln ums Haus; noch wissen sie nicht,
was Mißtrauen ist, warum in den Büschen die Alten warnen,
wenn ein Mann in der Stalltür steht, gestützt auf den
Stock, der aussieht wie ein Gewehr. Am Zaun stehen

Nachbarn,
Helga 'nd Hans; wenn ich die Arme schwinge, als wollte ich
fliegen, freu'n sie sich echt. Bald geht es ja wieder! Und
das gerodete Holz, die nach unsrer Kindheit riechenden
Wurzeln kann ich frei haben: Hast den Kanonenofen ja noch.
Den Johannisbeerstrauch binden wir hoch, auf daß nicht
der Herbst ohne *Aufgesetzten* beginnt; die letzte Flasche
im Januar, als draußen im Flur im Sarg der Großvater
lag. Bald bin ich 90, rief er mit 94 und sang: schön ist
die Jugendzeit; die Enkelinnen kickten

auf der Wiese, wo
wir vor Jahresfrist noch, kurz vor der Dämmerung, nach
heilsamen Pflanzen suchten. Morgens

im Autobahnstau bricht
die Fluchtlinie ab, die vom Kopf hoch in die Tiefe
des Horizonts zieht, die Spur eines dauerhaften Entwurfs,
der die Jahre bis zum Entkommen zählt. Gespenster

zerren an einem Netz, das nie greifbar, aber vom Tagtraum,
wie ein Dokument der Realität, bewahrt wird (der *Aufsicht*
geduldig entwachsen, überließ eine Mädchenfigur
ihren einfachen Namen einem poetischen Kontext; Salinger,
im »Kasino der Prosa«, schrieb vielleicht noch, als B. O.
mit Seymour die *ersten Sprachaffären* begann; nun variiert
sie die Frage, wie viele Themen
passen in einen einzigen Satz; worauf
ich nicht antworten kann, mittendrin im Verlauf
eines Selbstgesprächs, das mit Sicherheit nicht
den sprunghaften Wechsel dieser Impulse verhindert).
Der Tag vergeht nicht
ohne Benutzung der Regeln, die uns fernhalten
von den als unnütz geltenden Komplikationen, und
die Meisten, ohne zu ahnen, wovon die Rede ist,
kommen ungeschoren davon. Unruhig wird schon, wer
sich unvermittelt verirrt, vielleicht, wenn ein Tag
mit Nichtstun vergeht und Schildkröten wandern über
die Straßen, die bis zum Abend verstopft sind. Der Mann
im Ballon, der schon morgens über den Wiesen steht, winkt
wie einer, der glaubt, die Richtung der Wünsche zu kennen,
und zurückwinkend mußt du verstehen, daß ihn, wie
er dich zwischen Drahtzäunen liegen sieht, der Auftrag
seiner Reklame weitertreibt. Noch ist der ganze Himmel
kein Medium, und es gibt viel zu tun, die Reichweite
unserer Sinne neu zu vermessen. Inzwischen erinnere ich,
in welchen Jahren der Geruch

von Hühnerfutter und Mist
unterm Deckel der Truhe hing. Vergessen der Name, das Dorf,
wo meine Mutter im Stall unterm Stroh die Futterkiste
entdeckte. 30er Jahre; Kernseife, Wurzelbürste und Sand,
bis das Werk eines rheinisch-bergischen Schnitzers
im Dellbrücker Hof stand; da lernte ich,
kurz vor einer Ahnung von Krise, schnuppernd und tastend,
wie der *Zeitgeist* die Zahlen und Ornamente verfaßte, damals
vor 200 Jahren. Die Truhe war leer. Mein Vater versteckte
die Jagdwaffen der Familie; als Panjewägelchen kamen, ins
Grüne Herz Deutschlands, zerbarsten sie, im Möbellager,
auf grauem Beton. Das Privileg des Privaten, so lange hielt es

nicht an, und junge Leute sind inzwischen enttäuscht,
daß die Flinten nicht mehr verfügbar sind. Die Irrtümer
sind wiederholbar? Die Truhe hat nichts verloren
von ihrer *Identität*; sie überliefert sich selbst
im *Design* ihrer Zeit; ihr Schweigen schließt
(du hast recht, im doppelten Sinn) alles mit ein:
die gesammelten Schätze, den entlarvenden Brief,
die Mitgift, die Munition und den Plunder, den Kaufvertrag
und das mehrmals geänderte Testament, das Tagebuch
und den Nachlaß, die Beweise der Wahrheit, der Lüge, das
was vergessen sein soll. Keiner mehr da für den O-Ton,
das Interview; selbst der Holzwurm längst liquidiert, und
der Schreiner versteht nicht,
wenn ich meine, er bringe das Holz
schon zum Reden. Wie immer, konkrete Verfahren ziehen
zu wenig in Zweifel; man schweift fast zwangsläufig
wieder ab, wenn das Erstaunen allein der Mehrheit in
ihren Sackgassen nützt. Wir gehn einer Arbeit nach, die
keine Erleichterung bringt, und wenn ein Widerstand
dazugehört, müssen wir mit Antworten rechnen, die
nicht zustimmend, sondern rücksichtslos sind. Alles andere
ist falsch kalkuliert; die Amsel kann sich
Proteste leisten, bevor sie den Jungen den Regenwurm bringt,
den sie im Beet, das ihn braucht, aus der Erde gerupft hat.
Immer seltener ist was zu sehen,
das nach ersten Vergleichen noch seinen Anstrich hat,
aber das macht nichts, in diesen Wochen,
in denen die Wiesen so gelb sind,
daß wenigstens Einverständnis besteht
über die Zukunft des Löwenzahns. Wer wagt sich
weiter vor, und wohin? So kannst du nur fragen, wenn du
allein bist; es gibt jede Menge Hinweis und Antwort, und
nicht alles besagt, daß alles ein fortwährender Schwindel
ist. Aber ich könnte jetzt nicht hinausgehn;
die Zuversicht dieser Leute hängt heute
so schwer in der Luft, daß selbst dem Wind
kein bißchen Chaos gelingt. Am Wetter kann es nicht liegen,
daß auch die Katze nicht aufs Fensterbrett springt;
es regnet aber nicht mehr, und ich könnte Holz sägen gehen.

IV

da ist dieses Flirren; ich erwache, und es ist

spät im Mai? Am Waldrand rauscht jeden Morgen ein Porsche
vorbei, und so ähnlich würde es sich wiederholen
auf der sonographischen Karte, die wir endlich entwerfen
sollten, damit sie uns weiter beschäftige, dauerhaft,
insgeheim, später im Freien. Genau auf die Zeit
kommt es heute nicht an; verständigen
wir uns auf die mittleren Werte des Frühlings; voll steht
im jungen Grün der Park vor den Fenstern. Aufwachend

fragend, was inzwischen geschehen sei… es gibt nichts,
was die besonderen von den banalen Gesichtern der Müdigkeit
unterscheidet; ich war ja schon glücklich, mit einem Fön
durch die Haare zu gehen… und nie weißt du
im voraus, wann die nächste Ansichtskarte dich umhaut; es
genügt jetzt, die Malve des letzten Sommers wiederzusehen

auf diesem geklebten Photo, das in den kommenden Tagen
zu erzählen verspricht, wovon die Rede ist
in den unsichtbaren Teilen des Landes… mir ist es ganz
recht, daß keiner der Apparate herumsteht, die interessant
werden könnten mit ihren Simulationen. Immer
sind schon viele Kranke imstande, ihren Kaffee von draußen
selber zu holen; wer draußen bleibt, *will* draußen bleiben,
und gewiß nicht der Mängel wegen, die es massenhaft
zu studieren gibt. Man hört kaum noch hin, wenn

der Hubschrauber landet im Klinikum (aber
die jungen Schwestern, natürlich müssen sie
wissen, was der *Fliegerhorst* war? Daß auf diesen Zimmern
Luftwaffe lag… schnieke spazierten Offiziere herum);
Details könnten noch die Reste der Architektur

erzählen… wann es war, irgendwann stellten wir, ohne
Genaues zu spüren, fest, daß es so schnell geht,

eine Sache mit Rosen, der Kühlschrank im Wald,
Liebe im Hochhaus und die weißen Haare der Theorie…
zu Anfang eines jeden Versuchs,

wir wußten dann immer: wir kommen wieder
reichlich spät, aber
wir haben keine andere Wahl; wir *sind* spät in der Zeit,

und daß es so ist, hängt nicht einmal von Verspätungen
ab, die vermeidbar gewesen wären wie
Versäumnisse auf einem Provinzbahnhof, in Straßenbahnen,
auf einem Kritikerempfang. Die Erdkunde
weiß halbwegs Bescheid, wenn es um Landnahme geht,
um die Aufhebung einer Grenze und das Datum
dieser und jener Entdeckung, aber dieser Hinweis stellt
(wie das Hinweis-System auf einem Gelände, das
mit Instituten bebaut und von Asphaltwegen durchzogen ist)
eine Menge Beziehungen her, die für Ballonfahrer
interessant sind; wenn, suchen wir etwas wie
einen schmalen, direkten Einstieg
in einen Höhlengang, der lange verschüttet war und
nun ein Projekt der Geduld, was praktisch bedeutet:
der täglichen Gedächtnisarbeit ist. Der Zugang
ist wahrscheinlich offen, aber dahinter beginnt… beginnt
was… aber suchen wir denn? Es könnten
die unsichtbar bleibenden Wände mit Zeichen bedeckt sein,
mit einer Schriftkunst, die auf den sichtbaren Flächen
so vieldeutig, so völlig unlesbar erscheint; da erzählt

ein verzerrtes Datum genauer, das seit 1947
mitgewachsen ist in der Rinde der Buche, ca. 10 Meter
hoch über dem Ufer des Brücker Bachs. Vielleicht, daß
an diesem Tag eine Liebe beginnt, die noch immer
eine Ehe zusammenhält… worauf es ankommt, ist nicht
die Spur des privaten Rätsels, sondern der langsame Weg
in die Luft, die Biographie einer Zeit, die
wir kennen, die mit jedem Jahr meine und
eine vollkommen anonyme ist. Du siehst, es gibt
den Zusammenhang, der die Fremdheiten aufhebt
und wiederherstellt, und es gibt, in der ich lange schon

lese, diese Buchen-Geschichte im Bild einer alten Umgebung,
die mich beim Wiedersehen so überrascht, weil: sie ist ja

noch da, fortschreitend häßlich, aber das sieht nur,
wer zum Vergleichen das Alter und wer den Mut
hat, jeden Tag eine Beleidigung hinzunehmen. Das Lesbare

aber, damit meine ich jetzt kein Gedicht, keine Zeitung
(obschon so viele Gegenstände beschrieben,
und vor allem, die Beschreibungen
variiert worden sind), sondern die Schrift, die
der Wind und der Regen (zum Beispiel) auf
Wasserflächen, im Sand, im Schatten der Blätter
hinterläßt, nicht für das Testament von Felsen,
aber für einen Augenblick, der auf unwiederholbare Weise
seine entscheidende Mitteilung macht. Daß nichts
oder wenig davon bemerkt wird, spielt keine Rolle,
denn gewöhnlich wird mit Katastrophen gerechnet, die
es nicht gibt, weshalb wir sie endlich beweisen müssen.
Nur wen interessiert das? Wie lang ist es her, daß

der Postbote zweimal am Tag kam, daß der Milchmann
und sein uralter Ford von Straße zu Straße
durchs ewige Leben fuhr... mühseliger ging es zu, zwischen
Haushalt und Schulweg, und was ich noch weiß, sind
Gemeinsamkeiten, die kommenden Raritäten im großen,
veralteten Lexikon. Manchmal erkennen sich welche
an der Art, wie einer, in der Höhlung der Hand,
das brennende Streichholz schützt,
wie ein anderer sich den Hut in den Nacken schiebt,
wie der letzte zurückgeht und nachsieht,
ob der elektrische Herd wirklich *aus* ist. Nachts

tauchen dann Sender auf, die es doch gar nicht mehr gibt,
und sie tauchen auch bald wieder weg, im magischen Raum
zwischen Wüste und Music-Hall, wo diese Jahrzehnte
mit ihren Geräuschen wiederzufinden sind, nicht
automatisch und nicht in der alten Reihenfolge, sondern
mit Neuigkeiten vermischt, die man rasch wieder aussondern

kann. Man kann noch nicht alles miteinander
vergleichen. Vom Wetter gehen Bedeutungen aus, die
selten erwähnenswert und vielleicht auch ganz flach
sind, nur ohne die Eigenschaft eines Spiegels; oder
alles ist zwischen Vorder- und Hintergrund falsch: vom
Weg, den die Birken säumen, bis hinüber ins
Weizenfeld, das mit den verlorenen Ländern
so viel Ähnlichkeit hat. Eine gelbe, wogende Einheit;
ein grüner, mächtiger Schirm... Schulbücher
gab es, die klärten sofort, wo Heimat herkommt und
wem die über den Hügel ziehende Wolke gehört,
und man vergaß die Zugehörigkeiten auch nicht, bis
zu einem der nächsten Konflikte im
Herbst, oder war es

schon Frühjahr? Wie fing es an? Ich meine, bald
müßten wir hinaus auf die Wiese,
mit Sense und Rechen, bevor mit der Dämmerung
eine neue und lange Krankheit herabsteigt. Es kann
aus Gedanken eine Reise entstehen, die
an den bekanntesten Hindernissen vorbeiführt; aber muß es

soweit kommen, kurz vor dem Abend? Es beginnt
oder es hört auf zu regnen; um diese Zeit
jedenfalls fällt eine Entscheidung, auch wenn
am Ende wieder gar nichts geschieht und nur
die Kühe unruhig sind. Von alledem spürst du

mehr, als du mitteilen kannst, nicht nur,
weil du nicht jederzeit mit diesen Mitteilungen
beschäftigt bist. Seit gestern nun regnet es

unaufhörlich, und damit wissen wir
doch noch Bescheid, welchen Verlauf (zum Beispiel)
das Straßenfest zum Wochenende nimmt. Nachmittags
fuhren wir hin und machten einige Photos; dann
kauften wir zwei grüne Fläschchen bei einem Trödler
aus Cumbria. So taten wir etwas, was den Lauf
der sinnlosen Einzelheiten sonstwohin lenkte, nur nicht
in die Mitte der Ängste, die unbemerkt, während

ich schlief, entstanden sind; sonst haben wir nichts
zu erklären… (am nächsten Tag »liest sich alles
ganz anders«. Gut so; wenn das eine Regel

ist, dann halten wir uns daran fest, solange
dieses Zitat sich verhält wie ein alter, gesunder Balken
im Fachwerk). Daß auf den Schreiner,

der aus der Stadt kommt, so wenig Verlaß ist, gehört
zu den Ärgernissen in diesem Jahrzehnt; damit
ist verlorengegangen ein ganzer Bestandteil
des simplen Vertrauens… aber so hat es
oft angefangen mit Bagatellen, mit
winzigen, unbemerkt gebliebenen Rissen, bis man
begriffen hat, warum es zur Räumung der Kinderzimmer
gekommen ist. Du hast niemals begriffen? Manche

Häuser wurden bewacht; viele brannten; einige standen
plötzlich leer; und das wurde erzählt
wie ein Märchen. Wer daran glaubte, glaubte nicht an
sein Verhängnis, und was sollte passieren unter Königinnen

und Zwergen… Im Kopf sind sie alle gespeichert,
die Jahre, und es kommt vor, daß sie gleichzeitig
anwesend sind in einem einzigen Satz. Die Gänse
morgens flogen landeinwärts, und dann weißt du,
daß wir erwachten in einem Hotel an der Wasserfront
in Toronto, und jetzt kann ich sagen, was ich damals
nicht wußte: wie glücklich wir waren… mit einem Gefühl
für die seltenen Städte, die wir kennen
dank meiner Fertigkeiten (und ohne sie, wie
gewöhnlich, in Zweifel zu ziehen). Jetzt liegt auf dem Tisch
mein geschwollener Arm; sobald ich ihn seitwärts
bewege, fällt ein Schatten aufs Feld, über dem

die Morgenkrähe wie eine He 111 liegt. Die Nacht
kommt dazwischen mit ihren Ufern und Fronten;
es ist die nächste, eine wirkliche Nacht, die
mich vorerst trennt von diesen schwimmenden Bildern,
von denen noch keines verfestigt ist wie

ein Ausstellungsstück. Im Dunkel kommt
keine Ruhe; es sind Heere von Angestellten, die
unterwegs sind zu einem Fluß, der sanft, warm
und noch nicht vergiftet ist. Dort treibe ich
vorläufig noch, versehen mit Eigenschaften, die für
eine Weile mich unsichtbar, unhörbar machen,
bis auch dieses Geschehen mit der Möglichkeit

des Verschwindens abbricht. Jetzt schlägt ein Fenster
zu. Eine weitere Teilnahme findet nicht statt; es war
vielleicht ein Wiedersehen mit der Vergeblichkeit

eines Traums. Durch die Regenfäden hindurch
ist kein Sommer in Sicht (»... und jeden Morgen
erfülle ich mir einen Traum: das Öffnen
von mehreren Läden und Türen«, schreibt Dora d'Ellbrück
vom Trasimenischen See). Der nächste Gedanke
nimmt sich der Landkarte an, und im Zimmer

dehnt sich die Ebene aus, in der man sitzend
unter Arkaden dem Sonnenuntergang zuschaut. Rot
leuchten die Felsen hinter den wuchernden Büschen, die
den Geruch der Umarmung verströmen. Es entsteht
keine Illusion von allein. Der Heuwagen ist so
konstruiert, daß er im Juni der Breite und Höhe
des Scheunentors entspricht; die Frauen, sie zogen
nicht einmal die Köpfe unterm Querbalken ein, und
was ich erwähnen wollte, das Drama des Abends: der Abend
beginnt so real, daß er der Beschreibung eines Gewitters

zuvorkommt. *Ich kann gut allein sein, wenn du
irgendwo in der Nähe bist.* Im Rahmen ist
heruntergerutscht das Photo vom letzten Nebel
im Winter; war es die Last einer zusätzlichen Bedeutung?
Der Vorgang verzweigt sich; wie ein Delta breiten sich
Überlegungen aus, die bald die Risse
gefunden haben: so entsteht, auf den Lehmfeldern
zwischen den Balken, eine imaginäre Geographie, die
vielleicht folgenreich ist. Unruhe, Maßnahmen... noch
sitze ich quasi gelähmt und horche; hat dieses Knistern

den Auftrag, einen kommenden Zustand
vorzubereiten? Der Tag kann so ruhig sein, daß
mit dem Werk einer Täuschung zu rechnen ist, und
es wäre nicht zum ersten Mal. Jeder Schritt ist
jetzt zu bedenken, aber so geht es nicht weiter, und wir

erwarten die nächste Szene. Kein Photo-Versuch;
zuviel Glanz auf den Bildern: und du beklagst
den Mangel an Material. Ich sage: dann zeichne doch,
frei aus der Hand, aber du zögerst, hinaus
in den Garten und in ein anderes Zimmer
zu gehen. Nicht mehr hell ist der Tag. Ob dies ein
Argument ist? Bald glüht der Ginster, und gleich
um die Ecke stand unsere Wellblechgarage; irgendwo las ich,
daß Wellblechgaragen en vogue sind. Und dies ist
der *Lageplan der Gemäldemotive* von Colville; da läuft,
zwischen Grand Pré und Horton Landing, über die Brücke
ein Hund. Du hast recht, wenn die Fläche daraufhin
leer bleibt und wartet; im Juni muß man füttern

die Amseln, dann gehen sie nicht
an die Kirschen. Aber das Hügelland, das ich mir
ausgesucht habe für einen Umweg durch den Nachmittag,
erscheint heute so öde, daß es mich überrascht, und
ich halte an. Vom Himmel, der tief hängt, schleiert
Regen herab. Es gibt wenig Anlaß, einverstanden
zu sein mit einer Gegend, in der man oft Mühe hat
zu atmen. Aber *dieses* Land kann nicht gemeint sein,
wenn die Art, es zu vergleichen, die falsche ist. Kühe
im Regen verändern das Muster der Erfahrung, nur
muß ich dazu bereit sein, oder
es verändert sich gar nichts. Die Wiesen dampfen.
Der Feldweg nach links führt hinab in ein Ensemble
von Höfen, das *Feld* heißt, und dahinter
am Waldsaum beginnt ein beneidenswerter Besitz (oder
warum zahlt noch immer der Prinz
Unsummen für seine Kirchenbank an die Gemeinde?).
Nein. Ich komme ja nicht zu Rande, wenn die Probleme
der Zuständigkeit nicht einzugrenzen sind, freundlich
und bald und rigoros, und natürlich sprechen

die Zwänge mit, die des Alters und die der Anpassung…
wie weit geht sie noch? Die Landstraße bleibt wunderbar
leer; in weiten Kurven schwingt sie über die Hügel, und
wo sie Häuser, Baumreihen, Zäune und hinter den Kuppen
den Horizont berührt, zieht sie den Blick mit
in die auftauchenden Helligkeiten der Frühe, die hinter
den Wälderfronten gewartet hat, daß eine Art
Sehnsucht unterwegs sei… und ich fahre hinab
in den Abend, der für eine Weile noch
an den Trennungen festhält, auf seine Weise, mild

und loyal. Die Katze kommt aus dem Loch
in der Scheunenwand, und wie nun, endet so eine Bilderfolge
oder erleben wir den Vorspann der nächsten… es ist immer
ein Vorschlag, wenn auf Kosten gleich welcher Wirklichkeit
eine Simulation zustande kommt, aber was kann (es macht
mir schon Mühe, im Nachhinein meine Schrift zu entziffern)
schon entstehen, wenn nicht ein Satz, der seine Schatten
auf so viele Dinge und Vorgänge wirft… Der Himmel,

im Ausschnitt des Fensters, war heute morgen so riesig
und tief (und ein Vogel, der sich darin immer weiter
entfernte, aber eine Ewigkeit sichtbar blieb, vergrößerte
seine Ausdehnung noch), daß ich hinausschauend, wie
kann ich's sagen… verzagte, etwas sehr Winziges spürte
und zugleich das Wachsen einer Distanz, die schmerzhaft
unermeßlich blieb, eine verwischbare, dehnbare Grenze, die
nicht aufhörte, ihre Fortsetzbarkeit zu beweisen. Eine Ruhe

wie selten entstand unter diesem Himmel, und man hätte
glauben können, eine *Darstellung der Ruhe* zu sehen, wäre
gleichzeitig nicht eine Vielzahl von Bewegungen entstanden,
die Geräusche, Licht und Schatten verteilten, auch Farben,
wenn man die Farben des Windes kennt. Natürlich,

wenn es denn nötig gewesen wäre, hätten wir längst
das *Ende der Landschaftsmalerei* widerrufen, aber,
indem es ein Ende nie gab, um was ging es, um
eine trauernde Stimme, die von kaputten Umgebungen
spricht… um eine Geschichte, die nicht aufhört,

den Schmerz zu verlängern … um verlorene Aussichten,
Blickfelder … um Bestände in der Erinnerung, die bedroht
oder schon gelöscht sind …? Damals ging ich umher

in einem alten Garten, der noch zögerte zu verkommen,

und immer gingen andere Zeiten mit; vor der Laube,
auf weißen Stühlen, saßen lächelnd die Toten. Es gab keine
richtige Reihenfolge mehr; die Leitern ragten über
die Obstbäume und lehnten gegen den leeren Himmel, der
so lange nicht leer blieb; Feuerbohnen trockneten im Bunker …
Nun ist es erwähnt, ein winziges Detail jedenfalls
eines unaufhörlich entstehenden Bildes, das nur meine
Geschichte enthält, aber was heißt *nur meine*, wenn
(zum Beispiel) der Garten von anderen Leuten schon lange
gepflegt wird, wenn die Teilungen der Familie
dem Lauf der Feindseligkeiten gefolgt sind … Wäscheleinen
nicht zu vergessen, Uniformhemden
nach einem letzten Sonntagsspaziergang im Frühjahr, Fetzen
entfernter Grammophonmusik, ein Ausflugslokal
mit Bäumen, in denen Lautsprecher hängen … so tippt
einer Daten an, der sich auskennt im Speicher
des Hauses, dessen Ausgang der Eingang aller
späteren Wohnungen ist? Zunächst folgen immer noch
Fragen. Es ist schwierig, Auskunft zu geben, wenn man
(zum Beispiel) ohne Absichten telefoniert, Tischtennis
spielt, den Rest seines Geldes ausgibt, etc. … aber so
hast du es nicht gemeint? Für alle Fälle
Genesungswünsche, die nicht unwichtig sind, wenn man sich
mit den vertrauten Manieren nicht länger wehren kann
und der Holunder so laut wird, daß man aufzustehen versucht
und, wenn es gelingt, die Nachtfenster schließt

V

nein, sagte ich; wir gingen weg, vor der Errichtung
des Zauns (und ein Mann nahm seinen Sohn
und ging weg durch den Harz). Es waren aber schon
Schüsse gefallen in einer Schneise, und es vergingen
die Jahre, bis unter dem Glassturz
das blutige Heidekraut trocken war; die beiden Toten
nahmen wir auf dem Lastwagen mit, der beladen
mit unserem Brennholz war. Sonnige, kühle Tage,
damals im Mai (da wollte ich Ihnen, lieber Herr Dr. G.,
vor Ihrer Rückkehr nach Karlshorst, Berlin, Hauptstadt
der DDR, noch etwas erzählen… denn Sie fragten, als
ich ein bißchen zu spinnen begann: »Was soll man denn
wiedervereinigen… Landschaften etwa?«… warum
nicht, meinte ich, aber Sie, wenn ich richtig verstanden
habe, meinten den *Unterschied*, das Unvergleichbare
in der Geschichte zweier Systeme?)… Das Wetter, es bleibt
ein Medium der Erinnerung; als der Himmel
sich teilte, saßen Überlebende vor den Häusern
und sahen, wie die eine Hälfte sich fortbewegte und
die andere blieb… eine unwirkliche Szene, denn
der Sommer kam wie gewöhnlich, und die Kinder
wilderten in den Gärten wie nie zuvor. Mehr Staub
als früher und später lag auf den leeren… den
leergeräumten Straßen, und es gab nur Verwirrung,
wenn es zu Vergleichen mit alten Landkarten kam.
Woher und wohin, mit diesen Fragen begannen
die Tage, die inzwischen aus lauter verwischten Momenten,
aus Körnchen der Ungenauigkeit zusammengesetzt sind,
begann nichts, und man setzte sich
auf ein Fahrrad… (kannst du mir folgen: es ist
nur ein Knäuel, das sich aus den Linien
so vieler Bedeutungen, Herkünfte, Schicksalsverläufe
gewickelt hat. Bloß geht es nicht anders. Du bist… wer
bist du… ich bin beschäftigt mit all diesen
Interviews, mit wechselnden Mikrofonen, und so
ist es kein Hilferuf, aber wenn du nicht

mitgehst, auch wenn nichts davon abhängt,
fehlt... fehlt eine Stimme) Im Mund
heute morgen ein sonderbarer Geschmack, der nicht lange
anhält... etwas von bitteren Kernen
aus einem anderen Erdteil, der sich außerhalb
meiner Wahrnehmungen befindet und die *Frage*
der Himmelsrichtungen nicht berührt. Dies war eine
entscheidende Frage... woher und wohin, und es verging
mühelos Zeit bis zum Rückkehrgedanken, bis
zur nutzlos gewordenen Nachricht des Schmerzes. Die Völker,
die sich bewegen ließen, ließen nichts als Namen zurück;
jetzt ist es der Nachbar, der uns herausruft, des Apfelbaums
wegen, der vergangene Nacht auf seine Wiese gestürzt ist.
Du siehst, so entsteht ein wunderlicher Zusammenhang,
der gar nicht wunderlich ist: er stellt nur die Nähe
verschiedener Ebenen her, die mit der Wäscheleine
zu verbinden sind. Geringe Spielräume bleiben, und
mit diesen Bedingungen sind wir vertraut, was nicht heißt,
daß wir die Lust zu Einverständnissen haben. Dieses Land,
wie jedes andere, bezeichnet auf seine Weise (die man
zunehmend leichter vergleichen, austauschen kann) all diese
Begrenzungen, aus denen, mit der Gunst vieler Augenblicke
im Hintergrund, ein Repertoire (das ebenso leicht
vergleichbar und austauschbar wird) von Redeweisen
entstanden ist, das fortfährt sich auszubreiten, schwelend
wie ein verdecktes Feuer, unaufhaltsam wie Krebs, und
das betrifft auch, die wir meinen aus allem Schlamassel
raushalten zu können: die Inseln der Immunität, wo
immer man sie zu entdecken und zu bewahren hofft. Was
ist mit den Pfingstrosen los... prall stehen die Blüten,
aber sie brechen nicht auf, in diesem Jahr, das wieder
ein Jahr des Versprechens ist, oder was summt da
die freundliche Hummel? Der Nachmittag, wie er weiterging,
brachte Glück: in der Scheune fand ich Säge und Sägebock,
und es begann, nach einer wehen Zeit voller
»Trainingsverlust« (Dr. med. Schering), eine wirkliche,
gute Arbeit. Es war kühl wie damals im Harz, als wir
den Lastwagen voller Brennholz bestiegen, nur war die Luft
etwas weicher und feuchter, vor allem feuchter, und jetzt
hingen Sportflugzeuge über den Hügeln. Wie vorläufig,

oder endgültig, ist die Trennung der Regionen, die
von toten Männern vollzogen ist und die eine Kindheit
zerschnitten hat... das Sägegeräusch macht keinen
Unterschied, aber es reißt die tiefen Vernarbungen auf,
nicht quälend, eher auf eine erleichternde Weise, weshalb
auch die Sache mit unserem Apfelbaum einen Sinn fand, falls
jemand fragen sollte, warum sie der Rede
wert sei... sie ist es, indem sie Bilder hervorholt, wie
jene aus den Tiefen der Truhe, die ein bergischer Bauer
als Futterkiste benutzt hat... (nun meinst du, ich sei
schon wieder beschäftigt mit einer Rekonstruktion
unseres Stammbaums, wie ihn mein Vater
gezeichnet hat, auf Pergament, Dreißiger Jahre, zugange
in der Kirchengemeinde, die ihre und unsre Geschichte
bewahrt bis zum Brand im Dreißigjährigen Krieg)... wer,
in Toronto (zum Beispiel), kennt sich da aus... umgekehrt, du
kannst die Rückseite einer Sprache, die dich interessiert
in Gestalt eines langen, verwirrenden Gedichts, (*Paterson*,
beispielsweise) nicht unvermittelt erkennen, weshalb
ein poetischer Kontinent nie ganz zugänglich wird, bei
aller Nähe und Sympathie zu Leuten, denen man so viele
Beweglichkeiten verdankt. Nicht jedes Schauspiel
befriedigt, kein Wort sitzt so fest, daß es nicht
gehen könnte in eine unerwünschte Richtung; unkenntlich
bleibt ein neues Zeitalter zurück, auch wenn hinterm Rücken
wenig Vertrauenerweckendes geschieht und die Amsel
den halben Tag über warnt. Ein reges Hin- und Herfliegen
zwischen den Bäumen... Gedanken sind unterwegs, die keine
rechte Bleibe haben, im Widerspruch zu den Aufträgen, die
täglich vergeben werden, aber keine Beziehungen aufnehmen
zum Reifwerden der Kirschen... vor meinen Augen geschieht,
in der Wiederholung, das *Wunder*, das nur noch selten
erwähnt wird: weil *alles klar* ist? Immer mehr Wörter
schrecken mich ab, sie zu benutzen, nur fragt sich, welche
Teile der Realität fallen dann aus. Der Großvater zimmerte
sich seinen Sägebock selber; ich ging einen kaufen und
benutzte dazu den *Heimwerkermarkt*... abgeschlossen,
vor langer Zeit, ist das Kapitel, in dem eine Methode
zum Zuge kam, die Bestandteile für eine Collage fand,
wo sich anders nichts sagen ließ (du erinnerst dich,

wie der Inhalt des Einkaufswagens, den *Frau Wesseling* vor sich herschob, als Textform in eine Schulklasse kam, die ganz enttäuscht über die Nichterwähnung so vieler Kaugummisorten war). Was ließ… was läßt sich dann sagen, wenn eine Kunst daraus entsteht, auf der nächsten Welle des Verstummens zu segeln… und Ansichtskarten werfen dich um (so ähnlich versuchte ich eine Irritation zu verstehen, als vor den Klinikfenstern der Frühling zu flirren begann)… Da kam dann ein *S-Bahn-Gruß aus Berlin*, und mit ihm ein vager Geräuschfilm, der damals in unseren Köpfen surrte, zu Beginn einer Euphorie, die uns wiedererleben ließ die historischen Phasen der toten Flächen, beginnend mit dem Ödland des Anhalter Bahnhofs, dem genauen Ort im Drehbuch einer imaginären Reise zurück in die Bilder, die ganz einfach vergessen machten die Leere des Gegenwartsraums. Ich zeigte auf Spuren, im Straßenpflaster, von Kämpfen, die jeder Stadtteil auf seine Weise interpretiert, und mit dem Einflug der riesigen Raben kam wieder die Sehnsucht, auf Sandwegen weiter zu fahren, mit einem Fahrrad, wenigstens bis zum Ufer der Oder… Die Ablehnungen aus der Nalepastraße, nun ja, die *Großwetterlage*, und man weiß wieder Bescheid, legt Fernschreiben ab und schaut aus dem Fenster in eine Luft, die fortwährend vortäuscht, daß es Menschen und Mauern nicht gibt. Es gibt Flüsse, Wälder und Seen, aus denen Gräber gemacht worden sind, und die Galerie dieser Gegenden erzählt etwas ganz anderes, von Zeiten vielleicht, die der Versöhnung, der Einkehr, der Schönheit bedürfen, all dieser Beweise des Mangels, der im besten Fall als Urheber aller gutgemeinten Entwürfe gilt. Nichts davon stimmt mit den laufenden Geschäften überein, und so machen wir weiter, gelegentlich unterbrochen von einem Defekt, und man wirft wieder Scheiben ein. Aber der Ginster, der jetzt auf den Autobahnböschungen leuchtet, befriedigt die Augen, im Maß wie die Ohren fast taub sind, und du hast ein Wochenende zu tun, die ungleich funktionierenden Sinne zu regulieren. Im Traum

waren Feldwege aufgetaucht. Beim Frühstück erzählte ich dir,
daß es Feldwege drüben in Thüringen waren, auf denen ich
in die Volksschule ging, und wie glücklich
ich war, die Wege im Zustand *von damals*
wiederzufinden... nicht Schnellstraßen,
Zubringer, wie ich's befürchtet hatte (nur,
erzählte ich später, paßten Traum und Wirklichkeit nicht
zusammen: diese Wege waren eine Erfindung des Traums,
die ganz einfach der unbewußten Hoffnung entsprach,
den gemeinten Feldweg, der sich durch diese Kinderjahre
zieht, unverändert wiederzusehen). Die Stadt
in der Ebene gibt keinen Anlaß, sie zu verlassen, aber
wir ziehen uns, regelmäßig, hinter die Hügel zurück,
weshalb wir kaum noch zu sehen sind, wo
die Abendgarderoben erscheinen. Schweigen
entsteht, und es ist schwierig geworden, immer neu
zu erklären, was wie eine Sucht ist. Mittendrin, vollauf
beschäftigt, unbeteiligt und fern in Gedanken... es läßt
sich nicht länger leben mit den Illusionen
der Eindeutigkeit; es entsteht auch keine Gestalt
im dauernden Spiel mit dem Sand einer Düne, die zwischen
zwei Wanderungen daliegt, wie schlafend... es entsteht
gar nichts, solange darüber gesprochen wird,
bei Gelegenheiten, die zustande kommen im Konjunktiv,
in der Haltung des Zögerns, die unseren Ausbruchsversuchen
gefolgt ist. Wer war nicht beteiligt... da hat man
inzwischen Daten zur Hand, die alles regeln: Berufsverläufe,
Besuche bei Arzt und Friseur, Flugtickets, Steuerberater,
Salbei und Soundskulptur; aber du meinst, es ging
noch nie so langweilig zu? Kalkutta! Das gläserne Schweigen
der Deutschen Bank! Hoch über den Flächen der Dämmerung
stürzen und steigen die Schwalben, und zu bewundern ist
die Genauigkeit ihres Instinkts. Der Bauer Struwe
muß bald verzweifeln; im Volvo fährt er durch seine Wiesen,
die der Regen in diesen Wochen platt gedrückt hat;
zerstampft haben die Kühe die Weide. Grasindustrie,
die ein Büro in Brüssel verwaltet, ohne die Bauernregeln
zu kennen. Soviel Gelegenheit hatten wir nie, bis zur
Heimatvernichtung etc. ... du hast recht, ich sage
nur Leitartikel auf; wir können aber nicht weggehn

und aufhören, die nassen Schnecken aus dem Garten
zu werfen. Eine hektische Farbe leuchtete mir im Spiegel
entgegen, die Farbe meiner schwitzenden Haut, aber
ich war nicht bereit, mich einzulassen
auf eine längere Selbstbegegnung, die mit alten Fragen
beginnt und die nichts zu tun hat
mit dem Warten auf eine Idee, die entsteht, wenn
plötzlich ein Vogelschatten
über dein Sommergesicht fliegt (ich wollte es dir nicht
sagen: die Beschreibung einer Idee
geschieht mit dem größten Risiko, daß am Ende
gar nichts zustande kommt) (Zu vermeiden ist auch
der Fleiß. Damit kannst du mich jagen. Der Schrecken
wiederholt sich mit jedem Schultraum. Man kommt nur
ins Schwitzen.). War es der erste Sommertag? In der Frühe,
als zwischen den Büschen ein Flecken Sonne lag, stellte
ein Mann sich ins Fenster und rief: »Sonne o Sonne«...
Jeder will weg. Was ist los? Anderswo macht die Suche
nach Wasser die Dorfbewohner verrückt. Tomaten, was
sollen sie wachsen, wir haben zu viele davon. Die Lage ist
nicht so beklagenswert, daß sie Regale füllte
mit explosivem Material (malst du die nasse Luft jetzt?
Suchst du nach einem Photo, das meinem Interesse an Leuten
entspricht, die früher hier wohnten und, wenn
nichts geschah, abends, die Bibel lasen?)... man kann ja...
variieren, besser noch, den zu deutlichen Mann
im Fenster verwischen, falls man sich nicht entschließt,
ihn völlig, durch einen Gedankenriß, zum Verschwinden
zu bringen. Was ist so wichtig; was brauchst du
mehr oder weniger: das bestätigte Semikolon, den Widerhall
in der Philharmonie, den elektronischen Lorbeer?
Im Zweireiher steht das soziale Gespenst in der Lobby
und telefoniert... ein Vorschuß? Vergessen... man erlaubt
sich, indem man sein Leben um die nächste Minute verkürzt,
den Schwebezustand in einem Himmel, der weiblich und
blau ist (na gut, wenn du meinst, daß dies nur ein
Slogan ist für die französische Sorte von Leben und
Kunst), aber auch dafür, für diese Täuschung, sind
die Papiere verlangt worden... alles bezahlt, wir können
kommen und gehn. Inzwischen grünt das Getreide

heran, auf diesen leicht geschwungenen Flächen, die langsam
in die Ebene fließen: ich versuche, aufs neue, fast
jeden Morgen, eine Art von *goodwill*... nicht
Gemeinsamkeiten zuliebe, die im Vorbeifahren
von alleine zu haben sind (die erwähnte Begegnung,
zum Beispiel, zweier Suzuki); eher ist es, auch wenn Skrupel
zugegen sind, die Erinnerung an ein Landschaftsbild,
eine ältere Leinwand, die zu Hause im Atelier hängt
und wartet, daß man sie restauriere, beginnend
mit einem stummen Gesprächsakt, der draußen fortsetzbar
wäre, in der Kurve vor einem Bauplatz, auf dem jetzt
die gräßlichsten Imitationen entstehen: Einspruch umsonst;
aber dennoch, die Stummheit wäre ein hörbarer Widerstand
in einer Phase, die vorerst nicht kenntlich macht, wie
die Verelendung weitergeht. Heut morgen im Nebel
ist alles verschwunden, und ich bin bereit, an eine Spuk-
Geschichte zu glauben, aber das hilft nichts... der Nebel
bleibt doch der alte Komplize der Ungeheuer, die
im Museum untergebracht sind? Zeitweise
sieht es so aus, und du kannst Formen, Gesichter, Gestalten
besichtigen, die bestätigen, was vielleicht nur hinausläuft
auf eine Legende (du weißt, wir sprachen über
das unsichtbar Konkrete), die endlich kommentiert
werden muß. Davon genug. Im Zwielicht sind es die Rehe, die
ihre Köpfe erheben, und es würde genügen, einen Holzzaun
zu ziehen. So hoch steht es nie, das Gras, wie
in diesem Jahr; dagegen der Mais, so niedrig, daß
ein Mann sich darin nicht verstecken kann. Warum auch;
es gibt zu viele Erinnerungen, die im Kino enden, wenn
man noch einmal genauer hinschaut. Unvermittelt steht
nur der Fingerhut da, zuerst der mit den weißen, dann
der mit den lila Dolden, und so oft
sein Erscheinen sich wiederholt hat (nicht ganz genau
kann ich dir zeigen im Diercke'schen Schulatlas, wo
die Stelle im Thüringer Wald war, die Lichtung über
der Klosterruine von Paulinzella, in der ich lag
mit zerscheuerten Fersen), es wiederholt sich der Moment
des Verwunderns, daß es so ist... aber was ist so...
die Szene zeigt nur, was die Erinnerung
produziert, nein, herausgeholt hat aus der Grube, die

nie wirklich leer wird, auch wenn du nur Schwärze
zu sehen meinst, die nichts spiegelt. Nun gut, das Schreiben
(und wenn es gelingt, auch das Lesen) dehnt den Augenblick
aus und bleibt unterwegs zu diesem Horizont
aus Herkunft, Zeit, Gesichtern und Dingen, der nie
zu erreichen ist, aber doch in dein Leben tritt mit
einer Folge von Wörtern. Mitunter entsteht
eine überraschende Nähe, und anwesend bist du
in Zimmern, Städten und Gärten, in denen du... wenn
man sagt: nichts verloren und nichts mehr zu suchen hast,
eben alles Verlorene suchst, mit einer Geduld, die du
nicht rechtfertigen mußt, als ginge es um eine Schuld,
einen Auftrag... es geht um nichts Ganzes und Halbes (nur
kannst du es so nicht sagen); es genügt ja, zu Anfang,
den verwucherten Hohlweg wiederzufinden, in dem bald
die Brombeeren reif sind, und dazu einen Himmel, der
über der rheinischen Bucht (du siehst, ich meine ein Bild
von Max Ernst, der in der Wüste von Arizona
sich an die Heimatfarben erinnert) seine grünen Folien
aufspannt, über dem Flußlauf, der die Stadtteile
trennt: *Tiefsee*: City-Jargon... aber wo sind wir?
Ich setze ja nichts voraus, außer, daß jeder
seine Umgebung hier kennt, und das ist genau
eine falsche Erwartung: die Wenigsten nehmen, was
täglich verlorengeht, wahr, ganz gleich, ob es
ein Wort ist, das seinen Gegenstand nicht mehr
kennt; der Geruch eines frischen Brotes, das Knarren
der Deichsel in der Biegung des Feldwegs; die Hausmusik
Sonntag morgens und das Blech, aus dem Eimer
gemacht sind. Nur weiter. Der Julimorgen; das Ereignis
des Nebels, der nach neun zurückweicht ins Tal
und bis elf die Tätigkeitswörter beschäftigt, denn
jetzt ist da unten was los; der Heinrich macht Pause
und kann, nachdem du getankt hast, aus der Schulzeit
erzählen: ja hier, das war die Schmiede, der Vater und
gegenüber die Tante, Tischdecken, Porzellan. Mach weiter,
und ins Lexikon geht der Ruhm der Umgebung ein, bevor
sie vollkommen aufgeräumt wird; jetzt ist sie nur
alt, ohne eigenes Verdienst und die Photos
der Zwanziger Jahre. Erinnerung im Ensemble... aber

die Gruppenbilder stehen ziemlich verlassen da, und
man kommt nicht zu sprechen auf die Farbe
der langen Strümpfe. Spielflächen, Sand, Eislaufen,
die verlorenen Murmeln: eine zufällige Reihenfolge,
die von Kinderstimmen vermischt (du kennst die
Wichita-Falls-Musik von Pat Metheney) sich zwischen
Feldern und Höfen verliert... hinter den Hügeln
rollt das Gewitter, und die Ohren legt an der Esel
von Altenberg: er weiß nicht, sind die Mönche
im Recht oder die Leute, die noch erzählen, wie
rasch und wie heiß der Gedanke der Götter
herabsticht. Der Turbo-Diesel rollt ab in die Nacht;
es gibt keinen Weg in der Nähe, der die Geräusche
für sich behält, und das wäre
auch kein Beweis für die Möglichkeiten des Schwebens,
die man hervorgesucht hat unter den Häuten
der langsam sinkenden Luft; es genügt, sie
mit Schrift zu versehen, für eine spätere Periode,
die wie alles, was später erscheint, die Spur
der Erfahrung verwischt hat. Das laufende Drama
findet statt im Gewölk über leeren Straßen, und
auch dies sieht aus wie eine Entscheidung, die man
der Geschichte überlassen kann. Aber die Leute
gehen ja nur vorbei; einige drehen Zigaretten, und
die großen Strategen sind abgewandert zur Talk-Show
und warten aufs Stichwort... zu viele Kleinigkeiten
liegen herum; man könnte sie übersehen, aber
sie blähen sich auf und versperren den Eingang in
stillere Räume, die vom Tageslauf abgewandt sind.
Und wieder, obschon jetzt die Fenster offen sind, sieht man
fast nichts; es fehlt bloß, daß ein Geräusch, ein Knarren
von Planwagen an den Zeltplatz erinnert, der auf
alten Geländekarten, und nur da, verzeichnet ist.
Was soll's; das Hoheitsrecht hat alleine ein Himmel,
der leer und geruchlos bleibt, und es gibt
dieses Haus nicht, das die Fledermäuse umkreisen.
Der Holzzaun beschäftigt mich, denn er ist neu und
macht deutlich die Unterschiede des Erinnerns,
ganz gleich, ob es noch draußen oder heimgekehrt
ist in die Scheune, die gleich nebenan

unter einem der Kirschbäume steht. Du weißt, wie
ins Land diese Plazierung gewirkt hat; sie war
ein Stück Zukunft, und damit sie es bleibe, muß
ich jetzt gehn, zurück in den Hintergrund. Es geschieht
in den folgenden Tagen nicht viel, nur bleibt
(»by the way«) ein Herz plötzlich stehen, und wir,
in der Nähe, spüren es nicht. Die Gewalt geht
heute vom Regen aus, und wieder ist es ein Tag, der
zu schnell durchs Gehirn fällt, um beruhigt
sitzen zu bleiben im Eingang der folgenden Nacht. Wann,
wird gefragt, erzählt noch einmal der Himmel
aus der glitzernden Zeit, die anderswo selbstverständlich
ist? Wir setzen zu viel voraus, und dann erinnert
die leere Einkaufstüte an Schwierigkeiten, die
hinter der nächstbesten Ecke liegengeblieben sind. Was
ist jetzt greifbar; irgendwo, in einer konkreten Provinz,
muß es noch Gegenstände geben, die man nicht
gleich wieder fallen läßt, über die man berichten kann,
bevor auch sie mit allen Daten versehen sind. Dann
knarrt dieser Handwagen wieder, der ein Signal
an die Dämmerung gibt, noch eine Weile so
zu verharren, daß nichts deutlich wird... vielleicht
im Getreide ein Seufzen, wenn mit der Akustik
die Jahreszeit übereinstimmt, oder die Seitenangaben
sind falsch... fahl steht zwischen den Zweigen ein Licht,
dem man sich nicht zu nähern wagt, obwohl der Alarm
nur ein Märchen noch ist, das man suchen muß
im Archiv. Bis zu den Tagen kurz vor dem Krieg
(»welchen Krieg meinst du?«) war die Natur
ein Geräusch, das für sich blieb, riesig, allein, und
damit hat es sich nicht mehr, auch ohne irgend 'nen Krieg,
der von Kindern gebraucht wird zum Spielen. Die Photos
der letzten Ruinen, sie beschreiben so etwas wie eine Sucht
sehr junger Leute, die auf der Suche nach einem Ort
sind, wo das Heimweh sagt: hier
bin ich richtig. Da siehst du, wie im Vorbeigehn
der Schreck liegenbleibt, und im Regen betreten Passanten
ein Museum. Man weiß nie genug, auch wenn alles
bekannt ist; die Treppe zum Speicher sieht bald
wie die Kreidefelsen von Rügen aus. Nur

kommt die Regie nicht zurecht; die Nachtfalter
tauchen vorm Fenster auf, wenn es noch hell ist,
und der Sommer gibt seine Rolle ab, bevor
die Woche herum ist. Die Dorfkirmes völlig im Regen
versackt; wir stehn unter Schirmen vorm Zelt, und
mein Kriegskamerad hat die nächste Runde
spendiert (»komm laß uns doch wieder vertragen«)
(die deutsch-deutsche Frage, nicht wahr, Dr. G., das ist
wie reine Physik, indem sie erscheinen läßt wie
in kommunizierenden Röhren den hüben mal, drüben mal
auftauchenden *Nordhäuser Korn*); Reibekuchen verschenkt
die schöne Christel von Blecher... Nur gibt es
die Dörfer nicht, die auf der alten Geländekarte
noch unverrückbar vorhanden sind, Bestandteile
einer Topographie, die keine Widersprüche verzeichnet
zwischen Ruhe und Zeit; es ging einmal anders, und
das wußten genau die Leute in unserer Mühle, die ich
herumzeige auf diesem verknitterten Photo... Die Tage,
vertan im Wechsel der laufenden Interessen, begannen wieder
rasch und konfus; man kann so nicht älter werden,
indem man einfach die Hälfte vergißt und die Marmeladen
des Sommers verschimmeln läßt; nur weil die Ameisen
arbeitsam sind, sackt langsam der Holzstoß zusammen.
Abends ziehn Mädchen auf Pferden vorüber; Satzfetzen
flattern hinter der Buschreihe auf, Stimmen wie
Silberpapier; der Mond zeigt bald und schön
seine Brust. Kommst du schneller voran, wenn
du allein in der Dämmerung sitzt? Eine Last
auf den Augenlidern, als wäre schon ein
Schlaftrunk zuviel, oder war'n es
die vielen Todesanzeigen, die Bildberichte vom Schützenfest,
vom Öldesaster, vom Schlußverkauf in der Karibik? Jetzt
kommt noch eine Meldung, aber es ist nur
eine Trompete von drüben auf dieser Terrasse, wo seit Mittag
jemand Freibier verteilt, und ganz plötzlich werde ich
süchtig nach Pflaumen. Später ist es wieder
der Waldkauz, der im Birnbaum aufschreit, genau
vor meinem offenen Fenster, weshalb ich den restlichen Abend
vor Angst fast gelähmt bin... nur hat sie
ein eigenes System zu versorgen, diese Angst,

mit der ich nicht schlafen will, auch wenn der Wind
ins Zimmer hereinkommt und Gewißheiten mitbringt,
die günstig für die eine und andere Zärtlichkeit
sind. Im Nachruf auf Hannes Jähn stand, daß er
der schnellste Schildermaler von Leipzig war (so,
nicht wahr, lieber Herr Dr. G., ironisieren wir hier
die ästhetische Arbeit der Hoffnung, die mit der Landschaft
allein nicht zufrieden ist?); *Grabsteine, Vogelscheuchen*...
das war eine andere Zeit, die auf Photographien
sehr langsam entstand, stehenblieb und selten
zum Vorschein kam, wie alles, was den Tod
als Auftraggeber vermuten ließ. Im Nachhinein
wird das eine und andre ein bißchen klarer, bis hin
zu dieser Benommenheit nach zu vielen Platten
mit Charlie Parker, nachmittags, Herbst 58; erst jetzt
ist es schwierig, zwischen unaufgeräumten Zimmern
Differenzen zu ziehen, zwischen verschiedenen Grautönen,
die genau komponiert oder der staubige Rest
einer Ruine sind... und zudem die Verzweiflung
inmitten der Schallplattenhaufen, der Buchumschläge und
aller Belege, mit denen soviel zu beweisen ist, nur nicht
die Zähigkeit einer Leere, die uns täglich verfolgt
hat. Einmal erhob sich ein Vogelkopf
über einem Knäuel von Linien, die vielleicht
den verwirrenden Weg aus deinem Gefangensein
zeigten; es war *Der gefangene Vogel*, damals
dein surrealistischer Beitrag... wir saßen im Schatten
der Trauerweide an einem Weiher, baumelten mit den Beinen
im Wasser und gedachten der toten Meister, die wieder
lebten in unseren Projektionen, unterm Gewölbe
der Rheinischen Nacht; Katzen zischten im Dunkel
der Hecken... ach Hannes, *wir wären gemeinsam*
genesen im Kurbad? Du konntest ja fliegen,
in deinem genauen Rausch, und nur weil ich
hängenblieb, immer im Zaun, zwischen Zweigen
im Garten der Vorstadt, sah ich zuletzt
dein Verschwinden nicht mehr, hier, inmitten
der Enten, die sonntags sich niederlassen am Ufer,
wo ich hin und her gehen kann... hier geht was
zu Ende? Na ja, was teilt auf die Dauer

die Umgebung noch mit… was bringst du denn
jetzt vom Garda-See mit; zeig mir Motive! Im
Sessellift fällt mir nichts ein; kalt läßt mich
der Erdrutsch; wer kann mir erzählen
die Kriegsgeschichte des Rübenkrauts… natürlich
ist wieder alles ganz falsch; du weißt, wie ich vergeblich
versuche zu zaubern, nur dieser Stimmungen wegen, die wir
zitieren, bei jeder Gelegenheit, abends draußen vorm Haus,
das um diese Zeit genau auf der Grenze steht zwischen
der dunklen Erde und dem Himmel, der eine Weile
noch hell bleibt. Vom Bildschirm kommt das Lächeln
der Feinde, die, zu Hause in der gemeinsamen Sprache,
Gedanken, Gefühle zertrennen, die sich festhalten
an den Rissen einiger Wörter; dann geht man,
auf kunsthistorischer Bühne, zum Dinner, liest
Reden vom Blatt; *Verfolger, Verfolgte* (etc., so genau
will das keiner jetzt wissen) unter
den Abendanzügen… umschalten kannst du, und
Pompeji geht unter im zweiten Teil. Die nächste Serie,
es gibt noch keinen Termin; aber ungeduldig
muß man nicht sein. Den Streß besorgen
verregnete Wochen. Der Mais, die Sonnenblumen kommen
langsam voran, und die Sterbefälle
häufen sich. Dunstschleier sind tagsüber unterwegs;
selbst die vertrautesten Straßen, Schleichwege, Einfahrten
ins Parkhaus führen zunächst in die Irre, und
für eine Weile noch sind wir ganz lustig. Aber
das ist erst der Anfang. Dann kommen Rückfragen,
wo wir verblieben sind; dann platzen Termine, und auch
mit den Steuern stimmt etwas nicht. Daß die Äpfel
ausbleiben, erwähnte ich schon; ein bißchen fehlt noch,
und wir fangen von vorn an. Weißt du ein Stichwort;
stehn Flaschen und Gläser bereit für Gäste, die noch nie
an unseren Tischen aufgetaucht sind; dreht Rauch
sich gegen den Wind? Am besten, wir verreisen
für einige Tage und berichten dann weiter, obschon
unsere Wörter nicht zuständig sind
für so viele Dinge, die uns anderswo überraschen
und vielleicht nicht so unangenehm sind, daß
wir, sofort, sie wieder verdrängten… Hier

über den Tisch krabbeln zu viele Informationen, und
dieses Ticket stiftet die reine Verwirrung, indem es
das Stichwort gibt für ein längeres Selbstgespräch, das
übermorgen stattfinden soll, unter Palmen vielleicht,
falls es sie gibt... und falls dazukommt
eine Architektur, die große Schatten verbreitet
auf einer Wiese, auf der wir Pflaumen sammeln
und liegen und Pflaumen essen, bis das Gelände
abends geschlossen wird. Ganz anders hält es
der Herbst mit der Wahrheit; ein Ratsch, und
kopflos steht schon eine glatt gebügelte Versammlung;
man tuschelt ein bißchen, und gleich hat das Chaos
alles besetzt, Redezeit, Reiseetat und Minutenpreise;
wir können ja Äste einsammeln; es knistert nur so
nach all diesem Sturm... Aber jetzt ist
der Nachthimmel klar, und man sieht, daß
die falschen Sterne es sind, die sich bewegen,
unterwegs mit Signalen, deren Adressen
im Dunkel verborgen sind. Die letzten Jungens
am Tresen hängen da unbesorgt fest; die Erde
zittert auch nachts nicht. Der Heimweg über die Hügel
führt an Häusern vorbei, die noch nicht alt genug
sind, um einzustürzen, ganz von allein, damit
wieder frei ein Hohlweg atme und endgültig offen
sei für den Durchzug dieses Oktobers, der jetzt
auf den Obstwiesen steht. Die Luft ist plötzlich
sehr warm, und deine Stimme im Telefon
ist sehr nah, als du erzählst, von deiner Entdeckung,
einem englischen Maler und einem alten Kaminzimmer,
das uns aufnehmen wird, übers Jahr,
im Hotel Certosella. Du erfährst, daß wir gleichzeitig
sind und jeder Gedanke dort ankommt, wo
unsere Spuren noch frisch sind; es macht
keine Mühe, den Ort zu benennen, und er gehört uns
allein, solange wir wünschen, daß sein Name
nicht weiterzusagen sei. Es wäre ja eine Rückkehr,
noch vor dem Vergessen, das immer rascher
Kulissen, Kleider, Gewohnheiten wechselt und so
durch alle Kontrollen kommt. Gestern
der neue Benzinpreis, und er hing

mit gemischten Gefühlen zusammen, die abends
einfach versackten; oder war es ein Kinderdrachen,
der sich im Birnbaum verfing und nachts dann
herunterfiel in den Nebel über der Wiese?
Die Bedeutung… ein Mikro-Film unter Massen
von Material, mit dem man nur leben kann, wenn
man früh genug seinen Mantel nimmt; oder
was hast du gewußt und verschwiegen? Damals,
zwischen den Brücken, am Ufer dümpelte
ein Kahn, der bis jetzt in keiner Recherche auftaucht.
Warum bloß… es stimmt ja, daß unsere Zukunft
noch nicht zu beschreiben war, und die Nacht
ging so rasch herum bis zum Morgen und einer
ganz neuen Wachheit, die unsere Sinne veränderte
für ein paar Jahre. Es entstand auch
ein Repertoire der besseren Argumente, bis
Dunst die Fronten verwischte und schon mittags
das Feuer ausging. Jetzt geht alles an Intensität
im Berufsverkehr drauf, und der Morgen
ist schön, wenn die zehntausend Antennen
glitzern. Du weißt, die Einsichten alle machen
dich freundlich und faul, aber du weißt auch,
die Kämpfe erzwingen Form und Prognose, und
mit der Welle der Ampeln beginnt die gute Schule
der Geduld. Nur weiter… der Brei dieser Gegend
wird jeden Tag härter; bald ist er hart, zeigt
Risse und fängt an zu bröseln, und wieder
ist Bauland in Sicht, zum Trost
der jungen Architekten, die Briefkästen reparieren.
Nichts hilft gegen den öden Abend im Zentrum,
wo diese Flammen des Herbstes
keinen Widerschein hinterlassen; und sprichst du
den letzten Fußgänger an, er hört
unter seinen Kopfhörern nichts. Die Luft beginnt erst
an den Rändern des Dunkels zu rauschen; hier
wird deine Stimme die Menge der Personen los,
an die sie tagsüber verheuert ist, ganz gleich,
was Krächzen bedeutet, zwischen Zeitansage und Kantine;
Stoffmangel haben wir nicht. Gejammer
hat seinen Platz im Programm, und am billigsten

sind die Peinlichkeiten zu haben, die sich ausbreiten
wie ein Geruch von schwitzenden Zwergen. Der Zweifel
ist nichts für den Auftritt von diesem und jenem
Veteran, dessen Glatze gerecht und der bloß
vom Bauchansatz her für Gewalt ist. Schwaches Geräusch
noch, das Ticken der Theorie. Wir treffen uns wieder
im Foyer, im Museum; veränderte Zeichen ragen wie Reste
aus einem Bild, das sich schwertut
mit einem Titel; es zeigt ja nicht nur (oder doch)
die eigene Instanz; der Herbstsalon
gibt keinen Bescheid, wenn Leute bloß kommen und fragen,
wo die Preisliste ausliegt. Paßt ins Konzept
eine Allegorie? Drei Reiter verschwinden im Dunst
einer Wüste, wo man Tankstellen, Motels vermutet, und
das Schicksal dröhnt aus der Juke-Box. Wir
haben hier keine City, wo ein paar Typen
die Chefs auf dem Boulevard sind; den Fichten,
hört man, geht es ein bißchen besser... du siehst,
wie Nachrichten aufblühn, im Grellen und
schnell, und auch die Erfahrungen kommen
im neuen Mantel vorbei... und es ist nichts,
was den Ablenkungen ein Ende macht. Abends
die müden Augen; sie sind müde von den Widersprüchen
des Nichts, das durch die Fenster zieht und seine Daten
flimmern läßt, irgendwo über die Schirme
von Leuten, die beim Wiedererkennen sehr höflich
und Sekunden später unsichtbar sind. Man
kennt immer weniger Leute, aber immer mehr Daten
sind unterwegs, unberührt von den Einbußen
in diesem November, der uns doch lange im Park
die grünen Alleen erlaubt (und du erinnerst dich
an die Motive im Frühling... »wir haben
neue Möbel im Garten, aus hartem Holz, das
in Afrika wächst, dunkel ist und heller wird
mit den Jahren, du wirst sehen... und
was entscheidend ist, im Regen, im Winter,
im ganzen Jahr stehen sie draußen unter den Birken,
du wirst es ja noch erleben...«). Aber die Kaltfront
kommt schon ein bißchen näher, und du wolltest
dein Polo-Hemd noch nicht ausziehn, auf der Suche

nach einem schattigen Platz, der das Verhandeln erleichtert,
egal, um was es nun geht. Begeistert
fängt keiner mehr an; da ist zuviel hinter Glas
und den ewig gleißenden Folien verschwunden; komm,
laß uns die Vögel beobachten gehn… unterwegs
verlieren sie nichts, und man sieht ihnen Angst
vor Verlusten nicht an. Sonst bewegt sich jetzt
wenig, oder es geht etwas los mit einer genau
plazierten Wiederholung, die für eine Weile unbestimmbar
bleibt und keine Melodien parat hat
zum Termin des Wiedererkennens. Nur die Blätter,
während sie taumeln, geben ihren Bescheid, und ganz langsam
erscheint zwischen den Resten der alten Wälder die Struktur
eines möglichen Erdteils, dem du und ich
nicht mehr angehören. Wir können darüber noch
streiten, nur glaub mir, die Geschichte verspricht
nichts; sie vermischt in jedem Moment
Perioden, in denen du zitterst und zugleich in der Sonne
stehst. Der Zustand in der Umgebung… der Nachbar
ist krank, ein Lächeln zum Abschied: wer wird
als erster zurück auf den Wiesen sein. Es macht
wenig Unterschied zwischen dieser und jener Entfernung;
es kommt auf die Nähe zu unseren Landschaften an,
die so wichtig für die Argumente der Bilder, für
die Arbeiten im Gedächtnis sind… und so
kannst du weggehn für eine Weile; es bleibt ja
auf dieser Seite der Hügel, wie es ist, das Licht
in den Kirschen und hinter der Scheune die Dämmerung.

Das englische Fenster

Das englische Fenster

»... und was erzählst du«
                                        von Compton Hall, wenn
Möwen kreisen über Rasenflächen, die in der Frühe
frostweiß sind? Der Riß beginnt nicht Ende dieses
Januars; es waren schon Kinderaugen, die Ausschau hielten
nach Kreidefelsen
                                »The Warwick Poem, and
how it begins ...«
                                (such mir das Photo heraus, das
mit den Sandsäcken ... mit den
Scheren-Fernrohren das); etwas aus Tagträumen
wird wiederholbar, die unter glänzenden Fittichen
aufgebläht sind, auch wenn es
der Schatten von Tragflächen war. So oder so,
ich bin unterwegs; zum Beispiel beginnt auch die Suche
nach französischen Zigaretten; *die Netze der Ungewißheit*
schwingen aus ...
                                (was aber meint Baudelaire:
»Deutschland
drückt das Träumen durch die Linie aus,
England
durch die Perspektive –«)
                                        ... vielleicht ein Getrenntsein,
das die Sprachen zusammenbringt,
                                                und ich wende mich
dem Gezänk dieser Häher zu (du schreibst mir,
es sei ihr Protest gegen *Fortbleiben, Abwesenheit*,
indessen im Seminar, am Beispiel der zwei
Gedichte von Günter Eich, der Zusammenhang
interessiert zwischen Nachrichten der Dreißiger und in
den Sechziger Jahren), und es geht jetzt um
das Geräusch der Entfernung, um die Mitteilung,
daß alles, was die Kontinuität unseres Wiedersehens
zusammenhält, in eine akustische Phase
übergeht und sich fortsetzt, bis auch dieser Ort
auf entwickelten Filmen wiederkehrt und eingehen wird

in die Chronik unserer Imaginationen. Aber geht es
um *einen* Ort –?

SHAKESPEARE AND COMPANY:

da kommt, wie eine Rückwirkung des Gedankens
an Flucht, der Gespräche über ein *Anderswo*, aus Paris
diese Karte, die mit einem Nachmittag
korrespondiert, mit einem Moment der Trägheit
am Ufer des Avon (es regnete nicht, die Angler aber
saßen unter ihren grünen Schirmen) (zugleich schrieb
Dora d'Ellbrück: »... wir werfen lange Schatten, wippen
auf grünen Eisenstühlen«) ... nur gab es ja
keine Verabredung, obschon auf den Flügeln der Enten
das schimmernde Licht zu erzählen begann: vom
Staub auf den Scheiben der Librairie, vom
grauen Himmel überm Englischen Garten (damit sich
unser Freund in Berlin nicht wieder nach München
verirre, verlasse die S-Bahn er im Bahnhof »Bellevue«),
vom Fachwerkholz in der Henley Street –

bis es verlosch,

nach einem plötzlichen Start aus erschrock'nen Gewässern,
und wieder zurückkam ins Dämmern der Kirche,
in der nun die Orgel begann ... (verstehst du, womit
ich nicht richtig ankam im Seminar, es ging
um die Gleichzeitigkeit; es ist ja auch nur
der nächstbeste Traum, der aus unsrer Verwirrung
gleich eine Struktur macht, die zu entwirren
ich hier einen Auftrag erwarte, der
mich zurückführt in die halbwegs vertraute Geschichte
unserer Scheune)

ohne jetzt etwas zu unterbrechen,

den Brief zum Beispiel für meinen Vater, der
in der Sütterlin-Schrift seine eigene Kindheit
wiederentdeckt, das Rauschen des Wasserrads und
der Räder der Brölbahn. Was erwähnte ich
wiederum nicht?

»Er verließ seine Frau; infolge
seiner Leidenschaft fürs Theater ging er
nach London; es war« ein Geruch, ein Geschmack
wie von Asche, der das Ende des Augenblicks

(erst

als der Ruhm ganz gewöhnlich war, flog
auch nicht mehr die Wolle auf und davon)
dementierte
(du weißt, ein Dementi
ist unser Ticket, das allein uns
aus den *Unmöglichkeiten* heraushilft … die Kinder
wissen, was hängen bleibt, wenn sie heimkommen,
dreckig und wirr und die Kletten aus
den Pullovern zerren);
nur ist es
die Szene des Tagtraums, für die ich
die Lebensläufe erfinde … ein Morgen, der im Halbschlaf
beginnt; Figuren verblassen; andere erscheinen
auf einer Galerie und schreiten die Treppe herab;
in der Halle wartet Charles Darwent, und bald schon
korrigiert Betty Hanley ihn zweimal: »the first time
when I pronounced her birthplace *Mitchegan* (›It's
Mishegan – you English never say it right‹);
the second when, peering
myopically into a Regency birdcage, I expressed
my admiration for what I called
a pair of bone birdfeeders – ›O, those …‹, said
Miss Hanley, with a devastating lack
of affectation, ›they're ivory … ah … they're
Ming, actually‹.
Silence.« Aber
sprach und schwieg ich denn mit … *er betrachtete
diese Szene*, die sich einreihte in den Verlauf
des gewöhnlichen Morgens … solange es aussah,
daß er gewöhnlich bleibe, denn
im erneuten Erwachen erschien still und plötzlich
am Fenster die Panik, die hier
ganz ohne Voraussetzung ist: noch auf den Hügeln
der Gegend breitete sich dieser Blizzard
wie ein Gerücht aus, und rund um die Uhr erzählte
es BBC weiter, als der Verkehr in den Midlands
liegen blieb. Mittags strahlte der Himmel, als sei
ein Versehen geschehen; glitzernd verschwand die Maschine
im Süden, und ich vergaß
dir zu schreiben, nun ende auch hier

die Unsichtbarkeit der Götter
(die korinthischen Säulen,
erzählten Sarah und Hugh, seien ja neu, frühes
18. Jahrhundert ... Hugh jedenfalls spüre, im Leben
zum ersten Mal, mit etwas verwurzelt zu sein,
so tief, als sei es die eigene, versenke er sich
in die Geschichte des Hauses ... mitten im Schneesturm
seien sie eingezogen. Und wahrhaftig
eine romantische Fiktion: es habe alles angefangen
mit der Verliebtheit in eine Photographie ...).
Mehr noch
bleibt in der schwierigen Phase des Anfangs
ein Mißverstehen, ein Vakuum des täglichen Verhandelns,
und wenn ich den Kopf bewege, passiert
irgendein Gegenteil ... aber das ist
nicht so wichtig, die Ränder unserer Geduld
wären dehnbar; so rasch überlappt
eine Bedeutung die andere, wie auch der Abend
mit seinen Schichten von Ansichtskarten
vergeht. Später die Luft, sie verliert
ihren rötlichen Schein nicht (so wiederholt sich
das Muster eines assoziierenden Spiels, das von allein
seine Bedeutung nicht freigibt; nur wenn ich nochmals
sitze *sur le motif*, kommentiere ich weiter), und
es sind diese alten Propellermotoren, die ebenso
wichtig sind für den *soundtrack* der Vierziger, oder
was ist geschehen, daß die Mädchen die Vorhänge
alle gleichzeitig zuziehn ... die Züge
nach Tile Hill; nein, ein Bündel von Richtungen
breitet der Horizont aus, und dieser Abend rauscht
an Fenstern vorbei, in denen, *damals wie niemals*,
die Lampen brannten bis in die Frühschicht,
unaufhörlich, als werde noch etwas sehr Fremdes
erwartet, ein Geräusch wie von
»den Gleisen des Bahnhofs von Güstrow«, oder
Planwagen aus der Jahrhundertwende,
Siedler, Flüchtende, Reisegesellschaften, die noch
auf der Suche sind nach dem richtigen Ort,
einem Zeitalter, dem sie angehören
– unseres

wäre welches … Gemälde erinnern an eine Suche, die
so rasch nicht aufhören wird, und der Auftritt
kommt wie immer zu spät. Dann ging es um
die Zugehörigkeit: zu einer Klasse. Man blättert
in Kirchenbüchern, bis Schluß ist nach einem Brand,
Siebzehntes Jahrhundert. Die Fabrikation
von Hautleim: die letzte Leimtafel liegt
nun im Heimatmuseum von Windeck. Einmal
saß ich im Kesselhaus nachts und stellte mir vor,
ich folgte, wie einer Reiseroute, dem
englischen Firmenschild nach und erreichte
in einer hügeligen Landschaft die Landindustrie
und ein Farmhaus, wo sie
am Fenster steht, die Blondine
in jenen Tagen … ein altes Kapitel, das
aus der *Geschichte der Täuschungen* (vielleicht
eine Frage im Seminar: die Subjekte des Tagtraums)
herüberreicht, nicht einfach so, wie die Fortsetzung
eines Zeitungsromans, auch nach den Rezepten
der Serie und auf den endlosen Fahnen
der Fernschreiber nicht … hinein ins Torhaus
galoppiere der Bote …! … das Weitere
regele eine Staffel von Dienern, bis
in der Tiefe der Halle, sich räuspernd,
Gaston, mit seinem kleinen Tablett,
erscheine –
Der Nachtzug läuft im Bahnhof
der kleinen Küstenstadt ein. Im Winter,
die wenigen Hotels sind geschlossen; die wenigen
Reisenden sind hier zu Hause. Einer,
der zuletzt ausgestiegen ist, ist es nicht; er sucht
eine Bleibe für eine Nacht. Es gibt keine Bleibe; so
setzt sich der Reisende, gegenüber der Kirche, auf
eine Bank. Die Nacht ist mild; daß er einschläft,
ist so ein Routine –
Vorschlag der Dramaturgie. Ich tippe die Wörterzahl
ein und liefere ins Drama-Department
diesen weiterzuspinnenden Plot. *Was will geschehen* …
der Reisende schläft noch immer, obschon
ein Blizzard sich nähert (»Radio Twooo –«), und

eine Gruppe von Nachtschwärmern plötzlich die Bank
umstellt hat
(es ist, lieber Vater, eine
von diesen Bänken, die dein Enkel, vielleicht
nach einer zufälligen Lektüre,
übers Wochenende geordert hat)
(... im Garten ... hm ...
werden wir haben diese englischen Möbel ... hm ... wie
du schriebst, stünden sie allerorten
herum ... hm ... in den Cotswolds, auch an den Ufern
des Flusses, wo der Verfasser von ... hm ... sag doch,
der wegen, so schriebst du ... nun sag doch, nein, nicht
für immer ...? ... verlassen hat ...);
dann
flattert ein schwerer Nachtvogel ab, landet
im Ausschnitt des Fensters und weiß nicht mehr
weiter
– NEVERMORE
(wie folgenlos blieb
eine Poetik, an die zwischen *Nullpunkt* und
Kahlschlag
Albrecht Fabri
erinnerte. »Dachten Sie,
etwa, daß englische Germanisten ...«;) nein,
ich dachte an Brandgeruch, der aufging in einem Geruch
nach Baracke, Brotbeutel, Tabak, der die Grammatik
damals durchzog ... nicht einmal mit Trümmerfeldern,
Kreideinschriften, verbotenen Photos und Ansätzen
einer abstrakten Antwort kam sie zurecht)
– die Nacht
geht noch weiter, die Verlängerung
eines dunklen Augenblicks, den du im Kino, ehe
der *Hauptfilm* beginnt, wiedersiehst: ein Reisender
geht durch Schnee, durch die Nacht, setzt sich
auf eine Bank; zu seinen Füßen
murmelt der Fluß; es kommt noch vielleicht
eins der kichernden Mädchen vorbei; das *in mir*
den schlafenden Maler weckt und
vor einer Haustür stehenbleibt, die sich öffnet
geradewegs für ein paar Schritte hinaus

auf die blühende Wiese, wo unterm Kirschbaum
ein paar Gartenmöbel noch stehen vom letzten Picknick
der ausgestorbenen Familie

– es gibt aber (wo
sind Ihre *Textbeweise*, fragt Dr. Bullivant) keinerlei
Dokumente; bald hat auch der scharfe Küstenwind
die Kulissen zerrissen, und am Morgen kommen
Gartenarbeiter und laden die letzten Bänke auf
einen Karren, der bis zum Nachmittag noch
im Regen steht

(dagegen wollte ich wissen, was
Dr. Bullivant aus diesem *wordprocessor* an
Neuigkeiten, Einfällen, Fortschritten
so herausholt; schon wissend, daß unsre Erfahrung
wieder davonschwebt und *nothing* speichert ... woher
sonst das Ungewisse hinter der Straßenecke, der *hangover*
morgens ...).

Interview: »Was empfinden Sie, Mr. Powell,
wenn Sie England verlassen?«

»In Calais
fällt mir ein, jetzt geht das immer so weiter, bis
Wladiwostok –«

und du schickst mir den Text, und
du weißt, wie ich reagiere, indem ich nachmittags
auf der Leamington-Party Anekdoten
erzähle ... »as the left-rhenish saying goes« ...
von Deutz bis W...: das sei einunddasselbe

(natürlich
versuchte ich auch, Dialekt zu vermitteln, ohne
den Konjunktiv) ... erst

auf dem Feldweg nach
Chasewood setzte wieder das Selbstgespräch ein, angesichts
einer niedergebrannten Scheune, die umgeben schien
von einer schwarzen, atmenden Fläche. Krähen.
Ich sagte es, Krähen. Die Methode, etwas hinzu
zu erfinden, wenn Aufenthalte in der Struktur
so langweilig werden, daß man irgendwann rausläuft
und eine *Friture* sucht, die wenigstens gut
beleuchtet ist und den Schatten des Filmdarstellers
ruhig dastehen läßt –

bis auch diese Szene
verblaßt und im Rücken der Wind steht. Hinter den Hügeln
taucht die Ruine von Kenilworth Castle auf (»… and
bear in mind: Sir Walter Scott's novel …«); den Zaun
übersteigend, folg' ich dem nickenden weißen Pferd,
und wir führen ein stummes Gespräch. (Später
erzählte ich dir den ungefähren Verlauf …
es ging
um die Familienlegende vom weißen Pferd, das der Vorfahre,
Bürgermeister von W., morgens zum Dienstritt bestieg, als
sich im Dorf die Kunde von einer Revolte
zu verbreiten begann …
es ging,
indem wir den Saum des riesigen Sumpfgeländes erreichten,
um die Geschichte der Natur-Strategie, eines Systems, »that
enabled the castle to withstand a siege
of nearly nine months in 1266
during the rebellion …«)
Was wir reden, zeichnet
der Wind auf, also niemand, und unsichtbar bleiben
die Linien, die uns verbinden im Hintergrund
dieses Nachmittags –
nochmal »in dieser Epoche«
kam ich zurück und kreiste rund um
die roten Ruinen. Das Pferd war verschwunden; im Nebel
tauchte zwischen den Steinen ein kicherndes Dorfmädchen
auf … »ah, there was the Queen … entertained once
by Bobby Dudley …, huh, that Earl of Leicester …
you know … who was her favorite and managed
the games … and Big Bill came over here from
Stratford-on-Avon, for seeing some plays performed here
by travelling actors … ah, you get it … when
he was a boy …«
der Mond wird gejagt, und
die Midlands in dieser Nacht
sind nicht mehr mild. Horizontlicht über
Birmingham Airport; die Nachtjäger-Staffeln steigen
in Bindersleben auf und tasten sich vor in den *Raum*
Hannover-Braunschweig; einer der jungen Piloten
beginnt ins Kehlkopf-Mikrofon zu husten,

und unter der Bettdecke hör ich
den Krefelder Singsang von
Joseph Beuys ... Leuchtspuren über dem Herz
eines Landes, das fast unversehrt blieb unter
dröhnenden Wolkendecken, und mein Jahrgang wilderte
noch in den Gärten (und eingemischt sind
die anderen, die abgetrennten Stimmen, aber ich kann
im Colloquium nicht berichten, wie sie hinausgetreten
sind auf die leeren Straßen, wie sie nun denken,
z. B. Christa V. und Peter G., rückblickend auf ihre
Zukunft, den *knirschenden Morgen*) (die Mehrheit
der Studienräte war gut über die Runden gekommen; nur
Dr. Delle ging auf den Speicher und hängte sich auf;
Heimatfronten verschwiegen ihr Inneres Reich, bis
später die Argumente des Schweigens

das Getuschel
im Hausflur, die Brötchen des Widerstands, die Schriften
des Strandhafers interpretierten) ...

etcetera; kein
Bildervergleich dauert länger als ein paar Minuten,
in denen, aus Bruchstücken zusammengerafft, ein
riesiges Panorama erscheint, das
bei näherem Hinsehn rasch wieder zerfällt in
Fensterausschnitte, Figuren zwischen Landkartenzeichen,
Zimmerfluchten und Straßenzüge,
Satzteile, Schlagerfetzen, Gelächter und Schluchzer
hinter den angelehnten Türen; etcetera –

der Winter
in Warwick, vielleicht setzt die Zeit die Korrespondenz
mit vielen, verschiedenen Wintern fort, wenn
dieses Windgeräusch noch einen Moment lang
vor den verdunkelten Fenstern von Compton Hall
anhält ... sich anhalten läßt
durch eine Fingerbewegung, ein zögerndes Einkreisen
seiner Bedeutung (die ich nur ansatzweise beschrieb,
als nachmittags in der Elmscote Road
Ms. Witte mich fragte, was ich denn meine mit
einem Motiv für... Erfahrung, mit dieser Idee,
einen Aufsatz zu schreiben (schreiben zu lassen)
über das, was eine verwahrloste Cafeteria, zum Beispiel,

oder der Unterschied zwischen den Einkaufs-Systemen
bei *Tesco* und *Sainsbury* (es gibt keinen Unterschied)
an Nachdenklichkeiten hergibt) –
»Blau
der januarkahlen Wälder Kurzschrift der englischen Eichen«,
die von Jahrzehnten Efeu umschlungen sind –
versuchte
auch diesen Zusammenhang zu benennen: die Zeile
von Heißenbüttel, die der Zufall eines Spaziergangs
zurückübersetzt ins
gegenwärtige Leben –
ah ja; jedenfalls
die möglichen Muster der Anthologie, die
Dr. Bullivant hin und her zwischen
Leben und *Schreiben*
bewegt? In diesem Gedicht passiert zunächst nichts,
was nicht das Schreiben an Spuren, Impulsen
in der Umgebung entdeckt; aber das ist erst
der Anfang ... »der Anfang, wissen Sie, ist wie
ein Knoten in einem Netzwerk, das
unzählige Anfänge hat«
(und ich erwähnte
die *Anfänge* in den Vierziger Jahren in einem
verdunkelten Zimmer ... das heimliche Leuchten
der Radio-Skala ... aus der westlichen Ferne
das Geräusch-Geheimnis *bumbumbumBUM*
des Londoner Senders).
Dann trägt dich
vielleicht eine Welle weiter,
aus der Dämmerung in die Nacht, die
alle Grenzen des Dunkels aufhebt
und so sich öffnet für den Strom aller
anderen Nächte; ihre Bedeutungen suchst du
später wie ein Feld aus Gestrüpp und Gestein
ab, das der in sein Bett zurückgekehrte Fluß
hinterläßt.
Und die Langsamkeit, die
manchmal eingeht in eine Bewegung,
deren Verlauf du längst nicht mehr übersiehst,
sie zieht eine mögliche Ruhe nach, die das Spiel

der Sinne in einer glücklichen Schwebe hält, ohne
Trübung, Zerstreutsein, Nachlässigkeit; die Flugente
setzt nicht irgendwo auf der Seefläche auf,
sondern im Schnittpunkt der Notwendigkeit
und ihres Instinkts
– und plötzlich geistern
über einen schwarzweiß vergraupelten Bildschirm
die Schemen von Billardspielern. Ein Match
kurz vor der Entscheidung, kein Ton; die Geräusche
kommen aus der halbdunklen Tiefe der Bar, in der
ein paar Mädchen Spielautomaten bedienen;
andere stehen am Billardtisch, über den sich
ein Junge beugt … ich blicke von da nach dort,
unentschieden, und warte, daß
ein dritter Vorgang hinzukommt, der
die beiden Erscheinungen aufhebt in *einem* Bild,
in dem sich, von jetzt an und für alle Zeit,
nichts mehr bewege
– und jedes Gedicht
kommt mit dem Alptraum: ich bin nicht
das einzige, aber das letzte.
Es bleibt also
unterwegs, auf der Suche nach einem nächsten,
das es fortsetzt … nicht verlängert, nicht wiederholt;
daran würde es sterben. Es sucht
seine Nachkommenschaft, das Kontinuum einer Stimme,
der vielleicht nicht gelungen ist, alles
zu sagen, worauf es ankommt. Immer bleibt liegen
ein riesiger Rest. Nur in Vorzimmern
läßt die Wirklichkeit mit sich reden; alles weitere ist:
Geduld und ein Warten worauf
Recherche, Investigation
Biertrinken gehen, telefonieren
Ruhe bewahren und über die Wiese gehen
Ungeduld
die Hartnäckigkeit der Illusionen
Müdigkeit, Kaffee oder Tee
Mißtrauen
Resignation
Training dieser und jener Methode

plötzliches Aufmerksamsein, völlig vereinnahmt
Langeweile, Kirschenpflücken
Beschäftigung mit Zetteln, Archiven, Gerüchten
Nägelkauen, Bleistiftspitzen, Rückbezug
Einfluß von Jahreszeiten und Wetter
Theorie
handwerkliche Verrichtung, Niesanfall
Zweifel bis zum Geht-nicht-mehr
Zigarettenrauchen
Reflexion auf das was Material heißt
Brotarbeit
Tradition, die eine Sackgasse ist
Einbahnstraße, Gängelung
Tradition, die ein offenes Feld ist
etc.
Erinnerung, die ganz hart ans Heute klopft, denn
irgendwo in diesem Nebel fängt eine Spur an,
die zu verfolgen ist, bis etwas sichtbar wird
unter diesen Resten und Schichten, vielleicht zwischen
Efeuranken, vielleicht zwischen den Stapeln
der Landkarten, Photos … man kann es nie
wissen, auch wenn man Daten und Gegenstände
zu kennen glaubt, von denen man redet, und
man hat keine Zeit, auf den Raben
zu warten, der aus der Nacht der Geschichte zurück
ins Zimmer kommt
– in der Nähe
geschehen wahrscheinlich unmögliche Dinge, verändern
sich Lebensläufe, zwangsweise, abrupt, frißt sich
eine Maschine durch bewohnte, geschmackvoll möblierte
Häuser …
und was nimmst du wahr hinter
den Fenstern, in denen sich die Rasenhügel
mit den sinkenden Flächen der Dämmerungen
berühren –
tief unten im Wald
lagen die Ziele, die Treibstofflager der Garnison,
1. Panzer-Regiment. Ich stand in der Haustür
und sah den Sturzflügen glitzernder Jagdbomber
zu. »We expected the German tanks, but

they never came«, erzählen noch immer
die Küstenbewohner von Romney Marsh,
»a landscape of mist and moods«; und wenn ich
auffallen *will* mit meinem Akzent, knallen die Jungens
im Pub die Hacken zusammen und
spendieren ein HOLSTEN-BEER.
                                        Und was tun
die Gedanken, während du schreibst … abgelenkt
von Schrottautos, zerrissenen Jeans, die man
bei *Tesco* kaufen kann, blicke ich
zu den Möwen hinüber, die auf dem trockenen Acker
sitzen, im Hintergrund zwei Tennisspieler
                                                        (etwas
muß noch geschehen, das die Widersprüche
des Nachmittags im leeren Feld einer Ansichtskarte
zerstreut, oder du starrst eins der Mädchen an,
das gestern *Penelope* hieß und heute abend
das *Unterseeboot* in POETRY NOW ist);
                                                      nichts
zerdehnt länger die Nacht als
die Langeweile bei Tennis (was sind diese
schwarzweißen Flecken, wippende T-Shirts oder
Gefieder, das in den nächsten Minuten, nutzlos,
vom Bildschirm verschwindet –).
                                          Schnee. Draußen
der Mann an der Küste
                              weiß nicht weiter. Noch
halten ihn die Erinnerungen zurück, den Weg
in sein Verschwinden zu suchen … obschon er sucht;
nur, wenn er zurückblickt, sieht er im Schnee
diese Spuren, die so rasch seine Herkunft,
den Gang seiner Biographie, nicht aufhören zu
verraten … (noch verzeichnet ja eine Akte
alle Interessen, die wirksam bleiben, solange
die Personalabteilung sie speichert). Robinson
wurde vermißt, aber das ist kein Vergleich, der
auf ein belebtes Küstengebiet zutrifft, wo
Nachtschwärmer unterwegs sind, ganz wild auf
Interviews mit vergessenen Emigranten …
                                                      täglich

die neuen Eindrücke; ein Langzeit-Gedicht, das
alle Korrespondenzen abgehört hat …? Der Ansatz,
das ist dieses Selbstgespräch, das sich auf
Tagebuchblätter verteilt, Zitate und Lageskizzen
bierdeckelweise mitnimmt; Bruchstücke abends am
Telefon, Gelegenheiten für Ansichtskarten und
ein paar Briefe …
                    das schweigende Sprechen
im Kontakt mit den Heinkel-Piloten über schwarzen
Mützen im Winter und den Rauchflächen von
Wolverhampton, mit Gartenarbeitern in Bad Lippspringe
und auf den Wiesen von Westwood
                                        – noch ist es
eine stockende Verständigung, und es ist besser,
die Liste dieses Berührens reißt ab, denn
erst später (und dann endgültig) hängen
die Bilder im Rahmen … und das nächste System
entsteht im Katalog, mit einem Nachwort,
das du in Stichworten schon, am Telefon,
konzipiert hast.
                    Der Mond überflutet
in diesen Nächten lang und verwirrend die Hügelflächen
der Grafschaft, und die trippelnden Schritte,
die Schattenspiele der Mädchen hinter den Fenstern
von Compton Hall hören nicht auf.
                                        Die Ruhe kommt
erst langsam zurück, zu den Wörtern, die
auf ihre Möglichkeiten gewartet haben … hier
sind sie vorhanden, vorerst, bis die Umgebung
ihre Mitteilungen einstellt
                              (später kommt es
auf die Tiefe, die Ausdehnung des Reservoires an,
das sich in aller Stille gebildet hat und
die Erinnerungen beschäftigen wird mit einer
neuen, genauen Ökonomie)
                              – im Avon House
liegt im *pigeon-hole* (du weißt, was jetzt nur
die *family* weiß: wir sehn uns beim
Prix Italia wieder) manchmal Post (ich kann
zu deiner Vernissage nicht kommen, sehe nur

wieder eine von diesen Frauen, die dem Betrachter
den Rücken zuwenden … sie mischt sich jetzt
in die Gesellschaft der Einsamkeit, die
seit einigen Wochen auf den Wänden
der Warwickshire-Residenz erscheint, mit
irritierenden Blicken in die Gleichzeitigkeiten
der Landschaft, auf tischflache Ebenen,
mögliche Küsten, vereinzelte Bäume und leer
stehende Stühle … nur eine der Frauen hat sich
herumgedreht, aber sie blickt dich nicht an;
ihr abgewandtes Gesicht ist erstarrt, denn
»da ist es
wieder, dieses ferne Geräusch, und es
erzählt nichts, das mich an etwas erinnerte,
an Gras, in das ein Apfel gefallen ist, an
Straßen, die zum Horizont führen,
an Wind. Was tut sich da hinten? Nachbarn
haben wir keine hier. Oder tut sich da vorne
was? Da hinten, da vorne … wenn das
so einfach wäre, unterscheidbare Räume, klar
begrenzte Flächen … damit ist es hier
nichts, in dieser Leere …«
hörst du, sie hat
eine Stimme gefunden, die ihre Starrheit … nicht
erklärt, aber zum Sprechen bringt; die sich
einreihen wird ins Ensemble der Selbstgespräche,
ringsum an den Wänden …
du wirst sehen); und
im englischen Fenster tauchen Erscheinungen auf,
die noch verfügbar sind für das Entstehen
zukünftiger Bilder, und es kommt wieder auf
Veränderbares an, auf die Entwürfe
des Spiels, das die Regeln benutzt, um Räume
zu öffnen, Verwunderung freizulassen
(im Rückbezug
oder wie sie entsteht –
DIE ROLLE DER DINGE
in den Wirbeln der Aschermittwoch-Sätze von
Marie Rott-des-Églises)
… Möwen siedeln hier

auf dem Rücken zusammengeschobener Äcker, die
von Planierraupen abends verlassen sind, und
zusehends verkleinert sich das umgebende Land, das
jetzt noch in einen Horizont reicht, bis
zur sichtbaren Grenze der Spielzeug-Häuser, die
hinter den Hecken aus Ilex und Lorbeer, am Rand
der Charter-Avenue, endlos aufgereiht sind.
Das Gespräch
übers Wetter, tagsüber wechselt es mehrmals,
so oft, wie der Wind, launisch und
frei, die Macht des Atlantik wählt, das unsichtbar
im Grauen umwogte Haus
der Toten, der Eroberer und der Verlierer;
das Gespräch
wechselt mehrmals, hin und zurück, zwischen
den Weiden und Farmen der Falkland-Inseln, den
Strandbezirken von Dünkirchen –
und was sich
von alleine vergißt, ohne die schnellen Sprünge,
die Plötzlichkeiten im Älterwerden, ohne
die verschwundenen Akten, den wertlosen Mörtel,
die zerfressenen Rahmen … es stand aber doch
im Licht, hing im Regen; es wurde benutzt, fiel
vom Tisch und wurde aufgehoben; Privates, das
keine Nachschrift zitiert … wird es noch einmal
kenntlich, in der winzigen Sequenz eines Traums,
eines unvermittelten déjà-vu, entdeckt es die Zeile
in einem Gedicht, das sich langsam ins Ungewisse
bewegt …
Make history. Replace a tree. Und
der verregnete, mit all diesen Zeitungsseiten verraschelte
Sonntag bekommt eine Wendung, die soviel Nutzen
bringt, daß nicht nur für Schatten im
nächsten Jahrhundert gesorgt ist? Es ginge ganz
einfach; es ginge um Wirkungen, die
aus privaten Vorgängen an einem Wochenende
entstehen … folgte nicht drei Seiten weiter
die Skizze eines Projekts, das die Landschaft
zersplittert, eine unwiederholbare Epoche …
(schwieriger

wird es, abends nach einem Seminar, englische Germanisten
nach ihrem Reise-Faible für Deutschland zu fragen, wo
im *freien Teil* soviel Feldwege, verwilderte Gärten,
Sprossenfenster, Fachwerk und Wälder
verschwunden sind –
Schullektüre, Taschenbücher, Ramsch;
die alten Klagelieder … »Sie können mich damit
jagen«
– *so help us save British trees*).
Die Luft
überm Campus, den ganzen Tag lang
durchzieht sie ein nicht zu fassendes Geräusch
wie von Signalen eines unsichtbaren Computers,
der sich mit Rasenflächen beschäftigt, Rotkehlchen
und Forsythien … es ist nur ein Vergleich,
der mit seinen Mustern nicht weit kommt und
abbricht, als hinter den Büschen von Bericote Hall
ein Funkwagen auftaucht und über Mittag
stehenbleibt … die Zeit bleibt nicht stehen, und
erst gegen Abend sind es einige Amseln,
die auf den Zweigen der jungen Buche zu sehen,
zu hören sind –
der ganze Abend
vergeht wie ein Film, in dem von Anfang an
nichts geschieht: es steht nur Jemand
am Fenster und schaut hinaus auf Reihen
von Fenstern, in denen die Lichter angehen, ausgehen,
Vorhänge fallen, Schatten von Köpfen und Körpern
erscheinen, verschwinden
(»die wenigen Dinge,
die ich bemerke …, Postkarten, die
durch die Briefklappe segeln wie Schmetterlinge, obwohl
hier noch Winter ist«, schreibt Britta Ossendorf,
in blauer Schrift, auf einem Karteiblatt, das etwas
heller, aber vom Blau eines kleinen Himmelstücks
im Fenster des dunklen Archivzimmers ist … »es war
ein irrealer Moment«). Es ist
wieder eine Variation
des Verfahrens, das ein Gesicht in verschiedenen Räumen
in verschiedenen Gebäuden gleichzeitig vorkommen läßt,

ein Gesicht, das man vor langer Zeit in einer Menge
Gesichter zuletzt gesehen und das, weil die Menge, näher
rückend, alles vermischte, sich plötzlich
entfernt hat …
die Variation
hört nicht auf, solange ein Tagtraum nicht wieder
dazwischen spielt … dann rollt am Fenster
der kleine, rote Austin vorbei, in dem
die jungen Beamten sitzen und freundlich, genau
die Wiesen betrachten
– die Krokusse machen weiter,
auch wenn es der Winter noch einmal versucht hat, nachts,
mit seiner weißen, zerbrechlichen Haut.
Schatten von Zweigen bewegen sich
über das Frühstück, über das Rundfunkprogramm,
und der Tisch dehnt sich aus
hinaus auf den Rasen über die Hügel, hinter denen
ein Fluß und ein Zug rauscht,
in die eine, die andere Richtung, wohin
man heute noch will –
heute ist wann …
das tickt im Kalender genauer, und näher rückt
eine Gegenwart, die vormittags schon
den Unterschied zwischen Anfang und Ende
eines Korridors verwischt hat.
Doppelleben. Nur ist
die eine Hälfte nicht grün und die andere nicht
vollkommen farblos; so ungenau verlaufen die Linien,
daß Buchten und Küsten verschwimmen, wie
unter Schleiern von Wolken, die man
am Kabinenfenster vorbeihuschen sieht. Vermischte
Gefilde, die vielleicht wieder deutlicher werden mit
dieser *Anstrengung, Entfremdung selber hineinzuziehen*
in den nächsten Erfahrungskreis …
(nur wie weit geht
das Vergleichbare der Erfahrung – nicht wahr, Dr. Ph.,
es geht sehr weit, bis über die nächste Minute
hinaus, aber es bleibt keine Zeit, schon morgen
darüber zu sprechen)
Radio 4; *wer beherrschte*

und wem gehört dieses Land –
es ist dunkel;
wir fahren nach Norden über den *Fosse Way*,
die schnurgerade Römische Straße (im Seminar
meinte ich
das Vergleichbare
zweier Reiche, deren Spuren
das eine dem nächsten
auf den Oberflächen der Landschaft
hinterlassen hat). Patrick hat
seinen Meister-Schwimmer gemacht, sitzt
in der Cubbington Road und wartet auf Tee, dessen
Zeit sich lange hinauszögern wird, denn
es liegt ein Mann auf der Straße
(der Reisende
fällt mir gleich ein, der im Schnee
auf der Suche nach einer Bleibe nachts
unterwegs ist. Daß er wechselt
von einem Traum in den nächsten, verwundert mich
in der Frühe, und vergebens versuche ich dann,
das Kontinuum festzuhalten. Aber jetzt
spielt er keine Rolle; der Winter bleibt mild, und
die Krokus-Felder vergrößern sich täglich),
plötzlich
im Scheinwerferlicht. Wir stoppen und steigen aus.
»What happened?« Der Mann weiß nicht, warum
er blutend da liegt, neben seinem Motorrad; wir
können nicht sagen, was passiert ist –
(Später
versuchte ich diesen *Moment* zu erklären, als etwas
Erlebtes, das nie zu erklären ist … es gibt
keine Erinnerung, es gibt keine Zeugen; es ist nur
etwas geschehen, das wie alles Geschehen
eine genaue und endlose Vorgeschichte hat
und nun … abbricht, weitergeht, sich verzweigt und
verflechtet mit werweißwelchem Geschehen? Godfrey
machte den Tee; Caroline stand am Toaster. Patrick
und Helena hockten auf dem Teppich. Die Gegend
war abends sehr ruhig.)
Morgens kein Wort,

das etwas verfügen, in Gang setzen, berichtigen
könnte. Die Zimmer sind kühl. Die Vorhänge
hinter den Fenstern von Compton Hall
sind geschlossen. Hier in Flat 2 (zwei Zimmer,
Küche, Bad, Korridor) beginnen, bewegen sich zögernd
Selbstgespräche, die zunächst nur Gewißheit
versuchen, daß nachts das umgebende Interieur
sich nicht verändert hat, trotz aller Geräusche,
die nicht zufällig komponiert sind
für jeden Programmverlauf. Gibt es
Nachrichten, Einwände, Vorschläge
aus Konferenzzimmern, die vorläufig völlig
uninteressant sind? Die schnellen Hallos
in Korridoren, die so gleichmäßig angelegt sind,
daß man sie ständig verwechseln *muß*, verwechseln
sie dich?

So gut wie verlernt ... das Schreiben
von Briefen, in denen der Partygedanke, das Reisegespräch,
die Texttheorie rekapituliert wird. Der Rückweg immer
durch dunkel gewordene Straßen, bis zum Betreten
von kalten Räumen, die notdürftig wiederhergestellt sind
nach den Luftminen nachts zuvor ... wessen Anwesenheit
an den Tischen sich mitteilt ... kalte Hände, die
den Staub vom Briefpapier wischen und
Tintenfässer schütteln, weil eins nach dem anderen
leer, verstopft oder zugefroren ist, sie tasten
den Weg für Buchstaben frei, damit
eine Verständigungsspur entstehe, quer über Zonen
hinweg, die nur in mondlosen Nächten zu verlassen,
zu betreten sind ... viel zu erzählen, bald
aber erzählte jeder das gleiche, weshalb alles
langweilig wurde und dem Wunsch, rasch
zu vergessen, nichts im Weg stand. Man
sortierte genau, ehe man etwas wegwarf,
verbrannte ... inzwischen sind Sammler aufgetaucht,
Händler, die interessiert sind an jedem Fetzen,
und wer alt genug ist, kann immer noch
Kasse machen ...

aber ich meinte etwas
Verlerntes ... es ist nicht die Sprache allein, die

irgendwann einmal sich selber verrät, das Versteck,
wo sie ein bißchen gewartet hat. Es geht
um Zeit und Aufmerksamkeit, um Wahrnehmungen
und Dinge, die nicht länger zu übersehen
sind; es geht um Tage und Wochen, in denen du
still sitzen *kannst*, ohne auf Ablenkungen
zu warten …
(später muß alles ein Photo
erzählen: die Anordnung der Marmeladengläser;
die Reihenfolge der *Frauen mit dem Rücken
zum Betrachter*; die Lage der Kissen
auf einem Stuhl, dessen Polster zerrissen ist.
Aber reichen diese Angaben aus, in einer Umgebung,
die nur ihren grau-weißen Verputz
ins Gespräch bringen kann, falls ein Gespräch
erwartet wird … offen bleibt jedenfalls
dieses Fenster, eine Passage für
die unterschiedlichsten Arten der Gegenwart, die hier
ihren Anfang nehmen und Spuren entdecken,
die überraschend erscheinen, ein altes Zitat
oder erst eine Möglichkeit sind. Täglich wechselt
der Kurs, und am Zahlschalter steht
unerkannt ein Kunde der Zeit; er geht
von den Defiziten der Zukunft aus, die von draußen
durch die Glastür hereinschaut … ich sagte dir schon,
daß ein Festhalten von Augenblicken der Arbeitsbeginn
der Erinnerung ist)
Coventry … in der Nähe …
klebten wir, im November 40, die He 111 zusammen,
oder war es die Laubsägearbeit an
Schlüsselbrettern, Kerzenständern, Flottillen?
See schäumte auf, brach über die Kanten
des grünen Atlas … die Buchstaben verschmierten
ein bißchen, als ich mit Fingerkuppe und Spucke
begann, diese Städte (»in einer hohen Nacht
der klaren Sterne«)
auszuradieren. John
lud mich zu einem Bier ein und zuckte
die Schulter … ob ich keine Erinnerung habe
an Dresden … und Pat, oder war es Sheila?

schubste mich an: sie wechsele jetzt
mit den anderen Mädchen die Bar … »thanks, I'm
going to bed« … »so we'll see us later« …
und
morgens hing der Nebel vor den Fenstern, hinter
denen die blauen Vorhänge wieder so lange
geschlossen blieben, daß sich der Himmel
auf keins seiner möglichen Spiegelbilder
einlassen konnte. Das Frühstück (Rühreier,
Schinken, Toast und Kaffee) zog hin die Illusionen
des Morgens, das Zuverlässige einer Gewohnheit, die
vom Wechsel der Marmeladen nicht weiter
gestört wird … auch mit jedem Gang
hinüber zum Avon House begann so etwas wie
Zuversicht … vertan, verstreut war
noch nichts, wie sonst der Rasierstaub es vormacht,
den man schließlich im Waschbecken verwischt
sieht –
und wieder gibt es
die Briefe, die spürbar machen *die Nähe*, das,
was der verbretterte Blick sonst nicht mehr
aufnimmt (»erst wenn du weg bist, krieg'
ich wieder 'ne Ahnung von dir«); das Nachlassen
der Aufmerksamkeit, wir haben uns
manchmal darüber verständigen können, und
wenn unsere Bewegungen mehr als einmal
der Regieanweisung entsprachen, glänzte,
im Wiedererkennen, das eine und andre Gesicht auf,
und die Gerüchte von unsrem Verschwinden
verstummten –
nur hört man jetzt nichts
vom Mann an der Küste, vielleicht, weil der Schnee
Neapel erstickt? Auch die Landkarte ist nur
ein Entwurf, wenn man vergleicht
die Tatsachen mit der Schrift der Geschichte, die
offen ausliegt in jedem Hotelregister … trotzdem
bleibt das Telefon stumm, und die schönen Hostessen
sind völlig verwirrt. Blockierte Häfen; der Streik
dreht die Uhren in jeder Grafschaft zurück, und
die alten Eroberer beginnen aufs neue
mit ihren Erinnerungen

Ausschnitte

… jederzeit eine Familiengeschichte, und man
braucht dazu keinen Fahrplan, keinen
der ausrangierten Atlanten. Ein Glas kalte Milch,
was hat es gekostet, und das Fragen geht
weiter bis unter die Farbreste
auf einer Reihe von Brettern. Man kann
vielleicht weiterschreiben, wenn ein Photo
ausdauernd mitteilt, wer
den Sonnenschirm aufgeklappt hat,
und im Regal liegt seit Tagen
ein ungeöffneter Brief. Unerwähnt
blieben so viele Einzelheiten; zu viele
Sommer noch werden verwechselt …

… diese Reihen von Fenstern? Man sieht
nichts; man muß sich vornehmen,
etwas zu sehen, und sogleich
bewegt sich der Horizont. Vielleicht
eine Fahne voll Regen, mit einem Geräusch
in den Gärten, das einen Tag
aus den Großen Ferien nacherzählt, oder
es bleibt eine Uhr stehn. Jetzt
fliegt einer für Reklame, und
das entstehende Bild reicht
bis zu den Rheinwiesen von Düsseldorf, bis
zum Anfang der Dreißiger Jahre. Warum
fällt dir nichts auf … es liegt nicht
daran, wie der beginnende Tag
sich anfassen läßt, und es gibt
nichts, was man nicht wiederverwenden kann …

… ich dachte, du hättest gesagt, du riefest
nie wieder an. Nun gut. Die Pflaumenbäume
am Ufer, einige Jahre standen sie noch;
im Meer der Brennesseln versank
die restliche Hühnerfarm. Jetzt ist das Motiv,
um darüber zu schreiben, zu nahe
gerückt. Aber wie war es … du lehntest
das Nichts ab (was eine Verwirrung,
eine Ausrede war); der letzte Spaziergang,
eine zunehmend eiskalte Sache, und
du hast recht, ich erwähnte nur
wenige Namen. Ich erwähnte auch nichts
von der Mainacht im Birnbaum, eine
Phase voll Kitsch, die so folgenreich blieb
wie ein Schuß, eine erste Entdeckung. Das
soll ich erzählen? Der Nachmittag
dehnt sich; die Türen gehen auf und zu,
und auch der Regen erreicht dich
noch heute. Wie gesagt, das Motiv ist
zu nahe; aber es hilft auch nicht viel,
über Landkarten, Weizenfelder zu reden …

… mit Seerosen ließe sich etwas
erreichen. Ein Anderer braucht Vorhänge
für ein tagsüber verdunkeltes Zimmer.
Der Farn, wenn man will, erzählt
die Geschichte vom Untergang
ganzer Armeen. Nur, so geht es nicht
immer. Jetzt glänzt hinter den Wäldern
die Luft auf, weil
in diesen Minuten der Horizont hell wird
hinter den Städten …
                                        aber bist du
zu Hause; kannst du wahrnehmen, was ich
zu verwischen versuche, weil nun
die Genauigkeit mit einem System kommt,
das für Schuhgrößen, Steuerreformen
zuständig ist. Wenn nicht, ich werfe auch dann
das Bügeleisen nicht in den Spiegel; es gibt
nicht das geringste Problem. Wie gesagt,
Seerosen, Vorhänge, Farn; nur nicht immer …

… nimm dunklere Farben. Jemand wirft
neue Trends auf den Tisch, und die Runde
spürt, jetzt wird es gefährlich. Einige
sind gleich zum Mitmachen bereit, aber
wer weiß schon Genaues … es gibt vielleicht
eine Art, darüber zu sprechen; bloß taucht
bislang kein Gegenstand auf, kein
neues Gesicht, kein Programm. Man kann
noch alles verwischen, ganz abgesehen vom
wilden Denken, dem das Wunderbare
des Dschungels nur recht ist. Oder ist es
dazu schon zu kalt? Die Ideen
vom letzten Herbst liegen da irgendwo
in der Mappe, und Reisen, Gespräche,
Informationen, jede Menge, sind gut zu verkaufen.
Warum dunklere Farben? Und welches Medium
meinst du? Früher wäre Gelände
erschienen, im Zwielicht Generäle, das
Bild der abgerissenen Zelte …

… ein paar Seiten weiter … du hast
gelesen, geschrieben? Der Fußboden liegt voller
Fernschreiben, Photos, wie immer, wenn dieser Zustand
erreicht ist, dem zu entkommen nur
Sportwagen, Selbstmorde, Besäufnisse
helfen. Warum steigst du jetzt
in die Küche hinab? Die Rockmusik nebenan
in den Gärten schwillt an, schwillt ab; man
kann schon verstehn die Prosodie
der Maschinenpistole. Die Photos
vom Wochenende sind übermorgen
zehn Jahre alt; dann sind auch die Sonnenblumen
soweit, Schatten auf die Hauswand
zu werfen, die, irgendwann früher, der Hintergrund
eines Gemäldes, einer Hinrichtungsszene, gewesen ist …

… um etwas geschrieben zu haben, eine Seitenzahl,
eine vielleicht falsche Adresse, die Korrektur einer
Zeitangabe, überhaupt etwas, womit sich
das Selbstgespräch beim Händewaschen, am Steuer,
am Rand der gemähten Wiese fortsetzen läßt,
um etwas zu versuchen außerhalb der Interessenlage,
die wir pausenlos diskutieren, ohne
daß diese *Essentials*, die von einer Geschäftsordnung
bis zum Programmauftrag reichen, sich veränderten
oder verändern ließen, was immer auch
die nächste Meinungsumfrage herausholt
aus dem vollkommen perfekten akustischen Bild
einer Küste, die im Osten beginnt und
auf irgendwelchen Frequenzen sich fortsetzt,
um nicht zu sagen: was geschieht, es ist eben
falsch, aber was falsch ist, muß im Gegenteil
nicht das Richtige sein, falls jemand
überhaupt noch Beweise will, um
weiterleben zu wollen, und wenn es nur
zwischen Strohhaufen, wie damals im September
im Speicher, eine romantische Chance gewesen ist …

… vermeiden wir etwas, eine Begegnung zum Beispiel,
die alte Fragmente berührt, Konsequenzen
fragwürdig macht, den Bildschirmtext völlig
verwirrt … tun wir es, und wir tun
es doch nicht … jedenfalls werden die Bohnen
gepflückt, samstagmorgen. Falls es um einen Auftrag
geht, sind wir pünktlich, ganz gleich,
ob es um nationale Interessen geht, oder ob
die Freiwillige Feuerwehr sich zufrieden gibt
mit einem Kasten Bier. Das Funkgerät ist
in Ordnung. Der Rote Milan
taucht wieder auf, und Postkarten trudeln
ins Haus, ganz wesentliche Motive, ein Blatt
in die alte Maschine zu spannen, die Sätze
zu suchen, die im Netz der Nichtigkeiten
hängengeblieben sind …

… die Leiter im Pflaumenbaum; du hast
richtig gesehen, nachmittags hing ich schräg
über der Wiese,
                    danach vergaß ich fast alles,
was ich begreifbar machen wollte, vor dem Regen.
Ich hatte das Wandern so vieler Gesichter
gesehen, tief in den Wolken, die sich
in keiner Phase ihrer Bewegung
langweilig verhielten, unfreundlich
auch nicht;
               später kamen Stimmen dazu,
aus immer einer anderen Richtung, die
alle zusammen den Nachmittag offen
hielten, rundum, im Kreiseln
all dieser Herkünfte, Bedeutungen, mit denen
sich der Abend auf Themen, die nicht
vorgesehen waren, bringen ließ,
                                    und es kam nicht,
wie so oft, auf das Fortsetzbare
eines Programms an, das vielleicht, vielleicht
nicht, ein neues Layout braucht
                                    – und du kannst
es nicht übersehen: das Gemäuer der Wolken,
das inzwischen entstanden war, löste sich auf,
und der Regen, von dem man erzählte
wie von einem Theaterstück, kam auch
in der Nacht nicht …

… Augusthimmel wieder, der über den Jahren
liegt und Geburtstage, Todestage zusammenzieht
auf einem Gartentisch zwischen Phlox
und Gladiolen. Man sieht, wie der Wind
die Sportflugzeuge beiseite schiebt; auch die Gänse
marschieren ins Bild.
Du warst nicht zu Hause,
als ich anrief, der Glückwünsche, einer Biographie,
der Reisevorbereitungen wegen
– was weiter, so genau
weiß ich es auch nicht. Aber die Äpfel haben jetzt
einen Namen (James Greeve), und du siehst
den Zusammenhang zwischen der Fahrt hinab
in die Kreisstadt, einem Wirtschaftsbericht und
dem Grenzverlauf zwischen den Wiesen
– die Reihenfolge
ist nicht so wichtig. Du fängst wieder irgendwo
an, ohne die Richtung in diesem Sommer
zu kennen, und wenn am Zaun plötzlich
Fahrräder lehnen, ist das der Beginn eines Risses,
der quer durch das Photo des Nachmittags geht …

… jetzt hat sie den unteren Ortseingang
erreicht, die 18jährige Mitarbeiterin, die nur noch
nach Hause will. Ihr Photo, in allen Variationen,
wie sie das Medium braucht, liegt
auf den Tischen. Daß sie tot ist, sie kann dazu
nichts mehr sagen. Wir haben sie noch
kennengelernt, in einer Rolle, die ihre einzige
und für uns fast wie eine aus
einer dieser Serien war. Ein Witz, daß auch
die Legende noch mitspielt und
auf dem Ortsschild jetzt
ein Nachtvogel sitzt, kurz vor der Dämmerung,
mit der ich anfangen wollte … aber
was stimmte dann noch? Laufend
dazwischengekommen sind Interviews, Nachrichten, bis
einzig allein der Vogel quietschte, gleichgültig, weil
er recht behielt? Alle anderen Leute
sitzen inzwischen zu Hause; sie sehen und hören
noch etwas, was vielleicht so rasch nicht mehr
unruhig macht? Wie gesagt, das Stichwort kam
mit der Dämmerung, die zuerst eine Allegorie, später
ein Zitat und noch später nichts gewesen ist …

… unruhige Vögel, unruhige Hunde. Dann hellt
ein Zwischenhoch den Vormittag auf; plötzlich
glänzen die Wiesen. Es wird eine Weile noch
heller, im Westen; man wird nie richtig wissen,
wie zwischen den Zweigen der Himmel
seine Zufälle komponiert; die Nachrichten
erwähnen das Knarren der Fensterläden nicht …

… Rezepte, Zeitungsausschnitte; die Drehtür führt
in den Speisesaal, kein Zweifel, ein Anfang
ist gemacht; das nächste Modell macht in Minuten
Karriere, und vor der Efeuwand erwartet dich
zuweilen der Igel. Man kann es auch
anders sehen, solange ein einziger Nachbar
sich an den Schulausflug erinnert. Sechs Wochen
gären die Bohnen im Faß, dann nimmt die JU 52
ihre Rundflüge auf. Nur ein Porträt gibt es, das
die Großmutter aufragen läßt vor diesen grünen,
gestaffelten Hügeln; sie sind erfunden, und
sie sind vorhanden. Heuboden, Korbstuhl, dazwischen
tickt die Geschichte, auch wenn du sie
zu unterbrechen meinst, mit einem Schluckauf,
einer Stimmgabel, einem anderen Sender. Die Katze
faucht unterm Fenster, weshalb der Frieden
nicht lang unterwegs ist, im Gleichschritt
mit den Gladiolen, in Höhe der Schultern …

… alles andere gilt nicht, alles außerhalb
des Papierrandes, der Schriftspur, der Reichweite
deiner Stimme. So steht jedenfalls
dieser Abend mit einer Gewißheit vorm Fenster,
und was du sehen und hören willst, ist
längst schon da. Aber nicht immer. Die Namen
von Leuten, auf einem Empfang, sind schwer
zu verstehen, obschon es ein Wiedersehen
mit alten Bekannten ist; wer stirbt
als nächster. Gleichzeitig fallen und platzen
Kastanien auf Capri, in Frankfurt, und es kommt
eine Ansichtskarte, die drei Wochen lang
unterwegs war. Kein Zweifel, daß sich das Wetter
mit den Gewohnheiten koordinieren läßt, unabhängig
von Wünschen, Entwürfen, für die man
Sitzreihen, Parkplätze, Flugschneisen leerräumen kann …

… trockene Wiesen, man könnte sie jetzt
erweitern, am Rand der Blaupausen vorbei, die
vereinzelte Gedanken bewegen und dann
die Rohrpost vielleicht. Später, aus dem Publikum,
kommt noch die Frage nach Brauchbarkeiten, Funktionen;
wer wußte Bescheid? Der trübe Wind ging
über die Baustelle weg, und wir fingerten, fast
heimlich, nach Zigaretten; einige tauschten
Adressen aus, schauten nach den Abfahrtzeiten …

… nur nichts erklären, was an diesem Abend
warum alles schief lief. Die sinkende Sonne war bloß
ein Zitat, die Erinnerung an ein Zitat, das
sich eingemischt hatte in ein Gespräch über
Pappeln, über Systeme, an die sich keiner hielt,
in der Gartenkolonie, wenige Jahre
nach dem Krieg. Wenn du weiter berichten willst,
du hast Zeit, auch wenn die Zuhörer
nach ihren Mänteln greifen. Gewiß, mit jedem Taxi
kommt ein anderes Argument; Premieren
plaziert man in den November. Nur
tauchten die Abendmaschinen in einem Bild
auf, das schon wieder verkauft war, ehe
es an der Wand hing; so zerstreute sich rasch
eine Gruppe von redenden Leuten. Wozu
länger warten, wenn alle schon husten
in dieser Zugluft; irgendeiner kennt sich
hier aus und weiß, wo der Lichtschalter ist …

… Sauerkraut, die Selbstbedienung. Sie fragten
nach der Sorte Papier, die ich benutze. Damals,
in Lüttich, ein schwarzes Kontobuch; in Lecce etwas
sehr Buntes. Zufrieden? Noch ein Stück
Milchschokolade? Man lebt, man rettet sich
in Fiktionen, wenn ein Winter mit Konferenzen
vergeht, die mit Verlustmeldungen enden, oder
kann man es anders sehn? Das war
der Tag, weiter geht
das Programm. Nationalhymne, Nachtradio,
Nachrichten für das letzte Gespenst; was fällt dir
noch ein? Wir stehen verstummt
im Lift, draußen zünden wir die Zigaretten
an, noch ein paar Gerüchte und Witze; man wird
wieder freundlich. Nichts
von Belang, und bislang findet jeder aus
der Drehtür heraus; Sie kennen die Anekdoten
um Beckett? Die Wiesen sind naß, man
muß nur ein Stückchen fahren und Limit,
Abstand beachten; die ersten Küsten
tauchen am Rand der Dämmerung auf …

… ein Bild mit zwei Köpfen, Stadtsilhouette; vielleicht
Erinnerungen ans Exil. Unterwegs sein nach
Solingen; die nächste Serpentine im Zusammenhang
so vieler Vernissagen. Der Winter kam nicht
an, schwache Rezensenten, wenig Bedeutung vom
Kahlen Asten. Andere Spuren führen in
die offene Steppe; abmontierte Eisenbahnschienen
liegen da, verhängt von den Fetzen gefrorenen Atems;
gerüchtweise Steckrüben; Gardinen sind nicht
zu haben. Noch einige Muster; Entwürfe
für ein Danach, das nicht mehr stattfand; hier
taucht für eine Weile die Stadtgeschichte
unter; gelegentlich Anfragen, man war
nicht immer da. Dann kreist ein
Marienkäfer überm Papier, zwei, drei Runden,
bis er herabfällt auf die Mark Brandenburg; so rasch
geht die Kälte nicht aus dem Zimmer …

… diese heitere Morgenmusik, als sei gleich
in der Nähe
Venedig. Von allen Seiten
ein Echo, das die Illusionen fortsetzen kann,
wenn du nur willst.
Der Himmel ist
gleichbleibend grau. So entfallen die Mühen,
etwas anderes sagen zu müssen, worüber
man gestern geschwiegen hat.
Ein Versäumnis
vielleicht. Eine Gleichgültigkeit, die zunehmend
schwerhörig macht, halbstündlich, genau
in die Nachrichtenzeit.
Im Luftzug, noch einmal,
erscheinen unsichtbare Instrumente. Der Entwurf
einer Reise entsteht, und du kommst weiter
in einem Spiel, das nichts bewegt …

… zusammengeklebte Kopien, das ist
unser Stammbaum, eine mehrfach ergänzte Zeichnung,
die von Schnörringen, Lützingen, Ruh
nach Rossenbach, Bladersbach reicht. Schwach, schwacher
werden die Beine; und jetzt greifen die Schmerzen
den Unterleib an. Wer war Joan, Louisa; wer
wanderte in die Prairie aus … wiederum setzt man
auf eine Stimme, die unverständlich bleibt
und doch nicht nachläßt, als stelle sie
eine Bedingung … nun gut, akzeptiert; aber
wir kennen das Risiko nicht; wenn wir
der zitternden Schriftspur folgen,
den Beweisen einer Verwirrung, die nichts
von ihren Urhebern weiß. Zerstreute Reste, vielleicht
noch Verwandtschaft, verheimlicht wird einer, der
wieder trinkt … nur zu, nur einer kann noch
erzählen, auch wenn der Satzbau kaputt geht und
das Frühjahr an weiße Fahnen erinnert … die Gartenmöbel
stehn wieder draußen, und Photos zeigen wir vor
unter Birken, die auf Photos zu sehen sind …

… eine Leere, zurückgelassen
vom Schlaf, füllt langsam sich auf: ein Echowerk
des überraschend ruhigen Vormittags, und
nun ist Gelegenheit da, das Verschwinden
der Verwirrung zu interpretieren. Weit,
und wieder nahe, ein akustischer Horizont, der
unzählige Einzelheiten verwischt hat; sichtbar
ist daran nichts, auch wenn die Schneegänse
angesagt sind. Nachmittags mischen sich
Stimmen ein, und es scheint, als habe es
nie einen Anfang gegeben. So scheint es, oder
es ist wieder alles verschoben, und bis jetzt
stimmt der Zusammenhang nicht. Noch gibt es
kein alphabetisches Muster; passieren kann viel
in der Zeit zwischen leise und laut. Aber
dann ist die Dämmerung da, und das Licht
in den Fenstern stellt die Deutlichkeiten auf …

… du siehst, im Fenster
glühen Zigaretten auf, und schon entsteht
eine Handlung mit vorübergehender Problematik.
Wind aus Nordwest. Im dunklen Himmel
erscheint unvorhergesehen ein Erdteil, der
bald zu den Anliegern gehört wie
diese elektrisch umzäunte Wiese. Und wer
hat das Taxi bestellt? Irgendwo liegt
das Fernglas im Haus, aber soviel Zeit hast du
auch nicht; diese Eigenschaft, jene … vielleicht
hilft die Schuhgröße weiter. Inzwischen
geht dauernd das Telefon; wie fest die Verabredung
war, hängt ab vom Stand der Interessen, so
hell der Abend noch wird. Schafherden
sind unterwegs; Umleitungen, Staus, auch
damit war nicht zu rechnen; du kannst
deine Angelegenheit noch einmal regeln …

… ein Gartentor quietscht; es ist
Abend, und die Erwartungen gehen hin und her
zwischen Kühlschrank und Telefon. Was muß man
verständlich machen … warum sind interessant
die Farbverläufe auf einem Halstuch? Nichts
teilt das Besetztzeichen mit, wer da ewig
und worum es denn geht … dunkel wird es
im Zimmer, und man braucht eine Brille
für die Namen im Telefonbuch …

… im Schnee der Rasenmäher … das ist wie der Anfang
eines Motivs; kalt und sehr hell beleuchtet
die Lampe den Schrottplatz. 22 Uhr 30. Komm
mit, auf ein Bier, zur *Schönen Aussicht*; alles zu
in Leverkusen. Bayer verliert 1:3. Noch wissen wir
nicht, ob zu früh die Pflaumenbäume zu blühen
anfingen; völlig offen ist wieder der Ausgang
der Meisterschaft. In diesen Tagen suchte ich
einen der alten Pullover; erst dann
wiederholte sich dieser Traum, der eine Fensterreihe
bewegte, in der sich unsre Gesichter verjüngten.
Also noch eine Runde. Die letzten Jungens
in der niedrigen, halbdunklen Stube, das sind
immer dieselben; um Mitternacht taucht
Barbara auf. Nun erzähle noch einmal, wie
der Abend herabstieg, kühl, mit einem Geruch
von einem entfernten Feuer, und du weißt jetzt,
eine Halbzeit war Falco dabei. Blinkend eine
späte Maschine; zu spät für die Jahreszeit der Schnee …

… noch eine Kassette; aber die nächste
ist schon zuviel; das Gedächtnis macht nicht alle
Türen gleichzeitig auf. Wir trafen uns in der Bar
im neunzehnten Stock. Klavierspiel, das Interview
zwischendurch in den Pausen. Vom *Gestern* ist
wie immer die Rede, obschon wir Segelschiffe,
Holzzäune nicht mehr erwähnen, auch nicht die Hütten
aus Wellblech, unten im Hafen. Daß all diese Stille
Anfang der Inspiration sei, erzählte man tagelang
weiter, mit veränderter Stimme. Nun sind wir
gespannt auf den Reisebericht; Walfang, das wird
ja brisant, und die Wüsten des Schnees
werden wiedererkennbar sein, hinter einem Vorhang
aus Rauch. Hinter den Fenstern entwirft dann
der Himmel eine Gleichzeitigkeit, in der
sich die Widersprüche in diesen Tagen dehnen und
dehnen, bis plötzlich sie stehengeblieben sind …

… Beerdigungen im Sommer. Jetzt hört es
nicht mehr auf. Man trifft Bekannte, und
das Wiedererkennen, nach wenigstens zehn Jahren,
beginnt mit Verwechslungen; immerhin, man kennt sich
noch aus zwischen Eingang und Ausgang. Mit 19
die Weltbeste stöhnt: ich spüre mein Alter, und
Seerosen kamen vor in einem verramschten Gedicht.
Besser, man kommt nicht zurück in
diese und jene Gegend; dein Dorf ist
schöner geworden, das Pfarrhaus verkabelt, und
der Typ aus der Frittenbude hat
fortgemacht nach Lanzarote. Doch, langsam wieder
Plätze frei auf dem alten Friedhof;
der Leichenschmaus, gleich nebenan, beim Italiener …

… ich komme, und vielleicht, daß
man sich trifft auf einem der Boulevards … aber
welche Stadt meinen Sie? Der Steward empfiehlt
das eine, das andre Hotel; wir können noch
wählen; nur Pommes, Pensionen erreicht
die Kreditkarte nicht. Wo tauchte, in weißen Schals,
Luftwaffe auf; wer schrieb, mit Lippenstift,
geheime Kurzprosa über dem Abgrund? Irgendwo
prasselt es Blumensträuße; Geräusch
der Epochen, gehen Sie doch mal zum Feature;
Droschken, Dienstmänner gab es. Manchmal
weiß ich nichts mehr; dann entdecke ich
Birken. Jahrzehnte mit Birken zwischen
rostenden Schienen, und Scheinwerfer tasteten
Güterzüge ab. Jazz konnten Sie hören? Und
Ihr Vater hatte eine Geliebte, die fuhr vor
im roten Cabriolet? Das Frühstück jetzt für
DM 25.–, ob ein trockenes Brötchen oder
das ganze Buffet … ich komme, und sicher, daß
man sich trifft, sonst telefonieren wir mal …

Es war Abend, und es sah aus, als sei
kein Staub in der Luft. Ich sah
meine Frau telefonieren; ich stand auf der Wiese.

Jemand pfiff durch die Zähne; hochschauend
sah ich den Nachbarn auf der anderen Seite
der Straße, wie er winkte, bevor er ins Haus ging.

Es war Abend. Es wurde ein Fenster langsam
von innen zugemacht. Das Beil fand sich,
wo es nicht hingehörte, unter dem Gartentisch.

Hinab in die Stadt zu fahren, war es
zu spät; ein Reh stand unterm Kirschbaum, und
der Tank des Jeeps vor der Scheune war leer.

Die Wiese schäumt, und die Büros fangen gleich
hinterm Weizenfeld an.
Ich rudere und ich segle; zuverlässig wartet
der Stau auf mich; so oder so, der Traum
von der Autobahn hat sich erfüllt.
Mein Nachbar im Jaguar telefoniert. So früh und
schon heiß. Eigentlich fliege ich.

Zum zweiten Mal wendet der Bauer sein Heu;
er hat Urlaub genommen bei Bayer
in Leverkusen. Leverkusen, das sind diese
grünen und gelben Hügel.
Mein Nachbar bekommt jetzt ein Telegramm.
Es ist Herzklopfen, Zärtlichkeit, Trost, und
das Unglück gibt es nicht mehr.

Abends eine Verletzung; ein Zweig, der
zurückschnellte, nicht der Rede wert. Gibt es
noch etwas zu trinken? Oft, zu oft
ein Abschweifen, ein Nachlassen
der Verrücktheit; das Gift der Nachtschatten
nimmt jeder Rasenmäher auf. Schlafend
noch einmal im Ozean, bis
alles verschwindet morgens im Dunst;
Rühreier, Konfitüre? Nimm aus der Badewanne
die Spinne; früh stehen Handwerker da
und mustern das Efeu, das Dach.

Es wird wieder heiß. Die Maschinen laufen
leise. Jeden Tag wird es leiser, bis auch diese
Darstellung, dieses Abschweifen an den Rand
der Ereignisse, in einem der neuen Museen
unterkommt. Aber man gibt es
nicht auf. Zu prüfen ist jede Minute, was
sie hergibt an Nachrichtenzeit; es dauert nicht
lange, und der Brieftaubenhimmel
ist leer. Am Ende der Fensterreihe flimmert
die Ebene, auf der die Zeltstädte stehen
werden; erzählt wird schon viel. Aber die Front
ist noch fern, und im älteren Teil
des Hauses sitzen die Mädchen und flechten
die Haare zu Zöpfen. Die Türen sind alle
offen; indem man hinausgeht, geht man
hinein, oder man steht und sieht und
realisiert, was die Kameras entdecken. Die Hügel
im Dunst. Die Hitze liegt unbeweglich
über den Dächern. Die Schatten enden
auf offenen Flächen, die noch unbesetzt
und neutral sind. Die Ähnlichkeiten
mehren sich; die Luft wird schwarz und
leuchtet zugleich in ihren Rissen; ein Klavier
wird gestimmt, ein leichter Wind in den Gärten,
einzelne Kinder tauchen hinter den Zäunen auf.

Sommerregen. Schwarzer Abend. An den Rand
einer Todesmeldung gekritzelt die verfügbaren Daten,
die das Interview in Gang setzen, die Erinnerung
an entrückte Begegnungen, von denen
wir uns mehr Zukunft versprochen hatten.

Der neue *New Yorker* bleibt offen liegen.
Was heißt Zukunft, wenn sich das letzte Gespräch
per Bandschleife endlos wiederholen läßt und
ein Nachruf zehn Jahre liegt im Archiv.
Trockener Sommer. Der Abend ist hell.

Eine Reise ist vorzubereiten. Man muß
durch eine Nebelfront, deren Weiß so weiß
wie chinesische Trauer ist. Bitte keine Zitate.
Thema vom Tisch. Die Gerstenfelder sind leer,
und man liest, kompliziert sind die Städte.

In memoriam Donald Barthelme

jetzt tauchen die sichtbaren Teile
der Geschichte auf, eine Folge von flimmernden
Resten, die zum Wiedererkennen
aufbewahrt und hervorgeholt sind. Musik
in den Hauptstädten; Schwermut, Spiegelschriften,
Schönheitswettbewerb. Noch abends wird
an den Bretterzäunen gehämmert, die Wind
ablenken, Geruch aus den Öfen. Die Nachbarin
steht noch im Pflaumenbaum. Epochen
werden verschoben, bis die Erinnerung unruhig
wird, bis man hört, quer durch den Schlaf,
das Rollen der Transporte. Möhren,
Tabak, Sonnenblumen, die zeitfreien Wörter
in einem Notizbuch, das vielleicht einmal
weitervermacht wird; noch sind die Gärten
nicht leer. Die Reihenfolge ist wieder ganz
anders; anfangen kann man mitten
im Sommer, unter Lautsprechern zwischen Bäumen

Vorbereitungen im Herbst

Holzkohlenfeuer, betrachtet
durch eine regennasse Fensterscheibe; aber das ist
nicht der Anfang. Täglich sind diese Dinge
da, und es bringt nichts, das Plötzliche
zu erwarten. Gestern stieg der Regen herab, von
einer Wolkendecke, die seit Tagen das Land
überdacht; Nachrichten, Tennisplätze
lenkten uns ab, und wieder entstand eine Täuschung,
eine vom Zufall hinterlassene Spur. Keinerlei
Zweifel: immer noch stehen zwei Rehe hinter
der Reihe der Sonnenblumen; das Motiv
geht bald ins Museum. Rauchgrau ist jetzt
abends die Luft. Alleinsein
bringt Argumente ins Spiel, das längst
gelaufen ist, aber in Ruhe
kann man noch einmal
Konstellationen betrachten, die so viele Verläufe
hätten verändern können. Die Katze
bleibt in der Nähe des Hauses, auch wenn es
wochenlang leer bleibt. Immer
gibt es Kommentare, mit denen man
Warteschlangen bei Laune, gut
die Wetterlage deuten kann. Nur abends, vor
der Haustür, siehst du die Milchstraße
nicht mehr, und vom Geräusch
eines kleinen Wasserfalls kannst du erzählen,
stundenlang, ungestört, weil
der Einladung niemand gefolgt ist. Zum Mitmachen
aufgefordert, schreibt man Telefonnummern auf,
nimmt man sich eine Geisel und meint,
daß prompt Honorar kommt, oder besser, man
gibt die Bestellnummer durch, Bestandteile,
die man für diese Jahreszeit braucht. Im Nebel
zieht sich die Party ins Palmenhaus zurück. Nägel
im Kühlschrank: eine Szene
aus den sechziger Jahren, als jemand

beschrieb, wie jemand den Lichtschalter
ausmachte, anmachte, ausmachte etc. Vorbeifahrend
sah ich, wie der Kopf, der Hals eines Pferdes
aus den Büschen hervorkam, in der Rushhour
morgens; es begann
eine lange Sekunde, in der sich der Stadtrand
zurückschob und die alten Felder und Wiesen
freiließ, den Ausschnitt
einer völlig vergessenen Landschaft. Im Alter
zog es Lenné in die rheinischen Gärten
zurück; der Sommer endet
mit gelben und milden Nächten, und
zu riechen ist eine Erinnerung
an nächtelange Kartoffelfeuer. Raschelndes
fällt vom Himmel, ferne Sirenen, dann
hörten wir das Rutschen der Dächer; anderntags
kämpften wir weiter um die Reste
der Ziegel, sammelten Splitter, die schwarzen Fetzen
der Fallschirmseide. Wieder ein Feuerzeug
leer, das von Marie Rott
aus Paris. Manchmal die alte Bebop-
Geschichte, die eine wirre Spur hinterließ
quer durch den Satzbau. Aber wir kommen nicht
weiter, nicht nur wegen der ewigen Staus
auf den Brücken; man hängt schon zu lange
im Vorgarten fest und hofft, daß der Morgen
noch einmal zurückkommt. Der Briefkasten ist
verstopft. Algen fressen am Klinker. Danach
sieht alles so fremd aus, weil
du immer noch der Umleitung folgst, die
gestern dein Schulweg war. Ein
offener Dreirad-Lieferwagen, Marke Tempo,
mit Säcken voller Briketts, biegt
in den Hof ein, aber das ist
schon wieder eine Erfindung, die nur selten
in der Requisite gebraucht wird, wie
Kopfsteinpflaster, wie frische Milch,
die noch warm und anderntags sauer ist.
Aber so vieles, was man nicht sehen kann,
hat sich gehalten, und das wissen

die alten Chefs, die schon lange
nicht mehr vor die Tür gehn. Zerschossen
die flachen Dächer über dem Bahnsteig; bis
Mitternacht hockten die Flüchtenden
auf dem Gepäck, bis
der Zug einlief, leer, mit
zerschossenen Scheiben. Im Gedränge entstand
dieser Traum, der den Zwang
mit einer Architektur versieht, die immer
ins Offene führt, an eine Rampe
über dem Nichts des Erwachens, das nach Eisen
und Rauch schmeckt. Treppen und Wände, die
zu fließen beginnen; das Herz rudert
blindlings nach oben. Trotzdem
liegt die Fuhre Briketts jetzt im Eingang
der Scheune, und seine Form
hat ein Brikett noch nie verändert.
Die Winterkämpfe fingen
zwischen den Kellertüren an; man raubte
sein Eigentum; die Beute war die Beute
der Sieger; wer draufging, war
selber schuld. Kommentiere
dein früheres Tun nicht
mit Vergleichen, die dann auf Rasenflächen
zu besichtigen sind, oder was suchst du
für Namen im Telefonbuch … Fragezeichen
auf leeren Seiten, die leer bleiben
für ein Konzept des Vergessens; man wird es
erwähnen, vielleicht diskutieren, wenn eine Runde
zusammenkommt, an irgendeinem Gedenktag. Inzwischen
sind die Schwalben verschwunden; Beete im Garten
frei für Rapunzel, Endivien; der raschelnde Rest
der Stangenbohnen. Bald keine Wohnungen mehr;
anderswo bleiben abends immer mehr Fenster
dunkel. Als die Planwagen begannen
zu knarren, veränderte sich die Hoffnung, jedenfalls
ihre sichtbar bewegliche Seite, in ein langes,
nachhallendes Geräusch. Erinnere dich, wie unsere
rostigen Fahrräder quietschten, auch wenn du nicht
hören kannst, nicht mehr, nach dem letzten Gesetz

des Zerfalls. Oder um vier in der Frühe die Hufe
der langsamen Ochsen; nie genauer begriffen
die Anweisungen aus dem Dunkel. Aber nun
steht eine Dame am Strand, und die Antenne
kippt langsam, bis sie das Fenster klirrend
berührt. Im Fenster ein Ausschnitt der Nacht;
der Augenblick wechselt den Ort, wechselt und
wechselt, bis die Zeitenfolge vollkommen
verwischt ist. Das Meer liegt flach unter
einer glitzernden Lichtspur, die irgendwann
ankommen wird zu Füßen, um den Saum
ihres Kleides herum, unsrer Dame am Strand.
Wer ist sie; wie heißt sie? Ich weiß nicht; es gibt
zu viele von diesen Begegnungen, auf die es nicht
ankommt und die doch so wichtig sind
für den Zusammenhang dieses Augenblicks
mit dem Durcheinander der Zeit. Der Traktor
sprang gestern nicht an; Starthilfe heute
vom Nachbarn, aber nun hört der Regen nicht auf:
eine andere Reihenfolge, die Überraschungen
ausgrenzt; seit vorgestern fallen
die Barometer. Berechenbar sind auch
die folgenden Stunden, in denen wir
Kaffee kochen, die Betten frisch
überziehen, die Nachdenklichkeit
aus dem Fenster werfen. Irgendein Sender bringt
noch den Jazz aus der Jugend. Nachts
ein Quartier im Lastwagen auf der Autobahn
München nach Frankfurt. Entartete Kunst
hinterm Sattel. Schlafend
im Straßengraben, eingerollt
in die alte Decke, die irgendein Obergefreiter
zurückließ. Unterwegs noch die Vielen,
die ihre Papiere verloren hatten, und lange
mußte man suchen, bis am Weg
eine Telefonzelle stand. Stunden
für einen Nachhauseweg durch Vororte, Wälder,
in denen noch Munitionskisten lagen; die Angst
vor dem ersten Zungenkuß. Nun leben
die Kinder in Scheidung; an den Absender

geht die Rechnung zurück. Noch zwei Zigaretten;
bald sind wir die Letzten, und wir treffen
uns heimlich wie in den Schulpausen damals;
die Blonde aus Morsbach nestelte einmal ne
ganze Packung Belga hervor. Dämmerung; Schnaufen
und Klirren im Stall; die Kühe sind zurück
von der Weide und hängen ab sechs
an der Pipeline. Leute von Bayer kommen
aus ihren Gärten und schwenken Zweiliterkannen
aus Plastik. Wie warm noch die Milch ist.
Die Wahrnehmungen wiederholen sich, aber
es ist so, daß eine Wahrnehmung
nicht zu begreifen ist und du
noch einmal hinschaust, noch einmal, bis
genug Wörter da sind, mit denen man rasch
Etiketten beschriften kann. Das Beispiel
der Marmeladengläser. Dokumente
der guten und schlechten Jahre. Erinnere dich
an die Rübenkrautzeit, und du weißt, daß du
Rezepte kennst fürs nächste Überleben. Die Kamera
kommt heute keinen Schritt weiter; höflich, hart
werden Weiterreisen gestoppt. Vielleicht werden bald
Kuriere gelyncht, die nur etwas mitbringen,
was sowieso vordringt, vom Rand in die Mitte, oder
umgekehrt; weiß man's, wenn man die letzten Zeilen
liest? Der Herbst, dieser Herbst
bereitet Erregungen vor wie lange nicht, wie nicht mal
im Oktober der Unruhe, der Mutmaßungen
im Nebel, als über die Gleise
ein junger Eisenbahner
davonging. Vielleicht tauchte später
der Mann wieder auf, irgendwo
an der englischen Küste im Schnee, auf einer Bank,
suchend nach einem Hotel, das einmal
eine Adresse im Exil war ... du kannst ja mal
fragen; los, frag nur ... ich brauche Zeit, Zeit
für ein langes Konzept, das ein paar Linien
zusammenbringt, deren Herkunft und Zukunft
eben nicht definiert sind. Die Birnen
wie immer, raschelnd jetzt durchs Geäst,

vor ihrem dumpfen Aufprall ins Gras. Die Nächte
mitten im Einst all dieser Veränderungen, und
manchmal wachten wir glücklicher, manchmal
verzweifelter auf. Teuer, edel und einsam, nachwievor
die Dame am Strand. Teuer wie Kunst. Ruf mal
ein paar Agenturen an; gleich kommen Angebote, die
alles parat haben, Waldsterben, Aids; es passierte
rein gar nichts, als Urlaub und Krise
synchron lief. Viele von uns bekamen nichts mit,
am Kiosk die übliche Blutspur zwischen Küchentisch
und Veranda; die Kinder viel zu nervös
wegen all dieser Freizeit. Alles Agenten,
die eine Kippe verscharren im Sand, oder
stehen bloß Arbeitslose herum
um die Fahrradständer, die den Eingang
zum Postscheckamt säumen? Man weiß nie
genau, über wen man da redet, wenn man
erzählt von diesen und jenen, von Gesichtern
im Aufzug, am Tresen, auf Rolltreppen, am Schalter;
man sieht nicht den Unterschied zwischen
Schutzengel, Attentäter, Kontrolle. Die Gegend
erkennen wir wieder, sobald
im Geräusch einer BMW eine leere Chaussee
in den 40er Jahren erscheint. Nur
die Landkarten stimmen nicht mehr. Es gibt auch
kein Landkartenzeichen für
Straßensperren, vermintes Gelände. Die Äcker
längs der Autobahn liegen frisch gepflügt, und
die Männer aus der Fabrik graben jetzt die Gärten
um, kurz vor der Dämmerung. Frieden stiftet
die Flasche Bier in der Küche, und ehe es völlig
dunkel wird, ziehen die Kinder den Drachen
aus dem Himmel zurück. Dann folgen Nachrichten,
denen Nachrichten folgen, aber man hat schon den Namen
des Mädchens vergessen, das nachts
in der leeren Innenstadt
auf dem Fahrrad vorbeikam und kopfnickend jetzt
am Messestand vorbeigeht, weil das Gewühl
schon wieder zu dicht ist, und Wind
kommt von der Küste herüber, die in der Kantine

auf Fotos herumgezeigt wird, zwischen
Joghurt und Gurkensalat. Man spürt
den Schub aus der unruhigen Menge, egal, wo
man sich hinsetzt zum Zeitungslesen, mit
einem Pappbecher aus dem Kaffeeautomaten. Schon
gehört: die Replik, das Dementi, die Vorausschau
auf die nächste Reform, die Fusion? So geht das
reihum. Die wenigen Äpfel faulen
am Ast; alles zu früh,
zu aufdringlich auch, was auf der ersten Seite
im Gästebuch steht; die wichtigen Namen
tragen sich gar nicht erst ein. Oldtimer
treffen sich. Wörter wie
Backenbart, Schlägermütze, Spazierstock; im
Rauchzimmer nachmittags trudeln Depeschen ein
von den Rändern der inneren Kolonie. Interessant
war ein Beitrag, der mit Waffenschränken sich
einließ, Depots voller Tabakspfeifen, Korken und
Kesselflickzeug. Was blieb unerwähnt? Alle
Teilnehmer wollten es wissen; da half nichts, daß
die Portiers schon zu wechseln begannen in die nächste
warme Saison. Die letzten grünen Tomaten am Strauch
werden nicht reif, und darüber können wir
sprechen, live oder aufgezeichnet, ich würde immer
dasselbe sagen. Kein Tag bringt Ruhe
ins Spiel, auch wenn dieser Tag
heute der Speicher all dieser gestern
geschehenen Unfälle, Zufälle
ist. Los, sag mir, worauf kommt es an; das Netz
der Bedeutungen schleift hinter jedem
Zirkuswagen her. Wir warten
auf trockenen Wind; zu naß ist das Gras
für den Mäher, für den letzten Schnitt
vor dem Schnee. Die Hügel wechseln
die Farben aus; der Häher vergräbt
seine Eicheln, und indem er
die meisten vergißt, bereitet er vor
die Nachkommenschaft dieser Wälder. Das Thema
schon wieder vom Tisch, oder wer ruft
dich noch an wegen eines Artikels über

das knisternde Ende
der Korbgestelle, Reisigbesen ... aber man fragt
doch, wie es dir geht, und darüber nachdenkend
würdest du sagen: darüber
denke ich nach. Der Andere in mir, der
immer Bescheid weiß, fährt gleich ab: alles
klar, kann nicht klagen, etcetera, und
ich sehe, wie gut er und hart bleibt
im Training des Vergessens. Egal
was man tut, irgend etwas wird immer
erwartet, und man geht weiter
durch eine Gasse, in der bunte, postmoderne
Fassaden aneinandergereiht sind. Dann
stehen die alten Hochbunker da, die
mein Sohn in diesen Jahren entdeckt und
photographiert hat: ein langes Konzept
der Geduld, das die sichtbaren Teile
der Erinnerung wiederherstellt. Was
kann der Junge erzählen, indem er
das Überleben des Todes
vergrößert ... es sind fast
romantische Bauten, die oft aussehen
wie Burgen, Kirchen, Gehöfte,
versehen mit Ornamenten, die Glück
vortäuschten, Zuversicht. Betrachter bleiben
stehen und schweigen. Kahle Äste, Reklame,
weder Sonne noch Wolken; wochenlang
war der Sommer zu heiß
für Bewegungen im Atelier; Lastwagen
im Fabrikgelände. Wer fragte noch, wie
es geht, und wußte es
nicht, wie man weiterlebt ... Behelfsheime
in den Gärten, wo der Kürbis zuletzt
an die Macht kam; Granatsplitter im
Teerpappendach; Geschirr klirrte nachmittags
in der Laube; nachts nur der Mond
ein unbesetztes Gebiet. Fast alles Obst
bleibt jetzt liegen, bis auch die Wiese
am Hang einen Bauherrn gefunden hat. Bald
sitzt man auch da in der Fußgängerzone und gibt

dem türkischen Mädchen den Fußball zurück. Na,
bleib doch, wir sind Europäer; du kannst dich
im nächsten Wohnwagen melden. Die Zeitung
bläht sich im Fahrtwind, oder es ist der ewige
Wind zwischen Hochhaus und Tiefgarage; zum Lesen
kommst du heute nicht mehr. Ich sagte: Lesen, und
es gibt ein paar Namen, bei denen noch nicht
keiner mehr hinhört; immer schneller all diese
Geheimtips. Die Eisdielenkette macht zu, also
gleich noch ein Becher Vanille mit Schoko; man
nimmt so rasch ab, wenn man es ernst meint
mit zwei Wochen Selters und einem Verzicht, der
irgendwo ans Kapital geht. Die Maisernte
endlich im Silo; nächtelang sirrten im Tal
Maschinen, die nichts verständlicher machen; genau
war immer das Erdkundebuch. Die Straße die Hügel
hinauf ist ziemlich leer heute abend; was
ist los; schäumt Gift aus den Küchen und kippen
die ersten Gäste schon um ... jemand
stellt den Studebaker nicht ab; gibt es
noch Studebaker? Die Rehe weichen nicht
aus den Sonnenblumen; im Vollmond
ziehen wir noch einmal ab in die Stadt, und
wie du weißt, zahlen wir nur noch mit
unserem guten Namen. So gibt es
die Illusionen nicht mehr, und wer sie noch,
mit einem Seufzen, erwähnt, befindet sich
in der Nähe von
ganz gewöhnlichen Dingen, Geschichten, die
per Tastendruck zu erledigen sind. Im
nächsten Kapitel sucht jemand die Löcher
in seinem mobilen Mitteilungsnetz; wo
findet man Klippen, Waldwege, Hütten ohne
die transatlantischen Hallos ... Travemünde
fällt aus; Palermo voller Innovationen; in Budapest
die Deutsche Bank; für eine auf Pfählen
gebaute Veranda bezieht man die Zeitschrift, in der
man die Sprachen des Technischen Zeitalters liest.
Die Sandwege unten am Wannsee, damals
waren sie leer, wochentags in den Ferien; vielleicht

ein Fähnleinführer im Gras mit der Freundin, die
mal die Freundin von Sarah war; dann schon
ins nächste Quartier in der Mitte des Herzens, das
von Edelweiß, Runen und Lorbeer umgeben war. Sing,
Nachtigall, und sie sang. Die Bühne bleibt dunkel;
nur einige Spots beleuchten das nachgemachte Gesicht
einer Täuschung, die nicht lange anhält, fast
überzeugt, aber nicht lange. Kulissen, nächste
Kulissen, und das gleichbleibende Bühnensystem,
das uns verzaubert, solange, bis
der wirkliche Unfallwagen vor den Ausgängen
steht. Die meisten Besucher
sehen nicht hin; es gibt nichts zu sehen, was
nicht schon zu sehen war, oder man hält
die Hand vor die Augen. Oder erwähnte ich
einen Wochenschau-Film? Der Frühsommer kam
mit ganz anderen Bildern. Man tauschte selten
Archivblätter aus. Rasch die Hemden gewechselt,
bevor man Erklärungen abgab, die der Wind
aus dem Lautsprecher riß. Jetzt geht durch
die Gärten die Stille; sie geht fast ohne
Bewegung, aber sie ist nicht neutral, auch
nicht farblos. Am Tage wechselt mehrmals
das Licht; die Luft zieht
fortwährend Grenzen, verändert und hebt sie auf,
bis wieder die Nacht dazwischentritt. Nichts
wird zerrissen, noch nicht, auch wenn
auf den nassen Wiesen Traktoren auftauchen
zum letzten Schnitt. Die Spinnen
im Efeu, zwischen den Mauern, bleiben beschäftigt
mit ihren Systemen der Zuversicht; du lernst daran
die Neuigkeiten der Wiederholung. Aber wo
warst du; die Lampen sind schon
den ganzen Nachmittag an; das Gelände
ist offen für dich, im Geländewagen. Die Gerüste
ums Haus variabel und provisorisch, bis wir
sicher sind, daß hier das Fortschreiten der Risse
keine offenen Stellen hat. Mit Konjunktiven
hantiert der ältere Meister: wenn er könnte, er würde
nur immer mit Lehm … wenn noch einmal ein Anfangen

sei. Dann rappelt auf der Plane der Regen, und
die endlosen Linien des Anfangs liegen
zusammengerollt im Zementtrog. Das Balkenholz ist
zu frisch; die alten Geräte kann keiner mehr
zugänglich machen, und es stockt die Erzählung
wegen lauter verrosteter Schrauben. Der Wechsel
von einem Tisch zum nächsten, und
die offene Fensterluke läßt die Geräusche
der Ebene herein. Rheinwiesen, Rübenfelder, durch die
eine Straßenbahn fuhr unter aufgerissenen Himmeln,
die dem Herbstwind einen Auftrag mitgaben, der
ein paar Nächte lang raschelte zwischen
den abgelegenen Höfen. Wenn nichts los war, lasen
die Flakhelfer Ovid; Milchkannen klapperten morgens
im Dunkel. Den Horizont säumte die Ewigkeit: diese
Feldscheunen alle, wo nachts die Dörfer
sich trafen, poussierten, bis die Motorradstreife
vorbeikam, und es hörte nicht auf zu nieseln.
Es gibt keinen Satellitenfilm: der Satellit
sieht nichts, sagt Münchenhagen und läßt
ein Lächeln auf dem dunklen Bildschirm zurück. Draußen
sind aber Sterne zu sehen, und der Weg übern Hügel
zur Schönen Aussicht geht weiter bis an den Rand
einer glitzernden, riesigen Ebene. Die Gegend,
warum nennst du sie trostlos? Ich weiß, ich kann dich
nicht widerlegen, vielleicht ein wenig versöhnen, wenn
ich um sechs die Milch holen gehe. Das trübe Hoflicht.
Stimmen im Nebel, vom beginnenden Abend kann ich
dir mehr nicht erzählen, obschon hinter
unseren Hügeln der Horizont sich fast stündlich
verändert, im Nachhinein so vieler Reisen, die mit
Aufbrüchen, Fluchten begannen und sowieso erst
der Anfang von etwas sind. Es gibt wieder
Menschen, die aus den alten Gebäuden der Täuschung
einfach hinausgehn, ungewiß, ob sie nicht ohnehin
einstürzen werden, hinter ihnen und über denen,
die den Rest der Gemäuer zu erhalten versuchen.
Im Traum ein Dabeisein, so oft, daß der Traum
sagt: jetzt bin ich kein Traum mehr. Später
verblassen die Bilder, aber es geht

zunehmend langsam; vielleicht
erreiche ich noch den Moment, in dem die Gegenstände
und Bilder übereinstimmen werden. Vielleicht auch
beginnt der Entwurf einer Landschaft, deren Teile
aus Erinnerungen und Sehnsucht schon lange
vorhanden sind; man kann sie nur nicht
benutzen, denn der Krieg geht immer noch
weiter, obschon so viele Kinder und Kindeskinder
den Krieg nicht mehr kennen. Erzähl mir … aber
darauf kommt es jetzt nicht so an; es geschieht jetzt
zuviel, wofür wir noch keine Vergleiche
haben; die Zeit hält nicht still
wie ein altes Modell, das sich in Ruhe
beobachten läßt. Das Laub auf den Wiesen, wenn
nachts der Wind hindurchfährt, treibt langsam
und träge weiter, und man vergißt es so bald wie
das Geräusch einer Ideologie. Die Reste
muß man vernichten, trotzdem; die Natur hat nie
ein Gedächtnis gebraucht, und es ist völlig
in Ordnung, weiter den Holzzaun zu streichen.
Vorbereitet sind wir auf Frost, und die Baustelle
muß sich ein bißchen beeilen; die Winterzimmer
sind noch nicht trocken. Im Zugfenster
tauchen Gegenden auf, die im Gang
der Jahrzehnte selten erwähnt worden sind; nun
treffen dich Augenblicke, wie Breitseiten,
Mündungsfeuer aus einer Ferne, die einmal
endgültig abgetrennt schien und plötzlich
zurückfällt in einen Reisetag, der im Dunkeln
begann, frühmorgens, wenn man
die Zelte abbricht und Deichseln
aus der Dämmerung ragen. Schneisen
rücken ins Blickfeld; Schneisen im Wald
und quer durch den Himmel, der Krähen und
Tiefflieger freigab für die eine, die andere
Möglichkeit der Beschreibung; ob
im Hotelzimmer später eins dieser heimlichen
Tonbänder mitlief? Nur kam die Verbindung
auch nachts nicht zustande, weshalb
ich nicht wiederholte, wie tödlich

die Schneise mir vorkam, und das immer
aus gegebenem Anlaß, bis zu diesen Phasen
der unerwarteten Hoffnung, der lautlosen Risse
an den sichtbaren, kalten Rändern des Eisens. Ruf mal
die Stimmen der Theorie an; frag mal
nach alten, den zugewachsenen Massengräbern, nach
den Zonen des Widerspruchs, in denen der eine Tod
nichts aussagt gegen den anderen; schweigend
sehen sich Mitwisser an. Fahl liegen die Äcker
in der tiefstehenden Sonne, und Pfiffe zerschneiden
den leeren Bahnsteig, der eben noch von Truppen
besetzt war. Irgendwann werden alle erzählen,
wie Gespenster regierten und wie sie plötzlich
verschwunden sind, aber jetzt geht erst eine Unruhe
weiter, die in keiner Hochrechnung vorkam; es stimmte
auch nicht dein Vergleich mit einer plötzlichen Drehung
des Winds, und du sagtest auch gleich, daß Wind
das genau falsche Wort ist für eine Bewegung
so vieler vergessen gemachter Gefühle,
für einen Sog, der die aufgerissenen Ränder
des Landes zusammenzieht. Oder ist es wieder der Zug,
der von einem Traum in den anderen fährt, in einer Folge
von Jahren, die Wagen auf Wagen angehängt sind, damit
wir nicht aufhörten in der Gleichzeitigkeit
zu reisen … jetzt ist der Krieg aus, sagte
der alte Mann, später im Fenster im Fahrtwind, als
alle Straßen, Gärten und Häuser winkten und
die Leute weinten im Gang. Der Himmel so hell
wie die Hügel, die von Zäunen zerteilt sind; darüber
weg und weit gestaffelt fliegen die Krähenschwärme;
niemand geht auf die Suche nach Verstecken
im Schatten. Der Sprung vom einen ins andere Geschehen
kippt die Bedeutungen um, die wie auf Stelzen
dem Tagesverlauf zu folgen versuchen; so ist es
sonst, wenn die Fläche zwischen Morgen und Abend
übersichtlich bleibt. Die Kälte kommt nicht weiter
auf ihren alten Wegen, zögernd in einer Gangart,
die manchmal aussieht wie Abwarten, Stillstand, und
wir schauen nicht mehr verstummt zu. Winterfreunden
geht es zu langsam, und du weißt, daß nicht

Schlittschuhe, Rodelpartien gemeint sind ... auch
deshalb verließ ich die Konferenz, als es zu laut wurde
und als ich fragte, was haben wir jetzt noch
für eine Sprache ... irgendwann nachts in der alten
Leipziger Wohnung sagte das Mädchen: ich bleibe,
aber hätte ich einen Sohn, der müßte raus hier; da
saßen wir zwischen den Widersprüchen, und wir kamen nicht
weiter, als es weiterging um die neue Art
des Verstummens, um die wortlosen Spuren einer Irritation,
die am Tisch saß über der dunklen, ruhigen Straße. Daten
und Dinge und wie war das Wetter ... fang ein Heft
damit an, und der Freund nickte zögernd; nebenan
euer Kind, in diesem Sommer geboren, wird einmal suchen
den Anfang vom Einst, beginnend mit einem Geruch
aus dem Treppenhaus zwischen den Kriegen, mit Kohleeimern
vor der Korridortür. *Nur glaub mir, die Geschichte
verspricht nichts* ... vermeintlich verjährte Zitate, und
wir wunderten uns, wie sie plötzlich wieder berührten
die Chronik im Gohliser Schlößchen, wo Gesichter auftauchten
aus der langen Verlustgeschichte, die wir anfangen könnten,
jetzt und fortwährend, uns zu erzählen. Wir gingen
in dieselbe Schule? Gewiß, und Sie verwirrten mich
mit einer Blume aus Ihrem Herbst hier. Später im Stau,
nach leeren, dunklen Straßen, schrie Ute am Steuer: die
stehn nach Benzin alle Schlange ... und sie zeigte
nach Irgendwo in die Nacht, in der wir nicht aufhörten
zu reden, zu reden über Flucht und das Bleiben,
den Selbstmord und die Veränderung, die Väter,
die verrottende Stadt und die Sehnsucht
nach Rom. Es gibt
eine Sehnsucht, egal, welchen Namen, welches Land
welche Währung sie nennt? Das müßt ihr genauer
wissen. Der Schutt in den Straßen
ist vielleicht eine Sache für Archäologen,
und was ist mit den Akten, den Kopfhörern
im grauen Zentralbau? Schwäne im Parkteich, nachmittags,
in der Sonne; es war Smog; endlich ging ich einmal
spazieren, mit Nachrichtenbildern im Kopf, auf denen
zu sehen war ein Fahrrad auf einer Mauer, die
unter baumelnden Beinen fast zu verschwinden schien; da

schrie doch einer immer nur: Wahnsinn … das Klopfen
unsichtbarer Spechte, es stimmte nicht mehr
im Parkbild, das übriggeblieben war
nach jedem historischen Bruch, mit zeitlosen Figuren,
die weitergingen im Kreis oder stehen blieben
bei den Schwänen. Wo wohnte damals der Onkel? Was wurde
gefeiert: ein Sieg an der Ostfront, Silvester, nur so,
als nach den Sirenen weiter tanzten die hübschen Cousinen
im Foxtrott? Schmalfilme, gerettet im privaten Gepäck,
das eine Schleifspur hinterließ durch all die Flure,
Räume und Häuser in meinen, in euren Ländern. Hier
wird die Rechnung geschrieben, ein riesiger Text, auch
wenn lange nach den Posten gesucht werden muß; zu viele
Schubladen, zu viele Schränke, zu lang
die Kolonnen des Schweigens für ein einziges Blatt.
Vielleicht fing es an mit einem Kredit
für viele Versprechen, für einen Schubkarren
voller Ehrlichkeit, aber die roten Krusten
am Werkzeug waren nicht lange zu übersehen, und
zu viele hielten es hoch
mit stolzen, rauchgefärbten Fäusten. Der Rauch
über den Häusern bleibt stehen, oder er sinkt
in die Höfe, in denen das Fensterlicht trüber
wird. Nachmittags, irgendwo bei Neudietendorf,
ein Mann hinterm Pflug, und den Pflug zieht
ein Ochse. Du kennst die Wörter, oder suchst du
die Seite im Erdkundebuch? Mehr Hühner, viel mehr
als in den hessischen Gärten. Ein Name wie
Gera: da auf der Karte der Fluß, in dem wir
ruderten durch den Juli, im aufgeschnittenen
Treibstofftank, dieser letzten, silbernen Beute.
Noch kannst du nicht einfach die Richtungen
wechseln und aussteigen, wo die Wünsche
schon Namen sind; das Wiedersehen wird kommen
in der Reihenfolge des Schmerzes, und
wie so oft stehst du ganz hinten. Und hinten
werden Inserate gelesen, die notwendig sind
für das Weiterleben der Illusion, für Argumente
um ein bißchen Besitz, für verlängerte Kabel, die
nicht schon abgehört sind. Man kann auch

dagegen sein, dementieren, Flüsse umleiten, die Ampeln
manipulieren; das beliebige Hin und Her
kennen wir ja. Aber auch dieser Herbst hat
seine Frist. Manchmal macht die Wetterkarte schon
Angst, wenn man das halbe Europa unter
riesigen Flecken verschwinden sieht oder die Stimme
des unsichtbaren Propheten bekanntgibt, daß
ein Frontensystem aufgebaut wird. Zuviel kam
Vernichtendes aus einer Luft, die leer und neutral
schien; gestern, hoch über den grauen Wiesen, auf
einem unmerklich schwankenden Ast, saß lange
der Bussard. Ringsum in der Nähe wird gekocht
und gebügelt; die Nachbarin, seit Sommer Witwe, trägt
weiter die Zeitungen aus. Wer weiß noch, wo
eine Reihe von Sonnenblumen sich verlängern ließ
in ein Feld, das morgens der Abschied und abends
die Begrüßung war; jemand erzählte, er habe dort
manchmal zwei Rehe gesehen. In deiner Chronik, die
der Spur dieser Jahre gefolgt ist, erzählst du es
anders; Bilder und Daten reihen die Augenblicke
in einer Galerie auf, die wir öffnen, wenn uns
ein längeres Dunkel umgibt. Die Nächte sind
verwirrend geordnet, und wo man gerade liegt,
kann man noch Zeitung lesen, oder man nimmt
eine zunehmende Helligkeit wahr. Nur kommst du
nicht weit, wenn du den Keller unterm Gedächtnis
nicht aufmachst; der Eingang schien per Zufall
gefunden, auch wenn es kein Zufall war, sondern
die heimliche Steuerung durch ein unbekanntes
Geräusch, einen Höhenwechsel, der den Druck
in den Ohren veränderte. Früher fand man durchs
Zimmer im Widerschein der Kaminglut, oder
im Hohlweg schwankte die Taschenlampe voraus.
Aber kein Licht, das zweifelsfrei blieb, und wer
heimkam, war durchs Feld der Legenden gegangen,
ohne die Bedeutungen, die Grenzen
zwischen den Sprachen zu kennen. Selten steht jetzt
jemand am Fenster und wartet; die Wege, die
über die Hügel kommen, sind zugebaut, und man
zieht mit dem Telefon wieder von Zimmer

zu Zimmer. Unbegrenztes Verlangen, nur muß man
fragen, auf welcher Seite der Geschichte
man lebt, auch wenn man sich langsam umgedreht
und die Nachrichten wieder im Rücken hat. Langsam
schloß ich die Läden, sah nach, ob
das Abendholz reichte. Es reichte nicht, und ich ging
noch einmal hinaus, ins Dunkle, hinter die Scheune;
aber sollte der Tag so enden? Alles war ähnlich
einem anderen Herbst, nur glimmte kein Holzkohlenfeuer
hinter der Fensterscheibe. Die Stalltür drückte
der Wind zurück, sehr langsam, der Wind schien
zu zögern, und die Tür blieb dann stehen, halb offen

Foxtrott im Erfurter Stadion

Was man kann

Diesen Strich ziehe noch einmal, es sieht
ihn sonst keiner.

Mehr kann man nicht erwarten als
einige wenige Zeichen des Dabeigewesenseins.

Was tust du abends, wenn du dich
in ein alleinstehendes Haus zurückgezogen hast?

Eine Täuschung, die Verlängerung des Schweigens, denn
anfangen und aufhören kann man nicht.

Nochmals

Vorbereitungen für das, was sich hinzieht und hinzieht
bis zu einem Start, der ganz lautlos erfolgen wird.

Niemand merkt was. Es macht eben kein
Geräusch, wenn Spuren entstehn auf einem Feld
der unsichtbaren Entwürfe.

Zuviel schon verraten. Sofort und später
eine ewige Sucherei, und meistens wird etwas
entdeckt, das Falsche.

Falls Zweifel erlaubt sind. Oder ein Apparat
mit Gedächtnis.

Längst hat es aufgehört, und es hat sich
das Gras aufgerichtet bis abends.

Möglich wie es weitergeht

Geschiebe, Geröll: die Veränderungen lautlos, ohne daß wir
bemerkten die Steuerungen, jemandes Eingreifen,
die blanken Wirkungen der Theorie; das *Veränderte*
kam einfach um die Ecke; das plötzliche Bild
einer Straße, an deren Rändern einmal Klatschmohn stand.

In Sicht der Schlagbaum, der Beginn der Geschichte
des Morgengrauens, die manchmal mit am Tisch sitzt
zum Frühstück und Zeitunglesen, manchmal wie ein Märchen
sich anhört, und Erwachsene stehen verlegen herum
auf einem Kindergeburtstag. Es ist kühl; im Morgennebel
tauchen Motorräder auf; eine schlafende Kuh
wird erst gar nicht erwähnt; im Zelt die Taschenlampe.

Eine Umfrage läuft unter wiedergefundenen Freunden, und
einige sind noch imstande, den Suppengeruch zu riechen,
der nach der Großen Pause in der Turnhalle hing. Einige
versuchen, wie Ilse Werner zu pfeifen ... was brachte
die Umfrage denn an den Tag? Wer hatte Skrupel, ein Kreuz
zu machen hinterm Namen der Reichshauptstadt; wer hörte
was anderes als den Schilfgürtel bewegenden Wind?

Keiner war nach dem Klassentreffen so richtig betrunken;
verwirrt im Wagen wegen eines alten Flirts, wegen
ein paar verwechselter Namen. Das wars sicher nicht;
die Brennesseln am Saum der Böschung hielten uns
von Abenteuern zurück, die keine mehr waren; man schaute
auf verdunkelte Fenster und wartete, daß etwas passierte.

Es passierte genug, aber nicht das Erwartete, höchstens
das Befürchtete; einmal kam die Frage auf, ob täglich
die Zeitung die Fortsetzung für den Roman schrieb ... und
was der Flakhelfer verriet mit seinem Gedicht,
in dem sich *Buna* reimte auf *Leuna*.

Vor jeder Biegung pfiff die Lokomotive der Kleinbahn;
läutend kam sie am Sägewerk, bei den Futtermitteln

vorbei. Dann kamen die Anfänge der Enttäuschung; Platz war
genug auf den Plattformen der Waggons. Voll Ruß
das weiße Sonntagshemd; man wagte sich erst weiter nachts.

Wer so spät anrief, der lallte ein bißchen,
entschuldigte sich sogleich; nur wenn es klopfte,
standen Ledermäntel vor der Tür, und Schafe
auf der ungepflasterten Straße hielten die Limousine auf.
Wo ging es hin … laß dir den Weg
beschreiben in die eine, die andere Barbarei.

Die Kinder von damals sind lange schon alt; es ging
sehr schnell, nachdem das Milchmädchen, der Briefträger
gestorben war; dann hustete das halbe Sängerheim; nicht alle
Akten brannten sofort. Wer schoß auf Rex, den Schäferhund,
auf Ruth, das Pflichtjahrmädchen? Frag erst noch mal
beim Stubendienst, am Schalter drüben in der Baracke,
im Vorzimmer der Bibliothek.

Ganz naß der Parka; ein Päckchen Tabak macht die Runde,
bevor die Theorie auf dem Tisch liegt. Die Hähne krähen;
es wird noch gesprochen; auf Band eine Auswahl
schöner Geräusche. Wenn die Belege nicht reichen, bestellen
könnt ihr mit vierzig Prozent Rabatt, und der Himmel wird hell,
und vor dem Essen können wir schwimmen gehen.

Vorläufige Windstille

Gelb war der Sturm, anderntags blau, einer
von vielen, die ihre Namen verschmolzen
mit den Stimmen Amerikas, den Schatten
der Marseillaise, Funkfeuern rund
um die britischen Inseln. Andere Farben
kamen erst vor, als Fischkutter, Briefkästen,
Güterzüge ins Blickfeld der Ruhe gerieten,
einer Zeitphase, die kurz erinnerte
an ein mögliches, riesiges Spektrum. Das war

eine Szene, die auch jetzt noch
die Grammatik belebt, aber wie lange?
Geht es, wie immer, um Quoten, um Renten,
um Abenteuer, die subventioniert sind?
Nicht nur der Himmel, seit diesen Tagen,
steht wieder offen; man kann sich so
oder so entscheiden, ob eine
lange geplante Reise ins Gedächtnis
zu verschieben ist, ob das Horchgerät
noch einmal zurückgerollt wird
auf Gleis 7. Erinnert wird das Innere
eines Waggons, der Bunkereingang
unterm Stadtpark, das Grammophon
und die Loge im Ufa-Palast; all das

stimmt. Ruf an im Besetzungsbüro,
frag, welcher Jahrgang, bevor die Zuständigkeiten
wechseln; nicht einmal dieser Vollmond ist
zeitlos, dieses graue Gestein, an dem die See
meiner Träume zurückprallt. Schwieriger wird es
zu atmen; liegengelassen auf einer Insel, die
kleiner, flacher und weiterhin kleiner wird, harrt
nach dem Erwachen ein Schiffbrüchiger aus, der
bislang nirgendwo aufgetaucht ist. Kein Vermißter,
eher eine Erfindung, die anderswo nicht
plaziert werden kann, jetzt aber mitmacht
im nächsten Teil der Geschichte. So soll es

nicht sein? Im nächsten Sturm kracht
die Fichte aufs Dach; eindeutiges Grün, und
wir melden sofort: das ist eine
neue Situation. Und der Sterbende greift
nach einer Zigarette, die nur seinetwegen
im Handel noch ist. Und die Erinnerung
zappelt; sie wird irgendwelche Güterzüge nicht
los, auch wenn sie längst steckengeblieben sind
auf versandeten Gleisen. Nicht noch einmal
schaufeln und schaufeln mit dem Deckel
des Kochgeschirrs; Ameisen kribbelten, kribbelten
übers Gesicht, das zwischen den Waldbeeren

lag. Gib die Kamera her ... wie bitte, die Planstelle
ist nicht besetzt? Man sucht wieder Leute, die
das Ufer hochkommen mit trockenen Füßen, und
wenn keiner so rasch sein Sternbild
zu Geld macht, zieht man die Wachen
vom Kreidefelsen zurück. Unterwegs sind noch
einige Ansichtskarten aus den weißen Jahrzehnten
der Sommerfrische; bis man sich wiedersieht, sind
Geländer, Veranden, Kajüten zu streichen; dann
sind wir da, an einem Sonntag im Frühling,
auf Korbstühlen sitzend, die uns hingestellt hat

eine konservative Mehrheit. Kann sein, du
vergißt dich noch einmal und wirfst
ein paar Möbel um; der Hintergrund der Gefühle
erscheint vielleicht schon nach dem Öffnen
der nächsten Studiotür, nach dem Bruch
mit einer Vereinbarung, die bloß ein Verzögern,
eine Ausrede war. Die Obstbäume, die
nach dem Orkan auf den Wiesen liegen, fangen
zu blühen an, und mitten im Monolog
entsteht das Hin und Her zwischen Abweichlern,
Obdachlosen, Geheimdienst und den Leuten

im Dorf. Im Tanzsaal die Evakuierten
auf Stroh; die Tankstelle unten erzählt nichts;
fragen Sie doch die Erbengemeinschaft

der Schmiede: Storchennester, die hatten wir früher
und hätten wir gern wieder hier. Die eigene Stimme:
ein Geräusch der Fußgängerzone, die eine Kurve
zieht quer übern Schreibtisch. Ans Fenster
schlagen die Falter; ein Photo entstand
vorm Cottage der verlassenen Frau; es gibt
diese zeitlosen Briefe, deretwegen gleich wieder
das Telefon geht. Aber sind denn die Leitungen
frei: kommst du so rasch aus dem Dickicht
heraus, das zwischen den entwurzelten Bäumen
entstanden ist? Vorläufige Windstille, aber

noch sind nicht alle Straßen passierbar,
und man hört in diesen Tagen nur
die Motorgeräusche der Sägen. Sprecht nicht
soviel und kommt erst, wenn
die verwüsteten Gärten leergeräumt sind. Kühl
hat angefangen der Frühling; wir haben uns
nur wieder täuschen lassen; es ist noch
zu früh, draußen vor den Häusern zu sitzen.

Im Wind

Amseln, dann andere Stimmen. Es hört nicht auf
im Schnee, wenn mit dem Schnee
eine Neuigkeit kommt, die heute morgen
ganz *wesentlich* ist. Oder wie
siehst du das? Ich sehe den Birnbaum und wie er
(der Birnbaum) reagiert auf den Wind (auf den
Wind). Heute morgen, noch einmal, fiel
die Entscheidung. Krieg
zwischen Elstern und Krähen, nur dieser Krieg,
kein Drumherum, nur diese deutliche Verständigung.
Noch eine Stimme, der nächste Kommentar; es geht
ja (noch einmal) ums Ganze. Stehst du
im Garten? Dann weißt du, tuck tuck, die Amsel hat
zuallererst gewarnt, du weißt es, ich sage es noch
einmal, im Krieg, im neuen Schnee, im Wind.

Bergstraße

Es ist früher Morgen. Hinter der Kurve
rutscht hinters Haus die sichtbare Hälfte des Mondes.
Eine unerwartete Bewegung, die den Rhythmus
der Gewohnheiten sogleich verändert, als sei zwischen
Nähe und Ferne kein Unterschied. Ganz sicher ist
eine Täuschung entstanden, aber du kannst ihr vertrauen;
mit dem Verschwinden des Mondes hört die Unruhe zwischen
den Gehölzen auf; du kannst jetzt passieren.

Sonntagabend

Die Milch in der roten Kanne kommt
direkt aus dem Kuhstall. Ein dunkler Weg,
abends gegen sechs, und nur der Himmel
über Leverkusen ist hell. Die beiden Alten:
mein Jahrgang; während ich unterwegs war
in anderen Städten, versorgten sie ihren Hof.
Der Hof ist der letzte, und die Jungens bauen
über den Ställen Wohnungen aus. Roststellen,
Beulen; brauchen wir die neue Kanne?

Zwei Frauen

1
im Haus der Pfarrersfrau das Telefon
blieb still, und sie wußte auch nie was
von den Festivals unten in der Hafengegend;
am Rand des Haferfeldes stand sie
und hielt sich das Kleid fest

2
noch näher ans Fenster rückt
der Holunder; bis die Suppe kalt ist,
hat sich die Großmutter zweimal bekreuzigt,
weil ich hab nach der Hexe gefragt,
die mit dem Blasrohr, sechzehn und schwarz

Kirschzweig mit Nachrichten

Telefon spät. Man sieht sich so selten; das war
einmal anders … was soll ich sagen, wenn dies
der nächste Meinungstest ist? Ein Scheibenstück Mond,
im Fensterausschnitt, hat sich gezeigt
hinterm schwarzen Geäst … ich erzählte es schon, falls
dein Finger auf der Taste liegt. Nachmittags
waren zwei Spechte im Baum; das waren
nachmittags die Geräusche. Der folgende Film: ein Punkt,
der leuchtend fliegt und zersprüht; N. legt die Platte
mit *Stardust* auf; die Gäste stehn auf und das Zimmer
wird leer. Scheinwerfer unter den Brücken; kurz blitzt
im Hintergrund die Kamera; wir fahren weiter

leichtfertig und frei. Die Eule sitzt
überm Hohlweg, und wenn sie nur hustet, passiert
zunächst nichts. Oder ein rasches Aufglühn
im Kirschbaum, so näherte sich schon
der Sommer … ja, Sommer mit seinem heiteren Geklirr
der Marmeladengläser, Limonaden, oder was fluchst du
im Heizungskeller herum … du suchst nach
alten Straßenkarten aus dem Reich? BP-Olex, Ordensburg
und Fremdenzimmer, verlegene Mädchen
nach den Manövern, komm, gib mir meine Feldpost zurück. Aber

du telefonierst, verbringst im Vorzimmer den Frühling,
tippst in den Bildschirm unverständliche Daten. Irgendwo
summt es, nein, sirrt es, oder ist es das leise Zischen
im Ohr, das nie nachläßt, nie in die Nähe
der Schmerzgrenze kommt … man hört nichts
in diesen hellen, kommunizierenden Räumen, die
asbestfrei möbliert sind mit Palmen. Draußen

die Räumfahrzeuge, zwei Pferde fern auf der Koppel,
auf Bretterzäunen Plakate der Utopie, dahinter
Würstchenbuden, Wind überm Sportplatz. Laß uns
gehn. Die Kellnerin zieht den Block aus der Schürze
und rechnet. Die Nacht wird es schneien, und als du

anriefst, war die Wiese schon weiß. Zu spät
zum Fahren. Zu spät das Ticket Amsterdam: Mr. Chet Baker
hat sein Hotel schon verlassen. Bleib bloß jetzt liegen,
still, am Ufer der Introversion, die vielleicht ein Photo
einbezieht mit 'ner Trompete, geschultert über dem T-Shirt,
das all die Zeit (die vergessene Zeit zählt immer mit)
ein schneegrauer Flecken war. Die Kälte hatte

andere Namen, suchte sich Flächen, Erdteile aus, die
mit unseren Stimmungen nicht korrespondierten, oder
die Leitungen brachen zusammen, und zu stottern begann
im Studio unser Mann. Alles Sache von Agenturen, die
immer ganz nahe dran sind; so sieht es aus, aber
wer ist der Fremde, der in der Dämmerung jetzt übers Feld
geht und plötzlich verschwunden ist? Mach

die Nachrichten an, halbstündlich. Sieh nach, ob
Tesa-Film im Haus ist. So viele Kleinigkeiten liegen herum,
die für Unruhe sorgen, Schlaflosigkeit, Gebirge
aus Skrupel und Altlast. Dick wird das Öl, ich pumpe
und pumpe gegen die Kälte; Krähen mit dem Wind
aus Nordost. Vermutlich sind die Vorgärten
vermint. Kann sein, der Geruch dieser Veilchen lähmt

uns die Lunge. Noch einmal abends zu den Vernissagen;
aus Wellpappen ein Horizont, auf den du Konzepte
des Weiterlebens projizierst; vom Überleben erzählen
die Photos, die eine Gedächtnisspur ziehn
zwischen Bunker und Funkkantine; im Sommer danach
begann die erste Lügengeschichte des Friedens. Schlagbäume
über dem Dorfweg; Schneisen durch Harz und Thüringer
Wald mit Hochständen, Feldstechern, Fahrradpatrouillen;
bald fielen die ersten Schüsse; die beiden Särge
holten wir auf dem offenen Lastwagen heim. Eine nie

erzählte Geschichte, so viele Andeutungen, Zitate, Variationen
aus den Fluchtkoffern und Rucksäcken im hintersten Keller
schon hervorgeholt sind. Zu lang die Liste, die Zuhörer
schlafen ein oder haben Mietwagen bestellt; es gibt
auch keine Bar in der Nähe, wo eine *Rosetta* spät

noch vorbeikommt … vielleicht das *Zeitalter* verwechselt;
nun findet man sich, nach aller *Angst*, in der
Fußgängerzone wieder. Fahrt weiter nach Nizza;
die Reichsbahn für die alte Verwandtschaft; Anklam,
Wernigerode; aus Werder kamen die Gurken. Immer noch

keine Verbindung, besetzt schon die Vorwahl, das wird
aus Telefonen ein riesiger Schrottberg; die Daten, die wir
austauschen wollten, sind längst veraltet. Nachts
kann ich euch hören auf Langewelle, da ist der
Deutschlandsender wieder, das Rauschen der Kiefernwälder
von Königs Wusterhausen. Bellte, oder wie hieß es,
die Flak? In der Stille begann der Drahtfunk
zu ticken; am Rand der Chaussee hüpften Krähen hin
und her zwischen den Ebereschen. Ich bewege mich,

und der Korbsessel knarrt. Da liegen noch Rechnungen,
verschobene Termine; der Fragebogen folgt der Spur
eines alten Romans, der jetzt ein paar Fortsetzungen
vorschlägt. Dann knarren die Fensterläden; es ist
eins der letzten Geräusche in unserer Gegend, das
aus der gewesenen Zeit kommt und den Abend
ums Haus stellt. Ums Haus gehn im Lichtschein
der Satelliten, im knirschenden Schnee; seit Jahren
knirschte über den Hügeln des Dhünn-Tals der Schnee
nicht; am Wochenende wagten wir uns auf
den zugefrorenen Waldteich und *schlitterten Bahnen*
übers Eis. Schlittschuh-Gespräche; zur Schule

übers hartgefrorene Schneebrett der Straße; Wettläufe,
Foxtrott im Erfurter Stadion, bis die Kondensstreifen zogen
hoch durch die blaue Luft. *Komm zurüüück*; die Lautsprecher
zogen die Sehnsucht der Mädchen in eine Leere, die
der Urlauberzug auf dem Bahnsteig zurückließ; vielleicht,
ich warte auf dich, sah man sich wieder sonntags in der Matinee
im Ufa-Palast. Das laufende Repertoire, oder: Alles

noch einmal, aber so kommst du nicht, wie
mans erwartet, hoch aufs Trapez; es fehlen auch noch
zu viele Details, die im Traum, im Netz

der Gleichzeitigkeit, ganz selbstverständlich verfügbar
sind. Immer ein Leck, ein poröses Geweb, ein plötzlich
leerer Speicher, auf dem man frierend herumsteht, bis man
zwischen den Sparren den Kinderschuh, ein Stück Zeitung
entdeckt. Die Chronik der Dinge, Tschaikowsky-Walzer
in der Wochenschau, *am Ufer saß ich*
fischte, die öde Ebne im Rücken. Der Morgen beginnt
mit verfließenden Bildern; der Versuch zu verschwinden

endet im Stau auf der A4: laufende Rendezvous
auf dem Autobahnring. Zu Hause bleiben ... ja wenn
im Büro man der Älteste ist; ist das
die gemeinte Zukunft ... sehr wichtig, daß Fabers
Bleistifte bleiben, daß sich Rinnsale durchsetzen,
Türen plötzlich aufgehn im System. Gestern im Lift
der Knoblauchgeruch; der Gang übern Flur ging gleich
hinaus in die Steppe, oder war es eine Haltestelle
in Lissabon ... die Volontärin verstand
nicht, als ich nach Seminaren fragte, wo man das Bunte,
die nutzlosen Kringel, die Geräusche des Phantasierens
studiert. Die Möwe vor den Fensterfronten zieht
durch die Luft einen Weg, der
zur Küste führt, dahinten, hinter
den Antennen, und im Anrufbeantworter meldet sich
die See, und wenn du wartest, schreib ich dir 'ne
Ansichtskarte aus der Kantine; wir sitzen in einem hoch
gezogenen, glitzerndem Würfel. In Aussicht

einige Variationen, Standortwechsel, Bewegungen
in der Struktur; bei diesem und jenem Risiko greift
der Sozialplan; bloß diese Zinsen
und langfristigen Biotope, diese Wochenendtrips
zum Weinlieferanten im Elsaß, da muß einer was
sagen, was tun, wozu hat man treu mit Spenden, Beiträgen
etcetera ... eine gewöhnliche Rechenaufgabe, die Verlorenes
und Gewonnenes nach allen Seiten verteilt; irgendeiner
kommt immer zu kurz. Die ärmsten Schlucker
leisten sich neue Briefköpfe, Seidenpapier, Adressen
mit französischen Namen; dann fällt der Strom aus,
Briketts auf Bezugschein, der Briefträger streikt. Qualm

der Geschichte. Eine kaum begriffene Lektion; die Kamera
zeigt Minister, Streichquartett, pensionierten
Geheimdienst; nachts kriechen Marienkäfer
über die alten Märchen aus Bagdad. Mehr wissen

unsichtbare Zensoren, die auf den vorbeiziehenden Sternen
untergebracht sind; sie kümmern sich um Stimmung und Front,
den Spurenverlauf vom Schnee in die Wüste, Verzögerungen
in der Logistik. Wo im Dickicht die Maus wühlt,
die Schleiereule hört es vor ihrem lautlosen Anflug,
und auf dem Monitor siehst du, bevor er sich auflöst,
den Punkt, auf den es ankommt. Es kommt nicht
auf Zielgruppen, sondern (es ist keinerlei
Trick und nichts Virtuoses) auf Ziele an, die
man erst unterwegs sieht, selbst wenn man sie lange
zu kennen meint; es ist wie Sprechen, das
nach den Wörtern sucht, die allesamt doch vorhanden

sind. Nichts, gar nichts vorhanden; man finge sonst
nicht immer an, auf leeren Blättern neue Linien
zu ziehen, die irgendwo draußen die Ränder
des Paradieses berührten. Unendliches draußen,
auch wenn es nur die geschlossene Schneedecke ist, die
seit Tagen unsre Schuppen und Scheunen
umgibt. Nächtelang weißes Stürmen; Eis
in den Fensterritzen, die wir mit Decken verhängen;
das Haus voller Holz, Kerzen und Branntwein; Mühen
und Sorgen, die über diesen Winter
hinausgehn; ich erzählte dir abends von Kriegsfrost,
Schneehemden, Reisigbündeln und aufgetauten Kartoffeln;
die Reste des Jungzugs am glühenden Öfchen. Am Horizont

unbewegt die hellen Versprechen; mitten unter den Leuten
schlägt man sich eine Gasse frei; die Herren vom Hochsitz
schon weg in verdunkelten Coupés. Friedliches Singen
schwillt an; Krachmacherei, weil wieder keiner die Stille
aushält, das unsichtbare Zeichen der Angst. Vom Ufer, wo
zwischen den Büschen die Angler sitzen, feuern
plötzlich Maschinengewehre; wenig passiert; die Uferstraße
bleibt weiter passierbar, und junge Leute mit schwarzen Tüchern

betreten die Diskothek. Kunstpädagogen malen den ganzen Tag
Tauben; abends wird an Gebeten gestrickt und
der Kräutertee gerät in Bewegung. Rundum laufend Engel am
Telefon; winzige Namen verlängern die Liste; noch eine
Wortmeldung, aber die Nachbarin geht erst mal

kegeln. Gut so. Falsche Richtung; das kommt, weil das Lesen
von Meßtischblättern kein Studiengang ist. Man fährt
all diesen Schildern nach; am Kamener Kreuz wären
die russischen Panzer steckengeblieben im Stau. Feldwege
sind mein Geheimtip, und jeder Zaunpfahl hilft
beim Festhalten einer Herde Metaphern. Du kannst
sie zählen, mit Stempeln versehen, verkaufen … nein,
besser vermieten an Studios, die Schmuggel, Wildnis
produzieren. Es zählt nur der Schmerz, der

genau ist; am Ende aller Migräne kauft man
die Eigentumswohnung, den Dachgarten, wo du frühstückst
in der Februarsonne. Zähl weiter; nächste Objekte,
Müggelsee, Meiningen, Klassikprogramm; Reisekader
gehen rüber zum Imbiß; Frankfurter, Wiener, Senf
und die Selbstbedienung Europa. Rostfarbene Waggons,
ein Radiogeräusch, das Erinnerungen transportiert
vorbei am Gartengelände, durch Dunststreifen im
September, der mit der Reihe Sonnenblumen
zurechtkam für Spähtrupps, Flüchtlingskinder, ein paar

Emigranten. Weit weg die Küsten, die Gassen
zum Hafen vorbei an Cafés, wo großes Geschacher lief
mit Kellnern, die zwischen den Himmelsrichtungen schielten
und pfiffen für eine Taxifahrt ab ins Casino. Marine
las Valéry; im Scherenfernrohr die endlose Dünung, bis
eines Morgens die Fetzen von weißen Schals
in leeren Wintergärten hingen; den Klavierdeckel hatte
der jüngste Fähnrich zugemacht. Die Runde Korn
kam später; dann sackten wir im Tauwetter ab; im
Matsch die Offensive blieb liegen. Was auf die Leute
niederging, war neben dem Bombenhagel der Beschuß
durch die eigene Propaganda; versehentlich traf den Konvoi

ein Schneeball. Aber alle Gespräche auf Band, und
große Vogelschwärme sind unterwegs; nachts hörst du
die Bewegung der Luft, den unsichtbaren Strom
einer Reise, die von ihren Genauigkeiten nie abweicht. Mal
wieder Bescheide, die freundlich, verständlich sind … na bitte,
ans Fenster rührt der verloren geglaubte Kirschzweig; spät
nachmittags glitzern die Pfützen auf, und der Schreiner
bringt noch die Sommermöbel. Sitzt du am Telefon?
Komm besser nach, heute abend; ich habe so lange
dein Gesicht nicht berührt; das Licht draußen lasse ich an.

Sendezeit

Nachmittags ein Kommentar, aber abends ziehen
Sterne über den Bildschirm, die rascher entstanden sind
als die Spur der Gedanken. Sie öffnen und schließen
Türen dieses Systems, in dem wir unser Mögliches
tun, bis zum Dementi. Dann hockt aufeinmal

nachts auf der Fensterbank eine Eule, und es ist
eine neue Situation, die in den Nachrichten nicht
erwähnt wird. Irgend etwas mußt du jetzt

sagen. Alles gespeichert. Du kannst auch versuchen,
Gesagtes zu variieren; im Archiv stehen Leute
zum Nachschauen bereit. Oder die Sonne bricht
durch den Dunst, der morgens zwischen den Hügeln liegt,
und das wäre schon der folgende Tag, den man
anfangen muß, ohne die Nachrichtenlage zu kennen.

Korrespondent

In die Kamera schaut er kaum; fast sieht es aus,
als führe er ein Selbstgespräch, eine Korrespondenz
mit Etwas auf dem unsichtbaren Tisch, vielleicht
mit dem Bleistift, der Zigarette.
Ein leichtes Zittern der Hände ... man weiß nicht; jedenfalls
sehr sympathisch, nichts Gewisses, eher Genuschel, was
kann man schon sagen ... Kälte und Blicke
auf eine Straße, die ein bißchen erhellt ist von
Schnee; eine übrig gebliebene Fahne, die
von einer Windmaschine bewegt wird. Riesiges, das langsam
verschwindet ... es ist schon verschwunden, noch vor
einem Dekret. Er wiederholt es; er kann erst gehen, wenn
nichts mehr passiert. Man wird ihn vermissen.

Zwischendurch im Erzgebirge

Still sitzen und sehen, wie unten der Nachmittag
die Dämmerung erwartet, wie Scharfschützen hinter
einem Mauerrest verschwinden und Kinder
einem weißen gepanzerten Fahrzeug nachlaufen, wie
eine Hügellinie, die eine Grenzlinie ist, das Nichts
des Schnees vom Nichts des Himmels trennt, und
entlang der Grenze, die eine diesseits, die andere
jenseits, fliegen die beiden einzigen Krähen, die
es in dieser baumlosen Landschaft gibt, wie
das changierende Muster eines Ölteppichs entsteht
mit dunkler werdenden Rändern, wie auf der Wiese
ein Baumstumpf die Form eines Körpers annimmt mit
abgeschlagenen Armen und Beinen, wie unterm Kirschbaum
sich die Avantgarde zeigt, mit spitzen, grünen Lanzen,
die später, in den nächsten Tagen, die Konvention
der Schneeglöckchen annimmt, wie in dunklen Fenstern
Bildschirme aufleuchten und auf jedem Bildschirm
zuerst eine Schrift und dann das Gesicht einer Frau
erscheint, die lautlos die Lippen bewegt.

Zwei Tage

1
ganz ruhig, spät nachmittags nach allen Meldungen,
versuchsweise über den östlichen Autobahnring,
während die Elstern sich einzig kümmerten
um ihre Spur in der Luft, einen April-Weg
ins System der nützlichen Zweige. Gestern noch sagst

du: ein gefährdeter Strand ist nicht in der Nähe,
aber etwas geschieht, das mit seinen Geräuschen
die Versuche der Konversation unterbricht; dann
rollten Verletzte ins Bild, und also

gehts weiter. Texte zum Beispiel
der Sklaverei sammelt eine Behörde; zur Stunde
ist eine Maschine unterwegs, die bewaffnet ist
mit einem Geheimnis. Schräg schlägt der Regen
an das einzige Fenster, das jetzt in die Nacht
blinkt, und der Tag hat sich noch nicht

entfernt. Die Vögel atmen mit halber Kraft,
und die Lage entspannt sich im dürren Gebüsch.
Du siehst, so leicht ist beweisbar, daß
in den Rastern des Schreckens doch die Freundlichkeit
einzieht; wer war dagegen, wer legte den Hörer auf.
Gestern noch Schüsse gehört, viel weiter

reicht das Gedächtnis, wenn das Alter der Birken
ein Rätsel aufgibt, dessen Lösung nur der Geruch
des Geländes mitteilt, die rotschwarzen Reste
der stillgelegten Fabrik. Tiefflieger
schrammen die Haut; im Herbst sagtest du: es fehlt
eine Katze, der Hühnerhof, es fehlen
Kaninchen; bist du ehrlich im Tagebuch ... Nichts

ist passiert in der Parkebene unten; kein Nachbar
glaubt, daß sein Erker zuerst kracht, daß
seine Kabine explodiert, zum Freizeittip

nach dem Frühstück. Zeit hat das Gras. Manöver
bläst ab der Denkvorgang im Computer. Etagen
im Zwielicht; wer steuert dieses Zaudern
und Zögern, obschon ganz spontan
die Begegnung zweier Suzukis verläuft

2
hier oben gibt es, über den Hügeln, nur
das Frontengeschiebe der Wolken, und alles
hängt ab von den täglichen Kräften
der Simulation. Ein letztes Gebimmel im Tal
erinnert an die Ordnung des Klosters, die Regeln,
nach denen die Kräuter der Klostergärten
verwendbar sind, für die Freuden und gegen

den Schmerz. Die Konvois am Wochenende
rollen ins Orgelkonzert, Widor und Vierne;
am Flußufer parken Bank und Chemie
gepanzerte Limousinen. Fensterblicke ersetzen
das jeweilige, längere Dabeisein, das mit
lästigen Vorbereitungen beginnt, fast
einer Entwurzelung gleich, die anzudeuten
zu allem verpflichtet und lächerlich ist wie

jedweder Kommentar. Die Zäune
zwischen den Weiden sind genauer gezogen,
und der Habicht weiß, warum er hockt
auf dem untersten Eckpfahl. Und du suchst
den Weg jetzt ins Mühlenbild, auf
einer alten Karte, die noch die Seele
der Topographie kennt; da gehen wir hin,
wahrhaftig, das wird ein Ausflug zurück
in die Heimatkunde, ehe der Wandertip
zum Wochenende herauskommt. Aber die Kälte

unterdrückt alle Gefühle; trostlos fahren
die Bauern noch einmal den Mist
auf die kahlen Weiden, und den Maulwürfen
hilft nicht die Langsamkeit des Kalenders.
Wettergespräche; damals bestimmte die Dunkelheit,

wer rechtzeitig in den Hof kam; das wußten
die Hunde so gut wie die fauchenden Gänse, die
man jetzt suchen muß im Geräuscharchiv,
zusammen mit ruhig dröhnenden Bombern.

Winter, helle Fenster

Zweimal dieselbe Nachricht, und hinter den Bäumen
die Bäume, die man nicht sieht. Anfangs
etwas Regen; im Fenster am Ende des Korridors
taucht ein Motiv auf, das eingespielte Geräusch
von Gesprächen, Ufern, Chausseen. All das
in den Jahren getrennter Verläufe, mit Grenzanlagen,
zugewachsenen Eingängen, eingehängten Telefonen; was

wird jetzt gelingen ... historische Einzelheiten, Gewimmel
in einer Szene, die am Ende, unendlich vergrößert, fast
leer ist. Man blättert Karteikästen durch, eine Methode
des Zeitverfalls, die Vorarbeiten leistet
für die näher rückende Verjährung. Oder genauer?
Genau sind unsere Sendedaten; ausgedruckt sämtliche Titel,
Frequenzen ... oder bleiben Sie interessiert an
der Dramaturgie Ihrer Träume? Eine Weile noch kreisen
über dem Maisfeld die Reiher, dann gehn die ersten Schranken
in der Tiefgarage hoch, und du kannst wieder

anfangen; die Woche fängt an. Bis zum Tischrand
Verkehrsstau. Im Hintergrund Wiederbelebung von Haufen
im Laubwald, und über der kleinen Tomatenplantage
ein riesiger grüner Schirm, der das Schweigen bedeckt
der Angler am Ufer des Avon. Nun bricht ab
mittendrin die Erzählung, die angelegt schien
für eine mittlere Strecke, den kalten Kurs
von Staffeln bei Nacht, Flottillen, die langsam
den Fuß der Küsten erreichen. Flach liegt
die See, und Planken kommen zurück, die
den Namen von Städten tragen, in denen
am Wochenende nichts los ist; vielleicht
im Heimatmuseum ein Schriftzug, ein Seil,
und du trägst nach der Schulklasse unten

das Datum, den eigenen Namen ein. Eine zeitlose
Korrespondenz, in der Dinge und Augenblicke aneinandergereiht
sind, und die nächste Phase kann vergehen, indem sie

quer durch die Gärten die Linien eines Suchbilds
zieht. Spuren findest du jeden Morgen, der es immer
mit Ablenkungen versucht, mit frisch geleerten Aschenbechern
und See-Brisen für den Hustenanfall. Man macht wieder
mit, verstrickt in Informationen, die mit/ohne
Auftrag uns zwischennehmen; wir wissen mehr, oder weniger,
als wir tun. Gedränge im Waschraum; die Handtuchrolle
rotiert. Gleichmäßiges Licht in den Korridoren; draußen

wandern die Schatten der Wolken. Morgens legen wir
die Zeitung weg und steuern den Jeep durch eine Schlucht,
die Pflaumenbäume säumten bis zu den Fluchtversuchen
im Sommer; jetzt sind wir zurück und stehen vorm Haus
und fotografieren das Verschwinden der Angst; jetzt erst

ab alle Posten. Wind hatte die Zeitung zerwühlt. Alle Tische
bedeckt mit Zeichnungen, Entwürfen. Ein Tag wie
Allerheiligen, der die Sprache der Sorben vergegenwärtigt
zwischen laufenden Interviews ... damals begannen
die Blätter der Pappeln mit ihrem Fall. Eine Mitteilung
wie im Frühling, wenn die Haut noch ganz weiß ist
und die Familie kleiner und kleiner wird; wenn
du ausstirbst, laß den Hausschlüssel hier und mach
die Türen leise zu ... Dämmerung, lange Blende und

Schnitt: die Nacht steht vorm Fenster, begleitet
von einem Zitat, das sich gleich weiter verwertet für
Hotel-Suiten samt Verfilmung; das Licht der Boulevards rinnt
über nasse Limousinen. Erst zitterst du, dann wehrst du dich,
jetzt willst du nicht mehr, was ist denn überhaupt los
hier ... Äste fegt der Sturm übers Feld, das morgens
ganz still liegt, spät morgens, wenn die Rush-hour
ausläuft und in einem Moment des Atemholens
die Leere erscheint. Was könnte nun plötzlich
alles geschehen, und wärst du bereit, aufzuspringen
und dabei den Kaffee zu verschütten ... die Bilder geben
ihre Sujets nicht zurück, und so hat sich vermehrt
der Fundus der Inspirationen, jedenfalls der sichtbare Teil,
über den man reden kann in der Talk-Show. Aber wie immer,

zu spät fielen mir Argumente ein, die das Mißverständliche
korrigierten; für einen Brief nach Karlshorst
buchstabierte ich *Teltower Rübchen* ... alles ahnungslos hier
im Herbst der positiven Trends; ins Torhaus
ziehen sich die alten Spinnen zurück. Nach einem Niesanfall

weiter; hinter der Kurve das Reh
übern Mittelstreifen, und was sagtest du
kurz vor der Kurve? Laub kippt vom Penthaus
herab auf den Parkplatz, und die Jungs oben
kichern: es war eine Super-Idee, bevor der Sonntag
langweilig zu Ende ging. Du fragst herum, ob
in der Stadt mit See-Muscheln zu rechnen ist ... ja,
es wird kälter, nun sieh zu, ob es in diesem Jahr
noch zu einer Verabredung kommt. Vorläufig

alle Akten gesperrt; vielleicht kommt aber jemand
vorbei und bietet Kopien an, oder du wartest ganz einfach
den Wind ab, der im November den Rest der Netze
zerreißt. Weit kommst du nicht; ein Unbekannter bittet
um Feuer: du erkennst überm Streichholzflämmchen
das Fernglas im Busch, die Kamera im Séparée, das Gegenüber
im dunklen Abteil. Mehr Zigaretten glühn auf;
die Wachmannschaft fröstelt; im Morgennebel
schwanken die Fahrradlampen der ersten Schicht. Oder
stimmen die Jahreszahlen nicht? Sie stimmen, nur
tauscht man Straßennamen aus, und du kannst
vergleichen von Seite zu Seite die Unterschiede
der Typographie. Dann fallen ein paar Denkmäler um, und

ein Krähenschwarm hebt ab. Der Regen hängt jetzt
dicht überm Land; die Leute oben in den Dörfern
kennen schon die Zukunft: den Schnee. Nachts
vorm Fenster flattert ein Falter ... oder ist es, im Körper
des Falters, ein Flüchtling, der ein helles, trocknes Asyl

sucht? Kaum hörbar der Türschlag, wenn jemand
kommt oder wegfährt; die neuen Wohnungen stehen
fast alle leer, seit im Sommer die Baustellen geräumt
sind ... bricht eine Seuche aus, tickt eine Bombe, sind

Massengräber unter den Garagen? Keine Woche mehr
ohne Argwohn, Gerüchte; jetzt hat auch
der Kegelklub seinen Skandal, solo am Tresen
die Identität, die verraten nach links kippt und rechterhand
einen Schuh verliert. Prozesse, Aufschwung, Offenbarung, alles
auf Kriechspur; in Sicht kein Ende der Debatte,
ob eine Sonate eine Information oder nachts
ein Geräusch im Kulturkanal ist. Ein Streik
der Friseure: der Spuk der Glatzen wäre vorbei;
du weißt, Gespräche über Schuld und die Bäume,
Lokführer, Bahnwärterhäuschen … dick rollt der Mond
ins Geäst, der langsam über den Tisch unterm Fenster
eine helle Graphik der Schwermut bewegt. Was kommt

als Nächstes … vorhersehbar die Zigarettenlänge, dann biegt
in die nächste Zeile der Satz ein, der augenblicklich
wie die Sekunde und seit Wochen unterwegs ist; nie
kann er zurück. Leer geschossen, vereinzelt, kamen

Nachtjäger zurück; weiter durch den Schlaf,
in diesen Jahrzehnten, zog ihre Muster die Angst,
das verwickelte Etwas, dessen unauffindbare Gestalt
einfach keinen Lärm macht. Die Nachtmaschine jetzt
bringt Post, die morgens vielleicht angenehm
man lesen kann; mit Abstürzen und Schrei reißt
im Traum die Filmserie ab. Am nächsten Vormittag
Beerdigung; am Bett drei Tage lang die Familie,
bis die Schwelle überschritten war und die Hülle
der Haut zurückblieb; vorm Haus im Regen Chrysanthemen,
ein Lächeln an der Tür, die aufbleibt, damit die Trauer

ganz leicht hinausgeht. Schneegeruch
in den folgenden Tagen, und der Horizont rückt
näher mit jeder Dämmerung. Der Schnee hat die Grenze
noch nicht überschritten; du kannst im Garten
nach Feldsalat, Lauch, Radieschen schauen; sorglos
und leer kommt der Schulbus den Hügel hoch und
zurück. Gehst du Postkarten sammeln, oder
suchst du Adressen für eine Aktion, die Nachschub
entweder verhindert oder veranlaßt … man blickt

halbwegs durch, aber nie sind die Anweisungen richtig, oder
wir fragen nicht richtig zurück. Jedenfalls Massen von Laub
in blauen Säcken, und wenn die Nachtwachen losziehn, schlafen

wir längst. Rasch wächst es in den hinteren Reihen nach;
die Farbmischung falsch, wir wechseln die Malerkolonne
aus, diese ratternden Preise. Vielleicht, daß dieser Geruch
entsteht, weil Öl auf ein heißes Blech tropft; beobachten Sie
mal die Entwicklung, der Kater im Birnbaum weiß
auch nicht mehr weiter; vertraut warn wir
nie mit den Gewohnheiten unten im Dorf. Dort
soll jetzt der Neubau, die neue Akademie, nein,
es geht um den Kiosk, der leer steht, weil
die schöne Frau Althoff ins Management der Kantine
ganz plötzlich wechselt ... heute war es den ganzen Tag
Dienstag, und wieder mal hast du nichts, hast du

es nicht gewußt. Wie war die Frage? Niemand
steht hinter der Tür, und der Fernschreiber hört auf
mit seinem Gerassel. Wann fahren Sie wieder, wann komme ich
wieder nach Leipzig ... so viele Fragen versäumt, als
dieser und jener Verwandte noch lebte; es kippte ja mehr
ab als vorgesehen ... kapiertest du denn, daß
morgens das frische Taschentuch abends ein Dokument

war? Ein Seminar: das Versäumte! Die *Arbeitsbeschaffung*
im Stadtarchiv: was war der erzählerische Impuls, der
im Frühling in den Ruinen entstand; wer malte hier
die ersten Bilder abstrakt ... du warst zu jung, einer
der letzten rheinischen Schüler zu sein von Paul Klee, aber
ich weiß, wir haben alles gewußt, ob dienstags oder spät
im Oktober, nein, früh im Februar war es, als
mit einem Brief die letzte Zeichnung von den Hügeln
der Lysa Gora durchkam ... jahrelang stand ein Kistchen parat
mit ein paar Sachen zum Anziehn; dann wurde beantragt
die Todeserklärung, und ehe die Motten drangehn: probier
mal, die Sachen müßten dir passen. Das Ende
der Landschaftsmalerei. Photos der Spuren von Erich Schuchardt;
du erwähntest den Namen bereits. Ein roter, ärmelloser
Pullover. Und was erzählte der Toningenieur? Aufgetaucht

sind Luftaufnahmen in England: der Vorort
vor dem Angriff und nachher; *auch euer Haus kannst
du sehen.* Thank you, Karl-Heinz, ich besorg mir das Material
und komme darauf zurück; du weißt, wie viele Takes, bis
die Szene gekauft ist. Dazu dieser Tag; die Leitungen

knistern zwischen Frühdienst und Spätdienst; diese Staus
von Rohrpost, Ticker, Fax. Schau doch mal hoch ... ah, draußen
zwischen den Fassaden hängt in der Warteschleife fest
ein ganzer Nachrichtenschwarm ... der Löwenzahn ist
einfach weitergeflogen. Nur kann ich so rasch nicht
diktieren, und nachmittags läßt der Druck nach, und
du weißt, wie es geht, nur unter Druck. Ein Nachmittag
auf der Wiese, und unten aus dem Hohlweg kommt tuckernd
Klaus auf seinem alten DEUTZ, jetzt läßt er schon
Sabinchen ans Steuer ... was ist denn das, machen Sie auch noch
den Landfunk mobil? Nichts weiter, ein dazwischen geschobenes

Bild aus der *Gegenwart, die woanders ist.* Zuvor war
die Kette gerissen, und ich fand und fand nicht
das fehlende Glied. Sommerbilanz. Kein Stück Obst
an den Bäumen: die Frostnacht im Mai. Im Herbst
die *Herbststurmäpfel* von Rosy+Peter, dazu die Rübchen
in einer Tüte vom Rand der Mark ... die Wege im Sand
führen wie weit noch zurück ... wieso zurück? Wechseln
kannst du die Gegend und weitermachen
in einer Sprechanlage, die vernetzt ist mit den letzten Seufzern
der Hoffnung, mit den fernsten Stationen im Eis
der gemeinsamen Sprache. Oder einer fordert den anderen
zur Rückgabe des Stipendiums auf; wir lassen nur
saubere Jungs in den Park der römischen Villa herein. Besser noch,
einer hat den Strang allein in der Hand, die ganze Länge
der Wahrheit, und schneidet Stückchen für Stückchen ab; die Leute
vom Markt bringen es dir schon bei. Natürlich hast du

niemals heimlich ein Wort vertauscht oder bloß
eine Silbe zur Seite gebogen. Gekritzel war immer
Gekritzel. Am Tisch saßen Freunde. Man las die Serie
eines Gesprächs, das eine halbe Seite Dialog
mit ein paar O-Tönen versorgte. Sperlinge im Hintergrund,

und irgendeiner machte nach, wie die S-Bahn
abfuhr am Savigny Platz. Schwieriger waren Tauben,
Maschinenpistolen, und hinter den Ferngläsern sah man
nie ein Gesicht. Einmal hob ich die Hand
zum Winken, denn etwas bewegte sich hinter den Grenzen;
drei Tage später waren die Türme leer. Freies Gelände,
in dem man sich wundert, daß es vor kurzem
eine tödliche Zone war. Wie lange brauchst du noch
bis nach Hause, wenn du jetzt weißt, daß du umhergehen kannst
in der *wiedergefundenen* Landschaft ... es waren ja
Landkartenjahre, die das Vergessen nicht eindringen ließen
in die Scheune, hoch auf den Speicher, wo der Gedanke
des Wiedersehens, unbehelligt und still, an einem alten Nagel
hing. Kein Gespenst: nur falsche Fingerzeige
aus einer theoretischen Zukunft, von der wir endlich erlöst
sind, unerwartet und spät, und die brüchigen Sprossen
der Leiter sind nicht zerbrochen. Komm mit; das Straßenschild
auf dem Photo hängt noch am Haus, das du wieder
berühren kannst, nicht wie den Stein mit der Schrift
unter dem bleichen, weiß bereiften Efeu ... dieser Winter,
so wichtig er ist, ist nicht so wichtig und nicht so
verregnet wie vorige Woche, als wir an den Rändern
standen von leeren, zertrampelten Feldern ... das Bild
einer fortgesetzten Enttäuschung, die man anfangen kann
zu widerlegen, mit Bildern von Fenstern, die hell sind.

Sonne oder Mond

Die Vorwahlnummer von Leipzig. Du zeigst mir
den kleinen Computer, der alles schon weiß, bevor
hinter den Hügeln die Sonne hochkommt. Nur
kennt er die Wörter nicht, die dein Satzgestöber

hinterläßt. Lupinen, wo kamen sie
zuallererst vor? Von vor fünf Jahren
das Telefonbuch, das kannst du vergessen, oder
geht es schon wieder um eine Identität, die nur
mit Akten, Postleitzahlen korrespondiert? Spätestens

morgen die dritte Frage, falls Einer wissen
will, ob hinter den Hügeln nicht möglicherweise
der Mond stand. Der Mond, auf den immer Verlaß
ist, auch wenn es Zweifel gibt an der Neutralität
seiner Strahlen. Wofür ich mich entscheide,

ich wollte jetzt telefonieren. Nur
mußte ich wieder warten, so oft ich Zahlen,
Buchstaben tippte, stündlich nach den Nachrichten.

Thüringer Erzählung

Ein Stück Holz fiel hin. Ein Tag ohne Ideen, in diesen Tagen
wurde es nie richtig hell. Wieder und wieder
ging es um Waffenstillstand, oder es ging um die Zukunft
der Glasbläserei. Wie früher die Gegend aussah, siehst du
auf Ansichtskarten, die jetzt laufend im Handel
sind, nach langen Geschichten der Anpassung. Ich weiß,

ich hatte versprochen, den Stall aufzuräumen, aber dann
fiel auch das Bild von der Wand. Die Zeit hat
immer einen anderen Vorschlag, auch wenn es nur Ausreden
sind, gleich nach dem Frühstück. Oder mußt du
jetzt an die Front? Gewiß, die Züge fuhren pünktlich
ab, und die Scheinwerfer kreuzten sich über den letzten Häusern
des Vororts. Die Antworten blieben meist stecken, es fehlte

an Zeichen des unbemerkten Verschwindens. Im Sommer wieder
der Rechen, der Liegestuhl und die Leiter, und die Luft
blinkt auf über den Glasdächern der Gärtnerei. Zurück
kannst du kommen, so viele Äste herabgefallen sind
auf die Chaussee; ein paar Leute sind da, sie trinken
ein Bier mit und ziehen, wenn du weiter fragst, die Mäntel aus.

Fragment aus Arnstadt

Ein paar Hinterhöfe mit Blechbüchsen, Brennesseln, Sand.
1703/1707.
Das Geräusch dieser und jener Cantate.

Jedes Wort zwischen Rostbratwürsten und Sanierung
könnte der Anfang einer Erzählung sein.
Der Anfang ein Fuhrwerk Erfurter Straße 1943.
Zwischen zwei Häuserzeilen hörte die Straße auf,
fing der Wald an.

Noch einmal der Wald, der ein Munitionslager war,
und spärlich sind
die mittelalterlichen Baunachrichten.

Der Grundriß der Bachkirche; der mögliche Grundriß
der Mitteldeutschen Kampfbahn als Cover Design.

Etwas vom Licht der schriftlichen Überlieferung.

Ein Becher mit Goldrand ins Repertoire der Motive.

Es gab … es gibt den Orgelprospekt im Plakat
auf der Stallwand. Das Zubehör an Hütten, Höfen,
Weiden, Gewässern, Unfreien und Vieh.
Die Grundlage, die Lage, und was in Frage kommt.

Berliner Ring
und die Bilder von Peter Berndt

Ufer, Anlegestellen; ein Motiv
der Jahrhunderte, in denen der Landadel
Gedichte schrieb. Im Sand ging die Frucht auf,
die über den Winterkrieg half; die Boote
frisch gestrichen bis Ostern. Bilder erzählen
es anders; man brauchte noch einen Passierschein,
der nur fürs Tageslicht galt. Kaninchen
im Schußfeld; ein Korridor in der Luft,
das Geräusch einer freien Bewegung. Blicke
auf Ufer, Anlegestellen; die Angler auf
diesen Skizzen wollen nichts sagen.

Reisefilm; Ausschnitte

Verdrehte Reihenfolgen, oder gab das Gedächtnis
die falschen Daten heraus? Es geht alles so schnell; der Beginn
so vieler Reisen dehnt den Moment aus, in dem man
noch zögert; es könnte ein Abschied für länger sein.

Die Vorstädte fliegen vorbei; Scheinwerfer fingern hoch
in den Himmel über den Kiefernwäldern; Kuriere klappen
Kartentaschen auf. Ein Kasten voll Sand an
der Endhaltestelle; stumm zog der Trupp an der Leiche
vorbei, die neben der leeren Straßenbahn lag. In der Nähe
der Schulhof, den ich nachmittags photographierte, bis
ein Kind kam und sagte: du warst doch schon gestern
hier, und ich sagte, ja, vor vierzig Jahren. Oder geht es
nicht schnell genug? Leer stehen Häuserreihen,

in denen man zu lange und dann nicht mehr
gewartet hat. Die Veränderungen im Herbst kamen
fast unerwartet; was war geschehen, daß nichts mehr
geschah hinter den bröckelnden Mauern im Morgenrot;
wer gleich begriff, machte die Ofenklappe, die Schubladen
auf. Vorbeischauen werde ich mal, aber so kann man es
nicht mehr sagen, denn das Erinnern kommt nunmehr
rasch, ohne Zögern, bringt Stadtpläne mit, die
den Verlauf einer Täuschung gnadenlos korrigieren.
Nur die Telefone sind ewig besetzt, außer Neapel, New York,
wo Schiffslinien, Bilderpreise parat sind. Nächste Station,

aber hier stehn Panzer im Maisfeld, am Rand
eines Wegs, der hinab in die Ölfelder führt. Rauchfahnen
behindern die Sicht; so zieht die Epoche sich wieder
zurück, nicht für immer, so lange ihr Schatten
weiterhin seine eigenen Wege geht. Im Straßengraben
eine ausgebrannte Karosserie; vielleicht gelingt eine Korrespondenz
mit diesem und jenem Archiv, das ein paar Einsatzbefehle
notiert hat. Rittmeister kamen noch vor, Ersatzteile
für eine Erzählung, die vom Morgengrauen
bis zum nächsten Clubtreffen reicht; nicht alle Skizzen

sind übertragbar auf das vorhandene Feld, auf dem
der nächste Anbau entsteht. Nichts wegwerfen, sag ich,

wenn in der Scheune aufgeräumt wird; es ging schon
zuviel in zu vielen unbedachten Momenten verloren, und jetzt
fehlt das Adressheft, die Nummernfolge, die Lagebezeichnung
eines eingeebneten Grabs. Ganz schwach noch Geruch, Geruch
von Gurken und frisch gesägten Kiefern; dann irrt man
umher in einem genauen Nichts, das vom Schweigen
geplant und errichtet war. Vom Dachzimmer reicht weit

die Aussicht über die Hügel, und der Horizont nimmt alle
die Projektionen auf, die aus Hilflosigkeiten und Mängeln
entstanden sind. Aber dann fehlt weiter ein Fahrschein,
eine Buchstabenfolge, aus der sich ein Name, ein Segelboot,
ein Todesgeheimnis, die ganze verdammte Geschichte
zusammenfügen läßt. Die Dämmerung kommt früh, und
Leuchtstofffröhren schimmern grün und rot und lila auf;
das sind ja alles Neubaugebiete; das waren
Blumenkohlfelder. Der Regen schiebt sich dazwischen, und

mit dem Rücken zur Fahrtrichtung sieht man Länder
entstehen, die es längst gibt, mit alten Grenzen, Unterschieden,
eigenen Rechten und Stempeln; bloß waren die Landkarten
falsch … sag's genauer: sie waren gefälscht; Straßen
ins Niemandsland kamen nicht vor; Grünflecken, die
ablenkten vom verminten Gelände; jetzt rollt der Bus
einfach vorbei an leeren Zellen und Automaten. Nur

läuft, was wir Glücklichsein nannten, so lange nicht mit;
Lähmendes hängt in der Luft, auch wenn im Nebel T-Shirts
auftauchen. Was geschieht mit den alten Uniformhemden?
Sie werden vielleicht noch einmal gewaschen; man muß es
rein praktisch sehen … komm, trink was, den Abwasch
machen wir morgen. Aber nun sind fast alle Straßen
verstopft; die untergehende Sonne glänzt noch einmal auf
über dem plötzlich gebremsten Elan; Wildgänse kreisen
hoch überm Autobahnkreuz. Wieder zieht die Heimfahrt
sich hin; die Nachrichten rutschen zusammen
zu einem Dauergeräusch, das manchmal sich anhört

wie ein akustischer Film, wie Marktplatz und Bahnhof
voll Flüchtlinge, Truppen, Touristen, und Schneefall wird
angesagt mit Öl, Modenschau, Krise und Außenminister.

die Landschaft: wie Wellpappe, eine ausdauernd starre Bewegung,
an einem rauchgrauen Tag. Der Wind kam
irgendwoher *von unten*, aus einer Region unterhalb
der Wetterkarte; an diesem Abend erreichten wir nicht mehr
unsere Korrespondenten. Wir fuhren hinaus
auf den Landsitz; zu essen gab es
grünen, spanischen Spargel. Es war ein Augenblick
im Gestern, das langsam vorbeizog am Regal
mit den gelben Kalendern, Tagebüchern und Bildern;
es hatte etwas begonnen,
und du kennst es,
das Geräusch dieser Wiederholung. Du kannst ... und
du läßt es ... die Aus-Taste drücken; vorm Fenster
flattert die Amsel auf, die nur gewartet hat, daß sie
erwähnt wird. Nun siehst du, wie
vom Fensterrahmen die Farbe herabgeblättert ist und
woher die Ameisen kommen, im Januar
die einzigen Lebewesen im Haus. Die Ausdauer zahlt sich
irgendwann aus, auch wenn man nicht anders kann,
als Stückwerk um Stückwerk zusammenzusuchen. Farbtöpfe
stehen im Schuppen, grüner und weißer Lack, aber
wir warten, bis ein gleichmäßiges Licht
auf jeder Seite des Hauses liegt. Ist es zu spät, jetzt
noch einmal fortzugehen
... See-Ufer kämen, bevor sie alle
verrechnet sind, noch in Betracht, mit Sandwegen hin
zum lilafarbenen Horizont ... Konjunktiv ohne Ende;
ein Ausweich-Spiel, dem man zuschauen kann, bis man
pfeift oder schreit, und es ist kein Aufwachen
aus einem Traum. Abends machen wir Feuer an; es ist
eine rasche, vorläufige Entscheidung; dann folgt
der nächste Briefentwurf: *deine Skizzen bedecken den Tisch*
... du brauchst keinen Passierschein mehr; Chausseen,
die Mitte des Dorfes ... neben dir stehen
an der Anlegestelle; gegenüber der gelbe Streifen
des Ufers ...
die Ausschnitte des Reisefilms, der gerade,

zwischen zwei Lidschlägen, anläuft; dann wird
die Wiese gemäht; die paar alten Schneeglöckchen-Büschel
lassen wir stehen. Es ist so, wir haben verpaßt
den Augenblick des Erwachsenseins, auch wenn du abends
sagst: niemals und nie ging die Tür auf, durch die
ein kleines Etwas hinausging und der, der du bist,
hereinkam. Der Unterschied, was sich ändert … vernetzt
hat sich die Angst, soviel von diesen Versäumnissen
in Serie ging. Klavier hinter Terrassentüren,
Schostakowitsch plays Schostakowitsch, und nach Nordosten
zieht einen Bogen die Biographie. Eisschollen
stauen sich vor der Küste; in Stiefeln und Pelz
läuft über den gefrorenen Fluß, vorbei an Pimpfen
und alten Männern, eine junge, vermutlich polnische
Frau, der nachzustarren du vorläufig nicht
aufhörst; frierend auf dem Schlitten nach Hause,
deine Mutter lebt hier nicht mehr; die Szene
wird dunkel vom Rauch einer Lok, die den Schnellzug
Richtung Lausitz zieht.
Nie gesehen den See,
den ich, außerhalb dieser Jahre, umschrieb mit Dialogen nach
einer Zeltnacht, für die kein Zeuge sich fand; für alles
von irgendeiner Bedeutung blieb übrig ein leeres Kuvert,
ein abtauchendes Wasserhuhn, eine liegengelassene
Dose Nivea.
Später verlief sich ein Fußweg im Heidekraut;
dazwischen liegt das Rascheln einer umgeblätterten Seite,
die inzwischen vergilbt ist, unleserlich abends, wenn man
die Brille vergessen hat im Büro. Brauchst du
das alles … ich meine das vermeintliche Nebenbei, das
Unnütze dieser Dinge, für die am Dienstag
ein paar Leute vom Sperrmüll kommen … du weißt,
sie kommen vergeblich; es gibt auch keinen Abholtermin
für Restbestände im Gedächtnis (um die es geht,
wenn du alle die alten Tapeten abreißt und
Zeitungsfetzen erscheinen mit der fehlenden Fortsetzung
des Sportromans, mit den Annoncen aus einem Alltag,
den keiner mehr nacherzählt hat).
Kurzes, oder auch
längeres Seufzen … gleich danach ein Dementi; der Wind

hing fest unterm Dach der Remise, unter dem wir
mit Rostbratwürsten beschäftigt sind, genau wie
der Mann in Paulinzella, der auf Anhieb zurechtkommt
mit Reisenden vom Rhein … alle Blüten erfroren? Jedenfalls
keine Kontaktsperren mehr; nur fragte das Mädchen: »Es gibt
keine Wartegemeinschaften bei euch?« »Nein, wir
in der Ellenbogengesellschaft … «
Da tauschen Kinder
Küßchen aus, ganz wie die Eltern, die Papiertauben
auf die Glastüren kleben, bevor die Gäste übern Kiesweg
radeln. Alle mit Taschenlampen; jeder stottert was
über Talsohle, Orientierung … *hätten Sie denn erwartet
diesen Knick der Geschichte?* Es gibt ein paar Stimmen,
die man nie richtig gehört hat, wie ein
altes Theaterstück den Souffleur nicht mehr braucht; alles
geregelt, bis ein zu rascher Textentwurf
dazu führt, daß die Schlagbäume hochgehn. Die Mäntel
hingen noch an der Garderobe, als die Leute
schon rannten; es regnete aber nicht, sonst wären
nur Frösche weitergekommen, bei Nacht –
und was
erwartest du nun? Schwarzes Gewölk zieht
über die Hügel, und wenn es das Bild einer Drohung
war, war es harmlos und schön. Das Schlimmste
macht von sich reden, wenn man gerade nicht
zuhört … vielleicht, daß man draußen steht und
wartet, bis Fledermäuse hin und her zwischen
Dachrinne und Holunder torkeln (nur ist das
eine andere Zeit, und die Mühen des Vergleichs
bleiben unerwähnt, wenn man sich einer Runde
nähert, die nach einem *Dach* für ihr Gesprächsthema
sucht).
Jedenfalls weiter. Irgendeiner wird immer
erwähnt, auch wenn auf der Autobahn
die Tage und Nächte verrauschen. Aber es bleibt so lange
hell; selten, Sommerabend, und warm ist
das Gras, in dem wir barfuß umhergehen, auf der Suche
nach einer Verkürzung des Schweigens. Es hat schon
am Morgen begonnen, und es hat sich verteilt
zwischen Waldrändern, Ufern, die wiederzusehen

alles andere als eine Wiedergutmachung, eher
eine zögernde Okkupation ist. Asche gewinnt
an Bedeutung, und zumeist geht es
gnadenlos zu, wenn man vorher versucht hat, Briefe
und Akten verschwinden zu lassen. Figuren
bewegen sich nicht; es sind Figuren auf Photos, die
plötzlich, ohne Recherche, aufgetaucht sind … aber bitte,
wenn man sie braucht. Die alten Karten helfen
nur weiter, wenn man die Ränder des Schulwegs
sucht, der unter Plattenbauten verschwunden
ist. So bleibst du erstmal bis zum Herbst
unterwegs, auch wenn die Kolonne der Fragen länger
und länger wird. Einiges regelt sich von allein,
während die Brennesseln über den Gartenzaun
wachsen und abends die Straße leer wird.

Chronik

Der Himmel heute ist klar. Ein Wetter für
Bomberpiloten. Gleich brechen sie auf, oder erst morgen,
die Blüten des Rhododendron.

Die Wiesen sind trocken. Am Wiesenrand
stehen Männer und schauen hoch in die Luft, in der
sich der Bussard kreisend entfernt.

Dann macht sie das Fenster zu, die älter
werdende Frau, der unten im Hof der Geländewagen
gehört, mit Seekarten auf dem Beifahrersitz.

Hinter den Hügeln

Noch ein Sommer, der neues
Elend hereinholt, und von Glück
kann reden, dem unversehrt bleiben
die Äpfel. Irgendwo werden verteilt
Leute hinter den Hügeln; man riecht
nichts und läßt offen nachts
die oberen Reihen der Fenster.

Vorort, Sommer, Nachmittag

– so etwas von
einem silbernen Himmel, ganz
ohne Ankündigung und plötzlich
wie das langsam aufsteigende Flugzeug, das
über dem Kirschbaum die Wolkendecke
erreicht –
immer noch ist es schwül, und
der wach gewordene Mann im Liegestuhl
atmet schwer –

Fast etwas Vergessenes

1
ein Sommergeräusch; mitten durch
grüne Weizenfelder ziehn holländische Züge,
und der Himmel ab Mittag ist weiß.
Gleichgültig ist wieder alles, ist nichts;
der Name des nächsten Ortes reicht bis
zum Horizont, bis zum Zaun, wohinter
der rote Traktor hervorkommt

2
und ich erwähnte die gläserne Sauberkeit,
die selbständigen Sprachbezirke,
die augenscheinlich größeren Duldsamkeiten
jener Stadt am Ontario-See,
wo jeder Morgen im Hotel
mit einem Blick aus dem Fenster begann
auf landeinwärts fliegende Gänse,
aber eine Begegnung der falschen Vergleiche
ergab keinen weiteren Weg zwischen
getrennten Orten und Zeiten, und
die Wolken hüllten die Fluglinien ein

Kurz die Themsemündung

Kann sein, daß einer sich erinnerte; ein
Gespräch tagelang in Toronto. Landeinwärts waren Gänse
geflogen, hoch überm Hilton. Danach noch einige Blätter
mit Skizzen für einen Anbau, Museum, Hafengelände,
Scheune, und abends das Telefonbuch. Es kam wieder

anders, weil unerwartet Leute auftauchten, die
das Gespräch unterbrachen, irgend etwas über den Himmel,
der zwischen Photos mit *hellen Himmeln* ganz dunkel
ist. Aber es stimmte, es kam eine Stimmung auf,
die den Rhythmus der Serie unterbrach; darüber
wäre zu reden, bis zum nächsten Dissens über
den Anteil von *privater Betroffenheit*. Und wer
entscheidet? Die Bilder blieben bei sich; das erleuchtete
Fenster zog die ersten Falter an; es war eine milde Nacht

im März. Bislang ein verwirrend gespanntes Netz, das
alle die Sprünge aufnimmt und wieder zurückgibt, zurück
zum Gespräch in Toronto. Es ging auch da um
ein Photo, eine Flughafenszene, die man stehen ließ
bis zu den Nachrichten; im Hintergrund der Chauffeur,
im Hintergrund ein Stück Wüste. Dies alles rückt

näher, in die Nähe der Nadelhölzer, die längst
totgesagt sind, und heute schnitten wir frisches Gezweig
für ein Dorfjubiläum, ein Treffen
der mittleren Jahrgänge
kurz vor dem Ruhestand; weißhaarige
Jungenschaftsführer … du willst von den Herren nichts

wissen? Die Häuser für eine halbe Million; komm, halt
dich gerade; vielleicht kommen wir
auf die Angebote zurück, und wir produzieren, mit
Blick auf alle die Asylanten, etwas Brisantes,
eine spaßige Freizeitanlage, Grotten, ein Gebilde
aus riesiger Hoffnung. Abends bleibt man unter sich,
hält Distanz zu komplizierten Ländern, gibt

keine Gewohnheiten preis und telefoniert
mit Milano. Was steht auf der Rechnung? Kälte

breitet sich aus unter der Sonne, die für eine Weile
von Rauchwänden verdunkelt wird; das sieht
schon anders aus auf der nächsten Seite des Atlas. Man
kann den Pullover ausziehn; die ersten Krokusse
sind die gelben, und es sind
die meist gefährdeten. Natürlich weiß man im Hintergrund

mehr, als draußen mitgeteilt wird; nur kannst du nicht
sagen, wo der Hintergrund anfängt; da schiebt sich
eine Darstellung vor die andre; rasch ziehen
Satellitenfilme an den Abendgesichtern vorbei. Wie war

es beim nächsten Mal? Wir versuchten es wieder
mit selbstgedrehten Zigaretten, und es war anders, weil
wir Filter einlegten und Rücksicht nahmen auf alle
die kranken Nachbarn; es gab auch die Herren nicht mehr, die
nach dem Dinner sich trafen im Rauchsalon … du weißt,
irgendwann hörten wir auf, Maikäfer in Zigarrenkistchen
zu sammeln. Nun hinkt die Rente hinter
den Bilderpreisen her; Germanistinnen schreiben
Textvorlagen für Telefonsex. Dann brennt der *Manta* aus,
und was bleibet, stiftet der Witz: ein Goldkettchen,
die aufheulende Friseuse. Forsythien

brechen im Rheinpark auf; lästig wird
die feste Beziehung; nicht mehr als zehn Minuten
Anmachzeit, dann ist das Halbfinale dran, die *Haie*
kurven im Eisstadion. O Vater, o Hirte, was macht
ihr mit Brauereien, Filialen, Bilanzen; vernehmt ihr
denn nicht das laufende Knacken im Radio,
im Speicher, in der Südkurve, im Geäst … im Stau

nun wieder der Flughafenbus; wir schaffen es schon
bis nach Palermo etcetera; Sciroccosand rieselt
herab von den Kiefern der Wahner Heide. Noch
ein paar Kurven und Pappelreihen, Drehorte
nachmittags, ein paar Mal geht die Sonne

in der Vorabend-Serie unter. Was gibt es vom Krieg,
und ich wiederhole die Frage: von welchem … nun ja,
die Gegend marode, wir schauen aus
nach Obdachlosen, Laubenpieper sind willkommen, mit
Spaten und Hacken über den Schultern. Vielleicht

eine variierte Erfahrung, die im Bücherregal noch
keinen Platz hat; weitermachen, als gebe es nicht
den endlosen Keller mit Dokumenten. Zuviele Flächen
sind wieder leer, und davon werden Kopien gezogen, die
gleich in den Handel kommen und noch einmal beweisen, daß
alle die ratzekahlen Wälder in Blüte stehn. Vorgestern
sah ich das erste Grün in den Büschen auf Böschungen längs
der Autobahn … na bitte; aber du fragst, wieso
ich die halbe Nacht im Badezimmer hänge und
huste; wir schweifen schon wieder ab. In Mecklenburg wird

ausgebuht ein Minister, und E. schreibt, *hier ist es*
Mist. Man nimmt schon nicht mehr das Wunder wahr, daß man
Minister ausbuhen kann. Hier zwischen Meßtischblättern
krabbelt der alte Marienkäfer; gut durch den Winter gekommen,
Freund in der Nacht. Werden wir die Umgebungen
wechseln? Die Luft ist jetzt dunkel
zwischen Themsemündung und Tollense-See; es kommt
auf den nächsten Versuch an, in der Gleichzeitigkeit
spazieren zu gehen, zu zelten, Faltboot
zu fahren; durchs Zimmer weht eine Brise in dieser
windstillen Stunde. Die Zeitung raschelt erst

dann, wenn das Illegale vollzogen und der Genosse
am Tisch der Komplizen sitzt; oder was hat ein Geräusch
in der Luft mit Tickets zu tun, die der Geheimdienst
bei der Humanität gebucht hat? Die Uniform
verschwand im Kamin; weiße Hemden, Pullover, hatten wir
alle im Schrank, und an den roten Röcken
der Mädchen fiel nur das helle Segment eines Kreises
auf. Panzer und Panzerjäger, dann Jeeps
in den Kurven, ehe die Panjewägelchen kamen auf Straßen
vorbei an Gärten, Brunnenkresse und Blumenkohlfeldern,
die unter den Rampen der Utopie und Leuchtstoffröhren

verlagert sind; Weiterfahrt zum Textentwurf
des Terrors, der mit Buchstaben umging wie mit
Draht, Hunden, Baracken, bis als Erster
unter den Sekretären einer anfing zu laufen fürs Training
der Abschreibung, der Abwicklung, des Abschieds; auf
geht's in den neuen Job hinab, hinab in den Dunst,
der auf den Waschmaschinen das Baujahr ein bißchen
undeutlich macht. Staub in den Hallen, aus denen
die alten Parolen entfernt sind; in der Ferne leuchten
Hilfsprogramme auf, glitzernd wie eine Fata Morgana, auch
wenn man die Rechtsgrundlagen verändert. Neues

ist anderswo schon verjährt; hier sucht man nach Münzen
zum Telefonieren, dort steckt man Cards in den Schlitz;
Kabel verenden im Acker. Wir berichten nach Maßgabe
dessen, was der Regen an Spuren übrig läßt; aber
es regnet wenig, und die Leute bewegen sich nicht; sie
treten nicht einmal aus ihren Schatten hervor. Immer
konstante Beleuchtung. Die Bühne voll von
Containern. Zum Bahnhof zurück, und wenn man
Glück hat, steht abfahrbereit ein Personenzug. Sinnlos
die Platzreservierung; man spürt die Gewinne
an Freiheit, auch wenn man drauf wartet, daß alles
kommandomäßig geregelt wird. Los, laß los
die Bremse ... all das Gerede kommt aus
ohne Metaphysik. Man braucht direkt
einen Anschluß, der auch die Eigentumsfrage
regelt, das Recht auf Gedächtnis, aus dem sich
der Grenzstein nicht fortbewegt hat. Unten im Haus

läuft ein Film, in dem dein Schicksal
vom Reisepaß abhängt; Wind kommt durchs
offene Fenster und blättert in Seiten, die
bebildert mit Belgischen Seebädern sind. Zurück
aus den Kolonien; Dutzende von Cafés; in jedem
unterhielt das Exil ein Büro. Noch ein Pernod;
irgendwoher kam immer Geld; wir fingen an

mit Dreißig Mark für ein Gedicht, für
eine *existentielle Entscheidung*, die alles mitzog,

Teebeutel, Löcher im Teerdach, Radieschen im Regen
in einer Vorstadt, die nur im April einmal
glitzert, wenn die Eisdiele aufmacht. Ein

Fahrradweg quer durch die Krise, die
in ein Kaninchenloch führte, auf einen Hochhaus-Balkon,
in den schmalen Schatten der Calla, oder seh' ich das
falsch ... hör' doch mal zu; ich meine, zu schnell
diese Statements und Interviews ... *eh, ich bin schon*
so lang im Geschäft ... im Keilflug ziehen die Reiher
über den Funkturm. Die Leere entsteht mitten

im Sprechen, und dagegen kann man nichts tun
als rasch herauszufiltern die Nachricht vom Hasen, der
hin und her übers Flugfeld läuft. Abends der Qualm

bringt Wärme mit, und die japanische Quitte
wacht auf. Die Galerie war noch offen, als ich vorbeikam;
die riesigen Tulpen brachten ein Leuchten zwischen
die weißen Möglichkeiten der Architektur; erst
als die Schatten zurückgingen, entfernten sich auch
vor den Fenstern die Körper. Berufsverkehr rauschte
hinter der schwarzen Couch auf; es gab

zu dieser Zeit keine neuen Tendenzen, keine Beschlüsse,
Gerüchte; ich hörte zu spät auch das Telefon, draußen
zwischen den Fichten. Verlängerungen, Fortsetzungen
aus Gewohnheit, auch das verliert seinen Sinn
in dieser Phase des Wartens; das Dickicht läßt man stehn
und schaut nach freien Parkflächen aus, wo man
nicht gleich in Grundsatzdebatten verwickelt wird. Hier

ist was zu tun; Fäulnis im Fachwerk, Reste
der Backsteingeschichte; Denkmalschutz machen wir besser
selber, und der absterbende Apfelbaum behält
seine Chance. Daß wir wissen, wie oft schon benutzt diese
Werkzeuge sind, hindert uns nicht, sie weiterhin zu benutzen,
den Hammer für krumme Nägel, den Bleistift
für eine Variation. Mehr Beispiele für den Bestand

einer Armut, die man verteilen kann mitten im Vielerlei
der Produkte und Wachstumsraten, und was an
Gebrauchsanweisungen dazukommt, an Kommentar,
an Übersetzung. Und Mögliches an Dilemma, denn
das Morgenrot ändert sich nicht nach der Art, wie
man es dienstags und freitags und regelmäßig am Sonntag
in wechselnden Stimmungslagen zu malen

versucht. Die Nähe der Englischen Gärten entsteht
erst wieder in der nächsten Folge des Tagtraums, und
du blickst dabei, kurz vor der Parkhaus-Schranke, in
den Rückspiegel des alten Roadsters. Aber das gilt
bis zu diesen Tagen: wir studieren genau den Entwurf
eines Gartentors von Sidney E. Castle, und wir suchen
die Schiffslinien ab, den See-Weg in die Kolonien,
die Herkunft wetterfester Hölzer ... Entdeckungen
in einem Januar, der auf Wiesenflächen vor den Fenstern,
zwischen Hecken und Zäunen begann, mit einem Zuwachs
an Früher, das sich fortwährend mit Sprachen,
Flugzeugen, Marmeladengläsern, Postkarten, Landkarten,
Orgeln, Eichen, Kathedralen, Rühreiern und Buslinien
einläßt; und es ging ja auch um die Versäumnisse

der Erziehung, um ein frühes Verlöbnis
und die Folgen der Wahl
zwischen Kartoffeläckern und Möbelfabrik, zwischen
Schauspielerei und katholischer Unterweisung, um
Abtrennungen der Öde, der Wollstrümpfe, der Dankeschöns
und Taschengelder, Fleißbeweise ... ums Durchhalten
mitten im Niesanfall geht es, um die Geduld, wenn
die eine Liebe die andere umbringt, jedenfalls
es versucht, denn so viel ist gelaufen

nebeneinanderher. Dann stehen Züge abfahrbereit;
der eine Bahnsteig die Ferien, Ostsee, der andere abgesperrt,
leer, ein Güterzug voller Leute, die man nicht sieht. Vielleicht
hat jemand nach Wasser gerufen. Sommer auf Rügen;
Birkenwäldchen hinter den Rampen. Hörtest du
Stimmen ... wohin schautest du ... die Züge, in denen ich saß,
kamen immer irgendwo an, wo

nichts weiter passierte. Ruhige Nächte. Sonntags

auf weißen Möbeln im Garten; erst jetzt hörten wir
von Baracken zwischen den Kiefern gleich drüben, hinter
der Sägemühle. Nur wenn du zielbewußt unterwegs bist
in einer Gegend, die von den Suchgeräten der Phantasie
entdeckt worden ist, machst du kaputt
die Geräte … bloß ein Wort: Gerät; für was, für wen
und seit wann … eine unaufhörliche Lieferung,
deren ersten Terminschub keiner so richtig
bemerkt hat. Irgendwann plötzlich hing aus
allen Ohren ein Kabel, ein Schnürchen, das bald
den ersten Auffahrunfall hervorrief. Azaleen

blühten über den Rändern der Kiesgruben auf, und
wenn du jetzt hinschaust, wächst übers Reißbrett
eine liebliche Landschaft. Landzungen, auf denen
die Reiher sitzen; sie sitzen lange
im Absperr-Gebiet, in dem auch die Jahreszeiten
mit ihren *authentischen* Mustern und Farben
zu haben sind. Register am Zaunpfahl, oder wer
weiß Bescheid gleich nebenan an der Endhaltestelle?
Würzelchen graben wir aus, graben wir ein
auf den Hügeln der Tiefgarage, die gestern die Kulisse
in einer Tatort-Folge war. Dann wieder alles

besetzt, weder Putbus noch Zella-Mehlis; draußen
sägte ich Sturmschäden ab, und ich erschlug
mit dem Turnschuh eine riesige, die erste Wespe
im Frühjahr. Laß alles liegen. Fang an. Die Äpfel
im Keller landen nun aufm Kompost. Im Tagebuch
nimmt ein Bereitsein zu, bald den Abschied
zu nehmen. Die Buchhändlerin zeigt und dann schenkt sie
mir die neue Wanderkarte von Rügen, und
das Gespräch geht im Konjunktiv weiter. Die Abende

werden länger, verlängern sich in das Gedankenspiel
mit den hell ziehenden Wolken, ohne gleich
Kongruenzen zu suchen, Richtungen zu definieren.
Einige Einschüsse später sind der Beweis, was

der Herbst der Theorie noch immer fähig ist zu tun,
auch wenn keiner mehr dabei gewesen sein will
oder das Altern Gesichter unkenntlich macht. Noch viele
Wörter, die falsche Namen auf Briefkästen sind, und
die Zettel im Frühbeet korrespondieren mit
leeren Patronenhülsen. War diese Mulde
ein Widerstandsnest? Naturschützer zogen den Draht
rund ums Gewässer, und dagegen kommst du nicht
an ... nachmittags, die Gegend ist leer,
die Frauen sind kegeln gegangen. Dämmerung

zieht durch das Zimmer, das man leer gemacht hat,
um mit der Wildnis zu kommunizieren ... oder
legt man auch hier irgendein Ziel frei? Frag
den Schreiner, der im Hof unten wartet, mit Brettern
für ein neues Regal; nur der Elektriker läßt
auf sich warten. Kein Tag, den man nicht

in einem Tagebuch unterbringen kann, aber man braucht
Agenturen und ein paar Photos ... nehmen wir die
mit den Mülltonnen in der schäbigsten Straße
von Brooklyn. Die Andeutung ist zu leise; komm
näher ans Mikro; die Stunde, in der das Vergessen
befragt wird, ist gleich vorbei. Andere Stimmen
zwischen Stratford und Valladolid, und gleichzeitig steht
der Tod vor zwei Türen. Wer öffnet, du oder alle
die andern, von denen die meisten gerade telefonieren;
immerhin sind sie zu Hause; der Rest
rupft Kräuter in der Toscana ... noch nehmen

die Möglichkeiten zu, auch wenn immer ähnlicher wird
der eine Ölteppich dem nächsten. Aber
darum ging es nicht bei diesem Gespräch, das damals
am Rand eines Reservats, im Gischt der Wasserfälle,
beim Frühstück im Hilton ein paar Grenzverläufe,
die inzwischen gelöscht sind, verwischte; es ging
um Gemeinsamkeiten, mit denen ich jetzt alleine
beauftragt bin zurande zu kommen ... wie geht das,
wenn beides tot ist, der Anschluß nach Belgrad
und der nach Mailand ... es fällt dir ja auf, wenn

in der fliegenden Kette der Gänse die eine, die andere
fehlt. Weitergehen, die Blicke gesenkt; die jetzt
unterwegs sind fangen an mit denselben Fehlern …

In memoriam Vasko Popa und Antonio Porta

Gedicht mit Wörtern
aus dem Interview mit Sisyphos *von Albrecht Fabri*

Ende des Interviews ... Sisyphos ist
verschwunden. Bis die Dämmerung kommt, krächzt
draußen im Geäst der Rabe, eine schwarze Komposition,
die man entwerfen und nachvollziehen kann
wie Schritte einer Rechenaufgabe. War dies

ein Geheimnis oder der Hinweis
auf eins der Verstecke, die das Schweigen benutzt?
Am Horizont zeigt sich wenig, je länger man
aus dem Fenster schaut. Man erwartet ja noch
so etwas wie eine Erscheinung, ein Rauchzeichen wie früher
vielleicht, das Entstehen einer Schrift, eines Bildes
am unteren Wolkenrand. Oder alles ein Schwindel, ein
mythologischer Schnapsfleck auf dem weißen, unbeschriebenen
Papier ... man schaut aber nach, wenn

der Briefkasten klappert: mal wieder ein Gruß
aus dem Jammertal, eine Ansichtskarte aus eisigen Höhen;
Rehe und Palmen gibt es ja nicht. Geräusche
von nebenan, Musikfetzen, aber die Wirklichkeit
wird simuliert im schalltoten Raum, ganz gleich,
wer den Sommer mag und wer nicht. Überraschendes
geschieht selten, weshalb man reden, erzählen
kann, mit dem Rücken gelehnt
an eine Bibliothek, in der neben Wörterbüchern

Kochbücher stehen. Nur wird nichts fertig; soviel
im Gedächtnis gespeichert ist, die Leinwand, die Seite
ist anderntags leer, auch wenn du zitierst und
die Nebelfront weiß wie chinesische Trauer ist.
Einladungen, Rückseiten, die Ränder einer Grammatik,
man kritzelt um den Abgrund herum, quer
über den Rücken der Öde und an den Gesichtern
der Wüste vorbei ... ein tägliches Suchen, das man

irgendwann abbrechen kann, weil alles schon da,

gesagt und getan ist. Nur macht die Unruhe
weiter mit einem Geräusch, das durch die Zimmer,
die Wände geht, ein Geschiebe von unverständlichen Lauten
und Stimmen; man kriegt nichts zu sehen, aber
etwas ist da, das sich bewegt, weiter und

weiter durch das Innere einer Landschaft, die
halb vergessen und teils noch nicht entdeckt
ist. Ein Schatten, ein Echo … taucht Sisyphos nun
wieder auf? Dunst und dichter Verkehr, und
das Telefon geht … ein Seufzen, Gemurmel, zögernd
ein Zusammenhang, stoßweise sprechend und wie von weit her.

Stadt, die man zu kennen glaubt
auf einer Collage von Rango Bohne

Eine Treppe: hat es dich interessiert, wohin und wie
es weitergeht … zwei Fensterrahmen stehen im Weg, und
sie sind wichtig für die ganze Komposition.
In einer Stadt, die man zu kennen glaubt, jedenfalls
hast du ein Abbild benutzt. Nur wäre der Name

Erinnerung an eine Geschichte, die von der Mitte
erzählt, der Einrichtung, die nach allen Seiten
zerfließt. Im Hintergrund Fassaden, die vielleicht
nur aufgeklebt sind, geklebt auf ein Inneres,
das wiederum Kulisse für ein Selbstgespräch
war … wir vermuten; wir stellen das Radio ab
und mustern die senkrechte Reihe der Fenster,
von unten nach oben, wo eine leere, graue Fläche
beginnt. Die nächste Frage, und jetzt ist
welche Reihenfolge dran … das geht immer
schneller, auch wenn die Treppe die Treppe bleibt.

Also von vorn. Die Fensterrahmen stehen herum,
und wenn nichts passiert, es gibt einen Vorrat
an Simulationen. Ohne Auftrag handeln wir
nicht, und dann muß noch Zeit bleiben, lange genug,
auf der Treppe, auf einer Treppenstufe zu stehen.

Herbstgeschichte

Eine Zeichnung, oder auch nur Gekritzel … ich hatte
versucht, dem alten, sich senkenden Birnbaum
einen Halt zu geben. Aber die Stütze aus
Bleistiftstrichen mißlang. Nun regiert hier, seit
ein paar Tagen, der Nebel, der es heute
fertiggebracht hat, daß man gar nichts mehr
sieht. So geht das all diese Jahre,
Strukturen, Fröste, Eulenflug, Kriege im September.

Dressels Garten

Du kannst sicher sein: eine Ansichtskarte genügt nicht,
den Hintergrund des Bildes zu entwirren, für einen Besucher
vielleicht, der außerhalb des Treppenhauses
nach ein paar Motiven schaut. Noch ist es ja auch
kein abgeschlossener Vorgang (und niemand, der das Grün
von unreifen Äpfeln belichtete, arbeitet in der Nähe),
sondern ein kurzes Wegstück zurück, unterwegs
im Erfurter Süden. Nur, wie geht es weiter? Offen

steht eine Haustür, und Sonnenlicht liegt
auf den Kacheln, den Stufen hinauf ins Verdunkelte
des Flurs. Der Besucher bewegt sich, der Blickwinkel
nicht; er liegt fest seit
einem halben Jahrhundert (seit einer Stunde
regnet es nicht, und als ich hinausging, nach dir
zu schauen, zogst du im Garten die Wasserfäden
auseinander, unwillig, weil ich Unzusammenhängendes
fragte und plötzlich so schrie, daß ich selber
erschrak und mich einzog wie eine vom Turnschuh
berührte Schnecke; dann mußte ich wieder ans Telefon
zurück). Verändert hat sich sonst alles, vielleicht
nicht die Fensterbank, auf der ein Hund sitzt ... aber
der Hund liegt, in dieser endlosen Reihe
verlorener Lebewesen, längst im Karton da unten
unter Dressels Zaun mit seinen lose hängenden Latten ... :
erst ein Konzept, dann eine Installation
für den einen, den nächsten, den letzten Fluchtversuch. Aber

wohin dann? Der Gast in der Ecke des Restaurants
schaut hinaus auf die Straße. Der Oktober hat
warm angefangen, und im Sonnenlicht taucht auf
die Linie 3. Die Nähte im Fahnentuch sind noch
zu erkennen, aber was macht es, die Frauen alle
in neuen Kleidern. Mager stehn auf dem Schulhof
ein paar Flakhelferreste und fragen, wo
die Vokabelhefte sind. Immer noch in der Turnhalle
Stroh, und es riecht nach Parfum,

wo die geschminkten Mädchen aus dem Rheinland lagen. Fahrräder

westwärts; es sind ein paar Feldwege
zwischen den Grenzdörfern offen; erst später kommen sie
auf diesen Straßenkarten nicht mehr vor, und
so ging weiter die Fälschung des Landes. Aber da
kommt die Reihe der Zwetschgenbäume zum Vorschein,
die Böschung unter den Gärten, und ein Junge zieht
einen Leiterwagen voll Holz (nie hörst du auf
zu erklären, warum du den Lattenrest, das Stück Rahmen,
den abgebrochenen Ast nicht mit in den Container
wirfst ... ja gut, ich sage schon nichts mehr). Die Zwetschgen
klein und sauer, und Fenster werden zugemacht, wenn
der Besucher stehen geblieben ist und herumschaut. Leer,
fast leer sind die Straßen, in denen der Wind hängen
läßt die Gerüche zwischen den Fassaden. Abgeschwächter
Elan; jeder kann was erzählen, aber jeder
zuckt auch die Achseln, wenn nochmals nachgefragt
wird. Jedenfalls alle die Namen parat, auch wenn

die Namensschilder abmontiert sind? Nachts, nicht
verzeichnet im Fahrplan, standen am Ende
des Bahnsteigs verdunkelte Züge, und wenn die Dämmerung
kam, rollten sie langsam nach Osten, nach Norden;
dann blinkten auch die Taschenlampen ab. Zwischendurch

Winter; auf Schlittschuhen zur Schule, nach Langemarck,
ins Skagerrak, durch Sternennächte zum Morgenrot; Getrommel
von der Ostsee, das Echo aus den Alpen. Große, dann
kleiner werdende Geographie, die den Laden
an der Ecke, Gartenlauben, die Eremitage für ein paar Monate
in Ruhe ließ. Der Gast, er wollte längst zahlen, aber

der Kellner, zuständig nur bis zum Nebentisch. Bis wohin
fährt jetzt die Linie 3? *Vom hellen Strand der Saale*
kamen die ersten Ansichtskarten; die Stellung
um Leuna herum. Xenophon in grün gestrichenen Baracken,
halt ja den Laden zusammen daheim: »Senftleben
im Tor, halbrechts Winne Herz«; ansonsten leeres Theater
die *Mitteldeutsche Kampfbahn*, in der Gespenster

die Runden zogen und Ilse Werner Foxtrotts pfiff
im Lautsprecher über der Eisbahn. Eckbälle gingen
hinter den Disteln ins Nichts; von irgendwoher tauchten
Frauen mit Kopftüchern auf, wenn hinter
einer der Kurven der Kartoffelsack vom Anhänger
fiel und der Streifendienst eine Schubkarre

anhielt (aber es fehlt noch die Zeit, die Einzelheiten
herauszulösen und Zusammenhänge zu finden, in denen
jeder Einzelne wieder eine Stimme hat. Die Gespräche
fangen erst an, wenn wir uns einig sind
über diese und jene Bedeutung). Der Gast hat
endlich hinausgefunden auf eine Straße, die
so oft den Namen gewechselt hat wie jedes System
seine Zigarettenmarken und Medaillen. Im Dunkeln
der Bahnhof … was heißt hier *Verdunkelung*? Wir
gingen hier früher ins Bett, und wir froren auch
nicht mehr zwischen den warmen Ziegeln
des Friedens; damals der Winter war nur der Anfang

der kommenden, angstvollen Pelzmützenzeit. Falsch oder
richtig erzählt … es kommt eben keiner so fließend
zurande, auch wenn man sein eignes Kapitel mitschrieb
in der Geschichte des Irrtums, der wiederum unkenntlich
blieb zwischen all diesen Fahnen, Parolen, unterm
Rauch der Rhetorik, der irgendwann fortschwebte
westwärts, wo *gemeint ward*, es glänze erst hier
und erst jetzt der Hoffnungshimmel auf. Wie
war das Wetter am Nachmittag der Verhaftung, als
die Rote Armee auf einem beschlagnahmten Fahrrad
den Bollerwagen umkreiste? Zurück kamen
ein paar Emigranten, deren Namen keiner mehr
kannte, und wer nicht mitmachen wollte, verschwand

einfach; es war ein Herbst, in dem wir abends
heimgingen mit Körben voller Tomaten. Da siehst du
es wieder, ein Mischmasch der Motive, die im Keller
nicht zu entziffern sind, wenn die Taschenlampe
über die Etiketten der Einmachgläser streift. Einiges
eben zu spät (eben zu jung, diese Großväter

in der Toscana, die irgendwann zurückgekehrt sind
mit kurzgeschnittenem Haar; es paßten auch
nicht mehr Pullover und Jeans), wenn nämlich
notfalls im Recht die Wirklichkeit bleibt, aber
darauf mußte erst einer kommen ... Zu dunkel

der Korridor, in dem der Besucher steht, der immer nur
träumte, in den Jahrzehnten vor diesem Oktober, er sei
wieder da im Treppenhaus seiner Kindheit. Vielleicht
auch, daß er Genaues nicht sehen will, die Buchstaben
von Namen, die fremd sind, die morschen Bretter
am Ende des Hofs; vielleicht liegen noch hinterm Zaun
ein paar von den alten Gewehren in Dressels Garten. Zuletzt
saß auf der Treppe ein Posten und rauchte, oder
war es der unrasierte Flüchtling, Rose und
Ruth, das erschossene Mädchen ... es ging

viel zu schnell, dann zu langsam, und als der Geruch
des leichten Benzins verweht war, folgte bald nach
der Geruch von Steppe und Stroh. Kein Wort verlangt
ein Möbelstück, einen Koffer zurück; zu viele Listen sind
unterwegs, auf denen das eine Recht angeht gegen
das andre. Zuletzt, wenn mit Jahreszeiten gerechnet wird,
bleiben einige Herbsttage offen: verlängerte Schatten
zwischen rissigen alten Apfelbäumen; eine Straßenbahn
wirbelt das Laub auf, und das Geröll der Kastanien
bedeckt den Eingang des Stadions. Das bleibt, wie es gewesen
sein könnte, und du kannst sicher sein, daß die Hagebutten
im Hohlweg du wirklich berührt hast, kurz
vor der Dämmerung, als sie anfingen alle zu leuchten.

Timing

Im Westen der Himmel wird schwarz.
Noch immer in den Himbeeren.
Beeil dich.

Laß dir Zeit.
Aber verschwinde nicht, zwischen den Sträuchern.
Im Westen der Himmel wird weiß.

Eine verbrauchte Maschine

Ölverluste, rostige Flanken; noch
fährt sie voll durch
jede Schicht. Das leise Keuchen
ist nur eine Gewohnheit, mit der sie
mitteilt: es gibt keinen Grund für
Beunruhigung. Problemfälle
übergeht sie mit ihrer Routine, und
überhaupt, alles Erfahrung. Gelernt
hat sie, daß eine Maschine nicht
klagt und keinen Anlaß zur Klage
gibt. Schwerer zurecht kommt sie
mit neuen Produkten; da wird es
ernst, was soll man machen. Schon
wieder tritt Öl aus, und neuerdings
gibt es ein ungewohntes Geräusch.
Die Maschine weiß, daß sie
gut ist, und sie weiß,
sie kann sich selber nicht helfen.

Oderbruch

Die Kamera kaputt? Eine Kälte ist das, und
Krähen, größer als Krähen gewöhnlich sind, streichen
vereinzelt, flach drüben über die Felder.

Nichts drüben. Dämmerung. Gelb graue Dämmerung
breitet sich aus. Ein Baum in Polen ist
drüben der kahle verlorene Baum.

Leuchtend und leer fährt ein Bus übern Damm.
Am Ufer zwei Männer, mit dem Rücken
zum Damm, der weder anfängt noch aufhört.

Du hörst nichts. Du hörst das Geschiebe
der Schollen, der kreisenden Schollen. Du hörst
es lange noch, später, im Dunkel das treibende Eis.

Kaputt die Kamera, oder warum sind jetzt die Bilder
verwischt? Zwei Männer standen am Ufer. Sie
kamen zurück. Sie könnten erzählen.

Eine vorläufige Topographie

An der Weichsel, vor dem Kriege. Nun siehst du
genau, wo wir
hätten weitergehen können, auf dem Weg
übern Damm, der das Nichts des Flußsilbers
trennte von Dingen, die nichts als Schatten
bildeten im Wechsel des Lichts.

Die unbewegte Architektur der Wolken: es ist
dieser Augenblick, der über Jahrzehnte sich hinzieht
und angenommen hat die Farbe von Zeitungspapier.

In der Ferne im Dunkeln zwei Häuser.
Obwohl es ganz hell ist.

Ob Seelen hier wandern ... jedenfalls, fern
auf dem Damm, sind unterwegs zwei Menschen,
die sich abheben vom Horizont, mitten
in dieser Vergangenheit.

Aber die Baumreihen setzen sich fort, bis
sie verschwinden in einer Linie, die zurückkehrt
auf der anderen Seite des Flusses.

Die Frage, ob so oder ähnlich Konflikte anfingen.

Bei Nacht, und nicht nur nachts, im Konjunktiv.

... als käme einem die Böschung entgegen. Dann
ist es klar, daß du nichts steuern kannst
an der Geschichte. Ein Weitergehen, allenfalls
eine ganz private Bewegung, die unentschieden bleibt
zwischen Heimkehr und längerer Abwesenheit. Diese Jahre,
sagt man, haben Spuren der Bitterkeit hinterlassen.

Aber die Landschaft ist ziemlich still.
Unsichtbar bleibt die Zerstörung, falls es
Zerstörung gibt.

Und vorbei ist die Zeit, die
die folgende, die folgende Zeit hervorgebracht hat.

Nur erzählst du vom Jetzt nichts.

Wahrscheinlich im Sommer. Zu jeder Jahreszeit
erinnert man sich. Zaunpfähle folgen den Pfaden,
oder umgekehrt, überall zugehörig
der Landschaft … wem gehört sie? Die Landschaft
setzt Landschaften fort, die sichtbaren bis
zu den unsichtbaren, die auf uns warten.

Eine vorläufige Topographie.
Du kannst sie verwischen. Du kannst sie
verändern, bis eine Serie entsteht, bis wir erreichen
die Ufer der Wiederholung

Anhang

Alphabetisches Verzeichnis der Gedichte

Copyrightangaben

Zeittafel

1932 Geboren in Köln.
1938 Schule.
1939 Umzug mit den Eltern nach Thüringen; Erfurt.
1947 Umzug mit dem Vater in den Harz und wieder nach Westdeutschland; Waldbröl.
1950 Umzug nach Köln.
1953 Abitur.
1954 Abbruch des Studiums. Fünf Jahre lang wechselnde Tätigkeiten.
1959 Beginn der Mitarbeit im Westdeutschen Rundfunk.
1960 »Phasen«. Texte und Typogramme; zusammen mit Wolf Vostell. Verlag Galerie Der Spiegel Köln.
1964 Umzug nach Berlin und weiter nach Hamburg.
Lektor im Rowohlt Verlag.
»Felder«. Prosa.
Förderungspreis des Niedersächsischen Kunstpreises.
1965 »Happenings«. Dokumentation; zusammen mit Wolf Vostell. Rowohlt Verlag.
Umzug nach Rom in die Villa Massimo; Stipendium.
1967 Umzug nach Westdeutschland; Bensberg.
Preis der Gruppe 47.
1968 »Ränder«. Prosa.
Umzug nach Köln.
»Ideale Landschaft«. Prosa; zusammen mit KP Brehmer. Edition Galerie René Block Berlin.
Literaturpreis der Stadt Köln.
1969 »Bilder Häuser Hausfreunde«. Hörspiele
Mitglied der Akademie der Künste Berlin.
Mitglied des PEN-Clubs.
1970 »Umgebungen«. Prosa.
1971 »Schreiben und Filmen«. Fernsehfilm; zusammen mit Klaus Schöning. »Erzählungen finden in den Geräuschen statt«. »Die Wirklichkeit der Landkartenzeichen«.
»Türen und Tore«; zusammen mit Reinhard Döhl, Ludwig Harig, Johannes M. Kamps. Hörspiele.
»Die Zeit nach Harrimann«. Theaterstück.
»Schnee«. Gedichte. LCB-Editionen.

»Eine Zeit ohne Wörter«. Fotografien.
1972 »Über Jürgen Becker«, herausgegeben von Leo Kreutzer
»Einzelne Bäume. Im Wind«. Hörspiel.
1973 »Ein Zimmer wird leer«. »Menschen in der Nähe«. Hörspiele.
Frankfurt. Leitende Tätigkeit im Suhrkamp Theaterverlag.
1974 »Das Ende der Landschaftsmalerei«. Gedichte.
Köln. Leiter der Hörspielredaktion im Deutschlandfunk.
Mitglied der Deutschen Akademie für Sprache und Dichtung, Darmstadt.
1977 »Erzähl mir nichts vom Krieg«. Gedichte.
1979 »In der verbleibenden Zeit«. Gedichte.
1980 Literaturpreis der Bayerischen Akademie der Schönen Künste.
Politik-Dozentur an der Universität Mainz.
1981 Kritikerpreis 1980.
»Gedichte 1965–1980«.
»Erzählen bis Ostende«. Prosa.
1982 »Fenster und Stimmen«. Gedichte. Bilder von Rango Bohne.
1983 »Die Türe zum Meer«. Prosa.
»Die Abwesenden«. Drei Hörspiele (»Versuchtes Verschwinden«, »Im August ein See«, »Eigentlich bin ich stumm«).
1984 Mitglied der Akademie der Wissenschaften und der Literatur, Mainz.
1986 »Odenthals Küste«. Gedichte.
1987 Bremer Literaturpreis.
1988 »Das Gedicht von der wiedervereinigten Landschaft«.
Writer-in-Residence, Universität Warwick, England.
1989 »Frauen mit dem Rücken zum Betrachter«. Stimmen. Bilder von Rango Bohne.
1990 »Das englische Fenster«. Gedichte.
1992 »Beispielsweise am Wannsee« Gedichte (Auswahl).
1993 »Foxtrott im Erfurter Stadion«. Gedichte.
Ende der Tätigkeit im Deutschlandfunk.
1994 »Frauen mit dem Rücken zum Betrachter«. Hörspiel.
Peter-Huchel-Preis.
Berliner Literaturpreis.

1995 »Bahnhof am Meer«. »Gegend mit Spuren«. Hörspiele.
»Geräumtes Gelände«. Gedicht. Photographien von Boris Becker. Verlag der Buchhandlung Walther König.
»Die Gedichte«. (1965-1993)
Heinrich-Böll-Preis.

Inhaltsverzeichnis

Schnee

Das Ende der Landschaftsmalerei

Erzähl mir nichts vom Krieg

In der verbleibenden Zeit

Die gemachten Geräusche

Odenthals Küste

Das Gedicht von der wiedervereinigten Landschaft

Das englische Fenster

Foxtrott im Erfurter Stadion

Deutschsprachige Literatur in den suhrkamp taschenbüchern: Lyrik

Artmann, H. C.: Gedichte über die Liebe und über die Lasterhaftigkeit. Ausgewählt von Elisabeth Borchers. st 1033

– How much, schatzi? st 136

The Best of H. C. Artmann. Herausgegeben von Klaus Reichert. st 275

Becker, Jürgen: Gedichte. 1965-1980. st 690

Bernhard, Thomas: Gesammelte Gedichte. Herausgegeben von Volker Bohn. st 2262

Brecht, Bertolt: Gedichte. Ausgewählt von Autoren. Mit einem Geleitwort von Ernst Bloch. st 251

– Gedichte über die Liebe. Ausgewählt von Werner Hecht. st 1001

– Hauspostille. Mit Anleitungen, Gesangsnoten und einem Anhang. st 2152

Celan, Paul: Gesammelte Werke. Band 1-3: Gedichte. st 1331

– Atemwende. st 850

– Fadensonnen. Gedichte. st 2165

Deutsche Lyrik. Eine Anthologie. Herausgegeben von Hanspeter Brode. st 1607

Enzensberger, Hans Magnus: Der Fliegende Robert. Gedichte, Szenen, Essays. st 1962

– Gedichte. 1950-1985. st 1360

– Mausoleum. 37 Balladen aus der Geschichte des Fortschritts. st 2377

– Der Untergang der Titanic. Eine Komödie. st 681

– Zukunftsmusik. Gedichte. st 2223

Hesse, Hermann: Die Gedichte. 1892-1962. 2 Bde. Neu eingerichtet und um Gedichte aus dem Nachlaß erweitert von Volker Michels. st 381

– Liebesgeschichten. Geschichten, Gedanken und Gedichte über die Liebe. Zusammengestellt und mit einem Nachwort versehen von Volker Michels. st 2400

Kraus, Karl: Gedichte. st 1319

Loerke, Oskar: Die Gedichte. Herausgegeben von Peter Suhrkamp. Neu durchgesehen von Reinhard Tgahrt. st 1049

Mayröcker, Friederike: Ausgewählte Gedichte. 1944-1978. st 1302

Rothmann, Ralf: Kratzer und andere Gedichte. st 1824

Sachs, Nelly: Fahrt ins Staublose. Gedichte. st 1485

Das Buch der Nelly Sachs. Herausgegeben von Bengt Holmquist. st 398

Walser, Robert: Die Gedichte. st 1113

255/1/11.94